안국선 · 이해조 · 최찬식 소설선
추월색

책임 편집 · 권영민

서울대학교 국어국문학과와 같은 과 대학원 졸업.

현재 서울대학교 국어국문학과 교수.

저서로『한국현대문학사』『우리 문장 강의』『서사 양식과 담론의 근대성』『한국계급문
학운동사』『한국 근대문학과 시대정신』『월북 문인 연구』『한국문학 50년』등이 있음.

한국문학전집 30

추월색

안국선 · 이해조 · 최찬식 소설선

초판 1쇄 발행 2007년 4월 20일

초판 8쇄 발행 2022년 10월 5일

지 은 이   안국선 · 이해조 · 최찬식

책임 편집   권영민

펴 낸 이   이광호

펴 낸 곳   ㈜문학과지성사

등록번호   제1993-000098호

주   소   04034 서울 마포구 잔다리로7길 18(서교동 377-20)

전   화   02)338-7224

팩   스   02)323-4180(편집) 02)338-7221(영업)

전자우편   moonji@moonji.com

홈페이지   www.moonji.com

ⓒ ㈜문학과지성사, 2007. Printed in Seoul, Korea

ISBN 978-89-320-1776-1 04810

ISBN 978-89-320-1552-1(세트)

안국선 · 이해조 · 최찬식 소설선

추월색

권영민 책임 편집

문학과지성사 한국문학전집 30

| 차 례 |

| 일러두기 |

1. 이 책에 실린 작품은 1908년부터 1912년까지 발표된 작품 중에서 선정한 4편의 신소설이다. 각 작품의 정확한 출처는 주에 명기되어 있다.

2. 이 책의 맞춤법은 1988년 1월 19일 문교부 교시 '한글 맞춤법'에 따르는 것을 원칙으로 하였다. 단 작품의 분위기에 영향을 준다고 판단되는 방언이나 구어체 표현, 의성어, 의태어 등은 그대로 두었다.

　　　예) 죽젓갱이질을 할 대로 하며
　　　　　다갱이에서부터 발목까지 아드등 깨물어

3. 원본의 한자는 가급적 한글로 바꾸었으며, 작품 이해에 도움이 될 만한 한자는 그대로 두고 괄호 안에 넣었다. 반복적으로 등장하는 한자어는 최초에만 괄호 안에 한자를 병기하고 후에는 한글로만 표기하였다.

4. 대화를 표시하는 「　」혹은 『　』는 모두 "　"로, 대화가 아닌 강조의 경우에는 '　'로 바꾸었다. 책 제목은 『　』로, 노래 제목은 「　」로 표시하였다. 말줄임표 '‥' '…' '……' 등은 모두 '……'로 통일하였다. 단 원문에서 등장인물의 머릿속 생각을 표시하는 괄호는 작은따옴표('　')로 바꾸었고, 작가가 편집자적 논평을 붙인 부분은 괄호 ((　)) 안에 표시하였다.

5. 외래어 표기는 1986년 1월 7일 문교부 고시 '외래어 표기법'에 따라 바꾸었다. 단 작품의 분위기에 영향을 준다고 판단되는 경우에는 원본을 그대로 살렸다. 그리고 일본어의 경우에는 원문대로 표기하고 미주에서 일본어 원문을 표시하였다.

6. 과도하게 사용된 생략 부호나 이음 부호는 읽기에 편하도록 조정하였다.

7. 책임 편집자가 부가적으로 설명이나 단어 풀이가 필요하다고 판단한 경우에는 미주로 설명을 붙여놓았다.

금수회의록 禽獸會議錄

안국선

서언(序言)

머리를 들어 하늘을 우러러보니 일월과 성신이 천추[1]의 빛을 잃지 아니하고, 눈을 떠서 땅을 굽어보니 강해[2]와 산악이 만고[3]의 형상을 변치 아니하도다. 어느 봄에 꽃이 피지 아니하며, 어느 가을에 잎이 떨어지지 아니하리오.

우주는 의연히 백대에 한결같거늘, 사람의 일은 어찌하여 고금이 다르뇨? 지금 세상 사람을 살펴보니 애달프고, 불쌍하고, 탄식하고, 통곡할 만하도다.

전인의 말씀을 듣든지 역사를 보든지 옛적 사람은 양심이 있어 천리를 순종하여 하나님께 가까웠거늘, 지금 세상은 인문이 결딴나서 도덕도 없어지고, 의리도 없어지고, 염치도 없어지고, 절개도 없어져서, 사람마다 더럽고 흐린 풍랑에 빠지고 헤어 나올 줄

몰라서 온 세상이 다 악한 고로, 그르고 옳음을 분별치 못하여 악독하기로 유명한 도척⁴이 같은 도적놈은 청천백일⁵에 사마⁶를 달려 왕궁 국도⁷에 횡행⁸하되 사람이 보고 이상히 여기지 아니하고, 안자⁹같이 착한 사람이 누항¹⁰에 있어서 한 도시락 밥을 먹고 한 표주박 물을 마시며 간난을 견디지 못하되 한 사람도 불쌍히 여기지 아니하니, 슬프다! 착한 사람과 악한 사람이 거꾸로 되고 충신과 역적이 바뀌었도다. 이같이 천리에 어기어지고 덕의가 없어서 더럽고, 어둡고, 어리석고, 악독하여 금수만도 못한 이 세상을 장차 어찌하면 좋을꼬? 나도 또한 인간에 한 사람이라, 우리 인류 사회가 이같이 악하게 됨을 근심하여 매양 성현의 글을 읽어 성현의 마음을 본받으려 하더니, 마침 서창에 곤히 든 잠이 춘풍에 이익한 바 되매 유흥을 금치 못하여 죽장망혜¹¹로 녹수¹²를 따르고 청산을 찾아서 한 곳에 다다르니, 사면에 기화요초¹³는 우거졌고 시냇물 소리는 종종하여 인적이 고요한데, 흰 구름 푸른 수풀 사이에 현판 하나가 달렸거늘, 자세히 보니 다섯 글자를 크게 썼으되 '금수회의소'라 하고 그 옆에 문제를 걸었는데, '인류를 논박할 일'이라 하였고, 또 광고를 붙였는데, '하늘과 땅 사이에 무슨 물건이든지 의견이 있거든 의견을 말하고 방청을 하려거든 방청하되 다 각기 자유로 하라' 하였는데, 그곳에 모인 물건은 길짐승, 날짐승, 버러지, 물고기, 풀, 나무, 돌 등물이 다 모였더라. 혼자 마음으로 가만히 생각하여보니, 대저 사람은 만물지중에 가장 귀하고 제일 신령하여 천지의 화육¹⁴을 도우며 하나님을 대신하여 세상 만물의 금수, 초목까지라도 다 맡아 다스리는 권능이 있고,

또 사람이 만일 패악[15]한 일이 있으면 천히 여겨 금수 같은 행위라 하며, 사람이 만일 어리석고 하는 일이 없으면 초목같이 아무 생각도 없는 물건이라고 욕하나니, 그러면 금수, 초목은 천하고 사람은 귀하며 금수, 초목은 아무것도 모르고 사람은 신령하거늘, 지금 세상은 바뀌어서 금수, 초목이 도리어 사람의 무도패덕[16]함을 공격하려 하니, 괴상하고 부끄럽고 절통[17] 분하여 열었던 입을 다물지도 못하고 정신없이 섰더니,

개회 취지(開會趣旨)

별안간 뒤에서 무엇이 와락 떠다밀며,

"어서 들어갑시다. 시간 되었소."

하고 바삐 들어가는 서슬에 나도 따라 들어가서 방청석에 앉아 보니 각색[18] 길짐승, 날짐승, 모든 버러지, 물고기 등물이 꾸역꾸역 들어와서 그 안에 빽빽하게 서고 앉았는데, 모인 물건은 형형색색[19]이나 좌석은 제제창창[20]한데, 장차 개회하려는지 규칙 방망이 소리가 똑똑 나더니, 회장인 듯한 한 물건이 머리에는 금색이 찬란한 큰 관을 쓰고, 몸에는 오색이 영롱한 의복을 입은 이상한 태도로 회장석에 올라서서 한 번 읍[21]하고, 위의[22]가 엄숙하고 형용이 단정하게 딱 서서 여러 회원을 대하여 하는 말이,

"여러분이여, 내가 지금 여러분을 청하여 만고에 없던 일대 회의를 열 때에 한마디 말씀으로 개회 취지를 베풀려 하오니 재미

있게 들어주시기를 바라오.

　대저 우리들이 거주하여 사는 이 세상은 당초부터 있던 것이 아니라, 지극히 거룩하시고 지극히 전능하신 하나님께서 조화로 만드신 것이라. 세계 만물을 창조하신 조화주를 곧 하나님이라 하나니, 일만 이치의 주인 되시는 하나님께서 세계를 만드시고 또 만물을 만들어 각색 물건이 세상에 생기게 하셨으니, 이같이 만드신 목적은 그 영광을 나타내어 모든 생물로 하여금 인자한 은덕을 베풀어 영원한 행복을 받게 하려 함이라. 그런고로 세상에 있는 모든 물건은 사람이든지 짐승이든지 초목이든지 무슨 물건이든지 다 귀하고 천한 분별이 없은즉, 어떤 것은 높고 어떤 것은 낮다 할 이치가 있으리오. 다 각각 천지의 기운을 타고 생겨서 이 세상에 사는 것인즉, 다 각기 천지 본래의 이치만 좇아서 하나님의 뜻대로 본분을 지키고, 한편으로는 제 몸의 행복을 누리고, 한편으로는 하나님의 영광을 나타낼지니, 그중에도 사람이라 하는 물건은 당초에 하나님이 만드실 때에 특별히 영혼과 도덕심을 넣어서 다른 물건과 다르게 하셨은즉, 사람들은 더욱 하나님의 뜻을 순종하여 천리 정도를 지키고 착한 행실과 아름다운 일로 하나님의 영광을 나타내어야 할 터인데, 지금 세상 사람의 하는 행위를 보니 그 하는 일이 모두 악하고 부정하여 하나님의 영광을 나타내기는 고사하고 도리어 하나님의 영광을 더럽게 하며 은혜를 배반하여 제반악증[23]이 많도다. 외국 사람에게 아첨하여 벼슬만 하려 하고, 제 나라가 다 망하든지 제 동포가 다 죽든지 불고[24]하는 역적 놈도 있으며, 임금을 속이고 백성을 해롭게 하여 나랏

일을 결딴내는 소인 놈도 있으며, 부모는 자식을 사랑치 아니하고, 자식은 부모를 효도로 섬기지 아니하며 형제간에 재물로 인연하여 골육상잔[25]하기를 일삼고, 부부간에 음란한 생각으로 화목지 아니한 사람이 많으니, 이 같은 인류에게 좋은 영혼과 제일 귀하다 하는 특권을 줄 것이 무엇이오.

하나님을 섬기던 천사도 악한 행실을 하다가 떨어져서 마귀가 된 일이 있거든 하물며 사람이야 더 말할 것 있소. 태곳적 맨 처음에 사람을 내실 적에는 영혼과 덕의심[26]을 주셔서 만물 중에 제일 귀하다 하는 특권을 주셨으되 저희들이 그 권리를 내어버리고 그 성품을 잃어버리니, 몸은 비록 사람의 형상이 그대로 있을지라도 만물 중에 가장 귀하다 하는 인류의 자격은 있다 할 수가 없소.

여러분은 금수라, 초목이라 하여 사람보다 천하다 하나, 하나님이 정하신 법대로 행하여 기는 자는 기고, 나는 자는 날고, 굴에서 사는 자는 깃들임을 침노[27]치 아니하며, 깃들인 자는 굴을 빼앗지 아니하고, 봄에 생겨서 가을에 죽으며, 여름에 나와서 겨울에 들어가니, 하나님의 법을 지키고 천지 이치대로 행하여 정도에 어김이 없은즉, 지금 여러분 금수, 초목과 사람을 비교하여 보면 사람이 도리어 낮고 천하며, 여러분이 도리어 귀하고 높은 지위에 있다 할 수 있소. 사람들이 이같이 제 자격을 잃고도 거만한 마음으로 오히려 만물 중에 제가 가장 귀하다, 높다, 신령하다 하여 우리 족속 여러분들을 멸시하니, 우리가 어찌 그 횡포를 받으리오. 내가 여러분의 마음을 찬성하여 하나님께 아뢰고 본 회의를 소집하였는데, 이 회의에서 결의할 안건은 세 가지 문제가 있소.

제일. 사람 된 자의 책임을 의논하여 분명히 할 일.

제이. 사람의 행위를 들어서 옳고 그름을 의논할 일.

제삼. 지금 세상 사람 중에 인류 자격이 있는 자와 없는 자를 조사할 일.

이 세 가지 문제를 토론하여 여러분과 사람의 관계를 분명히 하고, 사람들이 여전히 악한 행위를 하여 회개치 아니하면 그 동물의 사람이라 하는 이름을 빼앗고 이등 마귀라 하는 이름을 주기로 하나님께 상주[28]할 터이니, 여러분은 이 뜻을 본받아 이 회의에서 결의한 일을 진행하시기를 바라옵나이다."

회장이 개회 취지를 연설하고 회장석에 앉으니, 한 모퉁이에서 우렁찬 소리로 회장을 부르고 일어서서 연단으로 올라간다.

제일석, 반포의 효(反哺之孝)[29] (까마귀)

프록코트를 입어서 전신이 새까맣고 똥그란 눈이 말똥말똥한데, 물 한 잔 조금 마시고 연설을 시작한다.

"나는 까마귀올시다. 지금 인류에 대하여 소회[30]를 진술할 터인데 반포의 효라 하는 문제를 가지고 잠깐 말씀하겠소.

사람들은 만물 중에 제가 제일이라 하지마는, 그 행실을 살펴볼 지경이면 다 천리에 어기어져서 하나도 가취[31]할 것이 없소. 사람들의 옳지 못한 일을 모두 다 들어 말씀하려면 너무 지리하겠기에 다만 사람들의 불효한 것을 가지고 말씀할 터인데, 옛날 동양

성인들이 말씀하기를 '효도는 덕의 근본이라' '효도는 일백 행실의 근원이라' '효도는 천하를 다스린다' 하였고, 예수교 계명에도 '부모를 효도로 섬기라' 하였으니, 효도라 하는 것은 자식 된 자가 고연[32]한 직분으로 당연히 행할 일이올시다. 우리 까마귀의 족속은 먹을 것을 물고 돌아와서 어버이를 기르며, 효성을 극진히 하여 망극한 은혜를 갚아서, 하나님이 정하신 본분을 지키어 자자손손이 천만대를 내려가도록 가법을 변치 아니하는 고로, 옛적에 백낙천[33]이라 하는 사람이 우리를 가리켜 새 중의 증자[34]라 하였고, 『본초강목』[35]에는 자조[36]라 일컬었으니, 증자라 하는 양반은 부모에게 효도 잘하기로 유명한 사람이요, 자조라 하는 뜻은 사랑하는 새라 함이니, 부모는 자식을 사랑하고 자식은 부모에게 효도함이 하나님의 법이라. 우리는 그 법을 지키고 어기지 아니하거늘, 지금 세상 사람들이 말하는 것을 보면 낱낱이 효자 같으되, 실상 하는 행실을 보면 주색잡기[37]에 침혹[38]하여 부모의 뜻을 어기며, 형제간에 재물로 다투어 부모의 마음을 상케 하며, 제 한 몸만 생각하고 부모가 주리되 돌아보지 아니하고, 여편네는 학식이라고 조금 있으면 주제넘은 마음이 생겨서 온화, 유순한 부덕을 잊어버리고 시집가서는 시부모 보기를 아무것도 모르는 어리석은 물건같이 대접하고, 심하면 원수같이 미워하기도 하니, 인류 사회에 효도 없어짐이 지금 세상보다 더 심함이 없도다. 사람들이 일백 행실의 근본 되는 효도를 알지 못하니 다른 것은 더 말할 것 무엇 있소. 우리는 천성이 효도를 주장하는 고로 출천지효성[39] 있는 사람이면 우리가 감동하여 노래자[40]를 도와서 종일토록 그 부모를 즐겁게 하여주며, 증자의 갓 위에 모여서 효자의 아름다운 이름을 천추에 전케 하였고, 또 우리가 효도만 극진할 뿐 아니라 자고이래로 사기[41]에 빛난 일이 한두 가지가 아니오니 대강 말씀하오리다.

우리가 떼를 지어 논밭으로 내려갈 때 곡식을 해하는 버러지를 없애려고 가건마는, 사람들은 미련한 생각에 그 곡식을 파먹는 줄로 아는도다! 서양 책력 일천팔백칠십사년에 미국 조류학자 피이르라 하는 사람이 우리 까마귀 족속 이천이백오십팔 마리를 잡아다가 배를 가르고 오장을 꺼내어 해부하여보고 말하기를 '까마귀는 곡식을 해하지 아니하고 곡식에 해되는 버러지를 잡아먹는다' 하였으니, 우리가 곡식밭에 가는 것은 곡식에 이가 되고 해가 되지 아니하는 것은 분명하고, 또 우리가 밤중에 우는 것은 공연히 우는 것이 아니요. 나라에서 법령이 아름답지 못하여 백성이 도탄[42]에 침륜[43]하여 천하에 큰 병화가 일어날 징조가 있으면 우리가 아니 울 때에 울어서 사람들이 깨닫고 허물을 고쳐서 세상이 태평무사하기를 희망하고 권고함이요. 고소성 한산사에서 달은 넘어가고 서리 친 밤[44]에 쇠북을 주둥이로 쪼아 소리를 내서 대망[45]에게 죽을 것을 살려준 은혜를 갚았고, 한나라 효무제가 아홉 살 되었을 때에 그 부모는 왕망[46]의 난리에 죽고 효무제 혼자 달아날새, 날이 저물어 길을 잃었거늘 우리들이 가서 인도하였고, 연 태자 단이 진나라에 볼모 잡혀 있을 때에 우리가 머리를 희게 하여 그 나라로 돌아가게 하였고, 진문공이 개자추[47]를 찾으려고 면상산[48]에 불을 놓으매 우리가 연기를 에워싸고 타지 못하게 하였더니, 그 후에 진나라 사람이 그 산에 '은연대'라 하는 집을 짓고 우리의 은덕을 기념하였으며, 당나라 이의부[49]는 글을 짓되 상림[50]에 나무를 심어 우리를 준다 하였었고, 또 물병에 돌을 던지니 이숍[51]이 상을 주고, 탁자의 포도주를 다 먹어도 프랭클린이 사랑하도다. 우리 까마귀의 사적[52]이 이러하거늘, 사람들은 우리 소리를 듣고 흉한 징조라 길한 징조라 함은 저희들 마음대로 하는 말이요, 우리에게는 상관없는 일이라. 사람의 일이 흉하든지 길하든지 우리가 울 일이 무엇 있소? 그것은 사람들이 무식하고 어리석어서 저희들이 좋지 아니한 때에 흉하게 듣고 하는 말이로다. 사람이 염병이니 괴질이니 앓아서 죽게 된 때에 우리가 어찌하여 그 근처에 가서 울면, 사람들은 못생겨서 저희들이 약도 잘못 쓰고 위생도 잘못하여 죽는 줄은 알지 못하고 우리가 울어서 죽는 줄로만 알고, 저희끼리 욕설하려면 염병에 까마귀 소리[53]라 하니 아, 어리석기는 사람같이 어리석은 것은 세상에 또 없도다. 요순[54] 적에도 봉황이 나왔고 왕망이 때도 봉황이 나오매, 요순 적 봉황은 상서[55]라 하고 왕망이 때 봉황은 흉조처럼 알았으니, 물론 무슨 소리든지 사람이 근심 있을 때에 들으면 흉조로 듣고, 좋은 일 있을 때에 들으면 상서롭게 듣는 것이라. 무엇을 알고 하는 말은 아니요, 길하다 흉하다 하는 것은 듣는 저희에게 있는 것이요, 하는 우리에게 있는 것이 아니어늘, 사람들은 말하기를, 까마귀는 흉한 일이 생길 때에 와서 우는 것이라 하여 듣기 싫어하니, 사람들은 이렇듯 이치를 알지 못하는 어리석은 동물이라, 책망하여 무엇 하겠소.

또 우리는 아침에 일찍 해 뜨기 전에 집을 떠나서 사방으로 날아다니며 먹을 것을 구하여 부모 봉양도 하고, 나뭇가지를 물어다가 집도 짓고, 곡식에 해되는 버러지도 잡아서 하나님 뜻을 받들다가 저녁이 되면 반드시 내 집으로 돌아가되, 나가고 돌아올 때에 일정한 시간을 어기지 않건마는, 사람들은 점심때까지 자빠져서 잠을 자고, 한번 집을 떠나서 나가면 혹은 협잡질하기, 혹은 술장[56] 보기, 혹은 계집의 집 뒤지기, 혹은 노름하기, 세월이 가는 줄을 모르고 저희 부모가 진지를 잡수었는지, 처자가 기다리는지 모르고 쏘다니는 사람들이 어찌 우리 까마귀의 족속만 하리오. 사람은 일 아니 하고 놀면서 잘 입고 잘 먹기를 좋아하되, 우리는 제가 벌어 제가 먹는 것이 옳은 줄 아는 고로 결단코 우리는 사람들 하는 행위는 아니 하오. 여러분도 다 아시거니와 우리가 사람에게 업수이 여김을 받을 까닭이 없음을 살피시오."

손뼉 소리에 연단을 내려가니, 또 한편에서 아리땁고도 밉살스러운 소리로 회장을 부르면서 깡뚱깡뚱 연설단을 향하여 올라가니, 어여쁜 태도는 남을 가히 호릴 만하고 갸웃거리는 모양은 본색이 드러나더라.

제이석, 호가호위(狐假虎威)[57] (여우)

여우가 연설단에 올라서서 기생이 시조를 부르려고 목을 가다듬는 것처럼 기침 한 번을 캑 하더니 간사한 목소리로 연설을 시작한다.

"나는 여우올시다. 점잖으신 여러분 모이신 데 감히 나와서 연설하옵기는 방자한 듯하오나, 저 인류에게 대하여 소회가 있삽기 호가호위라 하는 문제를 가지고 두어 마디 말씀을 하려 하오니, 비록 학문은 없는 말이나 용서하여 들어주시기 바라옵니다.

사람들이 옛적부터 우리 여우를 가리켜 말하기를, 요망한 것이라 간사한 것이라고 하여 저희들 중에도 요망하든지 간사한 자를 보면 여우 같은 사람이라 하니, 우리가 그 더럽고 괴악한[58] 이름을 듣고 있으나 우리는 참 요망하고 간사한 것이 아니요, 정말 요망하고 간사한 것은 사람이오. 지금 우리와 간사한 사람의 행위를 비교하여 보면 사람과 우리와 명칭을 바꾸었으면 옳겠소.

사람들이 우리를 간교하다 하는 것은 다름 아니라 『전국책』[59]이라 하는 책에 기록하기를, 호랑이가 일백 짐승을 잡아먹으려고 구할새, 먼저 여우를 얻은지라. 여우가 호랑이더러 말하되, 하나님이 나로 하여금 모든 짐승의 어른이 되게 하셨으니, 지금 자네가 나의 말을 믿지 아니하거든 내 뒤를 따라와보라. 모든 짐승이 나를 보면 다 두려워하느니라. 호랑이가 여우의 뒤를 따라가니, 과연 모든 짐승이 보고 벌벌 떨며 두려워하거늘, 호랑이가 여우의 말을 정말로 알고 잡아먹지 못한지라. 이는 저들이 여우를 보고 두려워한 것이 아니라 여우 뒤의 호랑이를 보고 두려워한 것이니, 여우가 호랑이의 위엄을 빌려서 모든 짐승으로 하여금 두렵게 함인데, 사람들은 이것을 빙자하여 우리 여우더러 간사하니 교활하니 하되, 남이 나를 죽이려 하면 어떻게 하든지 죽지 않도록 주선하는 것은 당연한 일이라. 호랑이가 아무리 산중 영웅이라 하지마는 우리에게 속은 것만 어리석은 일이라. 속인 우리야 무슨 불가[60]한 일이 있으리오.

지금 세상 사람들은 당당한 하나님의 위엄을 빌려야 할 터인데, 외국의 세력을 빌려 의뢰하여 몸을 보전하고 벼슬을 얻어 하려 하며, 타국 사람을 부동[61]하여 제 나라를 망하고 제 동포를 압박하니, 그것이 우리 여우보다 나은 일이오? 결단코 우리 여우만 못한 물건들이라 하옵네다. (손뼉 소리 천지진동)

또 나라로 말할지라도 대포와 총의 힘을 빌려서 남의 나라를 위협하여 속국도 만들고 보호국도 만드니, 불한당이 칼이나 육혈포[62]를 가지고 남의 집에 들어가서 재물을 탈취하고 부녀를 겁탈하는 것이나 다를 것이 무엇 있소? 각국이 평화를 보전한다 하여도 하나님의 위엄을 빌려서 도덕상으로 평화를 유지할 생각은 조금도 없고, 전혀 병장기의 위엄으로 평화를 보전하려 하니, 우리 여우가 호랑이의 위엄을 빌려서 제 몸의 죽을 것을 피한 것과 어떤 것이 옳고 어떤 것이 그르오? 또 세상 사람들이 구미호를 요망하다 하나, 그것은 대단히 잘못 아는 것이라. 옛적 책을 볼지라도 꼬리 아홉 있는 여우는 상서라 하였으니,『잠학거류서』라 하는 책에는 말하였으되, '구미호가 도 있으면 나타나고, 나올 적에는 글을 물어 상서를 주문에 지었다' 하였고, 왕포『사자강덕론』이라 하는 책에는 '주나라 문왕이 구미호를 응하여 동편 오랑캐를 돌아오게 하였다' 하였고,『산해경』[63]이라 하는 책에는 '청구국에 구미호가 있어서 덕이 있으면 오느니라' 하였으니, 이런 책을 볼지라도 우리 여우를 요망한 것이라 할 까닭이 없거늘, 사람들이 무식하여 이런 것은 알지 못하고 '여우가 천 년을 묵으면 요사스러운 여편네로 화한다' 하고, 혹은 말하기를 '옛적에 음란한 계집이 죽어서 여우로 태어났다' 하니, 이런 거짓말이 어디 또 있으리오. 사람들은 음란하여 별일이 많되 우리 여우는 그렇지 않소. 우리는 분수를 지켜서 다른 짐승과 교통하는 일이 없고, 우리뿐 아니라 여러분이 다 그러하시되 사람이라 하는 것들은 음란하기가 짝이 없소. 어떤 나라 계집은 개와 통간한 일도 있고, 말과 통간한일도 있으니, 이런 일은 천하만국에 한두 사람뿐이겠지마는, 한 숟가락 국으로 온 솥의 맛을 알 것이라. 근래에 덕의가 끊어지고 인도가 없어져서 세상이 결딴난 일을 이루 다 말할 수 없소. 사람의 행위가 그러하되 오히려 하나님을 두려워하지 아니하며 짐승을 부끄러워하지 아니하고, 대갓집 규중 여자가 논다니[64]로 놀아나서 이 사람 저 사람 호리기와 각부아문[65] 공청[66]에서 기생 불러놀음 놀기, 전정[67]이 만 리 같은 각 학교 학도들이 청루[68] 방에 다니기와, 제 혈육으로 난 자식을 돈 몇 푼에 욕심나서 논다니로 내어놓기, 이런 행위를 볼작시면 말하는 내 입이 다 더러워지오. 에 더러워. 천지간에 더럽고 요망하고 간사한 것은 사람이오. 우리 여우는 그렇지 않소. 저들끼리 간사한 사람을 보면 여우라 하니, 그러한 사람을 여우라 할진댄 지금 세상 사람 중에 여우 아닌 사람이 몇몇이나 있겠소? 또 저희들은 서로 여우 같다 하여도 가만히 듣고 있으되, 만일 우리더러 사람 같다 하면 우리는 그 이름이 더러워서 아니 받겠소. 내 소견 같으면 이후로는 사람을 사람이

라 하지 말고 여우라 하고, 우리 여우를 사람이라 하는 것이 옳은
줄로 아나이다."

제삼석, 정와어해(井蛙語海)⁶⁹ (개구리)

여우가 연설을 그치고 할금할금⁷⁰ 돌아보며 제자리로 내려가니,
또 한편에서 회장을 부르고 아장아장 걸어와서 연단 위에 깡충
뛰어 올라간다. 눈은 톡 불거지고 배는 똥똥하고 키는 작달막한
데 눈을 깜작깜작하며 입을 벌죽벌죽하고 연설한다.

"나의 성명은 말씀 아니 하여도 여러분이 다 아시리다. 나는 출
입이라고는 미나리 논밖에 못 가본 고로 세계 형편도 모르고, 또
맹꽁이를 이웃하여 산 고로 구학문의 맹자 왈 공자 왈은 대강 들
었으나 신학문은 아는 것이 변변치 아니하나, 지금 정와의 어해
라 하는 문제로 대강 인류 사회를 논란코자 하옵네다.

사람들은 거만한 마음이 많아서 저희들이 천하에 제일이라 하
고, 만물 중에 저희가 가장 귀하다고 자칭하지마는, 제 나랏일도
잘 모르면서 양비대담⁷¹하고 큰소리 탕탕하고 주제넘은 말 하는
것들 우스웁디다. 우리 개구리를 가리켜 말하기를, '우물 안 개구
리와 바다 이야기 할 수 없다' 하니, 항상 우물 안에 있는 개구리
는 우물이 좁은 줄만 알고 바다에는 가보지 못하여 바다가 큰지
작은지, 넓은지 좁은지, 긴지 짧은지, 깊은지 얕은지 알지 못하나
못 본 것을 아는 체는 아니 하거늘, 사람들은 좁은 소견을 가지고

외국 형편도 모르고 천하대세도 살피지 못하고 공연히 떠들며, 무엇을 아는 체하고 나라는 다 망하여가건마는 썩은 생각으로 갑갑한 말만 하는도다. 또 어떤 사람들은 제 나라 안에 있어서 제 나랏일도 다 알지 못하면서 보도 듣도 못한 다른 나라 일을 다 아노라고 추척대니 가증하고 우습도다. 연전에 어느 나라 어떤 대관이 외국 대관을 만나서 수작할새 외국 대관이 묻기를,

'대감이 지금 내부대신으로 있으니 전국의 인구와 호수가 얼마나 되는지 아시오?'

한데 그 대관이 묵묵히 무언하는지라. 또 묻기를,

'대감이 전에 탁지[72]대신을 지내었으니 전국의 결총[73]과 국고의 세출, 세입이 얼마나 되는지 아시오?'

한데 그 대관이 또 아무 말도 못 하는지라. 그 외국 대관이 말하기를,

'대감이 이 나라에 나서 이 정부의 대신으로 이같이 모르니 귀국을 위하여 가석[74]하도다.'

하였고, 작년에 어느 나라 내부에서 각 읍에 훈령하고 부동산을 조사하여보아라 하였더니, 어떤 군수는 보하기를, '이 고을에는 부동산이 없다' 하여 일세의 웃음거리가 되었으니, 이같이 제 나라 일도 크나 작으나 도무지 아는 것 없는 것들이 일본이 어떠하니, 아라사[75]가 어떠하니, 구라파가 어떠하니, 아미리가[76]가 어떠하니 제가 가장 아는 듯이 지껄이니 기가 막히오. 대저 천지의 이치는 무궁무진하여 만물의 주인 되시는 하나님밖에 아는 이가 없는지라, 『논어』에 말하기를 '하나님께 죄를 얻으면 빌 곳이 없다'

하였는데, 그 주에 말하기를 '하나님은 곧 이치라' 하였으니, 하나님이 곧 이치요, 하나님이 곧 만물 이치의 주인이라. 그런고로 하나님은 곧 조화주요, 천지만물의 대주재[77]시니 천지만물의 이치를 다 아시려니와, 사람은 다만 천지간의 한 물건인데 어찌 이치를 알 수 있으리오. 여간 좀 연구하여 아는 것이 있거든 그 아는 대로 세상에 유익하고 사회에 효험 있게 아름다운 사업을 영위할 것이어늘, 조그만치 남보다 먼저 알았다고 그 지식을 이용하여 남의 나라 빼앗기와 남의 백성 학대하기와 군함, 대포를 만들어서 악한 일에 종사하니, 그런 나라 사람들은 당초에 사람 되는 영혼을 주지 아니하였더면 도리어 좋을 뻔하였소. 또 더욱 도리에 어기어지는 일이 있으니, 나의 지식이 저 사람보다 조금 낫다고 하면 남을 가르쳐준다 하고 실상은 해롭게 하며, 남을 인도하여 준다 하고 제 욕심 채우는 일만 하며, 어떤 사람은 제 나라 형편도 모르면서 타국 형편을 아노라고 외국 사람을 부동하여, 임금을 속이고 나라를 해치며 백성을 위협하여 재물을 도둑질하고 벼슬을 도둑하며 개화하였다 자칭하고, 양복 입고, 단장 짚고, 궐련 물고, 시계 차고, 살죽경[78] 쓰고, 인력거나 자행거[79] 타고, 제가 외국 사람인 체하여 제 나라 동포를 압제하며, 혹은 외국 사람 상종함을 영광으로 알고 아첨하며, 제 나라 일을 변변히 알지도 못하는 것을 가르쳐주며, 여간 월급냥이나 벼슬아치나 얻어 하느라고 남의 나라 정탐꾼이 되어 애매한 사람 모함하기, 어리석은 사람 위협하기로 능사를 삼으니, 이런 사람들은 안다 하는 것이 도리어 큰 병통이 아니오?

우리 개구리의 족속은 우물에 있으면 우물에 있는 분수를 지키고, 미나리 논에 있으면 미나리 논에 있는 분수를 지키고, 바다에 있으면 바다에 있는 분수를 지키나니, 그러면 우리는 사람보다 상등이 아니오니까? (손뼉 소리 짤각짤각)

또 무슨 동물이든지 자식이 아비 닮는 것은 하나님의 정하신 뜻이라. 우리 개구리는 대대로 자식이 아비 닮고 손자가 할아비를 닮되, 형용도 똑같고 성품도 똑같아서 추호도 틀리지 않거늘, 사람의 자식은 제 아비 닮는 것이 별로 없소. 요임금의 아들이 요임금을 닮지 아니하고, 순임금의 아들이 순임금과 같지 아니하고, 하우씨[80]와 은왕 성탕[81]은 성인이로되, 그 자손 중에 포학하기로 유명한 걸,[82] 주[83] 같은 이가 났고, 왕건[84] 태조는 영웅이로되 왕우,[85] 왕창[86]이가 생겼으니, 일로 보면 개구리 자손은 개구리를 닮되 사람의 새끼는 사람을 닮지 아니하도다. 그러한즉 천지자연의 이치를 지키는 자는 우리가 사람에게 비교할 것이 아니요, 만일 아비를 닮지 아니한 자식을 마귀의 자식이라 할진대 사람의 자식은 다 마귀의 자식이라 하겠소.

또 우리는 관가 땅에 있으면 관가를 위하여 울고, 사사[87] 땅에 있으면 사사를 위하여 울거늘, 사람은 한 번만 벼슬자리에 오르면 붕당[88]을 세워서 권리 다툼하기와, 권문세가에 아첨하러 다니기와, 백성을 잡아다가 주리 틀고 돈 빼앗기와 무슨 일을 당하면 청촉[89] 듣고 뇌물 받기와 나랏돈 도적질하기와 인민의 고혈을 빨아먹기로 종사하니, 날더러 도적놈 잡으라 하면 벼슬하는 관인들은 거반 다 감옥서 감이요, 또 우리들의 우는 것이 울 때에 울고,

길 때에 기고, 잠잘 때에 자는 것이 천지 이치에 합당하거늘, 불란서라 하는 나라 양반들이 우리 개구리의 우는 소리를 듣기 싫다고 백성들을 불러 개구리를 다 잡으라 하다가, 마침내 혁명당이 일어나서 난리가 되었으니, 사람같이 무도한 것이 세상에 또 있으리오. 당나라 때에 한 사람이 우리를 두고 글을 짓되, '개구리가 도의 맛을 아는 것 같아 연꽃 깊은 곳에서 운다' 하였으니, 우리의 도덕심 있는 것은 사람도 아는 것이라. 우리가 어찌 사람에게 굴복하리오. 동양 성인 공자께서 말씀하시기를, '아는 것은 안다 하고, 알지 못하는 것은 알지 못한다 하는 것이 정말 아는 것이라'[90] 하셨으니, 저희들이 천박한 지식으로 남을 속이기를 능사로 알고 천하만사를 모두 아는 체하니, 우리는 이같이 거짓말은 하지 아니하오. 사람이란 것은 하나님의 이치를 알지 못하고 악한 일만 많이 하니 그대로 둘 수가 없으니, 차후는 사람이라 하는 명칭을 주지 마는 것이 대단히 옳을 줄로 생각하오."

넙죽넙죽 하는 말이 소진,[91] 장의[92]가 오더라도 당치 못할러라. 말을 그치고 내려오니 또 한편에서 회장을 부르고 나는 듯이 연설단에 올라간다.

제사석, 구밀복검(口蜜腹劍)[93] (벌)

허리는 잘록하고 체격은 조그마한데 두 어깨를 떡 벌리고 청량[94]한 소리로 머리를 까딱까딱하면서 연설한다.

"나는 벌이올시다. 지금 구밀복검이라 하는 문제를 가지고 잠깐 두어 마디 말씀할 터인데, 먼저 서양서 들은 이야기를 잠깐 하오리다.

당초에 천지개벽할 때에 하나님이 에덴동산을 준비하사 각색 초목과 각색 짐승을 그 안에 두고 사람을 만들어 거기서 살게 하시니, 그 사람의 이름은 아담이라 하고 그 아내는 이와[95]라 하였는데, 지금 온 세상 사람들의 조상이라. 사람은 특별히 모양이 하나님과 같고 마음도 하나님과 같게 하였으니, 사람은 곧 하나님의 아들이라 하는 뜻을 잊지 말고 하나님의 마음을 본받아 지극히 착하게 되어야 할 터인데, 아담과 이와가 죄를 짓고 에덴동산에서 쫓겨난지라. 우리 벌의 조상은 죄도 아니 짓고 하나님의 뜻대로 순종하여 각색 초목의 꽃으로 우리의 전답[96]을 삼고 꿀을 농사하여 양식을 만들어 복락을 누리니, 조상 적부터 우리가 사람보다 나은지라. 세상이 오래되어갈수록 사람은 하나님과 더욱 멀어지고, 오늘날 와서는 거죽은 사람의 형용이 그대로 있지마는 실상은 시랑[97]과 마귀가 되어 서로 싸우고, 서로 죽이고, 서로 잡아먹어서, 약한 자의 고기는 강한 자의 밥이 되고, 큰 것은 작은 것을 압제하여 남의 권리를 늑탈[98]하여 남의 재산을 속여 빼앗으며, 남의 토지를 앗아 가며, 남의 나라를 위협하여 망케 하니, 그 흉측하고 악독함을 무엇이라 이르겠소? 사람들이 우리 벌을 독한 사람에게 비유하여 말하기를, '입에 꿀이 있고 배에 칼이 있다' 하나 우리 입의 꿀은 남을 꾀려 하는 것이 아니라 우리 양식을 만드는 것이요, 우리 배의 칼은 남을 공연히 쏘거나 찌르는 것이 아니라 남이 나를 해치려 하는 때에 정당방위로 쓰는 칼이요, 사람같이 입으로는 꿀같이 말을 달게 하고 배에는 칼 같은 마음을 품은 우리가 아니오. 또 우리의 입은 항상 꿀만 있으되 사람의 입은 변화가 무쌍하여 꿀같이 단 때도 있고, 고추같이 매운 때도 있고, 칼같이 날카로운 때도 있고, 비상같이 독한 때도 있어서, 맞대하였을 때에는 꿀을 들어붓는 것같이 달게 말하다가 돌아서면 흉보고, 욕하고, 노여워하고, 악담하며, 좋아지낼 때에는 깨소금 항아리같이 고소하고 맛있게 수작하다가, 조금만 미흡한 일이 있으면 죽일 놈 살릴 놈 하며 무성포[99]가 있으면 곧 놓아 죽이려 하니 그런 악독한 것이 어디 또 있으리오. 에, 여러분, 여보시오, 그래, 우리 짐승 중에 사람들처럼 그렇게 악독한 것들이 있단 말이오? (손뼉 소리 귀가 막막)

사람들이 서로 욕설하는 소리를 들으면 참 귀로 들을 수 없소. 별 흉악망측한 말이 많소. '빠가,' '갓뎀' 같은 욕설은 오히려 관계치 않소. '네밀 붙을 놈,' '염병에 땀을 못 낼 놈' 하는 욕설은 제 입을 더럽히고 제 마음 악한 줄을 모르고 얼씬하면 이런 욕설을 함부로 하니 어떻게 흉악한 소리요. 에, 사람의 입에는 도덕상 좋은 말은 별로 없고 못된 소리만 쓸데없이 지저귀니 그것들을 사람이라고? 그것들을 만물 중에 가장 귀한 것이라고? 우리는 천지간의 미물이로되 그렇지는 않소. 또 우리는 임금을 섬기되 충성을 다하고, 장수를 뫼시되 군령[100]이 분명하여, 다 각각 직업을 지켜 일을 부지런히 하여 주리지 아니하거늘, 어떤 나라 사람들은 제 임금을 죽이고 역적의 일을 하며 제 장수의 명령을 복종치 아니하고 난병[101]도 되며, 백성들은 게을러서 아무 일도 아니 하고 공연히 쏘다니며 놀고 먹고 놀고 입기 좋아하며, 술이나 먹고, 노름이나 하고, 계집의 집이나 찾아다니고, 협잡이나 하고, 그렁저렁 세월을 보내어 집이 구차하고 나라가 간난하니 사람으로 생겨나서, 우리 벌들보다 낫다 하는 것이 무엇이오? 서양의 어느 학자가 우리를 두고 노래를 지었으니,

아침 이슬 저녁볕에
이 꽃 저 꽃 찾아가서
부지런히 꿀을 물고
제 집으로 돌아와서
반은 먹고 반은 두어
겨울 양식 저축하여
무한 복락 누릴 때에
하나님의 은혜라고
빛난 날개 좋은 소리
아름답게 찬미하네

그래, 사람 중에 사람스러운 것이 몇이나 있소? 우리는 사람들에게 시비[102] 들을 것 조금도 없소. 사람들의 악한 행위를 말하려면 끝이 없겠으나 시간이 부족하여 그만둡네."

제오석, 무장공자(無腸公子)[103] (게)

벌이 연설을 그치고 미처 연설단에 내려서기 전에 또 한편에서
회장을 부르고 나오니, 모양이 기괴하고 눈에 영채[104]가 있어 힘센
장수같이 두 팔을 쩍 벌리고 어깨를 추썩추썩하며 하는 말이,

"나는 게올시다. 지금 무장공자라 하는 문제로 연설할 터인데,
무장공자라 하는 말은 창자 없는 물건이라 하는 말이니, 옛적에
포박자[105]라 하는 사람이 우리 게의 족속을 가리켜 무장공자라 하
였으니 대단히 무례한 말이로다. 그래, 우리는 창자가 없고 사람
들은 창자가 있소? 시방 세상에 사는 사람 중에 옳은 창자 가진
사람이 몇 명이나 되겠소? 사람의 창자는 참 썩고 흐리고 더럽소.
의복은 능라주의[106]로 지르르 흐르게 잘 입어서 외양은 좋아도 다
가죽만 사람이지 그 속에는 똥밖에 아무것도 없소. 좋은 칼로 배
를 가르고 그 속을 보면, 구린내가 물큰물큰 나오. 지금 어떤 나
라 정부를 보면 깨끗한 창자라고는 아마 몇 개가 없으리다. 신문
에 그렇게 나무라고, 사회에서 그렇게 시비하고, 백성이 그렇게
원망하고, 외국 사람이 그렇게 욕들을 하여도 모르는 체하니 이
것이 창자 있는 사람들이오? 그 정부에 옳은 마음 먹고 벼슬하는
사람 누가 있소? 한 사람이라도 있거든 있다고 하시오. 만판[107] 경
륜[108]이 임금 속일 생각, 백성 잡아먹을 생각, 나라 팔아먹을 생각
밖에 아무 생각 없소. 이같이 썩고 더럽고 똥만 들어서 구린내가
물큰물큰 나는 창자는 우리의 없는 것이 도리어 낫소. 또 욕을 보

28

아도 성낼 줄도 모르고, 좋은 일을 보아도 기뻐할 줄 알지 못하는 사람이 많이 있소. 남의 압제를 받아 살 수 없는 지경에 이르되 깨닫고 분한 마음 없고, 남에게 그렇게 욕을 보아도 노여워할 줄 모르고 종노릇하기만 좋게 여기고 달게 여기며, 관리의 무례한 압박을 당하여도 자유를 찾을 생각이 도무지 없으니, 이것이 창자 있는 사람들이라 하겠소? 우리는 창자가 없다 하여도 남이 나를 해치려 하면 죽더라도 가위로 집어 한 놈 물고 죽소. 내가 한 번 어느 나라에 지나다가 보니 외국 병정이 지나가는데, 그 나라 부인을 건드려 젖통이를 만지려 하매 그 부인이 소리를 지르고 욕을 한즉, 그 병정이 발로 차고 손으로 때려서 행악이 무쌍한지라. 그 나라 사람들이 모여 서서 그것을 구경만 하고 한 사람도 대들어 그 부인을 도와주고 구원하여주는 사람이 없으니, 그 사람들은 그 부인이 외국 사람에게 당하는 것을 상관없는 줄로 알아서 그러한지 겁이 나서 그러한지, 결단코 남의 일이 아니라 저의 동포가 당하는 일이니 저희들이 당함이어늘, 그것을 보고 분낼 줄 모르고 도리어 웃고 구경만 하니, 그 부인의 오늘날 당하는 욕이 내일 제 어미나 제 아내에게 또 돌아올 줄을 알지 못하는가? 이런 것들이 창자 있다고 사람이라 자긍[109]하니 허리가 아파 못살겠소. 창자 없는 우리 게는 어찌하면 좋겠소? 나라에 경사가 있으되 기뻐할 줄 알지 못하여 국기 하나 내어 꽂을 줄 모르니 그것이 창자 있는 것이오? 그런 창자는 부럽지 않소. 창자 없는 우리 게의 행한 사적을 좀 들어보시오. 송나라 때 추호라 하는 사람이 채경에서 사로잡혀 소주로 귀양 갈 때 우리가 구원하였으며, 산주

구세라 하는 때에 한 처녀가 죽게 된 것을 살려내느라고 큰 뱀을 우리 가위로 잘라 죽였으며, 산신과 싸워서 호인의 배를 구원하였고, 객사한 송장을 드러내어 음란한 계집의 죄를 발각하였으니, 우리의 행한 일은 다 옳고 아름다운 일이오, 사람같이 더러운 일은 하지 않소. 또 사람들도 우리의 행위를 자세히 아는 고로 '게도 제 구멍이 아니면 들어가지 아니한다'[110]는 속담이 있소. 참 그러하지요. 우리는 암만 급하더라도 들어갈 구멍이라야 들어가지, 부당한 구멍에는 들어가지 않소. 사람들을 보면 부당한 데로 들어가는 사람이 많소. 부모처자를 내버리고 중이 되어 산속으로 들어가는 이도 있고, 여염[111]집 부인네들은 음란한 생각으로 불공한다 핑계하고 절간 초막으로 들어가는 이도 있고, 명예 있는 신사라 자칭하고 쓸데없는 돈 내버리러 기생집에 들어가는 이도 있고, 옳은 길 내버리고 그른 길로 들어가는 사람, 옳은 종교 싫다 하고 이단으로 들어가는 사람, 돌을 안고 못으로 들어가는 사람, 섶을 지고 불로 들어가는 사람, 이루 다 말할 수 없소. 당연히 들어갈 데와 못 들어갈 데를 분별치 못하고 못 들어갈 데를 들어가서 화를 당하고 패를 보고 해를 끼치니, 이런 사람들이 무슨 창자 있노라고 우리의 창자 없는 것을 비웃소? 지금 사람들을 보면 그 창자가 다 썩어서 미구[112]에 창자 있는 사람은 한 개도 없이 다 무장공자가 될 것이니, 이다음에는 사람더러 무장공자라 불러야 옳겠소."

제육석, 영영지극(營營之極)[113] (파리)

게가 입에서 거품이 부걱부걱 나오며 수용산출[114]로 하던 말을 그치고 엉금엉금 기어 내려가니, 파리가 또 회장을 부르고 나는 듯이 연단에 올라가서 두 손을 싹싹 비비면서 말을 한다.

"나는 파리올시다. 사람들이 우리 파리를 가리켜 말하기를, '파리는 간사한 소인이라' 하니, 대저 사람이라 하는 것들은 저의 흉은 살피지 못하고 다만 남의 말은 잘하는 것들이오. 간사한 소인의 성품과 태도를 가진 것들은 사람들이오. 우리는 결단코 소인의 성품과 태도를 가진 것이 아니오. 『시전』[115]이라 하는 책에 말하기를, '영영한[116] 푸른 파리가 횃대[117]에 앉았다' 하였으니, 이것은 우리를 가리켜 한 말이 아니라 사람들을 비유한 말이오. 옛 글에 '방에 가득한 파리를 쫓아도 없어지지 않는다' 하는 말도 우리를 두고 한 말이 아니라, 사람 중의 간사한 소인을 가리켜 한 말이오. 우리는 결단코 간사한 일은 하지 아니하였소마는, 인간에는 참 소인이 많습디다. 사슴을 가리켜 말이라 하여 임금을 속인 것이 비단 조고[118] 한 사람뿐 아니라, 지금 망하여가는 나라 조정을 보면 온 정부가 다 조고 같은 간신이요, 천자를 끼고 제후에게 호령함이 또한 조조[119] 한 사람뿐 아니라, 지금은 도덕은 떨어지고 효박[120]한 풍기를 보면 온 세계가 다 조조 같은 소인이라 웃음 속에 칼이 있고 말 속에 총이 있어, 친구라고 사귀다가 저 잘되면 차버리고, 동지라고 상종타가 남 죽이고 저 잘되기, 누구누구는 빈천지교[121] 저버리고 조강지처[122] 내쫓으니 그것이 사람이며, 아무아무 유지지사[123] 고발하여 감옥서에 몰아넣고 저 잘되기 희망하니, 그것도 사람인가? 쓸개에 가 붙고 간에 가 붙어 요리조리 알씬알씬하는 사람 정말 밉기도 밉습디다. 여러분도 다 아시거니와 그래 공담[124]으로 말하자면 우리가 소인이오, 사람들이 간물[125]이오? 생각들 하여보시오. 또 우리는 먹을 것을 보면 혼자 먹는 법 없소. 여러 족속을 청하고 여러 친구를 불러서 화락한 마음으로 한가지로 먹지마는, 사람들은 이 끝만 보면 형제간에도 의가 상하고 일가간에도 정이 없어지며, 심한 자는 서로 골육상쟁하기를 예사로 아니, 참 기가 막히오. 동포끼리 서로 사랑하고, 서로 구제하는 것은 하나님의 이치어늘 사람들은 과연 저희 동포끼리 서로 사랑하는가? 저들끼리 서로 빼앗고, 서로 싸우고, 서로 시기하고, 서로 흉보고, 서로 총을 놓아 죽이고, 서로 칼로 찔러 죽이고, 서로 피를 빨아 마시고, 서로 살을 깎아 먹되 우리는 그렇지 않소. 세상에 제일 더러운 것은 똥이라 하지마는, 우리가 똥을 눌 때 남이 다 보고 알도록 흰 데는 검게 누고, 검은 데는 희게 누어서 남을 속일 생각은 하지 않소. 사람들은 똥보다 더 더러운 일을 많이 하지마는 혹 남의 눈에 보일까, 남의 입에 오르내릴까 겁을 내어 은밀히 하되, 무소부지[126]하신 하나님은 먼저 아시고 계시오. 옛적에 유형이라 하는 사람은 부채를 들고 참외에 앉은 우리를 쫓고, 왕사라 하는 사람은 칼을 빼어 먹[127]을 먹는 우리를 쫓을새, 저 사람들이 그렇게 쫓되 우리가 가지 아니함을 성내어 하는 말이, '파리는 쫓아도 도로 온다' 미워하니, 저희들이 쫓을 것은 쫓지 아니하고 아니 쫓을 것은 쫓는도다. 사람들은 우리를 쫓으려 할 것이 아니라, 불가불 쫓을 것이 있으니, 사람들아, 부채를 놓고 칼을 던지고 잠깐 내 말을 들어라. 너희들이 당연히 쫓을 것은 너희 마음을 수고롭게 하는 마귀니라. 사람들아 사람들아, 너희들은 너희 마음속에 있는 물욕을 쫓아버려라. 너희 머릿속에 있는 썩은 생각을 내어쫓으라. 너희 조정에 있는 간신들을 쫓아버려라. 너희 세상에 있는 소인들을 내어쫓으라. 참외가 다 무엇이며, 먹이 다 무엇이냐? 사람들아 사람들아, 우리 수십억만 마리가 일제히 손을 비비고 비나니, 우리를 미워하지 말고 하나님이 미워하시는 너희를 해치는 여러 마귀를 쫓으라. 손으로만 빌어서 아니 들으면 발로라도 빌겠다."

의기가 양양하여 사람을 저희 똥만치도 못하게 나무라고 겸하여 충고의 말로 권고하고 내려간다.

제칠석, 가정이맹어호(苛政猛於虎)[128] (호랑이)

웅장한 소리로 회장을 부르니 산천이 울린다. 연단에 올라서서 머리를 설레설레 흔들고 좌중을 내려다보니 눈알이 등불 같고 위풍이 늠름한데, 주홍 같은 입을 떡 벌리고 어금니를 부지직 갈며 연설하는데, 좌중이 종용[129]하다.

"본원의 이름은 호랑인데 별호[130]는 산군[131]이올시다. 여러분 중에도 혹 아시는 이도 있을 듯하오. 지금 가정이 맹어호라 하는 문제를 가지고 두어 마디 할 터인데, 이것은 여러분 아시는 것과 같이, 옛적 유명한 성인 공자님이 하신 말씀이라. 가정이 맹어호라 하는 뜻은 까다로운 정사가 호랑이보다 무섭다 함이니, 양자[132]라 하는 사람도 이와 같은 말이 있는데 '혹독한 관리는 날개 있고 뿔 있는 호랑이와 같다' 한지라. 세상에 사람들이 말하기를, '제일 포악하고 무서운 것은 호랑이라' 하였으니, 자고이래로 사람들이 우리에게 해를 받은 자가 몇 명이나 되느뇨? 도리어 사람이 사람에게 해를 당하며 살육을 당한 자가 몇억만 명인지 알 수 없소. 우리는 설사 포악한 일을 할지라도 깊은 산과 깊은 골과 깊은 수풀 속에서만 횡행할 뿐이요, 사람처럼 청천백일지하에 왕궁 국도에서는 하지 아니하거늘, 사람들은 대낮에 사람을 죽이고 재물을 빼앗으며 죄 없는 백성을 감옥서에 몰아넣어서 돈 바치면 내어놓고 세 없으면 죽이는 것과, 임금은 아무리 인자하여 사전[133]을 내리더라도 법관이 용사[134]하여 공평치 못하게 죄인을 조종하고, 돈을 받고 벼슬을 내어서 그 벼슬한 사람이 그 밑천을 뽑으려고 음흉한 수단으로 정사를 까다롭게 하여 백성을 못 견디게 하니, 사람들의 악독한 일을 우리 호랑이에게 비하여 보면 몇만 배가 될는지 알 수 없소. 또 우리는 다른 동물을 잡아먹더라도 하나님이 만들어주신 발톱과 이빨로 하나님의 뜻을 받아 천성의 행위를 행할 뿐이어늘, 사람들은 학문을 이용하여 화학이니 물리학이니 배워서 사람의 도리에 유익한 옳은 일에 쓰는 것은 별로 없고, 각색 병기를 발명하여 군함이니 대포니 총이니 탄환이니 화약이니 칼이니 활이니 하는 등물을 만들어서 재물을 무한히 내버리고 사람을 무수히 죽여서, 나라를 만들 때의 만반 경륜은 다 남을 해하려는 마음뿐이라. 그런고로 영국 문학박사 판스라 하는 사람이 말하기를, '사람이 사람에게 대하여 잔인한 까닭으로 수천만 명 사람이 참혹한 지경에 들어갔도다' 하였고, 옛날 진회왕[135]이 초회왕[136]을 청하매 초회왕이 진나라에 들어가려 하거늘, 그 신하 굴평[137]이 간하여 가로되, '진나라는 호랑이 나라이라 가히 믿지 못할지니 가시지 마소서' 하였으니, 호랑이의 나라가 어찌 진나라 하나뿐이리오. 오늘날 오대주[138]를 둘러보면, 사람 사는 곳곳마다 어느 나라가 욕심 없는 나라가 있으며, 어느 나라가 포악하지 아니한 나라가 있으며, 어느 인간에 고상한 천리를 말하는 자가 있으며, 어느 세상에 진정한 인도를 의논하는 자가 있느뇨? 나라마다 진나라요, 사람마다 호랑이라. 세상 사람들이 말하기를, 호랑이는 포악 무쌍한 것이라 하되, 이것은 알지 못하는 말이로다. 우리는 원래 천품이 은혜를 잘 갚고 의리를 깊이 아나니, 글자 읽은 사람은 짐작할 듯하오. 옛적에, 진나라 곽무자라 하는 사람이 호랑이 목구멍에 걸린 뼈를 빼내어주었더니 사슴을 드려 은혜를 갚았고, 영윤 자문을 낳아서 몽택에 버렸더니 젖을 먹여 길렀으며, 양위의 효성을 감동하여 몸을 물리쳤으니, 이런 일을 보면 우리가 은혜를 감동하고 의리를 아는 것이라. 사람들로 말하면 은혜를 알고 의리를 지키는 사람이 몇몇이나 되겠소? 옛적 사람이 말하기를, '호랑이를 기르면 후환이 된다' 하여 지금까지 양호유환[139]이라 하는 문자를 쓰지마는, 되지 못한 사람의 새끼를 기르는 것이 도리어 정말 후환이 되는지라. 호랑이 새끼를 길러서 돈을 모으는 사람은 있으되 사람의 자식을 길러서 덕을 보는 사람은 별로 없소. 또 속담에 이르기를, 호랑이 죽음은 껍질에 있고 사람의 죽음은 이름에 있다 하니, 지금 세상 사람의 정말 명예 있는 사람이 몇 명이나 있소? 인생칠십고래희[140]라, 한세상 살 동안이 얼마 되지 아니한데 옳은 일만 할지라도 다 못 하고 죽을 터인데 꿈결 같은 이 세상을 구구히 살려 하여 못된 일 할 생각이 시꺼멓게 있어서, 앞문으로 호랑이를 막고 뒷문으로 승냥이를 불러들이는 자도 있으니 어찌 불쌍치 아니하리오. 옛적 사람은 호랑이의 가죽을 쓰고 도적질하였으나, 지금 사람들은 껍질은 사람의 껍질을 쓰고 마음은 호랑이의 마음을 가져서 더욱 험악하고 더욱 흉포한지라. 하나님은 지공무사[141]하신 하나님이시니, 이같이 험악하고 흉포한 것들에게 제일 귀하고 신령하다는 권리를 줄 까닭이 무엇이오? 사람으로 못된 일 하는 자의 종자를 없애는 것이 좋은 줄로 생각하옵네다."

제팔석, 쌍거쌍래(雙去雙來)[142] (원앙)

호랑이가 연설을 그치고 내려가니, 또 한편에서, 형용이 단정하고 태도가 신중한 어여쁜 원앙새가 연단에 올라서서 애연[143]한 목소리로 말을 한다.

"나는 원앙이올시다. 여러분이 인류의 악행을 공격하는 것이 다 절당[144]한 말씀이로되 인류의 제일 괴악한 일은 음란한 것이오.

하나님이 사람을 내실 때에 한 남자에 한 여인을 내셨으니, 한 사나이와 한 여편네가 서로 저버리지 아니함은 천리에 정한 인륜이라. 사나이도 계집을 여럿 두는 것이 옳지 않고 여편네도 서방을 여럿 두는 것이 옳지 않거늘, 세상 사람들은 다 생각하기를, 사나이는 계집을 많이 두고 호강하는 것이 좋은 것인 줄로 알고 처첩을 두셋씩 두는 사람도 있으며, 어떤 사람은 오륙 명 두는 자도 있으며, 혹은 장가 든 뒤에 그 아내를 돌아다보지 아니하고 두 번 세 번 장가드는 자도 있으며, 혹은 아내를 소박하고 첩을 사랑하다가 패가망신하는 자도 있으니, 사나이가 두 계집 두는 것은 천리에 어기어짐이라. 계집이 두 사나이를 두면 변고로 알고 사나이가 두 계집 두는 것은 예사로 아니, 어찌 그리 편벽되며, 사나이가 남의 계집 도적함은 꾸짖지 아니하고, 계집이 남의 사나이를 상관하면 큰 변인 줄 아니, 어찌 그리 불공하오? 하나님의 천연한 이치로 말할진대 사나이는 아내 한 사람만 두고 여편네는 남편 한 사람만 좇을지라. 무론 남녀하고 두 사람을 두든지 섬기는 것은 옳지 아니하거늘, 지금 세상 사람들은 괴악하고 음란하고 박정[145]하여 길가의 한 가지 버들을 꺾기 위하여 백년해로하려던 사람을 잊어버리고, 동산의 한 송이 꽃을 보기 위하여 조강지처를 내쫓으며, 남편이 병이 들어 누웠는데 의원과 간통하는 일도 있고, 복을 빌어 불공한다 가탁[146]하고 중서방 하는 일도 있고, 남편 죽어 사흘이 못 되어 서방 해갈[147] 주선하는 일도 있으니, 사람들은 계집이나 사나이나 인정도 없고 의리도 없고 다만 음란한 생각뿐이라 할 수밖에 없소. 우리 원앙새는 천지간에 지극히 작은 물건이로되 사람과 같이 그런 더러운 행실은 아니 하오. 남녀의 법이 유별하고 부부의 윤기[148]가 지중한 줄을 아는 고로 음란한 일은 결코 없소. 사람들도 우리 원앙새의 역사를 짐작하기로 이야기하는 말이 있소. 옛날에 한 사냥꾼이 원앙새 한 마리를 잡았더니, 암원앙새가 수원앙새를 잃고 수절하여 과부로 있은 지 일년 만에 또 그 사냥꾼의 화살에 맞아 얻은 바 된지라. 사냥꾼이 원앙새를 잡아 가지고 집으로 돌아와서 털을 뜯을새, 날개 아래 무엇이 있거늘 자세히 보니 거년[149]에 자기가 잡아 온 수원앙새의 대가리라. 이것은 암원앙새가 수원앙새와 같이 있다가 수원앙새가 사냥꾼의 화살을 맞아서 떨어지니, 그 창황[150] 중에도 수원앙새의 대가리를 집어 가지고 숨어서 일시의 난을 피하여 짝 잃은 한을 잊지 아니하고 서방의 대가리를 날개 밑에 끼고 슬피 세월을 보내다가 또한 사냥꾼에게 얻은 바 된지라. 그 사냥꾼이 이것을 보고 정절이 지극한 새라 하여 먹지 아니하고 정결한 땅에 장사를 지낸 후로부터 다시는 원앙새는 잡지 아니하였다 하니, 우리 원앙새는 짐승이로되 절개를 지킴이 이러하오. 사람들의 행위를 보면 추하고 비루[151]하고 음란하여 우리보다 귀하다 할 것이 조금도 없소. 사람들의 행사를 대강 말할 터이니 잠깐 들어보시오. 부인이 죽으면 불쌍히 여기는 남편이 몇이나 되겠소? 상처한 후에 사나이 수절하였다는 말은 들어보도 못하였소. 낱낱이 재취를 하든지 첩을 얻든지, 자식에게 못 할 노릇 하고 집안에 화근을 일으키어 화기[152]를 손상케 하고, 계집으로 말하면 남편 죽은 후에 수절하는 사람은 많으나 속으로 서방질 다니며 상부[153]한 지 며칠이 못 되어 개가할 길 찾느라고 분주한 계집도 있고, 또 자식을 낳아서 개구멍이나 다리 밑에 내버리는 것도 있으며, 심한 계집은 간부에게 혹하여 산 서방을 두고 도망질하기와 약을 먹여 죽이는 일까지 있으니, 저희들의 별별 괴악한 일은 이루 다 말할 수 없소. 세상에 제일 더럽고 괴악한 것은 사람이라, 다 말하려면 내 입이 더러워질 터이니까 그만두겠소."

원앙새가 연설을 그치고 연단에서 내려오니, 회장이 다시 일어나서 말한다.

폐회

"여러분 하시는 말씀을 들으니 다 옳으신 말씀이오. 대저 사람이라 하는 동물은 세상에 제일 귀하다 신령하다 하지마는, 나는 말하자면, 제일 어리석고 제일 더럽고 제일 괴악하다 하오. 그 행위를 들어 말하자면 한정이 없고, 또 시간이 진하였으니[154] 그만 폐회하오."

하더니 그 안에 모였던 짐승이 일시에 나는 자는 날고, 기는 자는 기고, 뛰는 자는 뛰고, 우는 자도 있고, 짖는 자도 있고, 춤추는 자도 있어, 다 각각 돌아가더라.

슬프다! 여러 짐승의 연설을 듣고 가만히 생각하여보니, 세상에 불쌍한 것이 사람이로다. 내가 어찌하여 사람으로 태어나서 이런 욕을 보는고? 사람은 만물 중에 귀하기로 제일이요, 신령하기도 제일이요, 재주도 제일이요, 지혜도 제일이라 하여 동물 중에 제일 좋다 하더니, 오늘날로 보면 제일 악하고 제일 흉괴[155]하고 제일 음란하고 제일 간사하고 제일 더럽고 제일 어리석은 것은 사람이로다. 까마귀처럼 효도할 줄도 모르고, 개구리처럼 분수 지킬 줄도 모르고, 여우보담도 간사하고 호랑이보담도 포악하고 벌과 같이 정직하지도 못하고, 파리같이 동포 사랑할 줄도 모르고, 창자 없는 일은 게보다 심하고, 부정한 행실은 원앙새가 부끄럽도다. 여러 짐승이 연설할 때 나는 사람을 위하여 변명 연설을 하리라 하고 몇 번 생각하여본즉 무슨 말로 변명할 수가 없고, 반대를 하려 하나 현하지변[156]을 가졌더라도 쓸데가 없도다. 사람이 떨어져서 짐승의 아래가 되고, 짐승이 도리어 사람보다 상등이 되었으니, 어찌하면 좋을꼬? 예수 씨의 말씀을 들으니 하나님이 아직도 사람을 사랑하신다 하니, 사람들이 악한 일을 많이 하였을지라도 회개하면 구원 있는 길이 있다 하였으니, 이 세상에 있는 여러 형제자매는 깊이깊이 생각하시오.

자유종 自由鍾

이해조

천지간 만물 중에 동물 되기 희한하고, 천만 가지 동물 중에 사람 되기 극난하다. 그같이 희한하고 그같이 극난한 동물 중 사람이 되어 압제를 받아 자유를 잃게 되면 하늘이 주신 사람의 직분을 지키지 못함이어늘, 하물며 사람 사이에 여자 되어 남자의 압제를 받아 자유를 빼앗기면 어찌 희한코 극난한 동물 중 사람의 권리를 스스로 버림이 아니라 하리오.

여보, 여러분, 나는 옛날 태평 시대에 숙부인[1]까지 바쳤더니 지금은 가련한 민족 중의 한 몸이 된 신설헌이올시다. 오늘 이매경 씨 생신에 청첩을 인하여 왔더니 마침 홍국란씨와 강금운씨와 그 외 여러 귀중하신 부인들이 만좌[2]하셨으니 두어 말씀 하오리다.

이전 같으면 오늘 이러한 잔치에 취하고 배부르면 무슨 걱정 있으리까마는, 지금 시대가 어떠한 시대며 우리 인족[3]은 어떠한 인족이오? 내 말이 연설 체격[4]과 흡사하나 우리 규중 여자도 결코

모를 일이 아니올시다.

일본도 삼십 년 전 형편이 우리나라보다 우심하여 혹 천하대세라 혹 자국전도라 말하는 자는, 미친 자라 괴악한 사람이라 지목하고 인류로 치지 않더니, 점점 연설이 크게 열리매 전도하는 교인같이 거리거리 떠드나니 국가 형편이요, 부르나니 민족 사세라. 이삼 인 모꼬지[5]라도 술잔을 대하기 전에 소회를 말하고 마시니, 전국 남녀들이 십여 년을 한담도 끊고 잡담도 끊고 언필칭[6] 국가라 민족이라 하더니, 지금 동양에 제일 제이 되는 일대 강국이 되었습니다.

오늘 우리나라는 어떠한 비참지경이오? 세월은 물같이 흘러가고 풍조는 날로 닥치는데, 우리 비록 아홉 폭 치마는 둘렀으나 오늘만도 더 못한 지경을 또 당하면 상전벽해[7]가 눈결에 될지라. 하늘을 부르면 대답이 있나, 부모를 부르면 능력이 있나, 가장을 부르면 무슨 방책이 있나, 고대광실[8] 뉘가 들며 금의옥식[9] 내 것인가? 이 지경이 이마에 당도했소. 우리 삼사 인이 모였든지 오륙인이 모였든지 어찌 심상한 말로 좋은 음식을 먹으리까? 승평무사[10]할 때에도 유의유식[11]은 금법이어든 이 시대에 두 눈과 두 귀가 남과 같이 총명한 사람이 어찌 국가 의식만 축내리까? 우리 재미있게 학리상으로 토론하여 이날을 보냅시다.

(매경) "절당 절당하오이다. 오늘이 참 어떠한 시대요? 이 같은 수참[12]하고 통곡할 시대에 나 같은 요마[13]한 여자의 생일잔치가 왜 있겠소마는 변변치 못한 술잔으로 여러분을 청하기는 심히 부끄럽고 죄송하나 본의인즉 첫째는 여러분 만나 뵈옵기를 위하고, 둘

째는 좋은 말씀을 듣고자 함이올시다. 남자들은 자주 상종하여 지식을 교환하지마는 우리 여자는 한번 만나기 졸연하오니까,[14] 『예기』[15]에 가로되, 여자는 안에 있어 밖의 일을 말하지 말라 하였고, 『시전』에 가로되 오직 술과 밥을 마땅히 할 뿐이라 하였기로 층암절벽[16] 같은 네 기둥 안에서 나고 자라고 늙었으니, 비록 사마자장[17]의 재주 있을지라도 보고 듣는 것이 있어야 아는 것이 있지요.

이러므로 신체 연약하고 지각이 몽매하여 쌀이 무슨 나무에 열리는지 도미를 어느 산에서 잡는지 모르고, 다만 가장의 비위만 맞춰, 앉으라면 앉고 서라면 서니, 진소위[18] 밥 먹는 안석[19]이요, 옷 입은 퇴침[20]이라, 어찌 인류라 칭하리까? 그러나 그는 오히려 현철[21]한 부인이라, 행검[22] 있는 부인이라 하겠지마는, 성품이 괴악하고 행실이 불미하여 시앗에 투기하기, 친척에 이간하기, 무당 불러 굿하기, 절에 가서 불공하기, 제반악증은 소위 대갓집 부인이 더합디다. 가도가 무너지고 수욕이 자심[23]하니 이것이 제 한 집안일인 듯하나 그 영향이 실로 전국에 미치니 어찌 한심치 않으리까?

그런 부인이 생산도 잘 못하고 혹 생산하더라도 어찌 쓸 자식을 낳으리오. 태내 교육부터 가정교육까지 없으니 제가 생지[24]의 바탕이 아닌 바에 맹모의 삼천하시던 교육[25]이 없이 무슨 사람이 되리오. 그러나 재상도 그 자제이요 관찰·군수도 그 자제니 국가의 정치가 무엇인지, 법률이 무엇인지 어찌 알겠소? 우리 비록 여자나 무식을 면치 못함을 항상 한탄하더니, 다행히 오늘 여러분 고명하신 부인께서 왕림하여 좋은 말씀을 들려주시니 대단히 기꺼운 일이올시다."

(설헌) "변변치 못한 구변[26]이나 내 먼저 말씀하오리다. 우리 대한의 정계가 부패함도 학문 없는 연고요, 민족의 부패함도 학문 없는 연고요, 우리 여자도 학문 없는 연고로 기천 년 금수 대우를 받았으니 우리나라에도 제일 급한 것이 학문이요, 우리 여자 사회도 제일 급한 것이 학문인즉 학문 말씀을 먼저 하겠소. 우리 이천만 민족 중에 일천만 남자들은 응당 고명한 학교를 졸업하여 정치·법률·군제[27]·농·상·공 등 만 가지 사업이 족하겠지마는, 우리 일천만 여자들은 학문이 무엇인지 도무지 모르고 유의유식으로 남자만 의뢰하여 먹고 입으려 하니 국세가 어찌 빈약치 아니하겠소? 옛말에, '백지장도 맞들어야 가볍다' 하였으니 우리 일천만 여자도 일천만 남자의 사업을 백지장과 같이 거들었으면 백 년에 할 일을 오십 년에 할 것이요, 십 년에 할 일을 다섯 해면 할 것이니 그 이익이 어떠하뇨? 나라의 독립도 거기 있고 인민의 자유도 거기 있소.

세계 문명국 사람들은 남녀의 학문과 기예가 차등이 없고, 여자가 남자보다 해산하는 재주 한 가지가 더하다 하며, 혹 전쟁이 있어 남자가 다 죽어도 겨우 반구비라 하니, 그 여자의 창법 검술까지 통투[28]함을 가히 알겠도다.

사람마다 대성인 공부자[29] 아니거든 어찌 생이지지[30]하리요. 법국[31] 파리 대학교에서 토론회를 열매, 가편은 사람을 가르치지 못하면 금수와 같다 하고, 부편은 사람이 천생 한 성질이니 비록 가르치지 아니할지라도 어찌 금수와 같으리오 하여 경쟁이 대단하되 귀결치 못하였더니, 학도들이 실지를 시험코자 하여 무부모한 아이들을 사다가 심산궁곡³²에 집 둘을 짓되 네 벽을 다 막고 문 하나만 뚫어 음식과 대소변을 통하게 하고 그 아이를 각각 그 속에서 기를새, 칠팔 년이 된 후 그 아이를 학교로 데려오니 제가 평생에 사람 많은 것을 보지 못하다가 육칠 층 양옥에 인산인해 됨을 보고 크게 놀라 서로 돌아보며 하나는 꼬꼬댁꼬꼬댁 하고 하나는 끼익끼익 하니, 이는 다름 아니라 제 집에 아무것도 없고, 다만 닭과 돼지만 있는데, 닭이 놀라면 꼬꼬댁 하고 돼지가 놀라면 끼익끼익 하는 고로 그 아이가 지금 놀라운 일을 보고, 그 소리가 각각 본 대로 난 것이니 그것도 닭과 돼지의 교육을 받음이라. 학생들이 이것을 본 후에 사람을 가르치지 아니하면 금수와 다름없음을 깨달아 가편이 득승³³하였다 하니, 이로 보건대 우리 여자가 그와 다름이 무엇이오? 일용범절³⁴에 여간 안다는 것이 저 아이의 꼬꼬댁 · 끼익보다 얼마나 낫소이까? 우리 여자가 기천 년을 암매³⁵하고 비참한 경우에 빠져 있었으니 이렇고야 자유권이니 자강력이니 세상에 있는 줄이나 알겠소? 일생에 생사고락이 다 남자 압제 아래 있어, 말하는 제웅³⁶과 숨 쉬는 송장을 면치 못하니 옛 성인의 법제가 어찌 이러하겠소. 『예기』에도, 여인 스승이 있고 유모를 택한다 하였고 『소학』³⁷에도 여자 교육이 첫 편이니 어찌 우리나라 여자 같은 자고송³⁸이 있단 말이오?

우리나라 남자들이 아무리 정치가 밝다 하나 여자에게는 대단히 적악³⁹하였고, 법률이 밝다 하나 여자에게는 대단히 득죄하였습니다. 우리는 기왕이라 말할 것 없거니와 후생이나 불가불 교육을 잘하여야 할 터인데 권리 있는 남자들은 꿈도 깨지 못하니 답답하오. 남자들 마음에는 아들만 귀하고 딸은 귀치 아니한지 일분자라도 귀한 생각이 있으면 사지오관[40]이 구비한 자식을 어찌 차마 금수와 같이 길러 이 같은 고해에 빠지게 하는고? 그 아들 가르치는 법도 별수는 없습디다. 『사략』,[41] 『통감』[42]으로 제일등 교과서를 삼으니 자국 정신은 간데없고 중국 혼만 길러서 언필칭 『좌전』[43]이라 『강목』[44]이라 하여 남의 나라 기천 년 흥망성쇠만 의논하고 내 나라 빈부강약은 꿈도 아니 꾸다가 오늘 이 지경을 하였소.

이태리국 역비다 산에 올차학이라는 구멍이 있어 해수로 통하였더니 홀연 산이 무너져 구멍 어구가 막힌지라. 그 속이 칠야같이 캄캄한데 본래 있던 고기들이 나오지 못하고 수백 년을 생장하여 눈이 있으나 쓸 곳이 없더니, 어구의 막혔던 흙이 해마다 바닷물에 패어가며 일조[45]에 굼기[46] 도로 열리매, 밖의 고기가 들어와 수없이 잡아먹되, 그 안에 있던 고기는 눈을 멀뚱멀뚱 뜨고도 저 해하려는 것을 전연 모르고 절로 밀려 어구 밖에를 혹 나왔으나 못 보던 눈이 졸지에 태양을 당하매 현기가 나며 정신이 없어 어릿어릿하더라 하니, 그와 같이 대문·중문 꽉꽉 닫고 밖에 눈이 오는지 비가 오는지 도무지 알지 못하고 살던 우리나라 이왕 교육은 올차학 교육이라 할 만하니 그 교육 받은 남자들이 무슨 정신으로 우리 정치를 생각하겠소? 우리 여자의 말이 쓸데없을 듯하나 자국의 정신으로 하는 말이니, 오히려 만국공사의 헛담판보다 낫습니다. 여러분 부인들은 대한 여자 교육계의 별방침을 연구하시오."

(금운) "여보, 설헌씨는 학문 설명을 자세히 하셨으나 그 성질
과 형편이 그래도 미진한 곳이 있습니다.

우리나라 지식을 보통케 하려면 그 소위 무슨 변에 무슨 자, 무
슨 아래 무슨 자라는, 옛날 상전으로 알던 중국 글을 폐지하여야
필요하겠소. 대저 글이라 하는 것은 말과 소와 같아서 그 나라의
범백[47] 정신을 실어두나니, 우리나라 소위 한문은 곧 지나[48]의 말
과 소라. 다만 지나의 정신만 실었으니 우리나라 사람이야 평생
을 끌고 당긴들 무슨 이익이 있겠소? 그런 중에 그 말과 소가 대
단히 사나워 좀체 사람은 끌지 못하오.

그 글은 졸업 기한이 없고 일평생을 읽을지라도 이태백[49] · 한퇴
지[50]는 못 되며, 혹 상등으로 총명한 자가 물 쥐어 먹고 십 년 이십
년을 읽어서 실재[51]라, 거벽[52]이라 하여 눈앞에 영웅이 없고, 세상
이 돈짝만 하여 내가 내로라고 도리질치더라도 그 사람더러 정치
를 물으면 모른다, 법률을 물으면 모른다, 철학 · 화학 · 이학을
물으면 모르노라, 농학 · 상학 · 공학을 물으면 모르노라, 그러면
우리 대종교 공부자 도학의 성질은 어떠하냐 묻게 되면, 그 신성
하신 진리는 모르고 다만 아노라 하는 것은, '공자님은 꿇어앉으
셨지,' '공자님은 광수의[53] 입으셨지' 하여 가장 도통[54]을 이은 듯
이 여기니, 다만 광수의만 입고 꿇어만 앉았으면 사람마다 천만
년 종교 부자[55]가 되오리까?

공자님은 춤도 추시고, 노래도 하시고, 풍류도 하시고, 선배도
되시고, 문장도 되시고, 장수가 되셔도 가하고, 정승이 되셔도 가

하고, 천자도 가히 되실 신성하신 우리 공부자님을, 어찌하여 속은 컴컴하고 외양만 번주그레한 위인들이 광수의만 입고 꿇어만 앉아 공자님 도학이 이뿐이라 하여 고담준론[56]을 하면서 이렇게 하여야 집을 보존하고 인군을 섬긴다 하여 자기 자손뿐 아니라 남의 자제까지 연골[57]에 버려 골생원님이 되게 하니, 그런 자들은 종교에 난적[58]이요, 교육에 공적[59]이라 공자님께서 대단히 욕보셨소. 설사 공자님이 생존하셨을지라도 오히려 북을 울려 그 자들을 벌하셨으리다.

그만도 못한, 승부꾼이라 일차꾼이라 하는 자는 천시도 모르고, 지리도 모르고, 다만 의취[60] 없는 강남 풍월한 다년이라. 뜻도 모르는 것은 원코 형코라 하여 국가의 수용하는 인재 노릇을 하였으니 그렇고야 어찌 나라가 이 지경이 아니 되겠소?

대체 글을 무엇에 쓰자고 읽소? 사리를 통하려고 읽는 것인데 내 나라 지지[61]와 역사를 모르고서 제갈량[62]전과 비사맥[63]전을 천 번 만 번이나 읽은들 현금 비참한 지경을 면하겠소? 일본 학교 교과서를 보시오. 소학교 교과하는 것은 당초에 대한이라 청국이라는 말도 없이 다만 자국 인물이 어떠하고 자국 지리가 어떠하다 하여 자국 정신이 굳은 후에 비로소 만국 역사와 만국 지지를 가르치니, 그런고로 무론 남녀 하고 자국의 보통 지식 없는 자가 없어 오늘날 저러한 큰 세력을 얻어 나라의 영광을 내었소.

우리나라 남자들은 거룩하고 고명한 학문이 있는 듯하나 우리 여자 사회에야 그 썩고 냄새나는 천지현황 글자나 아는 사람이 몇이나 되오? 남자들도 응당 귀도 있고 눈도 있으리니, 타국 남자와 같이 학문을 힘쓰려니와 우리 여자도 타국 여자와 같이 지식이 있어야 우리 대한 삼천리강토도 보전하고, 우리 여자 누백 년 금수도 면하리니, 지식을 넓히려면 하필 어렵고 어려운 십 년 이십 년 배워도 천치를 면치 못할 학문이 쓸데 있소? 불가불 자국 교과를 힘써야 되겠다 합니다."

(국란) "아니오, 우리나라가 가뜩 무식한데 그나마 한문도 없어지면 수모[64] 세계를 만들려오? 수모란 것은 눈이 없이 새우를 따라다니면서 새우 눈을 제 눈같이 아나니 수모 세계가 되면 새우는 어디 있나? 아니 될 말이오. 졸지에 한문을 없이하고 국문만 힘쓰면 무슨 별 지식이 나리까? 나도 한문을 좋다 하는 것은 아니나 형편으로 말하면 요순 이래 치국평천하[65] 하는 법과 수신제가[66] 하는 천사만사가 모두 한문에 있으니 졸지에 한문을 없애고 국문만 쓰면, 비유컨대 유리창을 떼어버리고 흙벽 치는 셈이오. 국문은 우리나라 세종대왕께서 만드실 때 적공[67]이 대단하셨소. 사신을 여러 번 중국에 보내어 그 성음 이치를 알아다가 자모음을 만드시니, 반절[68]이 그것이오.

우리 세종대왕 근로하신 성덕은 다 말씀할 수 없거니와 반절 몇 줄에 나랏돈도 많이 들었소. 그렇건마는 백성들은 줏들은[69] 한문자만 숭상하고 국문은 버려두어서 암글이라 지목하여 부인이나 천인이 배우되 반절만 깨치면 다시 읽을 것이 없으니 보는 것은 다만 『춘향전』 『심청전』 『홍길동전』 등물뿐이라, 『춘향전』을 보면 정치를 알겠소? 『심청전』을 보고 법률을 알겠소? 『홍길동전』을 보아 도덕을 알겠소? 말할진대 『춘향전』은 음탕 교과서요, 『심청전』은 처량 교과서요, 『홍길동전』은 허황 교과서라 할 것이니, 국민을 음탕 교과로 가르치면 어찌 풍속이 아름다우며, 처량 교과로 가르치면 어찌 장진지망[70]이 있으며, 허황 교과로 가르치면 어찌 정대한 기상이 있으리까? 우리나라 난봉 남자와 음탕한 여자의 제반악증이 다 이에서 나니 그 영향이 어떠하오?

혹 발명[71]하려면 『춘향전』을 누가 가르쳤나, 『심청전』을 누가 배우라나, 『홍길동전』을 누가 읽으라나, 비록 읽으라 할지라도 다 제게 달렸다 할 터이나, 이것이 가르친 것보다 더하지. 휘문의숙[72] 같은 수층 양옥과 보성학교 같은 너른 교장에 칠판, 괘종, 책상, 걸상을 벌여놓고 고명한 교사를 월급 주어 가르치는 것보다 더 심하오. 그것은 구역과 시간이나 있거니와 이것은 구역도 없고 시간도 없이 전국 남녀들이 자유권으로 틈틈이 보고 곳곳이 읽으니 그 좋은 몇백만 청년을 음탕하고 처량하고 허황한 구멍에 쓸어 묻는단 말이오.

그나 그뿐이오? 혹 기도하면 아이를 낳는다, 혹 산신이 강림하여 복을 준다, 혹 면례[73]를 잘하여 부귀를 얻는다, 혹 불공하여 재액을 막았다, 혹 돌구멍에서 용마가 났다, 혹 신선이 학을 타고 논다, 혹 최판관[74]이 붓을 들고 앉았다 하는 제반악증의 괴괴망측한 말을 다 국문으로 기록하여 출판한 판책[75]도 많고 등출한[76] 세책[77]도 많아 경향 각처에 불똥 튀어 박히듯 없는 집이 없으니 그것도 오거서[78]라 평생을 보아도 못다 보오.

그 책을 나도 여간 보았거니와 좋은 종이에 주옥같은 글씨로 세세성문[79]하여 혹 이삼 권 혹 수십여 권 되는 것이 많고 백 권 내외

되는 것도 있으니, 그 자본은 적으며 그 세월은 얼마나 허비하였겠소? 백해무리[80]한 그 책을 값을 주고 사며 세를 주고 얻어 보니 그 돈은 헛돈이 아니오? 국문 폐단은 그러하지마는 지금 금운씨의 말과 같이 한문을 전폐하고 국문만 쓸진대『춘향전』『심청전』『길동전』이 되겠소, 괴악망측한 소설이 제자백가[81]가 되겠소? 그는 다 나의 분격한 말이라, 나도 항상 말하기를 자국 정신을 보존하려면 국문을 써야 되겠다 하지마는 그 방법은 졸지에 계획할 수 없습니다.

가령 남의 큰 집에 들었다가 그 집이 본래 남의 집이라 믿음성이 없다 하고 떠나려면, 한편으로 차차 재목을 준비하고 목수·석수를 불러 시역[82]할새, 먼저 배산임류[83] 좋은 곳에 터를 닦아 모월 모일 모시에 입주[84]하고, 일대 문장에게 상량문[85]을 받아 아랑위 아랑위 하는 소리에 수십 척 들보를 높이 얹고 정당[86] 몇 간, 침실 몇 간, 행랑 몇 간을 예산대로 세워놓으니, 차방 다락 조밀하고 도배장판 정쇄[87]한데, 우리나라 효자 열녀의 좋은 말씀을 문장 명필의 고명한 솜씨로 기록하여 부벽주련[88]으로 여기저기 붙이고 나도 내 집 사랑한다는 대자 현판을 정당에 높이 단 연후에 그제야 세간 집물을 옮겨다가 쌓을 데 쌓고 놓을 데 놓아 질자배기[89]·부지깽이 한 개라도 서실[90]이 없어야 이사한 해가 없나니, 만일 옛집을 남의 집이라 하여 졸지에 몸만 나오든지 세간 집물을 한데[91] 내어놓든지 하고 그 집을 비워 주인을 맡기면 어디로 가자는 말이오?

우리나라 국문은 미상불 좋은 글이나 닦달[92] 아니 한 재목과 같으니, 만일 한문을 버리고 국문만 쓰려면 한문에 있는 천만사와 천만 법을 국문으로 번역하여 유루[93]한 것이 없는 연후에 서서히 한문을 폐하여 지나 사람을 되주든지 우리가 휴지로 쓰든지 하고, 그제야 국문을 가위 글이라 할 것이니, 이 일을 예산한즉 오십 년가량이라야 성공하겠소.

만일 졸지에 한문을 없이하려면 남의 집이라고 몸만 나오는 것과 무엇이 다르오? 남의 집은 주인이 있어 혹 내어놓으라고 독촉도 하려니와 한문이야 누가 내어놓으라 하는 말이 있소? 서서히 형편을 보아 폐지함이 가할 것이오. 국문만 쓸지라도 옛날 보던 『춘향전』이니 『길동전』이니 『심청전』이니 그 외에 여러 가지 음담패설을 다 엄금하여야 국문에 영향이 정대하고 광명하지, 그렇지 못하면 수천 년 숭상하던 한문만 잃어버리리니 정대한 국문만 쓸진대 누가 편리치 않다 하오리까? 가령 한문의 부자군신이 국문의 부자군신과 경중이 있소? 국문의 백 냥 천 냥이 한문의 백 냥 천 냥과 다소가 있소? 국문으로 패독산[94] 방문[95]을 내어도 발산[96] 되기는 일반이요, 국문으로 삼해주[97] 방법을 빙거[98]하여도 취하기는 한 모양이오. 국문으로 욕설하면 탄하지[99] 않겠소? 한문으로 칭찬하면 더 좋아하겠소? 국문의 호랑이도 무섭고, 국문의 원앙새도 어여쁘리라.

국문과 한문이 다름없으나 어찌 우리 여자 권리로 연혁을 확정하리오. 문부[100] 관리들 참 딱한 것이, 국문은 쓰든지 아니 쓰든지 그 잡담소설이나 금하였으면 좋겠소. 그것 발매하는 자들이 투전[101] 장사나 다름없나니 투전은 재물이나 상하려니와 음담소설은 정신조차 버리오. 문부 관리들 그 아니 답답하오? 청년 남녀의 정신 잃는 것을 어찌 차마 앉아 보기만 하오?

학무국은 무슨 일들 하며, 편집국은 무슨 일들 하는지 저러한 관리를 믿다가는 배꼽에 노송나무가 나겠소. 우리 여자 사회가 단체하여 문부 관리에게 질문 한번 하여 보옵시다.

여보, 사회단체가 그리 용이하오? 우리나라 백 년 이하 각항 단체를 내 대강 말하오리다. 관인 사회는 말할 것이 없거니와 종교 사회로 말할지라도 무론 어느 나라 하고 종교 없이 어찌 사오? 야만 부락의 코끼리에게 절하는 것과, 태양에 비는 것과, 불과 물을 위하는 것을 웃기는 웃거니와 그 진리를 연구하면 용혹무괴[102]요. 만일 다수한 국민이 겁내는 것도 없고 의귀[103]할 곳도 없고 존칭할 것도 없으면 어찌 국민의 질서가 있겠소? 약육강식하는 금수 세계만도 못하리다.

그런고로 태서[104] 정치가에서 남의 나라의 강약허실을 살피려면 먼저 그 나라 종교 성질을 본다 하니 그 말이 유리[105]하오. 만일 종교에 의귀할 바가 없으면 비록 인물이 번성하고 토지가 광대한 나라로 군부[106]에 대포가 가득하고 탁지에 금전이 가득하고 공부[107]에 기계가 가득할지라도 수백 년 전 남미 인종과 다름없으리다.

동서양 종교 수효와 범위를 말씀하건대 회회교[108]·희랍교[109]·토숙탄교·천주교·기독교·석가교와 그 외에 여러 교가 각각 범위를 넓혀 세계에 세력을 확장하되 저 교는 그르다, 이 교는 옳다 하여 경쟁하는 세력이 대포·장창[110]보다 맹렬하니, 그중에 망하는 나라도 많고 흥하는 사람도 많소.

우리 동양 제일 종교는 세계의 독일무이하신 대성 지성하신 공부자 아니시오? 그 말씀에 정대한 부자·군신·부부·형제·붕우에 일용상행[111]하는 일을 의논하사 사람으로 하여금 사람 되는 도리를 가르치시니, 그 성덕이 거룩하시고 융성하시며 향념[112]하시는 마음이 일광과 같으사 귀천 남녀 없이 다 비추이건마는 우리나라는 범위를 좁혀서 남자만 종교를 알지 여자는 모를 게라, 귀인만 종교를 알지 천인은 모를 게라 하여 대성전[113]에 제관 싸움이나 하고 시골 향교에 재임[114]이나 팔아먹고 소민[115]들은 향교 추렴[116]이나 물리니 공자님의 도라는 것이 무엇이오?

도포나 입고 쌍상투[117]나 틀고 혁대와 죽영[118]이나 달고 꿇어앉아서 마음이 어떠한 것이라, 성품이 어떠한 것이라 하며 진리는 모르고 주워들은 풍월같이 지껄이면서 이만하면 수신제가도 자족하지, 치국평천하도 자족하지, 세상도 한심하지 나 같은 도학군자를 아니 쓰기로 이렇다 하여 백 가지로 괴탄[119]하다가 혹 세도 재상에게 소개하여 제주[120] 찬선[121]으로 초선[122]이나 되면 공자님이 당시의 자기로만 알고 도태[123]를 뽑아내며 괴곽한 위인에 야매[124]한 언론으로 천하대세도 모르고 척양[125]합시다, 척왜합시다, 상소나 요명[126]차로 눈치 보아가며 한두 번 하여 시골 선배의 칭찬이나 듣는 것이 대욕소관[127]이지.

옛적 정자산[128]의 외교 수단을 공자님도 칭찬하셨으니 공자님은 척화를 모르시오? 척화도 형편대로 하는 것이지 붓끝으로만 척화 척화 하면 척화가 되오? 또 고상하다 자칭하는 자는 당초 사직으로 장기를 삼아 나라가 내게 무슨 상관 있나? 백성이 내게 무슨

54

이해 있나? 독선기신[129]이 제일이지, 자질[130]도 이렇게 가르치고 문인[131]도 이렇게 어거[132]하여 혹 총명 재자가 있어 각국 문명을 흠선[133]하여, 정치가 어떠하다, 법률이 어떠하다, 교육이 어떠하다, 언론을 하게 되면 자세히 듣지는 아니하고 돌려세우고 고담준론으로 아무 집 자식도 버렸다, 그 조상도 불쌍하다 하여 문인자제를 엄하게 신칙[134]하되, 아무개와 상종을 말라, 그 말을 듣다가는 너희가 내 눈앞에 보이지 말라 하니, 우리 이천만 인이 다 그 사람의 제자 되면 나라 꼴은 잘되겠지요.

그만도 못한 시골고라리[135] 사회는 더구나 장관이지. 공자님 성씨가 누구신지요, 휘자[136]가 무엇인지 알지도 못하는 인류들이 향교와 서원은 자기들의 밥자리로 알고, 사돈 여보게, 출표하러 가세. 생질 너도 술 먹으러 오너라. 돼지나 잡았는지. 개장국도 꽤 먹겠네. 수복아, 추렴 통문[137] 놓아라. 고직[138]아, 별하기 닭아라. 아무가 문필은 똑똑하지마는 지체가 나빠 봉향[139]감 못 되어, 아무는 무식하지마는 세력을 생각하면 대축[140]이야 갈 데 있나. 명륜당[141]이 견고하여 술주정 좀 하여도 무너질 바 없지. 교궁[142]은 이렇게 위하여야 종교를 밝히지. 아무 골 향교에는 학교를 설시[143]하였다 하고, 아무 골 향교 전답을 학교에 붙였다 하니, 그 골에는 사람의 새끼 같은 것이 하나 없어 그러한 변이 어디 또 있나? 아무 골 향족[144]이 명륜당에 앉았다니 그 마룻장은 대패질을 하여라. 아무 집 일명[145]이 색장[146]을 붙었다니 그 재판을 수세미질이나 하여라 하여, 종교라는 종자는 무슨 종자며, 교자는 무슨 교자인지 착착 접어 먼지 속에 파묻고, 싸우나니 양반이요, 다투나니 재물

이라. 이것이 우리 신성하신 대종교라 하오. 한심하고 통곡할 만
도 하오. 종교가 이렇듯 부패하니 국세가 어찌 강성하겠소?

학교와 서원 성질을 말하리다. 서원은 소학교 자격이요, 향교는
중학교 자격이요, 태학은 대학교 자격이라. 서원은 선현[147] 화상을
봉안[148]하여 소학 동자로 하여금 자국 인물을 기념케 함이요, 향
교에는 대성인 위패를 봉안하여 중학 학생으로 하여금 종교를 경
앙[149]케 함이요, 태학에는 예악 문물을 더 융성히 하여 태학 학생
으로 하여금 종교 사상이 더욱 견고케 함이니, 어찌 다만 제사만
소중이라 하여 사당집과 일반으로 돌려보내리오. 교육을 주장하
는 고로 향교와 서원을 당초에 설시하였고, 종교를 귀중하는 고
로 대성인과 명현을 뫼셨고, 성현을 뫼신 고로 제례를 행하나니
교육과 종교는 주체가 되고 제사는 객체가 되거늘, 근래는 주체
는 없어지고 객체만 숭상하니 어찌 열성조의 설시하신 본의라 하
리오?

제사만 위한다 할진대 태묘[150]도 한 곳뿐이어늘 아무리 성인을
존봉[151]할지라도 어찌 삼백육십여 군의 골골마다 향화를 받들리
까? 저 무식한 자들이 교육과 종교는 버리고 제사만 위중한다 한
들 성현의 마음이 어찌 편안하시리까?

종교에야 어찌 귀천과 남녀가 다르겠소? 지금이라도 종교를 위
하려면 성경현전[152]을 알아보기 쉽도록 국문으로 번역하여 거리거
리 연설하고, 성묘[153]와 서원에 무애[154]히 농용하며, 가령 제사로
말할지라도 귀인은 귀인 예복으로 참사[155]하고, 천인은 천인 의관
으로 참사하고, 여자는 여자 의복으로 참사하여, 너도 공자님 제

자, 나도 공자님 제자 되기 일반이라 하면 종교 범위도 넓고, 사회단체도 굳으리라.

또 사회의 폐습을 말할진대 확실한 단체는 못 보겠습디다. 상업 사회는 에누리 사회요, 공장 사회는 날림 사회요, 농업 사회는 야매 사회라, 하나도 진실하고 기묘하여 외국 문명을 당할 것은 없으니 무슨 단체가 되겠소? 근래 신교육 사회는 구교육 사회보다는 낫다 하나 불심상원[156]이오.

관공립은 화욕 학교라 실상은 없고 문구뿐이요, 각처 사립은 단명 학교라 기본이 없어 번차례로 폐지할 뿐 아니라, 무론 아무 학교든지 그중에 열심한다는 교장이니 찬성장[157]이니 하는 임원더러 묻되, 이 학교에 제갈량과 이순신과 비사맥과 격란사돈[158] 같은 인재를 교육하여 일후[159]의 국가 대사를 경륜하려고 하면 열에 한둘도 없고, 또 묻되 이 학교에 인재 성취는 이다음 일이요, 교육 사회에 명예나 취하려고 하면 열에 칠팔이 더 되니 그 성의가 그러하고야 어찌 장구히 유지하겠소? 교원·강사도 한만[160]한 출입을 아니 하고 시간을 지키어 왕래한다니 그 열심은 거룩하오. 공익을 위함인지, 명예를 위함인지, 월급을 위함인지, 명예도 아니요, 월급도 아니요, 실로 공익만 위한다 하는 자가 몇이나 되겠소?

무론 공사 관립하고 여러 학생들에게 묻되, 학문을 힘써 일후에 사환[161]을 하든지 일신 쾌락을 희망하느냐, 국가에 몸을 바치는 정신 얻기를 주의하느냐 하게 되면, 대·중·소학교 몇만 명 학도 중에 국가 정신이라고 대답하는 자 몇몇이나 되겠소?

또 여자교육회니 여학교니 하는 것도 권리 없고 자본 없는 부인에게만 맡겨두니 어찌 흥왕하리오. 무론 아무 사회 하고 이익만 위하고 좀 낫다는 자는 명예만 위하고, 진실한 성심으로 나라를 위하여 이것을 한다든가, 백성을 위하여 이것을 한다는 자 역시 몇이나 되겠소?

이렇게 교육 교육 할지라도 십 년 이십 년에 영향을 알리니 그 중에도 몇 사람이야 열심 있고 성의 있어 시사를 통곡할 자가 있겠지요마는 단체 효력을 오히려 못 보거든 하물며 우리 여자에 무슨 단체가 조직되겠소? 아직 가정 여러 자녀를 잘 가르치고 정분 있는 여자들에게 서로 권고하여 십 인이 모이고 이십 인이 모여 차차 단정히 서립[162]하여야 사회든지 교육이든지 하여보지, 졸지에 몇백 명 몇천 명을 모아도 실효가 없어 일상 남자 사회만 못하리다."

(설헌) "그러하오마는 세상일이 어찌 아무것도 아니 하고 앉아서 기다리기만 하리까? 여보, 우리 여자 몇몇이 지껄이는 것이 풀벌레 같을지라도 몇 사람이 주창하고 몇 사람이 권고하면 아니 될 일이 어디 있소? 석 달 장마에 한 점 볕이 갤 장본이요, 몇 달 가물에 한 조각 구름이 비 올 장본이니, 우리 몇 사람의 말로 천만 인 사회가 되지 아니할지 뉘 알겠소?

청국 명사 양계초[163]씨 말씀에 하였으되, 대저 사람이 일을 하려면 이기려다가 패함도 있거니와 패할까 염려하여 당초에 하지 아니하면 이는 당초에 패한 사람이라 하니, 오늘 시작하여 내일 성공할 일이 우리 팔자에 왜 있겠소? 그러나 우리가 우쭐거려야 우리 자식 손자들이나 행복을 누리지. 일향[164] 우리나라 사람을 부패하다, 무식하다 조롱만 하면 똑똑하고 요요한[165] 남의 나라 사람이 우리에게 소용 있소?

우리나라 삼백 년 이전이야 어떠한 정치며 어떠한 문물이오? 일본이 지금 아무리 문명하다 하여도 범백 제도를 우리나라에서 많이 배워 갔소. 그 나라 국문도 우리나라 왕인[166]씨가 지은 것이니, 근일 우리나라가 부패치 아니한 것은 아니나 단군·기자 이후로 수천 년 이래에 어떠한 민족이오?

철학가 말에, 편안한 것이 위태한 근본이라 하니, 우리나라 사람이 기백 년 평안하였은즉 한번 위태한 일이 어찌 없겠소? 또 말하였으되, 무식은 유식의 근원이라 하였으니 우리나라 사람이 오래 무식하였으니 한번 유식하지 아니할 이유가 있겠소?

가령 남의 집에 가서 보고, 그 집 사람들은 음식도 잘하더라, 의복도 잘하더라, 내 집에서는 의복·음식 솜씨가 저러하지 못하니 무엇에 쓸꼬 하고 가속[167]을 박대하면 남의 좋은 의복·음식이 내게 무슨 상관 있소? 차라리 저 음식은 어떠하니 좋지 아니하다, 이 의복은 어떠하니 좋지 아니하다 하여 제도를 자세히 가르쳐서 남의 것과 같이 하는 것만 못하니, 부질없이 내 집안사람만 불만히 여기면 가도가 바로잡힐 리가 있으리까?

소학에 가로되, 좋은 사람이 없다 함은 덕 있는 말이 아니라 하였으니, 내 나라 사람을 무식하다고 능멸하여 권고 한마디 없으면 유식하신 매경 씨만 홀로 살으시려오? 여보 여보, 열심을 잃지 말고 어서어서 잡지도 발간, 교과서도 지어서 우리 일천만 여자 동포에게 돌립시다.

우리 여자의 마음이 이러하면 남자도 응당 귀가 있겠지. 십 년 이십 년을 멀다 마오. 산림[168] 어른이 연설꾼 아니 될지 뉘 알며, 향교 재임이 체조 교사 아니 될지 뉘 알겠소? 속담에 이른 말에 '뜬쇠[169]가 달면 더 뜨겁다' 하였소.

지금은 범백 권리가 다 남자에게 있다 하나 영원한 권리는 우리 여자가 차지하옵시다. 매경씨 말씀에, 자녀를 교육하자 함이 진리를 알으시는 일이오. 우리 여자만 합심하고 자녀를 잘 교육하면 제이세의 문명은 우리 사업이라 할 수 있소.

자식 기르는 방법을 대강 말하오리다. 자식을 낳은 후에 가르칠 뿐 아니라 탯속에서부터 가르친다 하였으니, 그런고로 『예기』에 태육[170]법을 자세히 말하였으되, 부인이 잉태하매 돗자리가 바르지 아니하거든 앉지 아니하며, 벤 것이 바르지 아니하거든 먹지 말라 하였으니, 그 앉는 돗, 먹는 음식이 탯덩이에 무슨 상관이 있겠소마는 바른 도리로만 행하여 마음에 잊지 말라 함이오. 의원의 말에도 자식 밴 부인이 잡것을 먹지 말라 하고, 음식의 차고 더운 것을 평균케 하고, 배를 항상 덥게 하고, 당삭[171]하거든 약간 노동하여야 순산한다 하였소.

뱃속에서도 이렇게 조심하거든 나온 후에 어찌 범연[172]히 양육하오리까? 제가 비록 지각이 없을 때라도 어찌 그 앞에서 터럭만치 그른 일을 행하겠소? 밥 먹는 법, 잠자는 법, 말하는 법, 걸음 걷는 법 일동일정[173]을 가르치되, 속이지 아니함을 주장하여 정대한 성품을 양육한즉 대인군자가 어찌하여 되지 못하리까?

맹자님 모친께서 맹자님 기르실 때에 마침 동편 이웃집에서 돼지를 잡거늘 맹자께서 물으시되, '저 돼지는 어찌하야 잡나니이까?' 맹모 희롱으로, '너를 먹이려고 잡는다' 하셨더니 즉시 후회하시되, '어린아이를 속이는 법을 가르쳤다' 하고 그 고기를 사다가 먹이신 일이 있고, 맹자가 점점 자라실새 장난이 심하여 산 밑에서 살 때에 상두꾼[174] 흉내를 내시거늘 맹모가 가라사대, '이곳이 아이 기를 곳이 못 된다' 하시고 저자[175] 근처로 이사하였더니, 맹자께서 또 물건 매매하는 형용을 지으시니 맹모가 또 집을 떠나 학궁[176] 곁에 거하시매 그제야 맹자 예절 있는 희롱을 하시는지라 맹모 말씀이, '이는 참 자식 기를 곳이라' 하시고, 가르쳐 만세아성[177]이 되셨소. 한 아들을 가르쳐 억조창생에게 무궁한 도학이 있게 하시니 교육이란 것이 어떠하오? 만일 맹자께서 상두나 메시고 물건이나 팔러 다니셨다면 오늘날 맹자님을 누가 알겠소?

『비유요지』라 하는 책에 말하였으되, 서양에 한 부인이 그 아들을 잘 교육할새 그 아들이 장성하여 장사치로 나가거늘 그 부인이 부탁하되, '너는 어디 가든지 남 속이지 아니하기로 공부하라.' 그 아들이 대답하고 지화 몇백 원을 옷깃 속에 넣고 행하다가 중로에서 도적을 만나니 그 도적이 묻되, '너는 무슨 업을 하며 무슨 물건을 몸에 지녔느냐?' 하되, 그 아이는 대답하되, '나는 장사하는 사람이니 지화 몇백 원이 옷깃 속에 있노라' 하니, 도적이 그 정직함을 괴히 여겨 뒤져본즉 과연 있는지라, 당초에 깊이 감추고 당장에 은휘[178]치 아니하는 이유를 물은즉 그 사람이 대답하되, '내 모친이 남을 속이지 말라 경계하셨으니 어찌 재물을 위하여 친교[179]를 어기리오.' 도적이 각각 탄복하여 말하되, '너는 효성 있는 사람이라. 우리 같은 자는 어찌 인류라 하리오.' 그 지화를 다시 옷깃에 넣어주고 그 후로는 다시 도적질도 아니 하였다 하였소.

그 부인이 자기 아들을 잘 교육하여 남의 자식까지 도적의 행위를 끊게 하니 교육이라는 것이 어떠하오? 송나라 구양수[180]씨도 과부의 아들로 자라매, 집이 심히 가난하여 서책과 필묵이 없거늘, 그 모친이 갈대로 땅을 그어 글을 가르쳐 만고문장이 되었고, 우리나라 퇴계 이선생[181]도 어릴 때 그 모친이 말씀하되, '내 일찍 과부 되어 너희 형제만 있으니 공부를 잘하라, 세상 사람이 과부의 자식은 사귀지 아니한다니 너희는 그 근심을 면하게 하라' 하고, 평상시에 무슨 물건을 보면 이치를 가르치며 아무 일이고 당하면 사리를 분석하여 순순히[182] 교훈하사 동방공자가 되셨으니 교육이라는 것이 어떠하오?

예로부터 교육은 어머니께 받는 일이 많으니 우리도 자식을 그런 성력과 그런 방법으로 교육하였으면 그 영향이 어떠하겠소? 우리 여자 사회에 큰 사업이 이에서 더한 일이 있겠소? 여러분 여자들, 지금 남자와 지금 여자를 조롱 말고 이다음 남자와 이다음 여자나 교육 좀 잘하여봅시다."

(국란) "그 말씀 대단히 좋소. 자식 기르는 법과 가르치는 공효[183]를 많이 말씀하셨으나 자식 사랑하는 이유가 미진한 고로 여러분 들으시기 위하여 그 진리를 말씀하오리다.

세상 사람들이 자식을 사랑한다 하나 실상은 자기 일신을 사랑함이니, 자식이 나매 좋아하고 기꺼하는 마음을 궁구하면, 필경은 '저 자식이 있으니 내 몸이 의탁할 곳이 있으며, 내 자식이 자라니 내 몸 봉양할 자가 있도다' 하고, 혹 자식이 병이 들면 근심하고, 혹 자식이 불행하면 설워하니, 근심하고 설워하는 마음을 궁구하면 필경은 '내 자식이 병들었으니 누가 나를 봉양하며, 내 자식이 없었으니 내가 누구를 의탁하리오' 하나, 그 마음이 하나도 자식을 위한다는 자도 없고 국가를 위한다는 자도 없으니 사람마다 자식 자식 하여도 진리는 실상 모릅디다.

자식의 효도를 받는 것이 어찌 내 몸만 잘 봉양하면 효도라 하리오? 증자 말씀에 인군을 잘못 섬겨도 효가 아니요, 전장에 용맹이 없어도 효가 아니라 하셨으니, 이 말씀을 생각하면 자식이라는 것이 내 몸만 위하여 난 것이 아니요, 실로 나라를 위하여 생긴 것이니 자식을 공물이라 하여도 합당하오.

혹 모르는 사람은 이 말을 들으면 필경 대경소괴[184]하여 말하되, 실로 그러할진대 누가 자식 있다고 좋아하며 자식 없다고 설워하리오? 청국 강남해[185] 말에, 대동 세계에는 자식 못 낳은 여자는 벌이 있다 하더니, 과연 벌하기 전에야 생산하려는 자가 있겠소? 혹 생산하더라도 내 몸은 봉양하여주지 아니하고 국가만 위하여 교육을 받으라 하겠소? 이러한 말이 널리 들리면 윤리상에 대단 불행하겠다 하여 중언부언[186]할 터이지마는, 지금 내 말이 윤리상의 불행함이 아니라 매우 다행하오리다.

자식을 공물로 인정하더라도 그렇지 아니한 소이연[187]이 있으니, 가령 우마를 공물이라 하면 농업가와 상업가에서 우마를 부리지 아니하리까? 저 집에 우마가 있으면 내 집에 없어도 관계가 없다 하여 사람마다 마음이 그러하면 우마가 이미 절종되었을 터이나, 비록 공물이라도 우마가 있어야 농업과 상업에 낭패가 없은즉, 자식은 공물이고, 있는 것을 귀히 여기지 아니하리오. 기왕 자식이 있는 이상에는 공물이라고 교육 아니 하다가는 참말 윤리에 불행한 일이오.

가령 어부가 동무를 연합하여 고기를 잡되, 남의 그물에 걸린 것이 내 그물에 걸린 것만 못하다 하니, 국가 대사업을 바라는 마음은 같으나 어찌 남의 자식 성취한 것이 내 자식 성취한 것만 하오리까? 그러한즉 불가불 자식을 교육할 것이요, 자식이 나서 나라의 사업을 성취하고 국민에 이익을 끼치면 그 부모는 어찌 영광이 없으리까?

옛날 사파달[188]이라 하는 땅에 한 노파가 여덟 아들을 낳아서 교육을 잘하여 여덟이 다 전장에 갔다가 죽은지라, 그 살아 돌아오는 사람더러 묻되, '이번 전장에 승부가 어떠한고?' 그 사람이 대답하되, '전쟁은 이기었으나 노인의 여러 아들은 다 불행하였나이다' 하거늘 노구[189] 즉시 일어나 춤을 추며 노래를 불러 가로되, '사파달아, 사파달아, 내 너를 위하여 아들 여덟을 낳았도다' 하고 슬퍼하는 빛이 없으니, 그 노구가 참 자식을 공물로 인정하는 사람이니, 그는 생산도 잘하고 교육도 잘하고 영광도 대단하오이다.

우리나라 사람들이 자식의 진리를 몇이나 알겠소? 제일 가관의 일이, 정처[190]에 자식이 없으면 첩의 소생은 비록 여룡여호[191]하여 문장은 이태백이요, 풍채는 두목지[192]요, 사업은 비사맥이라도 서

자라, 얼자라 하여 버려두고, 정도 없고 눈에도 서투른 남의 자식을 솔양[193]하여 아들이라 하는 것이 무슨 일이오?

성인의 법제가 어찌 그같이 효박할 이유가 있으리까? 적서라는 말씀은 있으나 근래 적서와는 대단히 다르오. 정처의 소생이라도 장자 다음에는 다 서자라 하거늘, 우리나라는 남의 정처 소생을 서자라 하면 대단히 뛰겠소. 양자법으로 말할지라도 적서에 자녀가 하나도 없어야 양자를 하거늘 서자라 버리고 남의 자식을 솔양하니 하나도 성인의 법제는 아니오. 자식을 부모가 이같이 대우하니 어찌 세상에서 대우를 받겠소?

그 서자이니 얼자이니 하는 총중[194]에 영웅이 몇몇이며, 문장이 몇몇이며, 도덕군자가 몇몇인지 누가 알겠소? 그 사람도 원통하거니와 나랏일이야 더구나 말할 것이 있소? 남의 나라 사람도 고문이니 보좌이니 쓰는 법도 있거든 우리나라 사람에 무엇을 그리 많이 고르는지 이성호[195]는 적서등분[196]을 혁파하자, 서북[197] 사람을 통용하자 하여 열심으로 의논하였고, 조은당[198]의 부인 김씨는 자제를 경계하되, 너희가 서모를 경대[199]하지 아니하니 어찌 인사라 하리오. 아비의 계집은 다 어미라 하셨나니 이 두 말씀이 몇백 년 전에 주창하였으니 그 아니 고명하오?

또 남의 후취로 들어가서 전취소생에게 험히 구는 자 있으니 그것은 무슨 지각이오? 아무리 나의 소생은 아니나 남편의 자식은 분명하니 양자보담은 매우 간절하오. 사람의 전조모와 후조모라 하여 자손의 마음에 후박[200]이 있으리까? 그렇건마는 몰지각한 후취 부인들은 내 속으로 낳지 아니하였으니 내 자식이 아니라 하여 동네 아이만도 못하고 종의 자식만도 못하게 대우하니 어찌 그리 박정하고 무식하오? 아무리 원수 같은 자식이라도 내 몸이 늙어지면 소생 자식 열보다 나으며, 그 손자로 말할지라도 큰자식의 손자가 소생 손자 열보다 낫지 아니하오?

원수같이 알고 도척같이 알던 그 자식 그 손자가 일후에 만반진수[201]를 차려놓고, 유세차 효자 모 효손 모는 감소고우 현비 현조비 모봉 모씨[202]라 하면 아마 혼령이라도 무안하겠지. 또 자식을 기왕 공물로 인정할진대 내 소생만 공물이요, 전취소생은 공물이 아니겠소? 아무리 전취 자식이라도 잘 교육하여 국가의 대사업을 성취하면 그 영광이 아마 못생긴 소생 자식보다 얼마쯤이 유조[203]하리니, 이 말씀을 우리 여자 사회에 공포하여 그 소위 서자이니, 전취 자식이니 하는 악습을 다 개량하여 윤리상 영원한 행복을 누리게 합시다."

(매경) "자식의 진리를 자세히 말씀하셨으나 그 범위는 대단히 넓다고는 못 하겠소. 기왕 자식을 공물이라 말씀하셨으면 공물이 많아야 좋겠소, 공물이 적어야 좋겠소? 공물이 많아야 좋다 할진대 어찌 서자이니 전취소생이니 그것만 공물이라 하여도 역시 사정이올시다.

비록 종의 자식이나 거지의 자식이라도 우리나라 공물은 일반이어늘, 소위 양반이니 중인이니 상한[204]이니 서울이니 시골이니 하여 서로 보기를 타국 사람같이 하니 단체가 성립할 날이 어찌 있겠소? 또 서북으로 말할지라도 몇백 년을 나라 땅에 생장하기는 일반이어늘, 그 사람 중에 재상이 있겠소, 도학군자가 있겠소?

천향[205]이라 하여도 가하니 그 사람 중에 진개[206] 재상 재목과 도학 군자 자격이 없는 것이 아니라, 재상의 교육과 군자의 학문이 없음인지 몇백 년 좋은 공물을 다 버리고 쓰지 아니하였으니 어찌 나라가 왕성하오리까?

이성호 말씀에, 반상을 타파하자, 서북을 통용하자 하여 수천 마디 말을 반복 의논하였으나 인하여 무효하였으니 어찌 한심치 아니하겠소? 평안도의 심의[207] 도사 오세양씨는 그 학문이 우리 동방에 드문 군자라. 그 학설과 이설이 대단히 발표하였건마는 서원도 없고 문집도 없이 초목과 같이 썩어진 일이 그 아니 원통한가?

그 정책은 다름 아니라 서북은 인재가 배출하니 기호[208]와 같이 교육하면 사환 권리를 다 빼앗긴다 하니 그러한 좁은 말이 어디 있겠소? 사환이라는 것은 백성을 대표한 자인즉 백성의 지식이 고등한 자이라야 참예하나니 아무쪼록 내 지식을 넓혀서 할 것이지, 남의 지식을 막고 나만 못하도록 하면 어찌 천도가 무심하오리까?

철학 박사의 말에, '차라리 제 나라 민족에 노예가 세세로 될지언정 타국 정부의 보호는 아니 받는다' 하였으니, 그 말을 생각하면 이왕 일이 대단히 잘못되었소.

또 반상으로 말할지라도 그렇게 심한 일이 어디 있겠소? 어찌 하다가 한번 상놈이라 패호[209]하면 비록 영웅·열사가 있을지라도 자자손손이 상놈이라 하대하니 그 같은 악한 풍속이 어디 있으리까? 그러나 한번 상사람 된 자는 도저히 인재 나기가 어려우니,

가령 서울 사람이라 해도 그 실상은 태반이나 시골 생장인즉 시골 풍속으로 잠깐 말하리다. 그 부모 된 자들이 자식의 나이 칠팔 세만 되면 나무를 하여라, 꼴을 베어라 하여, 초등 교과가 꼬부랑 호미와 낫이요, 중등 교과가 가래와 쇠스랑이요, 대학 교과가 밭 갈기, 논갈기요, 외교 수단이 소장사 등짐꾼이니, 그 총중에 비록 금옥 같은 바탕이 있을지라도 어찌 저절로 영웅이 되겠소? 결단 코 그중에 주정꾼과 노름꾼의 무수한 협잡배들이 당초에 교육을 받았으면 영웅도 되고 호걸도 되었으리라 하오.

혹 그 부모가 소견이 바늘구멍만치 뚫려 자식을 동네 생원님 학구방[210]에 보내면 그 선생이 처지를 따라 가르치되, "너는 큰 글 하여 무엇 하느냐, 계통문[211]이나 보고 취대하기[212]나 보면 족하지. 너는 시부표책[213] 하여 무엇 하느냐, 『전등신화』[214]나 읽어서 아전 질이나 하여라" 하니, 그런 참혹한 일이 어디 있겠소? 입학하던 날부터 장래 목적이 이뿐이요, 선생의 교수가 이러하니 제갈량, 비사맥 같은 바탕이 몇백만 명이라도 속절없이 전진할 여망이 없 겠으니 이는 소위 양반의 죄뿐 아니라 자기가 공부를 우습게 보 아서 그 지경에 빠진 것이오. 옛날 유명한 송귀봉[215]과 서고청[216]은 남의 집 종의 아들로 일대 도학가가 되었고, 정금남[217]은 광주 관 비의 아들로 크게 사업을 이루었은즉, 남의 집 종과 외읍[218] 관비 보다 더 천한 상놈이 어디 있겠소마는 이 어른들을 누가 감히 존 숭치[219] 아니하겠소?

그러나 무식한 자들이야 어찌 그러한 사적을 알겠소? 도무지 선지라 선각이라 하는 양반이 교육 아니 한 죄가 대단하오. 무론 아무 나라 하고 상·중·하등 사회가 없는 것은 아니나, 그러나 국가 질서를 유지하려면 불가불 등급이 있어야 문란한 일이 없거늘, 우리나라 경장대신들이 양반의 폐만 생각하고 양반의 공효는 생각지 못하여 졸지에 반상 등급을 벽파²²⁰하라 하니 누가 상쾌치 아니하겠소마는, 국가 질서의 문란은 양반보다 더 심한 자 많으니 어찌 정치가의 수단이라고 인정하겠소?

지금 형편으로 보면 양반들은 명분 없는 세상에 무슨 일을 조심하리오. 그 행세가 전일 양반만도 못하고 상인들은 요사이 양반이 어디 있어 비록 문장이 된들 무엇 하며, 도학이 있은들 무엇하나 하여, 혹 목불식정²²¹하고 준준무식²²²한 금수 같은 유들이 제 집에서 제 형을 욕하며, 제 부모에게 불효한대도 동네 양반들이 말하면 팔뚝을 뽐내며 하는 말이, '시방 무슨 양반이 따로 있나? 내 자유권을 왜 상관이 있나? 내 자유권을 무슨 걱정이야? 그러다가는 뺨을 칠라, 복장을 지를라' 하면서 무수 질욕²²³하나 누가 감히 옳다 그르다 말하겠소? 속담에 상두꾼에도 수번²²⁴이 있고, 초라니²²⁵ 탈에도 차례가 있다 하니, 하물며 전국 사회가 이렇게 문란하고야 무슨 질서가 있겠소?

갑오년 경장대신의 정책이 웬 까닭이오? 양반은 양반대로 두고, 학교 하는 임원도 양반이며, 학도의 부형도 양반이며, 학도도 양반이라고 울긋불긋한 고추장 빛으로 학부인²²⁶이라, 내부인²²⁷이라 반포하면 전국이 다 양반이 될 일을 어찌하여 양반 없이한다 하니, 사천 년 전래하던 습관이 졸지에 잘 변하겠소? 지금 형편은 어떠하냐 하면 어기어차 슬슬 당기어라, 네가 못 당기면 내가 당기겠다. 어기어차 슬슬 당기어라. 하는 이 지경에 한번 큰 승부가 달렸은즉, 노인도 당기고, 소년도 당기고, 새아기씨도 당기어도 이길는지 말는지 할 일이오. 나도 양반으로 말하면 친정이나 시집이나 삼한갑족[228]이로되, 그것이 다 쓸데 있소? 우리도 자식을 공물이라 하면 그 소위 서북이니 반상이니 썩고 썩은 말을 다 그만두고 내 나라 청년이면 아무쪼록 교육하여 우리 어렵고 설운 일을 그 어깨에 맡깁시다."

(금운) "작일은 융희[229] 이년 제일상원[230]이니, 달도 그전과 같이 밝고, 오곡밥도 그전과 같이 달고, 각색 채소도 그전과 같이 맛나건마는 우리 심사는 왜 이리 불평하오?

어젯밤이 참 유명한 밤이오. 우리나라 풍속에 상원일 밤에 꿈을 잘 꾸면 그해 일 년에, 벼슬하는 이는 벼슬을 잘하고, 농사하는 이는 농사를 잘하고, 장사하는 이는 장사를 잘한다 하니, 꿈이라는 것은 제 욕심대로 꾸어서 혹 일 년, 혹 십 년, 혹 수십 년이라도 필경은 아니 맞는 이유가 없소. 우리 한 노래로 긴 밤 새우지 말고, 대한 융희 이년 상원일에 크나 작으나 꿈꾼 것을 하나 유루 없이 이야기합시다."

(설헌) "그 말씀이 매우 좋소. 나는 어젯밤에 대한제국 자주독립할 꿈을 꾸었소. 활멸사라 하는 사회가 있는데 그 사회 중에 두 당파가 있으니, 하나는 자활당이라 하여 그 주의인즉, 교육을 확장하고 상공을 연구하여 신공기를 흡수하며 부패 사상을 타파하여 대포도 무섭지 아니하고 장창도 두렵지 아니하여 국가에 몸을 바치는 사업을 이루고자 할새, 그 말에 외국 의뢰도 쓸데없고, 한

두 개 영웅이 혹 국권을 만회하여도 쓸데없고, 오직 전국 남녀 청년이 보통 지식이 있어서 자주권을 회복하여야 확실히 완전하다 하여 학교도 설시하며 신서적도 발간하여, 남이 미쳤다 하든지 못생겼다 하든지 자주권 회복하기에 골몰무가[231]하나, 그 당파의 수효는 전 사회의 십분지 삼이오.

하나는 자멸당이라 하니 그 주의인즉, 우리나라가 이왕 이 지경에 빠졌으니 제갈공명이가 있으면 어찌하며, 격란사돈이가 있으면 무엇 하나? 십승지지[232] 어디 있노, 피란이나 갈까 보다, 필경은 세상이 바로잡히면 그때에야 한림[233] 직각[234]을 나 내놓고 누가 하나? 학교는 무엇이야, 우리 마음에는 십대 생원님으로 죽는대도 자식을 학교에야 보내고 싶지 않다. 소위 신학문이라는 것은 모두 천주학인데 우리네 자식이야 설마 그것이야 배우겠나?

또 물리학이니 화학이니 정치학이니 법률학이니, 다 무엇에 쓰는 것인가? 그것을 모를 때에는 세상이 태평하였네. 요사이 같은 세상일수록 어디 좋은 명당자리나 얻어서 부모의 백골을 잘 면례하였으면 자손에 발음[235]이나 내릴는지, 우선 기도나 잘하여야 망하기 전에 집안이나 평안하지, 전곡[236]이 썩어지더라도 학교에 보조는 아니 할 터이야. 바로 도적놈을 주면 매나 아니 맞지, 아무 개는 제 집이 어렵다 하면서 학교에 명예 교사를 다닌다지. 남의 자식 가르치기에 어찌 그리 미쳤을까? 글을 읽어라, 수를 놓아라 하는 소리 참 가소롭데. 유식하면 검정콩알이 아니 들어가나? 운수를 어찌하여 아무것도 할 일 없지. 요대로 앉았다가 죽으면 죽고 살면 사는 것이 제일이라 하니, 그 당파의 수효는 십분지 칠이요, 그 회장은 국참정[237]이라는 사람이니, 아무 학회 회장과 흡사하여 얼굴이 풍후[238]하고 수염이 많고 성품이 순실하여 이 당파도 좇아 저 당파도 좇아 하여 반박이 없이 가부취결[239]만 물어서 흥하자 하면 흥하고, 망하자 하면 망하여 회원의 다수만 점검하는데, 그 소수한 자활당이 자멸당을 이기지 못하여 혹 권고도 하며, 혹 질욕도 하며, 혹 통곡도 하면서 분주 왕래하되, 몇 번 통상 회의니 특별 회의니 번번이 동의하다가 부결을 당한지라, 또 국회장에게 무수 애걸하여 마지막 가부회를 독립관에 개설하고 수만 명이 몰려가더니 소위 자멸당도 목석과 금수는 아니라, 자활당의 정대한 언론과 비창한[240] 형용을 보고 서로 뉘우치며 자활주의로 전수가결[241]되매, 그 여러 회원들이 독립가를 부르고 춤을 추며 돌아오는 거동을 보았소."

(매경) (깔깔 웃으며) "나는 어젯밤에 대한제국의 개명할 꿈을 꾸었소. 전국 사람들이 모두 병이 들었다는데, 혹 반신불수도 있고 혹 수종다리[242]도 있고 혹 내종병[243]도 들고 혹 정충증[244]도 있고 혹 체증, 횟배와 귀먹고 눈멀고 벙어리까지 되어 여러 가지 병으로 집집이 앓는 소리요, 곳곳이 넘어지는 빛이라, 남녀노소를 물론하고 성한 사람은 하나도 없더니 마침 한 명의가 하는 말이, 이 병들을 급히 고치지 아니하면 우리 삼천리강산이 빈터만 남으리니 그 아니 통곡할 일이오? 내가 화제[245] 한 장을 낼 것이니 제발 믿으시오 하더니 방문을 써서 돌리니, 그 방문 이름은 청심환 골산이니 성경[246]으로 위군[247]하고, 정치 · 법률 · 경제 · 산술 · 물리 · 화학 · 농학 · 공학 · 상학 · 지지 · 역사 각 등분하여 극히 정

묘하게 국문으로 법제[248]하여 병세 쾌차하도록 무시복[249]하되, 병자의 증세를 보아 임시 가감도 하며 대기[250]하기는 주색잡기 · 경박 · 퇴보 · 태타[251] 등이라.

이 방문을 사람마다 베껴다가 시험할새 그 약을 방문대로 잘 먹고 나면 병 낫기는 더할 말이 없고 또 마음이 청상[252]해지며 환골탈태[253]가 되는데 매미와 뱀과 같이 묵은 허물을 일제히 벗어버립디다.

오륙 세 전 아이들은 당초에 벗을 것이 없으나 팔 세 이상 아이들은 가뭇가뭇한 종잇장 두께만 하고, 십오 세 이상 사람들은 검고 푸르러서 장판 두께만 하고, 삼십 사십씩 된 사람들은 각색 빛이 얼룩얼룩하여 멍석 두께만 하고, 오십 육십 된 사람들은 어룩어룩 두틀두틀하며 또 각색 악취가 촉비[254]하여 보료 두께만 하여, 노소남녀가 각각 벗을 때 참 대단히 장관입디다. 아이들과 젊은 이와, 당초에 무식한 사람들은 벗기가 오히려 쉽고, 조금 유식하다는 사람들과 늙은이들은 벗기가 극히 어려워서, 혹 남이 붙잡아도 주고 혹 가르쳐도 주되, 반쯤 벗다가 기진[255]한 사람도 있고 인하여 아니 벗으려고 앙탈하다가 그대로 죽는 사람도 왕왕 있습디다.

필경은 그 허물을 다 벗어 옥골선풍[256]이 된 후에 그 허물을 주체할 데가 없어 공론이 불일한데, 혹은 이것을 집에 두면 그 냄새에 병이 복발[257]하기 쉽다 하며, 혹은 그 냄새는 고사하고 그것을 집에 두면 철모르는 아이들이 장난으로 다시 입어보면 이것이 큰 탈이라 하며, 혹은 이것을 모두 한곳에 몰아 쌓고 그 근처에 사람

다니는 것을 금하면 다시 물들 염려도 없을 터이나 그것을 한곳에 모아 쌓은즉 백두산보다도 클 것이니, 이러한 조그마한 나라에 백두산이 둘이면 집은 어디 짓고 농사는 어디서 하나? 그것도 못 될 말이지 하며, 혹은 매미 허물은 선퇴[258]라는 것이니 혹 간기증[259]에도 쓰고, 뱀의 허물은 사퇴[260]라는 것이니, 혹 인후증[261]에도 쓰거니와 이 허물은 말하려면 인퇴라 하겠으나 백 가지에 한 군데 쓸데가 없으며 그 성질이 육기[262]가 많고 와사[263] 냄새가 많아서 동해 바다의 멸치 썩은 것과 방불한즉, 우리나라 척박한 천지에 거름으로 썼으면 각각 주체하기도 경편[264]하고 또 농사에도 심히 유익하겠다 하니, 그제야 여러 사람들이 그 말을 시행하여 혹 지게에도 져내고 혹 구루마에 실어내어 낙역부절[265]하는 것을 보았소."

(금운) "나는 어젯밤에 대한제국의 독립할 꿈을 꾸었소. 오뚝이라는 것은 조그마하게 아이를 만들어 집어 던지면 드러눕지 아니하고 오뚝오뚝 일어서는 고로 이름을 오뚝이라 지었으니, 한문으로 쓰려면 나 오 자, 홀로 독 자, 설 립 자 세 글자를 모아 부르면 오독립이니, 내가 독립하겠다는 의미가 있고 또 오뚝이의 사적을 들으니 옛날 조그마한 동자로 정신이 돌올[266]하여 일찍 일어선 아이라. 그런고로 후세 사람들이 아이를 낳아서 혹 더디 일어설까 염려하여 오뚝이 모양을 만들어 희롱감으로 아이들을 주니 그 정신이 오뚝이와 같이 오뚝오뚝 일어서라는 의사라. 우리나라 사람들이 오뚝이 정신이 있는 이는 하나도 없은즉, 아이들뿐 아니라 장정 어른들도 오뚝이 정신을 길러서 오뚝이와 같이 오뚝오뚝 일어서기를 배워야 하겠다 하여, 우리 영감 평양 서윤[267]으로 있을

때에 장만한 수백 석지기 좋은 땅을 방매[268]하여 오뚝이 상점을 설시하고 각 신문에 영업 광고를 발표하였더니 과연 오뚝이를 몇 달이 못 되어 다 팔고 큰 이익을 얻어보았소."

(국란) "나는 어젯밤에 대한제국이 천만 년 영구히 안녕할 꿈을 꾸었소. 석가여래라 하는 양반이 전신이 황금과 같이 윤택하고 양미간에 큰 점이 박히고 한 손은 감중련 하고[269] 한 손에는 석장[270]을 들고 높고 빛나는 옥탁자 위에 앉았거늘, 내가 합장배례하고 황공복지[271]하여 내두[272]의 발원[273]을 묻는데, 어떠한 신수 좋은 부인 한 분이 곁에 섰다가 책망하기를, 적선한 집에는 경사가 있고, 불선한 집에는 앙화[274]가 있음은 소소한[275] 이치어늘, 어찌 구구히 부처에게 비나뇨? 그대는 적악한 일 없고 이생에도 부모에 효도하며 형제에 우애하며 투기를 아니 하며 무당과 소경을 멀리하여 음사[276] 기도를 아니 하며 전곡을 인색히 아니 하여 어려운 사람을 잘 구제하고 학교에나 사회에나 공익상으로 보조를 많이 하였으니 너는 가위 선녀라 할지니, 그 행복을 누리려면 너의 일생뿐 아니라 천만 년이라도 자손은 끊기지 아니하고 부귀공명과 충신 효자를 많이 점지하리라 하시니, 이 말씀을 미루어 본즉 내 자손이 천만년 부귀를 누릴 지경이면 대한제국도 천만년을 안녕하심을 짐작할 일이 아니겠소?"

여러 부인 중에 한 부인이 일어나서 말하되,

"나는 지식이 없어 연하여 담화는 잘 못하거니와 사상이야 어찌 다르며 꿈이야 못 꾸었겠소? 나도 어젯밤에 좋은 몽사[277]가 있으나 벌써 닭이 울어 밤이 들었으니 이다음에 이야기하오리다."

구마검驅魔劍[1]

이해조

대안동[2] 네거리에서 남산을 바라보고 한참 내려가면 베전[3] 병문[4] 큰길이라. 좌우에 저자 하는 사람들이 조석[5]으로 물을 뿌리고 비질을 하여 인절미를 굴려도 검불[6] 하나 아니 묻을 것 같으나, 그 많은 사람, 그 많은 소가 밟고 오고 밟고 가면 몇 시 아니 되어 길 바닥이 도로 지저분하여서 바람이 기척만 있어도 행인이 눈을 뜰 수가 없는데, 바람도 여러 가지라. 삼사월 길고 긴 날 꽃 재촉하는 동풍도 있고, 오뉴월 삼복중에 비 장만하는 남풍도 있고, 팔월 생량[7]할 때 서리 오려는 동북풍과 시월 동짓달에 눈 몰아오는 북새[8]도 있으니, 이 여러 가지 바람은 절기를 따라 의례히 불고, 의례히 그치는 고로, 사람들이 부는 것을 보아도 놀라지 아니하고 그치는 것을 보아도 희한히 여길 것이 없지마는, 이날 베전 병문 에서 불던 바람은 동풍도 아니요 남풍도 아니요 서풍, 북풍이 모 두 아니요, 어디로조차 오는 방면이 없이 길바닥 한가운데에서 먼지가 솔솔솔 일어나더니, 뱅뱅뱅 돌아가며 점점 언저리가 커져 도래멍석[9]만 하여 정신 차려 볼 수 없이 팽팽 돌며, 자리를 뚝 떨어지며 어떠한 사람 하나를 겹겹이 싸고 돌아가니, 갓 귀영자[10]가 쑥 빠지며 머리에 썼던 저모립[11]이 정월 대보름날 귀머리장군 연 떠나가듯[12] 삼 마장[13]은 가서 떨어진다.

그 사람이 두 손으로 눈을 썩썩 비비고 입속에 들어간 먼지를 테테 배알으며,

"에, 바람도 몹시 분다. 정신을 차릴 수가 없지. 내 갓은 어디로 날려갔을까? 어, 저기 가 있네."

하더니, 한 손으로 탕건[14]을 상투째 아울러 껴붙들고 분주히 좇아가 갓을 집어 들더니, 조끼에서 저사 수건[15]을 내어 툭툭 털어 쓰고 가는데, 그때 마침 장옷 쓴 계집 하나가 그 광경을 목도하고 그 사람의 얼굴을 넌짓 보더니 장옷 앞자락으로 제 얼굴을 얼풋[16] 가리고 행랑[17] 뒷골로 들어가더라.

중부[18] 다방골[19]은 장안 한복판에 있어 자래로 부자 많이 살기로 유명한 곳이라. 집집마다 바깥 대문은 개구멍만 하여 남산골[20] 딸깍샌님[21]의 집 같아도 중대문 안을 썩 들어서면 고루거각[22]에 분벽사창[23]이 조요하니, 이는 북촌 세력 있는 토호[24] 재상에게 재물을 빼앗길까 엄살 겸 흉 부리는 계교러라.

그중에 함진해라 하는 집은 형세가 남의 밑에 아니 들어, 남노비에 기구[25] 있게 지내는 터인데, 한갓 자손복이 없어 낳기는 펄쩍 해도 기르기는 하나도 못 하다가, 그 부인 최씨가 삼취[26]로 들어와 아들 하나를 낳아놓고 몸이 큰 체하여 집안에 죽젓갱이질[27]을 할

대로 하며, 그 남편까지도 손톱 반머리만치 두려워하지 아니하고, 마음에 있는 일이면 옳고 그르고 눈을 기이어[28]가면서라도, 직성이 해토머리[29]에 얼음 풀어지듯 하게 하여보고야 말더라.

최씨의 친정은 노돌[30]이라. 그 동리 풍속이 자래로 제일 숭상하는 것은, 존대하여 말하자면 만신이요, 마구 말하자면 무당이라 하는, 남의 집 망해주며, 날불한당질 하는 것들을 남자들은 누이님, 아주머니, 여인들은 형님, 어머니 하여가며 개화 전 시대에 칙사[31] 대접하듯 하여, 봄가을이면 의례히 찰떡 치고 메떡 치고 쇠머리, 북어쾌를 월수, 일수 얻어서라도 기어이 장만하여 철무리 큰굿을 하여야 세상일이 다 잘될 줄 아는 동리니, 최씨가 어려서부터 보고 듣고 자란 것이 그뿐이러니, 시집을 와서도 그 버릇을 버리지 못하고 어디가 뜨끔만 하면 무꾸리[32]질이요, 남편이 이틀만 아니 들어와 자도 살풀이하기라. 어디 새로 난 무당이 있다든지, 신통한 점쟁이가 있다면 남편 모르게 가도 보고 청해다도 보아, 노구메[33]를 올리라든가 기도를 하라든가, 무당의 입이나 점쟁이 입에서 뚝 떨어지기가 무섭게 거행을 하니, 이는 최씨 부인이 무당이나 점쟁이를 위하여 그리하는 바가 아니라, 자기 생각에는 사람의 일동일정으로 죽고 사는 일까지라도 귀신의 농락으로만, 물 부어 샐 틈 없이 꼭 믿고 정신을 못 차려 그러는 것이러라.

장사 나자 용마가 난다고, 함진해 집에 능청스럽게 거짓말 잘하고 염치없이 도둑질 잘하는 안잠[34]자는 노파 하나가 있어, 저의 마님의 눈치를 보아 비위를 슬슬 맞춰가며 전후 심부름은 도맡아 하는데, 천행으로 최씨 부인이 태기가 있어 아들 하나를 낳으니

노파가 신이 열 길이나 나서,

(노) "마님, 마님의 정성이 지극하시더니 칠성님이 돌보셔 삼신[35] 행차가 계시게 하셨습니다. 에그, 아기가 범연한가? 떡두꺼비 같은 귀동자지, 오냐, 무쇠 목숨에 돌끈 달아 수명 장수하여라."

그 아이가 거적자리에 떨어진 이후로 무슨 귀신이 그리 많이 덤비던지 사흘 안부터 빌고 위하는 것이 모두 귀신이라. 겨우 돌 지나 걸음발타는[36] 아이가 돈은 제 몸뚱이보다 몇십 갑절이 더 들었더라.

그런데 그 아이에게 펄쩍 잘 덤비는 여귀[37] 둘이 있으니, 최씨 마음에 죽지 아니하였고 살아 있어, 그 지경이면 다갱이[38]에서부터 발목까지 아드등 깨물어 먹고라도 싶지마는, 죽어 귀신이 된 까닭으로 미운 마음은 어디로 가고 무서운 생각이 더럭 나며, 무서운 생각이 너무 나서 위하고 달래는 일이 생겨 행담[39]과 고리짝[40]에다 치마저고리를 담아서 둔 방축[41] 머리에 줄남생이[42]같이 위해 앉혔으니, 그 귀신은 도깨비도 아니요 두억시니[43]도 아니요, 못다 먹고 못다 쓰고 함씨 집에 인연이 미진하여 원통히 세상 버린 초취 부인 이씨와 재취 부인 박씨라. 사람이 죽어 귀신이 되어 산 사람에게 침노한다는 말이 본래 요사스러운 무녀의 입에서 지어낸 말이라. 적이나 현철한 부인이야 침혹할 리가 있으리오마는, 최씨는 지각이 어떻게 없던지 노파와 무녀의 꾸며내는 말을 열되들이 정말로만 알고 그 아들이 돌림감기만 들어도 이씨 여귀, 설사 한 번만 해도 박씨 여귀, 피륙과 전곡을 아까운 줄 모르고 무당, 점쟁이 집으로 물 퍼붓듯 보내다가 고삐가 길면 디딘다[44]더니 함진해가 대강 짐작을 하고 최씨더러 훈계를 하는데, 본래 함진해의 위인은 무능하지마는 선부형[45] 문견으로 그같이 요사한 일이 별로 없던 가정이라.

(함) "여보, 무당, 판수[46]라 하는 것은 다 쓸데없는 것이외다. 저희들이 무엇을 알며, 귀신이라 하는 것이 더구나 허무치 아니하오? 누가 눈으로 보았소? 설혹 귀신이 있기로 나의 전 마누라 둘이 다 생시에 심덕이 극히 착하던 사람인데 죽어졌기로 무슨 침탈을 하겠소? 다시는 이씨니 박씨니 하는 부당한 말을 곧이듣지 마오."

(최) "죽은 마누라를 저렇게 위하시려면 똥구멍이라도 불어서 아무쪼록 살려 데리고 해로하시지, 남을 왜 데려다 성가시게 하시오? 누가 이씨, 박씨의 귀신이 무던하지 아니하다오? 무던한 것이 탈이지. 귀신은 귀하답시고 한번 만져만 보아도 산 사람의 병이 된다오. 인저는 아무가 앓든지 죽든지 나는 도무지 상관치 말리다. 걱정 마시오."

이 모양으로 몰지각하게 폭백[47]하니 함진해가 어이없어 좋은 말로 타이르고 사랑으로 나간 후에, 최씨가 전취 부인들이 살아 곁에 있는 듯이 강짜가 나서,

(최) "할멈, 영감 말씀 좀 들어보게. 아무리 사내 양반이기로 생각이 어쩌면 그렇게 들어가나?"

(노) "영감께서 신귀가 그렇게 어두시답니다. 딱도 하시지, 돌아가신 마님 역성을 그렇게 하실 것 무엇 있나? 마님, 영감께서

돌아가신 두 마님과 금실이 아주 찰떡근원[48]이시더랍니다. 아무리 그러셨기로 누가 그 마님들을 『옥추경』[49]이나 읽어 무쇠 두멍[50]에 가두었나? 떠받들어 위하시기밖에 더 어떻게 하시라고?"

(최) "여보게, 염려 말게. 저년들 무서워 천금같이 귀한 자식을 기르며 두고두고 그 성화를 받을까? 내일 모레 영감께서 송산[51] 산소에 다니러 가시면 산역[52]을 시키느라고 여러 날 되신다네. 세차게 경 잘하는 장님 대여섯 불러오게. 자네 말마따나 『옥추경』을 지독하게 읽어 움도 싹도 없게[53] 가두어버리겠네."

(노) "에그, 너무나 잘 생각하셨습니다. 조금 박절하지만, 두고두고 성가시럽게 구는데, 시원하게 처치하여버리시지. 아무리 귀신이기로 심사를 바로 가지지 아니하고 살아 계신 양반에게 말만 이르니 박절할 것도 없습니다."

(최) "장안에 어데 있는 장님이 그중 영한구? 이 근처 돌팔이장님[54]들은 쓸데없어."

(노) "아무렴, 그렇고말고요. 돌팔이장님은 무엇에 쓰게요? 제 까짓 것들이 그 귀신을 가두기커녕 범접[55]이나 해보겠습니까, 덧들이기나 하지. 장님은 복차다리[56] 사는 정장님이 아주 제일이라고들 하여요."

(최) "그러면 그 장님을 불러다 일을 하여보세."

약속을 단단히 하고 손가락을 꼽아 기다리다가, 그 남편이 길을 떠난 후 경을 며칠을 읽었던지, 이씨 여귀, 박씨 여귀 잡아 가두는 양을 눈으로 현연히[57] 보는 듯이 최씨 마음에 시원 상쾌하여, 누워 자는 그 아들의 등을 뚝뚝 두드리며, 말도 못 하는 아이더러 알아들을 듯이 이야기를 한다.

"만득아, 시원하지? 만득아, 상쾌하지? 너의 전 어머니 귀신들을 다 가두어버려서 다시 못 오게 하였다. 응응. 어머니는 그까짓 것들이 네게 무슨 어머니, 죽은 고혼이라도 어머니 소리를 들어보려면 그까지로 행세를 했을까? 만득아, 그렇지, 응응. 인제는 앓지 말고 잘 자라서 어미의 애쓴 본의 있게 하여라, 응응. 에그, 그것이야 엄전하게[58] 잘도 자지."

하며 입을 뺨에다 대고 쭉쭉거리는데, 안잠 마누라는 곁에 앉아 최씨의 말하는 대로 어릿광대같이,

"그렇고말고, 마님 말씀이 꼭 옳으시지. 어머니 노릇을 하려면 그까지로 행실을 했겠습니까?"

만득이 볼기짝을 저도 뚜덕뚜덕하며,

"아가, 어머니 말씀을 다 들었니? 이다음에 어머니께 효성시러운 자손 되고 할멈도 늦게 호강시켜다고."

가장[59] 만득의 나이 장성하여 말을 아니 듣는 듯이 최씨가 꾸지람을 옳게 한다.

"오, 이놈. 어미의 애쓴 본의 없이 뜻을 거스르든지 할멈의 길러준 공 모르고 잘살게 아니 하여주어 보아라. 내 솜씨에 못 배길라."

이 모양으로 주거니 받거니 지각 반점 없이 지껄여가며, 대원수가 되어 십만 대병을 거느리고 적국을 한 북소리에 쳐 없앤 후 개선가나 부른 듯이, 날마다 둘이 모여 앉으면 그 노래 부르기로 세월을 보내더라.

연때가 맞느라고, 하루 반한 날 없이 잔병치레로 유명한 만득이가 경 읽은 이후로는 안질 한번 안 앓고 잘 자라니, 최씨 마음에 정장님은 천신만 싶어 만득의 먹고 입는 일동일정을 모두 그 지휘하는 대로, 남의 집 음식도 아니 먹이고, 색다른 천 끝도 아니 입혀, 본래 구기[60]가 한 바리[61]에 실을 짝이 없던 터에 얼마쯤 가입을 하였는데 그 명목이 썩 많으니,

'세간 놓는 데 손보기

음식 보면 고시레[62]하기

새 그릇 사면 쑥으로 뜨기

쥐구멍을 막아도 토왕[63] 보기

닭을 잡아도 터주[64]에 빌기

까마귀만 울어도 살풀이하기

족제비만 나와도 고사 지내기'

이와 같이 제반악증을 다 부리는데, 정안수 그릇은 장독대 떠날 때가 없고, 공양미 쌀박은 어느 산에 아니 가는 곳이 없으며, 심지어 대소가[65] 사이에 상변이 있으면 백 일씩 통치 아니하기는 예사로 하더라.

우리나라에 의학이 발달 못 되어 비명에 죽는 병이 여러 가지로되, 제일 무서운 병은 천연두라. 사람마다 의례히 면하지 못하고 한 번씩은 겪어, 고운 얼굴이 찍어매기도 하며 눈이나 귀에 병신도 되고 종신지질[66] 해소도 얻을뿐더러 열에 다섯은 살지를 못하는 고로, 속담에 '역질[67] 아니 한 자식은 자식으로 믿지 말라'는 말까지 있으니 위험함이 다시 비할 데 없더니, 서양 의학사가 발

명한 우두[68]법을 배워 온 후로 천연두를 예방하여 인력으로 능히
위태함을 모면하게 되었건마는, 누가 만득이도 우두를 넣어주라
권하는 자 있으면 최씨는 열, 스무 길 뛰며 손을 홰홰 내젓고,

"우리 집에 와서 그대[69] 말 하지도 마오. 우두라 하는 것이 다 무
엇인가? 그까짓 것으로 호구별성[70]을 못 오시게 하겠군. 우두 한
아이들이 역질을 하면 별성 박대한 벌역으로 더구나 중하게 한답
디다. 나는 아무 때든지 마마께서 우리 만득에게 전좌[71]하시면 손
발 정히 씻고 정성을 지극하게 들이어서, 열사흘이 되거든 장안
에 한골 나가는[72] 만신을 청하고, 입담 좋은 마부[73]나 불러 삼현육
각[74]에 배송[75] 한번을 쩍지게[76] 내어볼 터이오. 우리가 형세가 없
소? 기구가 모자라오?"

하며 사람마다 올까 봐 겁이 나고 피해 가는 역질을 어서 오기를
눈이 감도록 고대하더니, 함씨의 집안이 결딴이 나려던지 최씨의
소원이 성취가 되려던지 별안간에 만득의 전신이 부집[77] 달듯 하
며 정신을 모르고 앓는데, 뽀얀 물 한 술 아니 먹고 늘어졌으니
외눈의 부처같이 그 아들을 애지중지하는 함진해가 오죽하리오.
김주부[78]를 청하여라, 오별제[79]를 불러라 하여 맥도 보이고 화제도
내어, 연방 약을 지어다 어서 달여 먹이라 당부를 하니, 함진해
듣고 보는 데는 상하노소 물론하고 분주히 약을 쉴 새 없이 달이
는 체하다가, 함진해만 사랑으로 나가면 그 약은 간다 보아라 하
고 귀신 노래만 부르는데, 그렁저렁 사흘이 지나더니, 녹두 같은
천연두가 자두지족[80]에 빈틈없이 발반[81]이 되었는데, 붉은 반은 조
금도 없고 배꽃 이겨 붙인 듯하더니, 팔구일이 되면서 먹장 갈아

84

끼없은 듯이[82] 흑함[83]이 되며 숨결이 턱에 닿았더라. 역질이라는 병은 다른 병과 달라 증세를 보아가며 약 한 첩에 죽을 것이 사는 수도 있고 중한 것이 경해도 질 터이어늘, 최씨는 약은 비상 국만 치 여기고[84] 밤낮 들고 돌아다니는 것이 동의 정안수뿐이니, 이는 자식을 아편이나 양잿물을 타 먹이지 아니하였다 뿐이지, 그 죽 도록 한 일은 조금도 다를 것이 없어, 불쌍한 만득이가 지각없는 어미를 만나 필경 세상을 버렸더라. 아무라도 자식 죽어 설워 아 니 할 이는 없으려니와 최씨는 설움이 나도 썩 수선스럽게 배포 를 차리는데,

"그것이 그 모양으로 덧없이 죽을 줄이야 어찌 알아……. 인간 은 몰라도 무슨 부정이 들었던 것이지……. 허구한 날 눈에 밟혀 어찌 사나……. 한이나 없게 큰굿을 해보았더면 좋을걸. 영감이 하도 고집을 하니까 마음에 있는 노릇을 해볼 수나 있어야 지……. 제가 좋은 곳으로나 가게 용산 나아가서 지노귀새남[85]이 나 하여주어야……."

그다음에는 목을 놓아 울어내는데 노파는 덩달아 울며,

(노) "마님, 그만 그치십시오. 암만 우시면 한번 길이 달라졌는 데 다시 살아옵니까? 마님 말과 같이 새남이나 하여 저승길이나 열어주시지. 그렇지만 마마에 간 아이는 진배송[86]을 내어야 이다 음에 낳는 자손도 길하답니다."

(최) "자네 말이 옳은 말일세. 나도 번연히 알면서 미처 생각지 못했네그려. 여보게, 우리 단골더러 진배송을 한번 좀 잘 내달라 고 불러주게. 영감도 생각이 계시겠지. 고집 세우다 일을 저질러

놓고 또 무엇이라 하시겠나? 내가 죽더라도 하고 말 터이니 그 염려는 말고 어서 가보게."

노파가 살판이나 만난 듯이 경둥경둥 뛰어 대묘골[87] 모퉁이로 감돌아들더니 조그마한 평대문 집으로 서슴지 아니하고 들어가며,

"만신 계십니까? 만신 계셔요?"

안방문이 펄덕 열리며 얼굴에 아양이 다락다락[88]하는 여인이 끼웃이 내어다보며,

"이게 누구시오? 어서 오시오."

하며 손목을 다정히 끌고 방으로 들어가더니,

(만신) "그 댁 아기가 구태나 멀리 갔다구려. 나는 벌써부터 그럴 줄 알면서도 박절히 바로 말을 못 했소. 그래, 어찌해 오셨소? 자리걷이[89]를 하신다고 나를 불러오라십더니까?"

(노) "자리걷이가 아니라 진배송을 내신다고 제구를 다 차려 가지고 내일로 오시라고 하십디다."

하며 앞뒤를 끼웃끼웃 둘러보며,

(노) "누구 들을 사람이나 없소?"

(만) "아무도 없소. 걱정 말고 세상없는 말이라도 다 하시오."

(노) "만신……. 지금 세상에 상전의 빨래를 해도 발뒤꿈치가 희다[90] 하는데, 이런 판에 좀 먹지 못하고 어느 때 먹소? 나 하라는 대로만 다 하고 보면 전천[91]이나 잘 떼어먹을 터이오."

(만) "아무렴, 먹는 것은 어디로 갔든지 마누라님 지휘를 내가 아니 들으며, 또 돈이 생기기로 내가 마누라님을 모르는 체하겠소? 그대 말은 하나 마나, 무슨 일이오, 이야기나 하시구려."

노파가 앞으로 다가앉으며, 만득이 병중에 하던 말과 찾던 것을 낱낱이 형용하여 이르고 무어라 무어라 한동안 지껄이더니,

"꼭 되지 아니했소? 그렇게만 하고 보면 세상없는 사람도 깜짝 반하지."

(만) "아니 될 말이오. 그 모양으로 어설프게 해서 큰돈을 먹어 보겠소? 별말 말고 내 말대로 합시다."

(노) "아무렇게 하든지 일만 잘하구려."

(만) "내야 사흘이 멀다 하고 그 댁에를 북 드나들듯[92] 하였으니 세상없이 영절스러운 말을 하기로 누가 믿겠소? 마누라님도 아마 아실걸. 저 국수당[93] 아래 있는 김씨 만신이 배송 잘 내기로 소문 나지 아니했소? 지금으로 내가 그 만신을 가보고 전후 부탁을 단단히 할 것이니 마누라님은 댁으로 가서 마님을 뵈옵고 곧이들으시도록 꾸며대구려."

(노) "옳소. 그것 참 되었소. 그 만신 소문을 우리 댁 마님도 들으시고, 그러지 아니해도 일상 한번 불러보시든지 가보신다고 하시면서도, 혹 단골이 노여워하면 어찌하리 하시고 계신 터인데, 당신이 천거하더라고 여쭙기만 하면 얼마쯤 좋아하실 것이오. 마님께서 기다리실 터이니까 나는 어서 가야 하겠소. 김만신 집에를 즉시 가보시오."

하고 두어 걸음 나아가다가 다시 돌아서며,

(노) "김씨 만신이 좋기는 하오마는 나와는 생소하니 다 알아서 부탁하여주시오."

(만) "그만만 해도 다 알아듣소. 염려 말고 어서 가시오."

이 모양으로 별순검[94] 변[95] 쓰듯 끝만 따 수작을 하고, 노파의 마음이 든든하여 집으로 돌아오더니 최씨를 보고 언구럭[96]을 피우는데,

(노) "마님, 다녀왔습니다. 아마 대단히 기다리셨을 것이오. 얼른 다녀온다는 것이 그렇게 되었습니다."

(최) "늙은 사람 행보가 자연 그렇지. 그에서 더 속히 올 수 있나? 그래, 단골더러 내일 오라고 일렀나?"

(노) "단골이 오는 것이 다 무엇입시오? 제가 앓아서 거진 죽게 되었던데요."

(최) "그리면 어떻게 한단 말인가?"

(노) "마님, 일상 말씀하시던 국수당 만신이 하도 소문이 났기에 지금 가서 내일로 일을 맞추고 왔습니다."

(최) "국수당 만신이라니, 금방울 말인가?"

(노) "네네, 금방울이올시다."

금방울의 별호 해제를 들으면 요절 아니 할 사람이 없으니, 얼굴이 누르퉁퉁하여 금빛 같다고 금이라 한 것도 아니요, 키가 작아 떼굴떼굴 굴러다니는 것이 방울 같다고 방울이라 한 것도 아니라. 그 무당의 입에서 떨어지는 말이 길흉 간 쳇소리 나게 맞는다고 소리 나는 쇠로 별호를 지을 터인데, 쇠에 소리 나는 것이 하고많지마는 종로 인경이라 하자니 너무 투미[97]하고, 징이나 꽹과리라 하자니 너무 상스러워, 아담하고 어여쁜 방울이라 하였는데, 방울 중에도 납방울, 시우쇠[98]방울, 은방울 여러 가지 방울이 있으되, 썩 상등으로 대접하느라고 금방울이라 하였으니, 금이라

는 것은 쇠 중에 일등 될 뿐 아니라 그 무당의 성이 김가니, 김은 즉 금이라고 이 뜻 저 뜻 모두 취하여 금방울이라 하였더라.

금방울의 소문이 어떻게 났던지 남북촌[99] 굵직굵직한 집에서 단골 아니 정한 집이 없어, 한 달 삼십 일, 하루 열두 시, 어느 날 어느 때에 두 군데, 세 군데 의례히 부르러 와, 몸뚱이가 종잇장 같으면 이리저리 찢어지고 말았을 터이러라. 원래 무당이라 하는 것은 보기 좋게 춤이나 추고 목청 좋게 소리나 잘하고 수다스럽게 지껄이기나 잘하면 명예를 절로 얻어 예 간다 제 간다 하는 법인데, 금방울이는 한때 해 먹고 살라고 하느님이 점지해 내셨던지 그 여러 가지에 한 가지 남의 밑에 아니 들뿐더러 남의 눈치 잘 채우고, 남의 말 넘겨짚기 잘하고, 아양, 능청 온갖 재주를 구비하였는데, 함진해 마누라의 무당 좋아한다는 소문을 듣고 어떻게 하면 한번 어울려들어 그 집 세간을 홀쭉하도록 빨아먹을꼬 하고 아라사 피득 황제[100]가 동양 제국을 경영하듯 하던 차에, 함진해 집에서 부른다는 말을 듣고 다른 볼일을 다 제쳐놓고 다방골로 내려와 함씨 집 안방으로 들어오며 첫대[101] 앙큼스러운 거짓말 한번을 내어놓는데, 최씨는 아들 참척[102]을 보고 설우니 원통하니 하는 중에도 금방울의 말이 어떻게 재미가 있는지 오줌을 잘곰잘곰 쌀 지경이라.

(금방울) "세상에, 이상한 일도 있어라. 예 없던 신그릇에서 방울이 딸딸 울며, 두 어깨에 짐이 잔뜩 실리더니, 제 집에 뫼신 호구[103] 아기씨께서 인도를 하시기에 꿈결인지 잠결인지 한 곳에를 가보았더니 집 모양이든지 방 안 세간 놓인 것까지 영락없이 댁

일세. 신통도 해라."

최씨는 미처 대답하기 전에 노파가 한 번 더 초를 쳐서 찰떡 반죽하듯 한다.

(노) "꿈도 영검하셔라. 만신이 댁과는 적지 아니한 연분이시구려. 마님께서는 그런 현몽하신 바는 없으셔도 일상 마음이 절로 키어서 만신을 보시고 싶다 하셨다오."

(최) "만신의 나이 손아래일 듯하니 처음 보아도 서어[104]하지 않도록 하게 하겠네. 지금 할멈도 말했지마는 어찌해 그런지 일상 만신이 보고 싶더니 좋은 일에 청해 오지 못하고. 에구에구……. 팔자 사나워 열 소경의 한 막대 같은 자식을 죽이어 궂은일에 청하였네그래. 에구에구……. 그 끔찍시러운 일을 보고 모진 목숨이 살아 있기는 그 자식의 저승길도 맑혀주려니와 더러운 욕심이 무슨 낙을 다시 볼까 하지, 에구에구……."

하더니, 노파를 부른다.

(최) "할멈, 어서 배송 제구를 차려놓고 사랑에 나아가 영감께 내 말로 여쭙게."

(노) "제구는 어제 다 장만한 것을 또다시 차릴 것이 있습니까마는 영감께 무엇이라고 여쭈랍시오? 걱정이나 듣게요."

(최) "걱정은 무슨 걱정을 하신단 말인가? 내 말대로 이렇게 여쭙게. 역질에 죽은 아이를 진배송을 아니 내어주면 원귀가 되어 다시 환토를 못 할뿐더러 이다음에 낳는 아기께도 길하지 못한 일이 생긴다니, 그것이 참말이나 거짓말이나 알고서야 그대로 있을 수 없습니다. 자세 자세 여쭙되, 처음에 걱정 좀 하신다고 머

90

쓱히 돌아서지 말고 알아들으시도록 말씀을 하게. 그래서 정 아니 들으신대도 나는 그래도 시작하겠네."

노파가 사랑으로 나아가 한나절을 서서 핀잔을 먹어가며 어떻게 중언부언하였던지 함진해가 슬며시 못 이기는 체하고 드러누우니, 이는 노파의 말솜씨가 소진장의[105] 같아 속아 넘어간 것도 아니요 이치가 그러한 듯하여 어기지 못하리라 한 것도 아니라. 어리석은 생각에 자기 마누라 뜻을 너무 거스르다가 감정이 더럭 나면 집안에 화기를 잃을 지경이라 하여, 혼잣말로,

'계집이라는 것은 편성[106]이라, 옳고 그르고 너무 억제하게 되면 저 잘못하는 것은 모르고 야속한 생각만 날 터이요, 또 요사이 몹쓸 경상을 보고 울며불며 하는 터이요, 나 역시 아무 경황 없어 세상사가 귀찮다.'

하고 할멈의 말을 잠잠히 듣다가,

"아무 짓이든지 하고 싶은 대로 하라게그려. 말리지 아니하네."

노파가 그 말 한마디를 듣더니 엉덩춤이 절로 나서 열 걸음을 한 걸음에 뛰어 들어오며,

"마님, 인제는 걱정 마옵시오. 영감께서 허락을 하셨습니다. 만신, 마음 턱 놓고 징, 장구 울려가며 진배송이나마 산배송 다름없이 마님 속이 시원하시게 잘 지내주오."

금방울이 신옷을 내어 입고 장단을 맞추어 춤 한바탕을 늘어지게 추다가, 매암 한 번을 뻉뻉 돌며, 왼손에 들었던 방울을 쩔레쩔레 흔들더니 숨 한 번을 오려[107] 논의 새 쫓듯 위이 쉬고서 공수[108]를 주되, 호구별성이 금방 온 듯이 최씨를 불러 세우고 수죄[109]를

하는데, 세상 부정 모두 몰아다 함진해 집에다 퍼부은 듯이 주워 섬긴다.

"어허, 괘씸하다! 최씨 계주[110]야, 네 죄를 네 모를까? 별성행차[111]를 몰라보고 물로 들어 수살[112] 부정, 불로 들어 화살 부정, 거리거리 성황 부정, 아침저녁 주왕[113] 부정, 사람 죽어 상문[114] 부정, 그릇 깨져 악살[115] 부정, 쇠털같이 숱한 부정을 아니 범한 것이 없구나. 앉아서 삼천리요, 서서는 구만리라. 너희 인간은 몰라도 내야 어찌 속을소냐? 어허, 괘씸하다! 네 죄를 생각거든 네 아들 데려간 것을 원통타 말아라."

이때 최씨와 노파는 번차례로 나서서 손바닥을 마주 대어 가슴에 높이 들고 썩썩 비비면서 입담이 매우 좋게 비는데,

"허하고 사합시사.[116] 인간이라 하는 것이 쇠술로 밥을 먹어 아무것도 모릅니다. 여러 가지 부정을 다 쓸어버려서 함씨 가중을 참기름같이 맑혀줍소사. 입은 덕도 많삽거니와 새로 새 덕을 입혀주사, 죽은 자식은 연화대[117]로 인도해주시고 새로 낳는 자손을 수명 장수하게 점지해줍시사."

금방울이 또 한 번 춤을 추다 여전히 매암을 돌며 휘이 휘 소리를 하더니 황주, 봉산 세청[118] 미나리[119] 곡조같이 노랑목[120]을 연해 넣어가며 넋두리가 나오는데 최씨 마음에는,

'아마 만득이 넋이 돌아왔거니.'

싶어, 제가 살아오나 다름없이 소원의 일이나 물어보고 원통한 말이나 들어보겠다고 하고 바싹바싹 들어서더니, 천만뜻밖에 다시 오려니 생각도 아니 하였던 귀신이 왔더라.

금방울 눈에서 눈물이 더벅더벅 떨어지며,

"에그, 나 돌아왔소. 내가 이 집에 인연지고 시우진 내요. 에그, 할멈, 나를 몰라보겠나? 아, 삼 년 석 달 병들어 누웠을 때 단잠을 못다 자며 지성으로 구완해주던 자네 은공, 죽은 넋이라도 못 잊겠네에. 침방에 있는 반닫이[121] 안에 나 시집올 때 가지고 온 은반상[122]이 있으니 변변치 않으나, 그것이나 갖다가 내 생각 하여가며 받아먹게에. 에그, 원통해라아! 정도 남다르고 의도 남다르더니 한번 죽어지니까 속절이 없고나아."

이때 구경하는 집안 식구들이 제각기 수군거리는데 어떤 계집은,

"여보 형님 형님, 저게 누구의 넋이 들었소? 아마 재취 마님이 지."

어떤 계집은,

"아닐세, 은반상 해 가지고 오셨다는 것을 들어보게. 초취 마님이신가 뵈. 이별제 댁이 부자로 사시는 때문에 그 마님 시집오실 제 퍽 많이 가지고 오셨다데. 재취 마님 친정은 억척 가난하여서 이 댁에서 안팎[123]을 싸 오셨는데 은반상이 다 무엇인가, 질그릇도 못 가져왔다네."

어떤 계집은,

"아주머니 말씀이 옳소. 영감마님과 금실도 초취 마님이 계셨지, 재취 마님과는 나무 공이 등 맞춘 것같이[124] 삼 년이나 사시며 말 한마디 재미있게 해보셨소?"

그중의 한 계집은 여러 사람의 이야기하는 것을 한편으로 들어가며 행주치마 자락을 접어 들고 두 눈에서 샘솟듯 나오는 눈물

을 이리 씻고 저리 씻고 흑흑 느껴 우는데, 이때에 최씨는 눈꼬리가 실쭉하여 아무 말도 아니 하고 섰다가 혀를 툭 차며,

"저렇게 원통한 것을, 누가 죽으라고 고사를 지냈나? 이년 삼 랑아, 보기 싫다. 너는 죽은 사람만 밤낮 못 잊어, 아이 때부터 드난[125]을 했나니, 무던한 심덕을 못 잊겠나니 하며 산 나는 쓴 외 보듯[126] 하는 터이니, 공연히 소요시럽게 울고 섰지 말고 저렇게 왔을 때에 아주 따라가려무나. 할멈, 나가서 영감 여쭙게, 귀신이 보고 싶다네. 그 소원이야 못 풀어주겠나?"

함진해가 집 안에서 뚱땅거리는 것이 듣기 싫어, 의관을 내려 입고 친구 집에 가서 바둑이나 두다 오려고 막 나서다가, 할멈이 나와 큰마누라의 혼이 들어와 청한다는 말을 듣고 속종[127]으로,

'이런 미친 무당 년도 있나, 여인들을 속이다 못하여 나까지 속여보려고. 대관절 그년의 거동을 구경이나 해보아. 정 요사시럽 거든 당장 내어쫓으리라.'

하고 노파 뒤를 따라 안으로 들어오며,

"우리 죽은 마누라가 어디 왔어, 응?"

그 말이 채 그치기 전에 넋두리하던 무당이 마주 나아오며 대성 통곡하더니, 함진해의 입이 딱 벌어지며 혀가 홰홰 내둘리게 수 작이 나온다.

"에그 영감, 나를 몰라보오, 오? 아무리 유명[128]이 달라졌기로 어쩌면 그다지 무정하오오? 나 병들었을 때에 무엇이라고 하셨소오? 십 년 동거하던 정을 버리고 왜 죽으려 드느냐고 저기 저 창 밑에서 더운 눈물을 더벅더벅 떨어뜨리시던 양을 보고, 죽는 나의

뼈가 아프며 눈을 못 감겠더니, 이 눈이 꺼지지 않고 살이 썩지도 않아, 밤낮 열나흘 경을 읽어 구천[129] 응원이 호통을 하고 소거백마[130]가 선봉이 되어 앞뒤에다 금사진을 치고 움도 싹도 없이 잡아 가두려 하였으니, 아무리 영감이 하신 일은 아니시나 인정에 어찌 모르는 체하오오? 간신히 자취를 숨겨 이 집을 떠나갈 제 원통하고 분한 생각 어느 날 어느 때에 잊히겠소오? 이 집 저 집 엿보며 수수밥 조죽 사발로 고픈 배를 채우면서 그동안 세월을 보내던 내오오."

그때 곁으로 왔던 무당이 별안간에 손뼉을 치며 넋두리가 또 나오는데,

"에그, 나 돌아왔소. 이팔청춘에 뒷방마누라[131]가 되어 긴 한숨 짜른 탄식으로 평생을 마치던 박씨 내오오. 여보 영감, 그리를 마오. 살아서 박대하고 죽어서도 미워하여 밝은 세상을 보지도 못하게 경을 읽어 가두려 드오오. 에그, 지극 원통해라아!"

하더니, 그다음부터는 둘이 병창[132]을 하여 흑흑 느껴가며,

"우리 둘이 전후취로 영감께 들어와 생전에는 서로 보지도 못했으나 고혼은 남과 달라아, 손목을 마주 잡고 설운 눈물이 마를 날 없이 전전걸식[133] 다니다가 칠월 보름날 사시[134] 초에 베전 병문에서 영감을 만나, 이씨 나는 동남풍이 되고, 박씨 나는 서북풍이 되어 두 바람이 모여 회오리바람이 되었소오. 영감의 가시는 길을 에워싸고 이리 돌고 저리 돌고, 감돌고 푸돌며[135] 지접할 곳을 두루 찾더니 영감 쓰신 저모립이 둥둥 떠나가 일 마장 밖에 가 떨어지기에 우리가 그 갓에 은신을 했더랬소오. 그길로 영감을 따

라 집에를 돌아온 지 보름이 다 되도록 국내, 장내 맡기만 했지 떡 한 덩이 못 얻어먹었소오. 여보아라 최씨야, 우리를 그렇게 박대하고 무사할 줄 알았더냐? 네 자식 데려간 것을 원통타 말아아. 별성마마께 호소하고 네 자식을 잡아왔다아."

상하노소 여인들이 서로 수군수군하며,

"에그, 저것 보아. 초취, 재취 두 마님이 모두 오셨네."

"그런데 그게 무슨 소릴까? 영감더러 하는 말씀이 이상도 하지. 그러니까 댁 아기를 그 마님이 데려갔구려. 누가 그대 뜻이나 했을까? 경 읽어 가두면 다시 세상에 못 나오는 줄 알았더니 경도 쓸데없어."

이 모양으로 공론이 불일한데, 이씨, 박씨의 죽은 넋이 함진해의 산 넋을 다 빼 갔던지, 함진해가 금방울의 입만 물끄러미 건너다보고 두 눈물이 핑 돌며,

"허허, 무당도 헛것이 아니로군. 내가 베전 병문에서 회오리바람을 만난 것을 집안사람도 본 이가 없고 아무더러도 이야기한 적도 없는데 여합부절[136]로 말하는 양을 본즉 귀신이라는 것이 있기는 있는걸."

하고 최씨더러 책망을 하는데, 함진해 생각에는 예사로 하는 말이지마는 최씨 듣기에는 죽은 마누라 역성이 시퍼런 것 같더라.

(함)"집안에서 나만 쌀쌀 기이고 못 할 짓이 없었군. 아무리 죽은 사람이기로 내 가속 되기는 일반인데, 어느 틈에 『옥추경』을 읽어 가두려 들었던고? 마음을 그렇게 독하게 쓰고서야 자식을 보전할 수가 있나?"

혀를 툭툭 차며 할멈 이하 여러 계집종을 흘겨보며,

"이년들, 아무리 마님이 시키기로, 내게는 한마디 고하는 년이
없고. 네 이년들, 견디어보아라. 차후에 무슨 변이 또 있으면 그
제는 한 매에 깡그리 때려죽일 터이다. 너희 년쯤 죽이면 귀양밖
에 더 가겠느냐?"

최씨는 자기 남편의 하는 양을 보고 옥니가 뽀도독뽀도독 갈리
며 강열[137]이 바싹 치밀지만, 부지중에 소원 성취된 일 한 가지가
있어 분한 줄도 모르고 설운 줄도 모르고 도리어 빌붙느라고 골
몰 중이니, 그 성취된 소원은 별것이 아니라 자기 남편이 무당이
라면 열 스무 길씩 뛰더니, 넋두리 한바탕에 고집 세던 응어리가
확 풀어지며 깜짝 반하는 모양이라. 인제는 쉬쉬할 것 없이 펼쳐
내어놓고 할 노릇을 한껏 다 하고, 목소리를 서늘하게 눅여가며,

(최) "영감, 내가 다 잘못한 일인데 하인들 걱정하실 것 있소?
집안에 우환도 하도 떠나지 아니하기에 그러면 나을까 하고 지각
없는 일을 했었구려. 그러기에 여편네지, 그렇지 아니하면 여편
네라고 하겠소? 이다음부터는 집안만 편안하다면 이씨, 박씨 두
귀신을 내 등에 업어 모시기라도 하리다."

함진해의 위인이 이단(異端)을 물리치고 오도(吾道)[138]를 존중
하는 도학군자라든지 원소(原素)를 궁구하여 물질(物質)을 분석
하는 물리박사 같으면 물 같은 심계가 휘저어도 흐려지지 아니할
것이요 산 같은 지조가 흔들어도 빠지지 아니할 터이지마는, 여
간 주위들은 문견으로 점잖은 모양을 강작[139]하여 무당 판수를 반
대하던 것이 첫째는 남이 흉볼까 함이요 둘째는 인색에서 나옴이

라. 실상은 의심이 믿음보다 많아 귀신이 있는 듯도 하고 없는 듯
도 하던 차에, 없는 증거는 보지 못하고 있는 증거는 확실히 본
듯싶어서, 어서[140] 회사를 발기하든지 학교를 설립하든지, 고금이
나 보조를 청구하면, 당장 굶고 벗는 듯이 엄살을 더럭더럭 하여
가며 한 푼 돈내기를 떨던 규모가, 별안간에 어찌 그리 희떠워졌
는지 싸고 싸두었던 이천[141] 자채벼[142] 작전[143]해 온 돈을 아까운 줄
모르고 펄쩍 날라다 별비[144]를 써가며 무당 하는 대로 시행을 하는
데, 눈치 빠른 금방울이는 함진해의 하는 거동을 보고 새록새록
별소리를 다 지어내어 번연히 제 입으로 말을 하여 제 욕심을 채
우면서도 저는 아무 상관 없는 듯이,

"이씨가 노자를 달라 한다.

박씨가 의복차[145]를 달라 한다.

당집을 짓고 위해달라.

달거리로 굿해달라."

하여 당장에도 빼앗고 싶은 대로 빼앗고 이다음까지 두고두고 우
려먹을 거리까지 장만하는데, 거죽 인심을 푹 얻어놓아야 아무 중
병이 아니 나겠다 하고, 만득이 넋두리를 대미처 하며, 나 업어준
공으로 할멈은 무엇을 주고 젖 먹여준 공으로 유모는 무엇 무엇
을 주고 삼랑이, 은단이는 이것저것을 차례로 주라고, 어머니, 아
버지를 연해 불러가며 부탁을 하여, 파산선고(罷産宣告) 당한 집
의 판셈[146]하나 다름없이 집어내려 들더라.

싸리말,[147] 짚오쟁이[148]에 홍양산 수팔련[149]을 갖추어, 입담 좋은
마부 놈이 마부 타령을 거드럭거려 하며 호구별성을 모시고 나가

98

는데, 그림자나 흔적도 없는 치행[150]에 찾는 것이 어찌 그리 많은지 형형색색 이루 섬길 수 없는 중, 대은전쾌[151]를 지어 말 워낭[152]을 달아라, 세백목필[153]을 채어 마혁[154]을 달아라, 마량[155]을 달라, 대갈[156] 값을 달라, 요기차[157]·신발차[158] 등속의 달라는 소리가 한 끈에 줄줄 이었더라.

그전에는 최씨가 안잠 마누라를 데리고 역적모의하듯, 그대 소문이 날세라 그대 눈치가 보일세라 하여가며 집안 망할 짓을 하더니, 인제는 도리어 자기 남편이 알지 못할까 봐 겁을 내고, 함진해는 그런 말 듣기가 무섭게 내 집에 쓰던 돈이 없으면 남에게 빚을 내어다라도 그 시행은 하고야 마는데, 장안 만호 집집마다 날곧 밝으면 개문(開門)[159]하니 만복래(萬福來)로 떡떡 열어젖뜨려 가까운 친척이나 정다운 친구들이나 나오기도 하고 들어가기도 하건마는, 밤이나 낮이나 잠시 아니 열어놓고 안으로 빗장을 굳게 질러 적적히 닫아두는 대문은 함진해 집이라. 그 집 대문을 왜 그렇게 닫아두었는고 하니, 매삭 초하루, 보름으로 고사도 지내고, 기도도 하느라고 부정한 사람이 내왕할까 염려하여, 대문 주초[160] 앞에 황토를 삼태[161]로 퍼부어두고 좌우 설주[162]에 청솔가지를 날마다 꽂아두건마는, 그 사정 모르는 사람은 종종 들어오는 고로 그 폐단을 없이하느라 그 문을 아주 닫은 것이더라.

하루는 황혼이 될락 말락 하여 대문에서 벼락 치는 소리가 나며 노파가 들어오더니, 최씨 입에서 사북 개천 같은 욕설이 나오는데,

(최) "그 양반이 왜 그리 성가시게 굴어? 그것 참 심상치 아니

한 심사야. 죽어서 꽁지벌레밖에 안 될걸. 그 모양이니까 나이 사십이 불원[163]하도록 초사[164] 하나 못 얻어 하고 비렁뱅이 꼴로 돌아다니지. 남 잘사는 것이 자기 못사는 것보다 더 배가 아픈 것이로군."

(노) "왜 그 상제님이 남이십니까? 남도 아니신데 그러시니까 딱하시지요."

(최) "일가 못 된 것은 남만도 못하다네. 친형인가, 친아우인가? 사촌부터야 남이나 질 것이 무엇인가? 에그, 나는 일가도 귀찮고 당내[165]도 성가시러워. 모두 일본이나 아라사로 떠나가기나 했으면 이 꼴 저 꼴 아니 보겠네."

함진해는 영문도 모르고 저녁밥을 먹으러 들어오다가 그 광경을 보고,

(함) "왜 누가 어찌했길래 그리하오? 떠들지 않고는 말을 못 하오? 요란시럽소."

(최) "누구는 누구야요? 진위[166] 상제님인지 누구인지, 날송장을 주무른 지가 석 달 열흘도 못 되고서, 아무리 대소가기로 무엇하러 와서, 대문이 닫혔으면 고만이지 발길로 박차고 들어올 것이 무엇이란 말이오? 번연히 알며 심사 부리는 것이지. 에그, 이 노릇을 어떻게 하나? 두 달 반이나 들인 공이 나무아미타불이 또 되었지. 삼신맞이를 하려면 번번이 이렇게 재앙이 드니, 우리 팔자에 자식이 아니 태었는지, 삼신 제왕이 아무리 점지하시려니 이 모양으로 인간 부정이 있으니까 괘씸히 보시지 아니할 수가 있나?"

함진해가 입맛을 쩍쩍 다시고 남 듣게 말은 아니 해도 속종으로는 부인의 말을 조금도 반대가 없이 자기 사촌을 긴치 않게 여겨서,

"사람도, 지각 날 나이 되었건만, 응. 글자가 그만치 똑똑하여 각색 사리를 알 만한 것이 술곤 먹으면 방정을 떨어. 방정을 떨면 제 집에서나 떨지, 내 집에까지 와서 왜?"

입맛을 또 한 번 쩍쩍 다시고 앉았다가 소리를 버럭 질러,

"삼랑아, 네 나가서 보아라. 작은댁 상제님인지 누구인지 갔나, 그저 있나? 그저 있거든 내서 들어오지 말고 냉큼 가라 하더라고 일러라."

삼랑이가 대답을 하고 중문간에를 막 나가는데, 상제 하나가 추포[167] 중단[168]에 새 방립[169]을 푹 숙여 쓰고 휘적휘적 들어오다가 삼랑이를 보고,

(상제) "영감 어디 계시냐?"

(삼랑) "아낙[170]에 계신데 밖에 상제님 오셨다는 말씀을 들으시고 들어오실 것 없이 바로 가시라 하셔요."

(상) "들어오지 말라고, 들어오지 말라고? 왜 들어오지 말라고?"

하며 삼랑이 말은 다시 대꾸도 아니 하고 바로 안마루 위에를 썩 올라서며, "형님!" 한마디를 부르더니 대성통곡을 드러내놓으니, 함진해는 가슴이 덜컥 내려앉으며 예기[171]가 질려 아무 말도 못 하고, 최씨는 독이 바싹 나서 아랫목에 앉았는 채 내어다보지도 아니하고 악만 바락바락 쓴다.

(최) "왜, 와서 울어요? 왜 와서 울어요? 멀쩡한 집안에 왜 와서 울어요? 우리 집에서도 초상난 줄 아시오? 아무리 대소가 간이기로 깃옷[172]을 입고 구태여 들어오실 것이 무엇이오?"

이 모양으로 수숙[173] 간 체통은 조금도 없이 무지막지하게 말을 하니, 전 같으면 함진해가 자기 부인을 적지 않이 나무라고 사촌의 우는 것을 좋은 말로 만류하였을 터이지마는, 사람의 심장이 변하기로 어쩌면 그렇게 변하였는지, 사촌이라도 친형제나 다름없이 자별[174]하던 우애를 꿈에도 생각지 아니하고 영창을 메붙이며,

"이놈아, 내 집에 와서 울 곡절이 무엇이냐? 설우면 네 집 상청[175]에서나 울지. 나이 사십이 불원한 것이 방갓 귀를 처뜨리고 돌아다니며 먹을 것만 여겨 술만 퍼먹고 주정은 내게 와 해? 나는 네 주정받이 하는 사람이냐?"

그 상제의 선친은 곧 진해의 작은삼촌 함지평이라. 육십지년이 되도록 분호[176]를 아니 하고 백씨[177]와 일문 동거하여 화기가 더럭더럭 하였고, 백씨 돌아간 뒤에도 그 조카 함일덕[178]의 공부도 시키고 살림 뒷배도 보아주느라 그 곁집을 사 들고 하루도 몇 번씩 큰집에 와서 대소사 분별을 하여주더니, 최씨가 삼취 질부로 들어온 후로 열 가지 일이면 아홉 가지는 뜻에 맞지 아니하여 한두 번 이르고 나무라다 점점 의만 상할 지경이라. 차라리 멀찍이 가서 살아 눈에 보고 귀에 듣지 아니하려고 진위로 낙향하였더니, 수토가 불복[179]하여 그렇던지 우연히 병이 들어, 장근[180] 삼 년에 신접살이 변변치 못한 재산이 여지없이 탕패할뿐더러, 필경 백약이 무효하였는데, 그 아들 일청은 성품이 정직하여 사리에 조금

이라도 온당치 아니한 것을 보면 듣는 사람이 싫어하든지 미워하든지 도무지 고기[181] 아니 하고 바른말을 푹푹 하는 터이라. 그 사촌의 심정이 변하여 범백처사[182]하는 양을 보고 부화가 열 길씩은 부풀어 올라오지마는 자기 부친이 집안에 화기가 손상할까 하여 매양 만류함을 거역하기 어려워 꿀떡꿀떡하고 지내더니, 친상을 당한 후 부고를 전인[183]하여 보냈더니 그 부고를 받아들이지도 아니하고 대문 밖에서 도로 쫓아 보내며, '상가를 통치 아니할 일이 있으니 아무리 박절하여도 백 일이 지난 후라야 내려오겠다' 말로만 일러 보내고, 초종장례[184]를 다 지내고 졸곡[185]까지 지내도록 현영[186]이 없는지라. 일청이 분한 생각대로 하면 성복[187] 안이라도 뛰어 올라가 손위 사촌이라 할 것 없이 한바탕 들었다 놓고 싶지마는, 행세하는 처지에 초상상제가 상청을 떠날 수도 없고 그러노라면 남에게 일문이 불목[188]하다는 비소[189]도 받을 터이라 참고 또 참아, 누가 종씨[190]는 어찌하여 아니 내려오느냐 하게 되면 신병이 위중하니, 먼 곳에 출입을 했느니, 별별 소리를 다 꾸며대어, 아무쪼록 뒤덮어가며 그렁저렁 졸곡을 지낸 후에 질문 한번을 단단히 해보려고 벼르고 별러 올라왔더니, 자기 사촌의 집 대문을 닫아걸고, 천호 만호 하여도 알고 그리했든지 모르고 그리했든지 도무지 대답이 없다가, 노파가 마침 붉은 함지에 노란 식지[191]를 덮어 머리에 이고 나오다가 자기를 보고 깜짝 놀라며,

"상제님, 무엇 하러 오셨습니까? 댁에 아기를 비시느라고 칠성 기우를 하시는데 백 일이 한 보름밖에 아니 남았습니다. 들어가시지 말고 달이나 가시거든 올라오십시오."

하고 생면부지[192] 과객 따돌리듯 하려 드니, 함상인이 분이 날 대로 나서,

"무엇이 어쩌고 어찌해? 칠성 기우를 하기에 그렇지, 팔성 기우쯤 하더면, 천 일 부정을 볼 뻔했네그려. 부정은 누가 똥칠하고 다닌다던가? 자네가 명색이 무엇인데 누구더러 가거라 오거라, 어, 아니꼬워."

노파가 최씨의 셋줄[193]만 믿고 함상인을 터진 꽈리만치도 못 알고 훌뿌릴[194] 대로 훌뿌려 인사 도리가 조금도 없이,

"늙은 사람더러 아니꼽다고? 초상상제가 부정하지 않으면 무엇이 부정한고? 양반은 법도 없나? 큰댁에서 자손이 없어 기우를 한다면 들어오라고 하신대도 도로 가실 터인데, 들어오시지 말라는데 부득부득 우기실 것이 무엇인구? 생각대로 합시오그려. 우리게 상관이 있습니까?"

다시는 말해볼 새 없이 안으로 들어가니, 함상인이 본래 성미가 괄괄한 데에 그 구박을 당하매 어찌 기가 막히지 아니하리오. 자기 종씨를 들어가 보고 가슴에 서려 담아두었던 책망도 절절히 하고, 노파의 분풀이도 시원하게 하려 들었더니, 입 쩍 한마디 해볼 새 없이 최씨의 악쓰는 소리를 듣고 설움이 북받쳐 올라오니, 이는 상제 몸이 되어 망극한 생각이 새로이 나는 것도 아니요, 자기가 박대를 받아 원통코 분해서 그리하는 것도 아니라. 수십 대 상전하여오던 대종가가 최씨 수중에 망하는 일이 지원절통[195]하여 인사 여부 할 새 없이 마룻바닥을 주먹으로 치며 대성통곡을 드러내어놓은 것이라.

한참을 울다가 최씨의 포달[196] 부리는 것을 듣고 분나는 대로 하면 다갱이가 깨지도록 적벽대전[197]이라도 할 터이나, 차마 수숙 간 체통을 아니 볼 수 없어 아무 말도 못 하고 있다가 그 사촌의 만불근리[198]하게 꾸짖는 말을 듣더니, 최씨에게 할 말까지 한데 얼뜨려 말대답이 나온다.

(상) "형님 마음이 변하셨소, 본래 그러시오? 내 아버지는 형님의 작은아버지시요 형님 아버지는 나의 큰아버지신데, 내 아버지 돌아가신데 졸곡이 다 지나도록 영연일곡[199]을 아니 하오? 큰아버지 돌아가셨을 때에는 내가 철몰랐소마는, 만일 지금같이 장성하여서 현영을 아니 하게 되면 형님 생각에 매우 잘한다 하실 터이오? 기도는 무슨 기도요? 기도를 하면 인사 도리도 없소? 펄쩍 기도 잘하는 집 잘되는 것 별로 못 보았소."

함진해는 양심이 과히 없던 사람은 아니라 손아래 사촌일지언정 바른말을 하니 무엇이라 대답할 말 없어 못 들은 체하고 있는데, 최씨가 혀를 툭툭 차고 벌떡 일어나더니 자기 남편을 흘겨보며,

"에, 무능도 하오. 손아래 사람이 저 모양으로 할 말 못 할 말 함부로 해도 꾸지람 한마디 못 하고 무슨 큰 죄나 지었소? 아니 할 말로 죽을죄를 지었더라도 형은 형이지."

하며 영창문을 메어붙이고 마주 나오더니,

(최) "여보 상제님, 무엇을 잘못했다고 수죄를 하러 오셨소? 상제님은 삼사 형제씩 아들을 두었으니까 시들한가 보오마는 우리는 자식이 없으니까 아니 날 생각이 없어 기도를 하오. 무슨 기도인지 시원히 좀 아시려오? 왜 우리가 기도를 하여서 당신의 층층

이 자라는 아들 장가를 못 들이겠소? 사내 양반이 악담은 어따 대고 하오?"

(상) "내가 누구더러 악담을 했더란 말씀이오? 그렇게 하시지를 말으십시오, 아무리 분정지두[200]에 하시는 말씀이라도."

(최) "그러면 악담이 아니고 덕담이오? 번연히 우리가 기도를 하는데, 기도하는 집 잘되는 것 못 보았다구? 잘되지 못하면 망한다는 말이구려? 사촌도 이만저만이지, 누대봉사[201]하는 종가 사촌인데, 종가가 망하면 무슨 차례 갈 것이나 있을 줄 아나 보구려. 망해도 내 집이나 망하는 것을 걱정할 것 없이 당신네 집이나 어서 흥해보시오. 빈말이나 참말이나 종손 낳기를 빈다 하니 없는 정성이 남과 같이 들이지는 못할지언정, 중단 자락을 휘두르고 훼방을 놓으러 오셨소?"

이 모양으로 함상인이 미처 대답할 새 없이 퍼붓듯 하더니 그 자리에 펄썩 주저앉아 들입다 울어내니, 편협하고 배우지 못한 부인네가 마음에 맞지 아니한 일이 있으면 제 독살[202]을 못 이기어 쪽쪽 울기는 흔히 하는 버릇이지마는, 최씨는 능청 한 가지를 가입하여, 자기 남편이 감동하도록 하느라고, 갖은 사설을 하여가며 자탄가로 울더라.

"팔자를 어떻게 못 타고 나서 이 모양인가! 으으으. 떡두꺼비 같은 자식을 잡아먹고 청승궂게 살아 있어서, 어어어. 눈먼 자식이라도 하나 점지하실까 하고 정성을 들여보쟀더니, 이이이. 무슨 대천지원수로 그것조차 방망이를 드누, 으으으. 인제는 사촌도 다 알아보고 대소가도 다 알아보았소, 어어어. 우리 만득이도

106

저 모양으로 총부리들을 대어서 죽었지, 이이이이."

치는 시어미보다 말리는 시누이가 더 밉다고, 사설하는 최씨보다 곁에서 그만 그치라고 권하는 노파가 더 가통하다.

"마님 마님, 그치십시오. 분하고 원통하시면 어쩌십니까, 남도 아니시고 집안 간이신데. 그리하시는 양반이 그르시지. 당하신 마님이야 잘못하시는 것이 무엇 계십니까? 마님 마님, 그만 그치십시오."

하더니 가장 사리를 저 혼자 아는 체하고 마루로 나와 함상인을 보고,

"사랑으로 나아가십시오. 점점 마님 분만 돋우지 말으시고, 재하자는 유구무언[203]이랍니다. 상제님 잘하신 것도 없지마는, 아무리 잘하셨기로 형수 마님이 저렇게 하시는데 어찌하십니까? 마님 말씀이 한마디도 틀린 것이 없습니다. 어서어서 나아가십시오."

일청이가 울던 눈을 딱 걷어붙이고 대청 들보가 뜰뜰 울리게 소리를 질러,

"어, 아니꼬아! 그 꼴은 더 못 보겠구. 늙은것이 안잠을 자러 돌아다니면 마음을 올곧게 먹어 주인집이 잘되도록 하는 것이 아니라 전후 요사스러운 말은 모두 지어내어 남의 집을 결딴을 내려고, 무엇이 어찌고 어찌해? 마님 분돋움을 내가 해? 재하자는 유구무언이야? 이를테면 나의 행실을 가르치는 모양인가? 한 매에 죽이고도 죄가 남을 것 같으니."

함상인이 써렛발[204] 같은 짚신을 집어 부스럭부스럭 신으며,

"형님, 나는 가오. 인제 가면 어느 때 또 뵈러 올지 모르겠습니

다."

이렇게 말이 나오니, 잘잘못은 고사하고 가깝지 아니한 길에 올라온 사촌이니 아무라도 하루를 묵어가라든지, 그렇지 못하면 밥이라도 먹고 가라 할 터인데, 무안해 그렇든지 여기가 질려 그렇든지 함진해는 달다 쓰다 말이 도무지 없이 내밀어보지도 아니하고 있더라.

사람의 집 재산은 물레바퀴같이 빙빙 돌아다니는 것이라. 이 집에 없어지면 저 집에 생기고 저 집에 없어지면 이 집에 생겨서, 있다가 없어지기도 쉽고 없다가 있기도 쉬워 변화, 번복을 이루 측량하기 어려운 것이라. 함씨의 집안 대청에 금방울 소리가 딸랑딸랑 한 차례 난 이후로 몇 사람은 못살게 되고 몇 사람은 생수가 났는데, 그 서슬에 해토머리에 눈 사라지듯 없어져가는 것은 함진해의 재산이라.

못살게 된 사람은 누구인고 하니, 첫째는 함상인이니, 함상인이 그 모양으로 다녀간 후로 최씨의 미워하는 마음이 대천지원수보다 못지아니하여, 자기 남편에게 없는 말 있는 말을 하려 들려, 저의 부친 유언으로 해마다 주던 돈 몇천 냥, 벼 기십 석을 다시는 주지 아니할뿐더러, 진위 땅에 있던 농막까지 다른 곳으로 이매[205]하여 농사도 지어먹지 못하게 하니, 신골 망태 쏟아놓은 것 같은[206] 층층이 자라는 자녀들은 모두 밥주머니요, 다산한 부인의 벌통 같은 뱃속은 쓴 것, 단것을 물론하고 들여라 들여라 하는데, 졸지에 생맥이 뚝 끊어지니 성품은 남보다 급한 함상인이 어찌 기가 막히지 아니하리오. 열 번 죽어도 자기 사촌의 집에는 다시 발길 들여놓기가 싫어 허리띠를 바싹바싹 졸라매어가며 기직[207] 낲[208]도 매고 짚신 켤레도 삼아 쌀되, 나뭇짐을 주변하여 하루 한 때 죽물을 흐려가고, 둘째는 박유모니, 박유모는 함진해 돌 전부터 젖을 먹여 길러낸 공으로 그 이웃에다 집을 장만해주고 일동일정을 대어주니 나이 육십여 세가 되도록 걱정 없이 지내니, 남들이 말하기를 함진해는 박유모의 젖이 아니면 살지 못하였을 것이요 박유모는 함진해의 시량[209]이 아니면 살지 못하겠으니, 천지간 보복지리[210]가 신통하다고들 하더니, 신통이 변하여 절통이 되느라고 함상인이 최씨에게 구박을 받고 쫓겨 나올 때에 늙은 마음에 너무 가엾어서 자기 집으로 청해 들여 좋은 말로 위로하고 장국 한 상을 대접하여 보냈더니, 박유모의 바른말이 듣기 싫어 소리 없는 총이 있으면 탕 놓아 죽이고 싶어 하는 안잠 마누라가 그 일을 알고 중언부언을 하여 무엇이라고 얽어 넘겼던지, 하루라도 아니 오면 하인을 보내 불러다 보고 감기나 체증으로 조금만 편치 않다면 몸소 가서 문병하던 함진해가 별안간에, 괘씸하니 괴악하니 하는 무정지책[211]으로 눈앞에 뵈지 말라 일절 거절하고, 다시는 나무 한 가지 양식 한 움큼 대어주지 아니하니, 남의 농사는 잘 짓고 내 농사는 잘못하듯, 함진해는 잘 길러주면서 자기 자식은 기르지 못할 근력 없는 쇠경 늙은이가 끈 떨어진 뒤웅이 모양[212]으로 삼척 냉돌에 뱃가죽이 등 뒤에 가 붙어, 오늘내일 간 어서 죽기만 기다리고 있더라.

그러면 생수 난 사람들은 누구들인고 하니, 첫째는 금방울이라. 베전 병문에서 회오리바람에 함진해 갓 벗어지는 것을 넌짓 보고 그 눈에 뜨이지 아니하려고 행랑뒷골²¹³로 돌아온 후로 어쩌면 함씨 집 쇠를 먹어볼꼬 하다가, 대묘골 무당의 인도로 함씨 집에를 다니며 앙큼하고 알량스러운 수단으로 그날부터 회오리바람을 두고두고 쇠옹두리 우리듯²¹⁴ 하여 먹는데 별별 기묘한 방법이 다 있어, 삼국 시절 적벽강 싸움에 방통 선생이 조조를 속여 연환계²¹⁵로 팔십만 대군을 깨치듯, 금방울은 함씨 내외를 속여 정탐 수단으로 누거만²¹⁶ 재산을 탈취하는데, 그 내외의 웃고 찡그리는 것까지 전보를 놓은 듯이 금방울의 귀에 들어오면 금방울은 귀신이 집어 대는 듯이 일호차착²¹⁷ 없이 말을 번번이 하나, 함진해는 쥐에게 파 먹히는 닭 모양으로 오장을 빼어 가도 알지 못하고, 영하니 신통하니 하여가며 자기 정신을 자기들이 차리지 못할 만치 되었는데, 제일 큰 문제는 아들 비는 일이라. 돈을 처들이고 쌀을 퍼 주어가며 보름 기도니, 한 달 기도니 하여, 이웃집에서 닭 한 마리만 잡아먹고 누가 손가락 하나만 베도 부정이 들어 효험이 없겠다 하고 번번이 다시 시작을 시키다가, 다시는 핑계 댈 말은 없고 기도만 마치면 태기 있기를 날마다 기다릴 것이요, 태기가 요행 있으면 좋으려니와, 만일 없고 보면 헛일을 하였느니 영치 않으니 하여 본색이 탄로될 터이니 무엇으로 탈을 잡을꼬 하고 별궁리를 모두 하다가, 함상인 다녀간 소식을 듣더니 얼씨구 좋다 하고 상문 부정을 연해 처들어 살풀이를 해도 여간해서는 아무 일도 아니 되겠다 칭탁²¹⁸하고, 또 한 차례를 빼앗아 먹는데, 함씨의 집 광 속 뒤주 속에 있는 오곡 백곡은 제 양식이나 다름없고 함씨의 집 장 속 반닫이 속에 있는 능라금수²¹⁹는 제 의복이나 다름없으며, 그 지차[220]에는 노파, 삼랑 등이 너 나 할 것 없이 모두 살판이 났는데, 최씨 부인 앞에서는 질고 갠 날 없이 양반의 일 하느라고 죽을힘을 다 들이는 체하여 특별 행하[221]가 물 퍼붓듯 나오도록 나꾸어 내고, 금방울에게는 우리가 아니면 네 일이 아니 되리라고 생색과 공치사를 연해 하여 열에 두셋씩은 으레 떼어먹어, 행랑방 구석으로 돌아다니던 것들이 뒷구멍으로 집과 세간을 제각기 떡 벌어지게 장만했더라.

말 많은 집안의 장맛이 쓰다[222]고 구기 몹시 하고 무당 좋아하는 집은 우환질고[223]가 의례히 떠나지 아니하는 이치라. 함진해 내외가 번차례로 앓아, 하루 빤한 날이 별로 없어 푸닥거리·성주받이[224]를 아무리 펄쩍 하여도 아무 효험이 없으니, 최씨도 넋이 풀리고 금방울도 무안하여 다시 무슨 일을 시킬 염치가 없으니, 그렇다고 그만두고 보면 함씨의 재물을 다시 구경도 못 해볼 터이라, 한 가지 새 의견을 내어 나머지까지 마저 훑어내는 바람에 함씨의 조상 뼈다귀가 낱낱이 놀아나더라.

사람마다 한 가지 흠은 없기가 어려우되, 전라도 낙안[225] 사는 임지관이라 하는 사람은 제반악증을 모두 겸하여, 세상없는 사람이라도 그자에게 들어 속아 넘어가지 않는 이가 없으므로, 제 것이 한 푼 없어도 호의호식[226]하고 경향으로 출몰하며 남 속이는 재주를 한두 가지만 품은 것이 아니라, 의술을 좋아하는 사람을 만나면 의원 행세도 하고, 음양 술수를 좋아하는 사람을 만나면 이인[227] 자처도 하고, 산리[228]에 고혹하는[229] 사람을 만나면 지관[230] 노릇도 하여 어리석고 무식한 무리를 쫓아다니며 후려 넘기는데, 외양도

번번하고 글자도 무식지 않고, 구변도 썩 좋은지라, 대저 마름쇠[231]
로 상하 삼판에 어디를 가든지 곁자리가 비지 아니하는 유명한
자이라.

서울 와 주인을 정하되 장안만호 하고많은 집에 장과 국이 맞느
라고 금방울의 이웃집에다 정하고 있으니, 유유상종[232]으로 자연
친숙하여 남매지의를 맺어 누이님, 오빠 하며 정의[233]가 매우 두터
운 터이라. 못 할 말, 할 말 분간할 것 없이 속에 있는 회포를 의
논할 만치 되었는데, 하루는 임지관을 청하여 한나절을 무어라
무어라 쑥덕공론을 하더니, 임지관이 그날로 행장[234]을 차려 주인
을 떠나가더라.

함진해가 여러 날 최씨의 병구완을 하다가 자기도 성치 못한 몸
에 자연 피곤하여 사랑에 나아와 정신없이 누웠더니, 노파가 창
밖에 와서 근심이 뚝뚝 듣는 말소리로,

"영감마님, 주무십니까?"

함진해가 깜짝 놀라며,

(함) "왜 그리나, 마님 병이 더하신가?"

(노) "아니올시다. 놀라지 마십시오. 제가 아니 할 생각이 없어
서 국수당 만신을 청해 조상대를 내려 보니까 이상시러운 말이
나서 영감께 여쭙니다."

(함) "무슨 이상한 말이 있더란 말인가? 무당의 소리도 인제는
듣기 싫어."

(노) "댁에 위로할 귀신은 위로도 하고, 퇴송할 귀신은 퇴송도
하였으니 우환 걱정이 다시는 없을 터인데, 한 가지 조상의 산소

가 잘못 들으셔서 화패[235]가 자주 있다고, 고명한 지관을 찾아 하루바삐 면례를 하면 곧 효험을 보겠다 하여요."

(함) "이 사람, 쓸데없는 말 고만두게. 고명한 지관이 어디 있다던가? 내가 몇십 년 구산[236]에 금정[237] 하나 바로 놓는 자를 만나보지도 못했네."

(노) "만신에게 한 번 더 속아보실 작정 하시고 들어오셔서 물어보십시오. 정성이 간곡하면 천하 명풍[238]을 만나리라고 공수를 줍디다."

(함) "정성 정성, 내가 무당의 말 듣기 전에 명풍을 만나려고 정성도 적지 않이 들여보았네마는 다 쓸데없데. 그러나 어디 허허 실수로 한번 물어나 보세."

하고 귀밑에 옥관자[239]를 붙이고 제왈[240] 점잖다 하는 위인이 남부끄러운 줄도 그다지 모르던지 노파의 궁둥이를 줄줄 따라 들어와 금방울 앞에 가 납신 앉으며,

"그래, 우리 집 우환이 산화[241]로 그러해? 그 말이 어지간하기는 한걸. 세상에 똑똑한 지관을 만날 수 없어 선대감[242] 내외분 산소부터 내 마음에 일상 미흡하건마는 그대로 뫼셔두었는걸. 어떻게 하면 도선이[243] 무학이[244] 같은 명풍을 만날꼬? 시키는 대로 정성은 내가 드리지."

금방울이 백지로 한허리를 질끈 맨 청솔가지를 바른손으로 잡고 쌀 모판에다 한참 딱딱 그루박으며[245] 엮어대는 듯이 무어라고 주워섬기더니 상큼하게 쪼그리고 앉으며 두 손 끝을 싹싹 비비고,

(금) "에그, 이상도 해라. 영감께서 이런 말을 들으시면 제가 지

어내는 줄 아시겠네."

(함) "무엇이 그리 이상해? 지관을 어떻게 하면 만나겠나, 그것이나 물어보라니까."

(금) "글쎄 그 말씀이올시다. 알 수는 없지마는 신의 말씀이 하도 정녕하게 집어낸 듯이 일러주시니 시험하여보십시오. 내일 정오 십이 시에 무악재[246] 고개를 넘어가면 산 겨드락[247] 소나무 밑에서 어떠한 사람이 돌을 베고 잠을 잘 것이니, 그 사람에게 정성을 잘 들여보시라고 공수를 주셨습니다. 하도 이상하니까 제 입으로 말을 하면서도 지내보지 않고 장담할 수 없습니다. 아무렇든지요, 밤만 지내면 즉 내일이니, 잠시 떠나시기 어려우셔도 영감께서 손수 가보시든지, 정 겨를이 없으면 친신한[248] 사람을 보내어보십시오."

(함) "그 시에 가면 정녕 그런 사람이 있을까? 명산을 얻어 쓰려면서 다른 사람을 보내서 될 수가 있나? 내가 친히 가 정성을 들여야 할 것이지."

하더니 탈것 두 채를 마침 준비하였다가 그 시간을 맞추어 무악재로 향하는데, 새문[249] 밖에를 나서 이전 경기감영[250] 모퉁이를 돌아서더니, 함진해가 눈을 연해 씻으며 독립문을 향하고 맞은편 산 근처 푸르스름한 나무 밑이라고는 하나 내어놓지 아니하고 이리저리 아무리 살펴보며 가도, 사람이라고는 나무꾼 하나 볼 수 없는지라, 속종으로,

'허허, 또 속았구. 번연히 무당이란 것이 헷것인 줄 짐작하면서 집안에서 하도 떠들기에 고집을 못 할 뿐 아니라, 어떤 말은 여합

부절로 맞기도 하니까 전수이[251] 아니 믿을 수도 없어 오늘도 여기를 나오는 길인데.'

하며 무악재를 막 넘어서니까 남산 한허리에서 연기가 물씬 나며 오포[252] 놓는 소리가 귀가 딱 맞치게 탕 한 번 나는데, 길 위 산비탈 아래 소나무 한 주가 우뚝 섰고 그 밑에 어떤 사람이 갓을 벗어 나뭇가지에 걸고 겉옷자락으로 얼굴을 덮고 모로 누워 잠이 곤히 들었는지라. 함진해가 반색을 하여 인력거에서 내려 곁에 가 가만히 앉아 행여나 잠을 놀라 깨울세라 기침도 크게 못 하고 있는데, 한식경[253]은 되어 잠을 깨는 모양같이 기지개 한 번을 켜더니 다시 돌아누워 잠이 또 드는지라. 아무 말도 못 하고 석양이 다시 되도록 그대로 기다리고 있다가, 그자가 부스스 일어나 두 손으로 눈을 썩썩 부비고 입맛을 쩍쩍 다시며 거듭떠보지도[254] 아니하는 것을 보고, 함진해가 공손히 앞에 가 꿇어앉으며 구상전이나 만난 듯이 자기 몸을 훨쩍 처뜨려 수작을 붙인다.

"이왕 일차도 뵈온 적이 없습니다. 기운이 안녕하십니까?"

그자는 못 들은 체하고 눈을 내리깔고, 그리할수록 함진해는 말소리를 나직이 하여가며,

"문안[255] 다동 사는 함일덕이올시다."

그자는 여전히 못 들은 체하고 이같이 한 시 동안은 있더니 그자가 눈살을 잔뜩 찡그리고,

"응, 괴상한고! 응, 누가 긴치 않게 일러주었노?"

그 말을 들으니 함진해 생각에 제갈량[256]이나 만난 듯이,

'옳다, 인제야 내 소원을 성취하겠다. 천행으로 이 사람을 만나

기는 했지마는 조금이라도 내 성의가 부족하면 아니 될 터이니까.'

하고서 다시 일어나 절을 코가 깨어지게 하며,

"제가 여러 십 년을 두고 한번 뵈옵기를 주야 옹축[257]하였습니다마는 종시 정성이 부족하여 오늘이야 뵈옵니다. 타실 것을 미리 등대[258]하였으니 누추하시나마 제 집으로 행차하시기를 바랍니다."

그자가 함진해를 물끄러미 보다가 허허 웃으며,

"할 일 없소. 벌써 이 지경이 된 터에 박절히 대접할 수 있소? 그러나 댁 소원이 집안 질고[259]나 없고 슬하에 귀자나 낳을 명당한 곳을 얻으려 하지 않소?"

함진해의 혀가 절로 내둘리며 유공불급[260]하게,

(함) "네, 다른 소원은 아무것도 없고, 그 두 가지뿐이올시다. 선친의 묘소를 흉지에다 뫼셔 화패가 비상합니다. 자식 되어 제 화패는 고사하고 부모 백골이 불안하시니 일시가 민망하오이다."

(그자) "내 역시 아무것도 아는 것이 없으니까 별도리가 있소? 그나저나 오늘은 피곤하여 잠도 더 자야 하겠고, 볼일도 있어 못 가겠으니 내일 이맘때 동대문 밖 관왕묘[261] 앞으로 나오되, 아무도 데리지 말고 댁 혼자 오시오. 나는 누워 자겠소. 어서 들어가시오."

하며 돌을 다시 베고 드러눕더니 코를 드르렁드르렁 고는지라. 함진해가 다시 말 한마디 붙여보지 못하고 집으로 들어와, 이튿날 오정이 될락 말락 하여 단장 하나만 짚고 홀로 동관왕묘를 나

아가노라니 자연 십여 분 동안이나 늦었는지라. 그자가 벌써 와 앉았다가 함진해를 보고 정색하여 말하되,

"점잖은 사람과 상약[262]을 하였으면 시간을 어기지 않는 일이 당연하거늘 어찌하여 인제 오느뇨?"

(함) "시간을 대어 오노라는 것이 조금 늦어서 오래 기다리셨을 듯하오니 죄송 만만하도소이다."

(그자) "오늘은 늦었으니 내일 다시 오정에 삼각산 백운대 밑으로 오라."

하고 뒤도 아니 돌아보고 왕십리를 향하고 가거늘, 함씨가 더욱 조민[263]하여 집으로 들어오는 길로 금방울을 청하여 소경사[264]를 이르고, 어떻게 하면 좋겠느냐 문의를 한즉, 금방울이 손으로 왼편 턱을 고이고 눈만 깜짝깜짝하고 있다가,

"에그, 영감마님, 일이 그렇지 않습니다. 그런 명풍의 손을 비시려면서 예단[265] 한 가지 없이 그대로 가보시니까 정성이 부족하다 하여 허의를 얼른 하지 아니하는 것인가 보오이다. 내일은 다만 백지 한 권이라도 정성껏 폐백[266]을 하시고 청해보십시오."

(함) "옳지, 그 말이 근리하군. 내가 까맣게 잊고서 빈손으로 연일 다녔으니 그 양반이 오죽 미거히[267] 여겼을라구. 폐백을 아니하면 모르거니와, 백지 한 권이 다 무엇이야? 그도 형세가 헐수할수없으면[268] 용혹무괴어니와 내 처지에야 그럴 수가 있나? 하불실[269] 일이백 원가량은 폐백을 하여야지."

(금) "에그, 영감, 잘 생각하셨습니다. 산소를 잘 모시어 댁내에 우환이 없으시고 겸하여 만금 귀동자 아기를 낳으시면 그까짓 일

이백 원이 무엇이오니까? 일이천 원도 아까우실 것 없지."

제삼일 되던 날은 함진해가 지폐 이백 원을 정한 백지에 싸고
싸서 조끼에 집어넣고 개동군령[270]에 집에서 떠나 창의문[271]을 나
서서 인력거는 돌려보내고, 미투리에 들메[272]를 단단히 하여 천리
만리나 갈 듯이 차림이 대단하더니 조지서[273] 언덕을 채 못 가서
숨이 턱에 닿아서 헐떡헐떡하며 펄쩍 해만 치어다보고 오정이 지
날까 봐 겁을 더럭더럭 내어 발이 부르터 터지도록 비지땀을 흘
리며 골몰히 북한[274]을 바라보고 올라가는데, 문수암으로 들어가
는 어귀를 채 못 미쳐서 어떤 자가 앞을 막아 썩 나서며 전후좌우
를 휘휘 둘러보고 소매 속에서 육혈포를 내어 들더니, 함진해 턱
밑에다 바싹 대고,

"이놈, 목숨을 아끼거든 지체 말고 위아래 의복을 썩 벗어라!"

함진해가 수족을 사시나무 떨듯 하며,

"네, 벗겠습니다. 벗을 때 벗더라도 제 말 한마디만 들으십시
오. 제 집 내환[275]이 위중하여 약을 구하러 급히 가는 길이오니 특
별히 용서해주시면 적지 않은 적선이올시다. 이 의복은 입던 추
한 것이올시다. 내일 이곳으로 다시 오시면 입으실 만한 의복을
몇 벌이든지 말씀하시는 대로 갖다 드리오리다."

그자가 눈을 부라리며,

"이놈아 잔소리가 무슨 잔소리야! 진작 벗지 못하고?"
하며 당장 육혈포 방아쇠를 잡아당길 모양이니 의복 말고 더한 것
이라도 다 내어놓을 판이라. 다시는 말 한마디 앙탈도 못 하고
웃옷부터 차례로 벗어주니, 그자가 저 입었던 옷을 앞에다 턱 던

지며,

"너는 이것이나 입고 가거라."

하고서 함진해 의복을 제 것같이 척척 입으며 조끼 속에 손을 썩
집어넣어보더니 아무 말도 아니 하고 산곡[276]으로 들어가는지라.

함진해가 기가 막혀 그놈의 의복을 집어 입으니 당장에 드러난
살은 감추겠으나 한 가지 큰 걱정이 지폐 잃어버린 것이라. 가도
오도 못하고 그 자리에 끌로 판 듯이 서서 입맛을 쩍쩍 다시며 혼
잣말로,

'이 노릇을 어찌하면 좋은가? 집으로 돌아갔다 오는 수도 없고
빈손 들고 그대로 가자기도 딱하지. 가기로 그가 오지 말라고 할
리는 없지마는, 여북[277] 무심한 사람으로 여길라고. 해는 점점 오
정이 되어오고 여기까지 왔던 일이 원통하니, 아무려나 신지[278]에
를 가보는 일이 옳지. 가보고 소경력[279] 사정이나 이야기를 하여
내 정성이나 알도록 하여보겠다.'

하고 꿩 튀기러[280] 다니는 사냥꾼 모양으로 단상투[281] 바람, 동저고
리[282] 바람으로 어슬렁어슬렁 올라가며, 행세하는 터에 아는 사람
을 만나면 어찌하리 싶어 얼굴이 절로 화끈거려 발등만 굽어보고
걸음을 걷다가, 목이 어찌 마른지 물을 좀 먹으려고 샘물 나는 곳
을 찾아 바른편 산골짜기 안 바위 밑으로 내려가더니 별안간에
주춤 서며 두 손길을 마주 잡고 공손한 목소리로,

(함) "여기 앉아 계십니까? 오늘도 시간이 늦어 아마 오래 기다
리셨지요?"

(그자) "……."

(함) "아무쪼록 일찍 오자고 새벽밥을 먹고 떠났더니, 정성이 부족함이런지, 거진 다 와서 도적을 만나, 변변치 아니한 정을 표하고자 돈백 원이나 가지고 오던 것과 관망[283] 의복까지 몰수이[284] 빼앗겼으나, 점잖은 양반과 상약을 한 터에 실신할[285] 도리는 없고 분주히 오노라는 것이 이렇게 늦었습니다."

(그자) "가엾은 일이오. 횡래지액[286]도 산화소치[287]가 아니라 할 수 없습니다. 그러나 오늘도 늦었으니 내일 오정에는 좀 가까이 세검정[288] 연무대 앞으로 오시오. 나는 총총하여 가겠소."

하더니 행행히[289] 가는지라. 함진해가 억지로 만류할 수 없어, 문수암을 찾아 들어가 세보교[290]를 얻어 타고 집으로 돌아와 노름꾼의 등 단[291] 것같이 돈 이백 원을 다시 변통하여 가지고, 이튿날 열시가 채 못 되어 연무대 앞에 와 그자 오기를 고대하더니 오정이 막 되었는데 그자가 한북문 통한 길로 올라오며 허허 웃고,

(그자) "오늘은 매우 일찍 오셨소그려."

(함) "여러 번 실기[292]를 하여 대단히 불안[293]하오이다."

하며 말끝에 조끼에서 무엇을 꺼내어 두 손으로 받들어 주며,

"이것이 변변치 아니하나 주용[294]에나 보태서 쓰시옵소서."

그자가 펴보지도 아니하고 집어넣으며,

"그것은 무엇을 가져오셨소? 아니 받으면 섭섭히 여기실 터이니까 받기는 받소. 나는 번거하여 이목이 수다한 데는 재미없으니 댁으로 같이 들어갈 것 없이 댁 근처 조용히 있을 주인 한 곳을 정해주시오."

함진해가 유공불급하여,

(함) "네, 그는 어렵지 않습니다. 내 집도 과히 번거하지 아니하지마는 아주 절간같이 조용한 집이 있으니 그리로 가 계시게 하지요."

사주인[295]을 하고많은 집에 하필 안잠 마누라 집에다 정하고 삼시, 사시로 만반진수를 차려 먹이며 아침저녁으로 대령을 하여 정성을 무진 들이며 지관의 입만 쳐다보는데, 임지관은 어찌하면 그렇게 묵중한지, 열 마디 묻는 말에 한 마디를 썩 시원하게 대답을 아니 하니, 그 속이 천 길인지 만 길인지, 어여뻐하는지 미워하는지, 알고 그러는지 모르고 그러는지 도무지 아는 수 없으니, 그리할수록 함진해는 목이 밭아 애를 더럭더럭 쓰며 감히 구산하러 가자는 말을 못 하고 자기 집 사정이 일시 민망한 이야기만 시시로 하더니 하루는,

(임) "여보 주인장, 산 구경 아니 가보시려오? 신산[296]도 잡으려니와 구산[297]부터 가보십시다. 선장[298] 산소가 어디 계시오?"

(함) "네, 친산[299]이 멀지 아니합니다. 양주 송산인데 불과 오십 리라 넉넉히 되다녀라도 오시지요."

하며 그 말을 얻어들은 김에 분주히 치행을 차릴새, 장독교[300] 두 채에 건장한 교군[301] 두 패를 지르고,[302] 마른찬합, 진찬합과 약주병, 소주병을 짐에 지워 뒤딸리고 동소문[303] 밖으로 썩 나서니, 앞에는 함진해요, 뒤에는 임지관이라. 함진해 마음에는,

'이번 길에 천하대지[304]를 정녕 얻어 자기 친산을 면례할 터이니 우환 걱정은 다시 염려할 것 없이 만당자손[305]도 게 있고 부귀공명도 게 있고 게 있으려니.'

하여 한없이 기꺼워 혼자 앉았든지 누구를 보든지 웃음이 절로
나와 빙글빙글하고, 임지관 마음에는,

'어떻게 말을 잘하면, 내 말을 꼭 곧이듣고 조약돌밭을 가리켜
도 다시없는 명당으로 알아 불일내[306]로 면례를 시킬구? 제 아비
이상으로 몇 대 무덤을 차례로 면례를 시켜놓았으면 부지중에 내
평생 먹고살 거리는 넉넉히 생기리라.'

하여 금방울과 마누라의 전하던 함씨 집 전후 내력을 곰곰 생각
하더라. 얼마를 왔던지 장독교를 내려놓으며, 함진해가 먼저 나
오더니 임지관더러,

(함) "인제 나의 친산이 멀지 아니합니다. 찬찬히 걸어가시면
어떠하실는지요?"

(임) "그리해봅시다."

하며 염낭[307]을 부스럭부스럭 끄르고 지남철을 꺼내더니 손바닥
위에 반듯이 놓고 사면으로 돌아보며 입속에 말을 넣고 중얼중얼
하더니,

"영감, 주룡[308]으로 먼저 올라가십시다. 산세는 매우 해롭지 아
니하여 뵈오마는."

하면서 이리도 가서 보고 저리도 가서 보다가, 눈살을 연해 찡그
리고 분상[309] 앞으로 오더니, 펄썩 앉으며 잔디를 꾹꾹 눌러 평편
하게 한 후에 지남철을 내려놓고 자오를 바로 맞추더니,

(임) "영감, 이 산소 쓴 지 몇 해나 되었소? 이 산소 모시고 화
패가 비상하였겠소."

(함) "산소 모신 지 지금 열두 해에 화패는 이루 측량하여 말할

수 없습니다."

(임) "가만히 계시오. 내 소견껏 말을 할 것이니 과히 착오나 없나 들어보시오."

하더니 얼음에 배 밀듯 내려 섬기는데 함진해는 입에 침이 없이 칭찬을 한다.

(임) "산지라 하는 것은 '복 있는 사람이 길지를 만난다(福人逢吉地)' 하였지마는, 산리를 알지 못하고 보면 번번이 이런 자리에다 쓰기 쉽것다. 태조봉³¹⁰이 음양취기(陰陽聚氣)를 하여야 손세³¹¹가 장원하지, 그렇지 않고 독양(獨陽)³¹²이나 독음(獨陰)이 되어 사람의 부부 교합지 못한 것 같으면 자손을 둘 수 없는데, 이 산소가 독양, 독음으로 행룡³¹³을 하였고, 안산³¹⁴에 식루사(拭淚砂)³¹⁵가 있으니 참척을 빈빈³¹⁶히 보셨을 것이요, 과협(過峽)³¹⁷은 잘되지 못하였으나 좌우에 창고봉(倉庫峯)이 저러하니 가세는 풍부하시겠소마는, 과두수(裹頭水)³¹⁸가 있으니 얼마 아니 되어 손해가 적지 아니할 것이요, 황천수(黃泉水)가 비쳤으니 변상³¹⁹이 답지³²⁰하겠소."

(함) "과연 이 산소 모시고 자식 놈 여럿을 참척 보고, 상처를 두 번이나 하고 재산으로 말해도 부지중에 손해가 적지 않았어요."

(임) "허허, 그러하시리다. 이 산소는 더 볼 것 없거니와 선왕장³²¹ 산소는 어디 계신가요?"

(함) "예서 멀지 아니합니다. 이리 오십시오."

하며 임지관을 인도하여 두어 고동이를 넘어가더니 손을 들어 가

리키며,

(함) "저기 보이는 산소가 나의 조부모 합폄[322]으로 모신 곳이올시다."

(임) "네, 그러하시오니까?"

하고서 쇠를 또 내어 들고 자세 살펴보더니,

(임) "이 산소도 매우 합당치 못한걸. 용이라 하는 것이 역수[323]를 하여야 생룡이라 하거늘 순수도국[324]에 골육수(骨肉水)가 과당[325]하고 또 주엽산[326] 큰 맥이 졸지에 똑 떨어져 앞에 공읍사(拱揖砂)[327]가 없고, 장단이 부제하여 여기도 쓸 만하고 저기도 쓸 만하니, 이는 허화(虛花)라. 모르는 사람 보기에는 좋을 듯하나 용진호퇴(龍進虎退)[328] 하여야 할 터인데, 용호가 저같이 상충(相衝)하니 대소가가 불목할 것이요, 청룡이 많을 다 자로 되었으니 자손은 번성하겠소마는 제일절[329]이 저함[330]하였으니 종손은 얼마 아니 가서 절대[331]가 되는 장손과격이오. 영감 댁 작은댁이 어디 사는지 영감 댁은 자손이 없어도 그 댁에는 자손들이 선선하겠소."

(함) "그 말씀이 꼭 옳으십니다. 나는 자식을 낳으면 죽어도 내 사촌은 아들을 사 형제나 두었는데 모두 감기 한번 아니 앓고 잘 자랍니다."

(임) "그러하리다. 대원한[332] 산소는 모르겠소마는 이 두 분상 산소는 시각이 바쁘게 면례를 하여야 하겠소."

함진해가 임지관의 말에 어떻게 혹하던지 팥으로 메주를 쑨대도 꼭 곧이들을 만치 되어, 그다음부터 임지관더러 말을 하자면, 선생님 선생님 하여 극공극경[333] 하기를 한층 더 심하더라.

(함) "선생님, 선생님께서 이같이 박복한 위인을 아시기가 불찰이시올시다. 아무쪼록 불쌍히 보셔 화패나 다시없을 자리를 지시하여주옵소서."

(임) "글쎄요, 무엇을 아나요? 어떻든지 차차 봅시다."

(함) "이 도국[334] 안이 과히 좁지는 아니한데 혹 쓸 만한 자리가 없을까요? 좀 살펴보시면 어떨는지요."

(임) "이 도국에 산지가 무엇이오? 벌써 다 보았소. 영감이 산리를 모르니까 그 말 하기도 쉬우나, 말을 들어보면 짐작이 나서리다. 대지는 용종요리락(大地龍從腰裡落)하여 여기횡전작성곽(餘氣橫纏作城郭)이라 하니, 큰 자리는 용이 장산[335] 허리에서 뚝 떨어져서 나머지 기운이 가로 둘러 성곽 모양이 된다 하였거늘, 이 산 내맥[336]을 볼작시면 뇌두[337]에 성신(星辰)이 없고 본신[338]에 향응(向應)이 없어 늘어진 덩굴도 같고, 족[339]은 지룡[340]도 같으니, 이는 곧 천룡(賤龍)·직룡(直龍)이라. 아무리 속안[341]에는 쓸 만한 듯하여도 기실은 한 곳도 된 데가 없으니 그대 생각은 하지도 마시오."

(함) "그러면 우리 국내[342]가 진위 땅에도 있습니다. 그리로나 가보실까요?"

(임) "여기니 저기니 할 것 없소. 영감의 정성이 저러하시니 말이오마는, 내가 이왕에 한 자리 보아둔 곳이 있는데, 웬만하면 아니 내어놓자 하였더니……."

하며 그다음 말은 아니 하고 우물우물 흉증을 부리니, 남 보기에는 가장 천하명당을 보아두고 내어놓기를 아까워 주저하는 것 같

은지라. 함씨가 궁금증이 나서,

(함) "너무나 감격무지하오이다. 그 자리가 어디오니까?"

(임) "차차 아시지요. 급하실 것 있소."

함씨가 임지관을 데리고 자기 집으로 돌아와 묏자리 일러주기만 바라고 날마다 정성을 들이는데 임지관은 쿨쿨 낮잠만 자고 그대 수작이 일절 없더라.

이때 노파는 무슨 통신을 하는지, 하루 몇 번씩 금방울의 집에 북 나들듯 하고, 금방울은 무슨 계교를 꾸미는지 고양 땅에를 삼사 차 오르내리더라. 하루는,

(임) "영감, 산 구경 가십시다."

(함) "어디로 가시렵니까?"

(임) "어디든지 나 가자는 대로만 가십시다."

하며 곁엣 사람 듣기 알맞을 만하게 혼잣말로,

"가보아야 좋기는 좋지마는 좀체 성력에 그런 자리를 써볼까?"

함진해는 그 말을 넌짓 듣고 가장 못 들은 체하며 자기 속으로 독장수 셈 치듯,

'임지관이 칭찬을 저렇게 할 제는 대지가 분명한데, 아마 산주가 있어, 투장[343] 외에는 할 수가 없는 것이거나, 논둑, 밭둑 같은데 대혈[344]이 맺혀 범상한 눈에 대수롭지 않게 보이어서 성력이 조금 부족하면 쓰지 못하리라 하는 말인 듯하나, 내가 그만 성력은 있으니 성력 모자라 못 써볼라구? 유주산[345]이거든 돈을 주고 사보고, 정 아니 팔면 투장인들 못 할 것 있으며, 논밭 두렁 말고 물구덩이에다 장사를 지내라 해도 손톱만치도 서슴지 않고 써볼 터

126

이야.'

하며 임지관의 시키는 대로 죽장망혜에 가자는 대로 고양 땅을 다다르니, 여겨보면 매부의 밥그릇이 높다[346]고, 대지 명당이 이 근처에 있으려니 여겨보니 산세도 별로[347] 탈태[348]하여 뵈고 수세도 별로 명랑하여 임지관의 눈치만 살피는데, 임지관이 높직한 산상으로 올라가 펄썩 주저앉으며,

"영감, 다리 아프지 아니하시오? 인제는 다 왔소. 이리 와 앉아 저것 좀 보시오."

함진해가 그 곁으로 다가앉으며,

"무엇을 보라고 하십니까?"

임지관이 오른 손가락을 꼿꼿이 펴들고 가리키며,

(임) "저기 연기 나는 데 뵈지 않습니까?"

(함) "네, 저 축동나무가 시퍼렇게 들어선 데 말씀이오니까?"

(임) "옳소, 그 동리 이름은 덕은리라 하는 대촌인데, 또 이편으로 보이는 산은 마두리 뒷봉이오."

(함) "선생님께서 고양 지명을 어찌 그렇게 역력히 아십니까?"

(임) "우리나라 십삼도[349] 중에 용세나 좋은 곳이면 내 발길 아니 들여놓은 데가 없었소. 그러나 정혈에를 내려가 보았으면 좋겠소마는 산주에게 의심을 받을뿐더러 대단한 강척이라 당장 모다깃매[350]를 당하고 쫓겨 갈 터이니 멀찍이서 보기나 하지요."

하며 이리저리 가리키며 입에 침이 없이 포장[351]을 하는데, 그 자리에 면례곧 하고 보면 당대발복[352]에 자손이 만당하여 금관자, 옥관자가 삼태로 퍼부을 듯하더라.

(임) "이 산 형국[353]은 옥녀탄금형(玉女彈琴形)[354]이니 당국[355]은 옥녀체요, 안산은 거문고체라. 저기 보이는 봉은 장고사(長鼓砂)요, 여기 우뚝한 봉은 단소사(短簫砂)요, 전후좌우는 금장격(錦帳格)[356]이며, 자좌오향[357]에 신득진파(申得辰破)[358]이니 신자진삼합격[359]이요, 혈은 횡접와(橫接窩)체[360]에 포전[361]이 매우 좋으니 자손이 대단히 번성할 터이오. 자, 더 보실 것 없이 이 자리에 선장 산소를 모셔볼 경륜을 해보시오."

(함) "어떻게 하면 그 자리를 얻어 쓰겠습니까? 선생님 지휘대로 하겠습니다."

(임) "영감이 하실 탓이지, 나는 별수가 있소? 그러나 내가 연전에 이 산판을 보고 하도 욕심이 나서 산 임자가 누구인지는 탐문하여보았소."

(함) "산주가 어디 사는 누구인가요?"

(임) "마두리 윗동리 사는 최생원 집이라는데, 대소가 수십 집이 모두 연장접옥[362]하여 자작일촌[363]으로 산다 하옵디다. 그런데 그 여러 집 사람들이 모두 불초초[364]하여, 남이 홀만[365]히 볼 수 없으나 형세는 한 집도 조석 분명히 먹는 자가 없다 합디다."

(함) "가세가 그렇게 간구[366]하면 산지를 팔라면 말을 들을까요?"

(임) "그 역시 나더러 물을 것 아니라 오늘은 도로 가셨다가 내일모레 간 몸소 내려와 산주를 찾아보시고 간곡히 말씀을 해보시오. 그 자리 하나만 사면 그 국내에 또 비봉귀소형(飛鳳歸巢形)[367] 한 자리가 있으니 그것도 마저 사서 왕장 산소를 면례해보십시다."

128

그 산 안에 명당이 한 곳뿐 아니요 또 한 곳이 있단 말을 듣고 함진해가 불같은 욕심이 어떻게 치미는지, 산주가 팔기곧 하면 자기 든 집째 세간째 먼 곳에 있는 외장[368]까지 모두 주고 벌건 몸 뚱이가 한데로 나앉더라도 기어이 사서 써볼 생각이라.

　평생에 오 리 밖을 걸어 다녀보지 못한 터에 평지도 아니고 등산까지 하여가며 사오십 리를 왕환하였으니 다리도 아플 것이요, 피곤도 할 것인데, 그 이튿날 밝기를 기다려 시골서 귀물로 알 만한 물종을 각가지로 장만해서 두어 바리 실리고 고양 길을 발행하는데, 임지관이 무엇이라고 두어 마디 이르니까 함진해가 고개를 끄덕끄덕하며,

　"옳소, 선생님 말씀이 옳소. 그렇게 해보지요. 위선하여 하는 일에 무엇이 어려울 것 있소?"
하더니 하인을 시키어 공석[369] 한 닢을 둘둘 말아 장독교 뒤채 위에 매달아 가지고 떠나가더라.

　세상 사람 사는 것이 천태만상이라. 열 집이면 열 집이 다 다르고, 백 집이면 백 집이 다 달라서, 잘살기로 말하여도 여러 백천 층이요, 못살기로 말해도 여러 백천 층이라. 그런고로 사람마다 부정모혈[370]을 받아 나올 적에 각기 사주와 팔자이로되, 잘사는 부자로 첫째 되기도 극난하지마는, 못사는 빈호로 첫째 되기도 역시 드문 터인데, 고양 사는 옥여 최생원은 고양 안에는 고사 물론하고 대한 십삼도 안에 둘째가라면 원통하다 할 만한 간난이라. 그중에 누대 상전하여오는 선영[371]은 있어 해마다 솔포기가 푸르스름하면 모조리 싹싹 깎아 팔아먹더니, 산이라 하는 것은 큰 나

무가 들어서서 뿌리가 얽히지 아니하면 사태가 나며 토피[372]가 으레 벗는 법이라. 다음부터는 풋나무[373] 짐씩 뜯어 생활하던 길도 없어지고 다만 돈백이라도 주고 뫼 한 장 쓰겠다면 유공불급하여 쉰네 쉰네 하여가며 팔아먹는 터이나, 그런 일이 어찌 날마다 있고 달마다 있으리오. 두수[374] 없이 꼭 굶어 죽게 되어 이웃집 도끼를 빌려 가지고 깎아 먹던 솔 그루 썩은 고자등걸[375]을 캐어 지고 서울로 갖다 팔기로 생애[376]를 하느라고 금방울의 집에다 단골을 정하고 하루 걸러큼 다녀 매우 숙친[377]한 까닭으로, 저의 집 지내는 사정을 낱낱이 말하고 나뭇값 외에 쌀되, 돈관을 얻어다도 먹고 지내매, 금방울의 분부라면 거역지 못하는 법이, 칙령이라면 너무 과도하고 황송한 말이지마는, 본 고을 원의 지령만은 착실하더라. 하루는 나뭇짐을 지고 들어오니까, 요지[378] 선녀같이 쳐다보고 지내던 금방울이가 반색을 하여 반기며 안으로 잡담 제하고 들어오라 하더니,

(금) "에그, 당신은 양반이시고 나는 여염 사람이지마는 여러 해 친하여 숭허물 없는 터에 관계있습니까? 우리 인제는 의남매를 정하십시다. 오빠, 전에는 체통을 보시느라고 설면히[379] 굴으셨지마는, 어서 신발을 끄르고 방으로 들어오시오. 추우시기는 좀 하시겠소? 구시월 막새바람에 홑것을 그저 입고. 여보게 부엌어멈, 밥 숭늉 좀 덥게 데우고, 새로 해 넣은 섞박지 좀 놓아 가져오게. 오빠, 편히 앉으셔서 어한[380] 좀 하시오."

이 모양으로 예 없던 정이 물 퍼붓듯 쏟아지니 최생원이 웬 영문인지 알지를 못하고 쭈뼛쭈뼛하다가 간신히 입을 벌려,

(최) "나 같은 시골사람더러 남매를 정하시자는 것도 황송한데 무엇을 이렇게 차려주십니까?"

금방울이 깔깔 웃으며,

(금) "에그, 오빠도 망령이셔라. 손아래 누이더러 황송이 다 무엇이고, 존대가 다 무엇이야요? 인저는 허소를 하십시오."

(최) "허소는 차차 하면 못 합니까? 누이님이 이처럼 하시니 내 마음은 어떻다 할 길 없소."

(금) "생애에 바쁘신데 어서 내려가시오. 내일쯤 오빠 사시는 구경도 할 겸, 언니 상회례[381]도 할 겸 내가 내려가겠습니다."

(최) "누이님께서 오실 수가 있습니까? 우리 마누라를 데리고 올라오지요."

(금) "아우 되어 내가 먼저 가 뵈어야 도리상에 당연하지요. 걱정 말고 내려가시오."

하며 나뭇값 외에 돈 몇백 냥을 집어주며,

"이것 변변치 않으나, 신발이나 한 켤레 사다가 우리 언니 드리시오."

최생원이 재삼 사양하다가 마지못하여 받아 가지고 나오다가 선혜청[382] 장에 들어가 쌀도 좀 팔고 반찬거리도 약간 장만하여 가지고 자기 집으로 내려와, 일변 집 안을 정히 쓸고 기직 닢 방석 닢을 이웃집에 가 얻어다 깔고, 자기 아낙더러, 새둥우리 같은 머리도 가리어 쓰다듬고 보병것[383]이나마 부유스름하게 새것을 갈아 입으라 한 후 계란 낱, 닭 마리를 삶고 끓여놓고 눈이 감도록 고대하더니, 거무하에[384] 유사 사인교[385] 한 채가 떠들어오며 금방울이

나오더니 최생원과 인사를 한 후 최생원의 마누라를 가리키며,

(금) "오빠, 이 어른이 우리 언니시오? 처음 뵈오니까 누구신지 몰라뵈었습니다."

하고 날아갈 듯이 절을 하며 교군꾼을 부르더니 피륙 낱, 담배 근을 주엄주엄 내어다가 앞에다 놓으며,

"모처럼 오며 빈손 들고 오기 섭섭해서 변변치 않으나마 정이나 표하자고 가져왔습니다, 언니……."

최생원의 아낙은 본래 촌생장으로 금방울을 보니 요지에서 선녀가 내려온 듯싶어 정신이 휘둥그러운 중 석새베[386] 입던 몸에 고운 필목을 보고 순뜯이[387] 먹던 입에 지네발 같은 서초[388]를 보니 입이 저절로 벌어져서, 자기 딴은 인사 대답을 썩 도저히[389] 한다는 것이 귀동대동 구석이 어울리지 아니하게 지껄이건마는 금방울은 모두 쓸어 덮고 없는 정이 있는 듯이 수문수답[390]을 하다가 최생원을 돌아보며,

(금) "오빠, 시골 구경을 별로 못 했더니 서울처럼 갑갑하지 아니하고 시원해서 좋소. 동산에나 올라가 구경 좀 합시다."

(최) "봄과 달라 꽃 한 가지 없고 구경하실 것이 무엇 있나요? 아무려나 찬찬히 가보십시다. 그렇지만 누이님같이 가만히 들어 앉으셨던 터에 다리가 아프셔서 다니시겠습니까?"

(금) "가보아서 다리가 아프면 도로 내려오지. 누가 삯 받고 가는 길이오?"

하며 최생원은 앞을 서고 마누라와 금방울이 뒤에 따라 뒷동산으로 올라가는데 최생원 내외의 생각에는,

'서울서 꼭 갇혀 들어앉았다가 여북 갑갑하여 저리할라구? 경치는 별로 없지마는 바람이나 시원히 쏘이게 김판서 댁 묘소로, 이과장 집 산소로 골고루 구경을 시키리라.'

하고, 금방울의 생각에는,

'최가의 국내가 얼마나 되노? 이놈을 잘 삶아 함진해에게 팔게 하였으면 저도 돈천이나 착실히 얻어먹고 우리도 전만이나 톡톡히 갖다 쓰겠다.'

하며 이 고동이 저 고동이 구경하다가,

(금) "오빠 댁 국내는 어디요? 아마 매우 넓지, 해마다 나무 베어다 파시는 것을 짐작하건대."

(최) "얼마 되지 못합니다. 우리 집 뒤에서부터 저기 보이는 사태³⁹¹가 허연 고동이까지올시다."

(금) "에그, 산이나마 넉넉히 있어 나무장사라도 하시는 줄 여겼구려. 얼마 되지도 못하고 그나마 토피가 모두 벗어 나무인들 어디 있소? 그까짓 것 두시면 무엇을 하오? 뉘게 돈천이나 받고 팔아 말바리나 사서 샀이나 팔아먹지."

(최) "뫼장 쓸 만한 곳은 이왕 다 팔아먹고 나머지는 애총³⁹² 하나 묻을 만한 곳이 없으니 누가 사야 하지요?"

(금) "그 걱정은 말고 내려갑시다. 내 좋은 획책을 하여볼 것이니."

(최) "아무려나, 누이님 덕택만 바랍니다."

금방울이 최생원 집으로 내려와 무엇이라고 쥐도 못 듣게 수군대더니 그길로 떠나 올라간 뒤로, 최생원이 축일³⁹³ 금방울의 집에를 드나들고 금방울도 수삼 차를 최생원의 집에 다녀가더니 최생원이 자기 마누라도 모르게 정밤중[394]이면 뒷동산에를 슬며시 다녀 내려오더라.

하루는 동리집 개들이 법석으로 짖으며 최생원 집에 이상스러운 일이 났으니, 향곡[395] 풍속에 말 탄 사람 하나만 지나가도 남녀노소가 너나없이 나서서 구경을 하는 법인데, 하물며 이 집에는 난데없는 행차 하나가 기구 있게 들어오더니, 사립문 앞에다 공석을 펴고 금옥탕창[396]한 점잖은 양반이 엎드려 대죄하니, 보는 사람마다 곡절을 모르고 눈이 둥그레서 쑥덕공론이 분분한데, 최생원이 먼지가 케케 앉은 관을 툭툭 털어 쓰고 나오며,

(최) "이거, 웬 양반이 남의 집 문 앞에 와서 이 모양을 하시오? 이 양반 뉘 집을 찾아왔소?"

그 사람이 머리를 땅에 조으며,

"네, 댁에를 왔습니다. 이놈은 천지간에 죄가 많은 놈이라, 하해 같은 덕을 입어 그 죄를 면하고자 이처럼 석고대죄[397] 합니다."

최생원이 허 웃으며,

(최) "이 양반아, 댁 죄는 무슨 죄며 내 덕은 무슨 덕이란 말이오? 암만해도 댁에서 병풍상성[398]을 하였나 보오. 대관절 댁이 누구시오?"

(함) "네, 서울 다동 사는 함일덕이올시다."

(최) "네, 그러하시오? 나는 성은 최가고, 자는 옥여요. 무슨 일로 찾아 계십더니이까?"

(함) "네, 다름이 아니라, 친산을 잘못 쓰고 화패가 비상하와서

134

장풍향양[399]하여 백골이나 평안한 곳을 얻어 쓸까 합니다."

(최) "댁이 댁 산소 면례하기를 생면부지 모르는 나를 보고 이리 할 일이 무엇이오? 그 아니 이상한가?"

(함) "이렇게 댁에 와서 대죄하는 것은 당신 말씀 한마디만 듣기를 바랍니다."

(최) "내게 들을 말이 무슨 말이오? 나를 도선이나 무학이 같은 지관으로 아시오? 여보, 나는 본래 낫 놓고 기역 자도 모르는 무식쟁이라 답산[400]가 한 구절 외우지 못하오. 여보, 댁이 잘못 찾아 계신가 보오."

(함) "아무리 미거하기로 잘못 찾아뵈옵고 말씀할 리가 있습니까? 다름이 아니라 댁 선영 국내 안에……."

그다음 말이 다 나오기 전에 최생원이 눈이 실룩하여지고 콧방울이 벌룽벌룽하며 부썩 도슬러 앉더니,

(최) "그래서요, 어서 말하시오."

(함) "일석지지만 빌려주시면 친산을 면례하고 동산소[401] 하여 지내겠습니다."

최생원이 벌떡 일어서며 주먹을 도슬러 쥐고 꿩 채려는 보라매 눈같이 함진해를 노려보며,

"허, 이놈, 별놈 났다! 내가 이 모양으로 구차히 사니까 얼마큼 넘보고 와서 무엇이 어쩌고 어찌해? 묏자리를 빌려 동산소를 해? 이따위 놈은 당장에 두 다리를 몽창 분질러놓아야 이까짓 행위를 못 하지."

하더니 울짱[402] 한 가지를 보기 좋게 뚝딱 꺾어 들고 서슬 있게 달

려드니 함진해의 하인들이 당장 보기에 저희 상전에게 화색[403]이 박두한지라, 제각기 대들어 최생원의 매 든 팔을 붙들다가 다갱이도 터지고, 함진해를 가려서다가 엉덩이도 쥐어질리니, 분한 생각대로 하면 동나뭇단[404] 같은 최생원 하나야 발길 몇 번이면 저승 구경을 당장에 시키겠지마는, 상전의 낯을 보아 차마 못 하고,

"생원님 생원님, 너무 진노하지 마십시오. 산소 자리를 아니 드리면 고만이지 이처럼 하실 것 있습니까?"

최생원이 하인의 말대답은 하지도 아니하고 함진해만 벼른다.

"오 이놈, 기구도 좋은 놈이니까, 하인 놈들을 성군작당[405]하여 데리고 와서 나같이 잔약[406]한 사람을 업수이 여기는구나. 이놈, 너 한 놈 때려죽이고 나 죽었으면 고만이다."

하고 울짱 가지를 함부로 내두르는 바람에 사인교는 진가루가 되고, 말리러 덤비던 하인들은 오강[407] 편싸움에 태곰보 들어온 모양으로 분주히 쫓겨 도망을 하는데, 부지중에 함진해도 당장 화색이 박두하여 쫓겨 나왔더라. 매 맞은 하인들이 분함을 서로 이기지 못하여 구석구석 욕설이 나온다.

"제밀할 거, 팔자가 사나우니까 별 작자의 매를 다 맞아보았구. 그자가 명색이 무엇이야? 다갱이에 넉가래집 같은 관을 뒤집어쓰고, 형조 사령[408]이 지나갔나? 매질을 함부로 하게. 우리 댁 영감 낯을 보니까 참고 참아 쫓겨왔지그려. 그까짓 위인을 내 발길로 보기 좋게 한 번만 복장을 질렀으면 개구리 새끼 나가자빠지듯 할 것이, 가만히 내버려두니까 제 세상만 여겨서 눈에 뵈는 게 없나 보데."

"여보게, 가만 내버려두게. 아래위를 훑어보니까 그자가 꼴 보니 나무장사로 생애 하는 위인이데. 이번에는 영감을 뫼셨으니까 하릴없이 참고 들어가지마는, 아무 때든지 문안서 한 번만 우리 눈에 걸리라게. 당장에 할아버지를 부르게 주릿대를 메워놓을 것이니."

한참 이 모양으로 지저귀는 것을 함진해가 듣고 그중에도 행여나 최생원을 건드려 자기 경륜을 와해되게 할까 겁이 나서 하인을 꾸짖기도 하고 달래기도 한다.

"이놈들, 그것이 무슨 소리니? 너희들이 그 양반을 함부로 대접하고 보면 내 손에 죽고 남지 못하리라. 그 양반이 시골 살아 촌시러워 보이니까 너희들이 넘보고 그리나 보구나. 이놈들아, 그 양반 대접하는 것이 곧 나를 대접하는 일체인데, 무엇을 어찌고 어찌해? 상놈이 양반의 매 좀 맞은 것이 그리 원통하냐? 그 매는 너희를 때린 매가 아니요, 즉 나를 때린 것인데, 나는 아무 말도 못 하는 것을 번연히 보며 함부로 떠드느냐? 다시 이놈들 무엇이라고 했다가는 한 매에 죽으리라!"

이 모양으로 천둥같이 을러 데리고 서울로 올라와 임지관더러 소경력 풍파를 일일이 이야기한 후 주사야탁[409]으로 성화하더니, 며칠 아니 되어 어떠한 의표[410]도 선명하고 위인도 진실한 듯한 사람 하나가 찾아 들어와 함진해를 보고 인사를 통한다.

"주인장이 누구시오니까?"

함진해가 아무리 살펴보아도 한 번도 본 적이 없는 사람이라.

(함) "네, 내가 주인이오. 웬 양반이신데 무슨 사로 찾아 계시

오?"

(그 사람) "네, 나는 고양 읍내 사는 강서방이올시다. 다름 아니라 댁에 임생원이라 하시는 양반이 오셔서 유하십니까?"

(함) "네, 그 양반이 계시지요. 어찌하여 찾으시오? 그 양반을 본래 친하시던가요?"

(강) "매우 친좁게[411] 지냅니다."

(함) "그러면 거기 좀 앉아 기다리시오."

하고 한달음에 안잠 마누라 집으로 가서 임지관더러 그 말을 전하니 임씨가 입맛을 쩍쩍 다시며 괴탄을 무수히 한다.

"응, 긴치 아니한 사람, 또 무엇 하러 여기까지 찾아왔노? 내 행색을 일껏 감추려 하여도 필경은 소문이 또 났으니 여기도 오래 있지 못하겠구."

함진해를 건너다보며,

(임) "영감 댁 일은 잘될 듯하오. 지금 온 그 사람이 고양 일읍에서는 권도[412]가 매우 좋아서 그만 주선을 할 만합니다. 기왕 온 사람을 어쩔 수 있소? 이리로 부르시오."

(함) "네, 그리하오리다. 선생님이 말씀을 하시니 말이지, 나는 친산 면례할 일로 어찌 속이 타는지 밤이면 잠을 잘 못 잡니다. 그 사람이 기위[413] 권도가 매우 있다 하오니 이 말씀 아니기로 어련하실 바는 아니시나 아무쪼록 되도록 부탁을 하여주십시오. 산지 값은 얼마를 주든지 다과[414]를 교계[415]치 아니합니다."

(임) "어데 봅시다. 그러나 이런 일을 데면데면히 하다가는 또 이번에 영감이 다녀오신 모양같이 될 것이니 단단히 하시오."

(함) "내가 아무리 단단히 하고 싶으나 될 수가 있습니까? 선생님께서 하실 탓이지."

(임) "내야 영감 일에 범연하겠소마는 내 부탁 다르고 영감의 간청 다르지 아니하오? 그 사람도 내 손에 친산을 얻어 쓰고 우연히 없던 아들을 낳은 후로 자기 딴은 감사히 여겨 저 모양으로 찾아오는 터이니까, 영감의 사정말을 부탁곧 하게 되면 자기 힘자라는 대로는 하겠으나, 매양 그런 일을 하자면 빈손 들고는 도저히 아니 될 것이니, 그 사람이 가세가 매우 간구하여 일 주선하기가 역시 곤란하리다. 어떻든지 나는 힘껏 할 것이니 영감이 그다음 일은 알아서 처치하시오."

(함) "그는 염려 마십시오. 제 일 제가 하려면 무엇을 아끼겠습니까?"

하며 나아가더니 강씨를 인도하여 데리고 오는데, 처음에는 그렇게 설만히 수작을 하더니, 별안간 한없이 공근[416]하고 관곡[417]한지라, 강씨가 뒤를 따라오며 혼잣말로,

'옳지, 인저는 네가 착실히 낚시에 걸렸다. 농익은 연감 모양같이 홀쭉하도록 빨려보아라. 대체 우리 아주머니 모계[418]는 초한 때 진평[419]이만은 착실하신걸. 국과 장이 맞느라고 임지관은 어디서 그리 마침 생겼던고?'

하고 그대 사색[420]을 싹도 보이지 아니하고 천연스럽게 따라 들어오더니, 임지관 앞에 가 절을 코가 깨어지게 한 번 하고 곁으로 비켜서 공손히 꿇어앉으며,

(강) "그동안 기체 어떠합시오니까?"

(임) "허, 자네인가? 예를 어찌 알고 찾아왔노? 그래, 댁내 태평하시고 자제도 잘 자라나? 아마 컸을걸."

(강) "올해 다섯 살이올시다. 그놈이 기질도 튼튼하고 외양도 똑똑하여 남의 열 자식 부럽지 아니합니다. 그놈을 볼 때마다 임생원장 덕택은 머리를 베어 신을 삼아도 못다 갚겠다고 저희 내외가 말씀을 합니다."

(임) "실없는 사람이로세. 자네 복력[421]으로 그런 자손을 두었지, 내 덕이 다 무엇인가? 설혹 자네 말같이 면례를 잘하고 자손을 낳았다 한대도 역시 자네의 복력으로 내 말을 곧이들었지, 내 아무리 가르치기로 자네가 믿지 아니하면 되겠나, 허허허……

여보게, 지나간 일은 쓸데없이 말할 것 없네. 그리지 아니하여도 내가 자네를 좀 보면 하였더니 다행하게 마침 잘 왔네."

강씨가 생시치미를 뚝 떼고,

(강) "무슨 부탁하실 말씀이 계십니까? 세상없는 일이기로 임생원장께서 하시는 말씀이야 봉행[422]치 아니하겠습니까?"

(임) "자네 덕은리 근처 사는 최서방들과 친분이 있나?"

(강) "네, 그 근처에 최씨들이 여러 집인데 한고을에 사는 고로 모두 면분[423]은 있지마는, 그 최씨의 종손 되는 옥여 최서방과는 못 할 말을 다 할 만치 친숙히 지냅니다."

(임) "옳지, 내가 말하는 사람이 즉 옥여 최서방일세. 여보게, 이 주인장이 형세도 남부럽지 아니하고, 공명도 할 만치 하였건마는, 자네 댁 일과 같이 흉지에 친산을 쓰고 독한 참척을 여러 번 보아 슬하에 자제가 없을뿐더러 우환이 개일 날이 없어 아무

140

것도 모르는 나를 이같이 조르시네그려. 차마 괄시할 수 없어 큰 화패는 없을 듯한 자리 한 곳을 보아드렸는데 즉 최옥여의 국내 안일세. 자네도 동병상련이 아니라 할 수 없으니 주인장 말씀을 들어보아 힘을 다하여 주선 좀 해드리게."

(함) "내 일 되고 아니 되기는 노형 주선에 달렸습니다."

(강) "천만의 말씀이오. 일의 성불성[424]은 모르겠습니다마는 저 어른 부탁도 계시고 어련하겠습니까? 그러나 그 사람의 성미가 너무 끌끌하고 고집이 있어 섣불리 개구[425]를 했다가는 뺨이나 실컷 맞고 돌아설 터이니 웬만하시거든 파의[426]를 하시고 다른 곳을 구해보시는 것이 좋을 듯하오이다."

(함) "그 사람 성미는 나도 대강 짐작합니다마는 불고염치[427]하고 이처럼 말씀을 하오니 아무리 어려우셔도 힘써주시오. 산값은 얼마를 달라 하든지 교계할 것 없소. 여북하여 선영을 파는데 후한 편으로 하는 것이 옳지 않소? 노형만 하셔도 예서 고양 가는 길에 아무리 철로는 있지마는 가깝지 아니한 터에 여러 번 오르내리실 터이오. 그러노라면 하루 이틀 아니 될 터인데 댁 가사도 낭패가 적지 않이 되실지라, 우선 돈천이나 드릴 것이니 내왕 노자도 하시고 쌀섬이나 팔아 댁에 두시고 내 일을 전심하여 좀 보아주시오."

함진해가 그같이 말하면서 지폐 한 뭉치를 내어주니 강씨가 재삼 사양하며,

(강) "별말씀을 다 하십니다. 돈이 다 무엇이야요? 아직 될는지는 모릅니다마는 그만 일을 보아드리기가 무엇이 힘이 든다고 이

처럼 말씀하십니까?"

하며 받지를 아니하니, 임지관이 가장 사리대로 말하는 체하고,

(임) "여보게, 고집 말고 받아 넣게. 주인장이 정으로 주시는 것을 아니 받아 쓰겠나? 어서 받아 가지고 내려가 일 주선이나 잘해 보게."

강씨가 말에 못 이기는 체하고 집어넣더니 그길로 떠나갔다가 수삼 일 후에 다시 오더니, '바람에 돌 붙여보도 못 할러라, 삶은 호박에 이도 아니 들더라'[428] 하여 함씨의 마음을 불 단 가마에 엿 졸이듯 바작바작 졸인 후에 몇 차례를 왔다 갔다 하며 애를 쓰는 모양을 보이더니, 한번은 올라와서 태산이나 져다 주는 듯이 덕색[429]을 더럭 내며,

"에구, 어렵기도 어렵다. 이렇게 힘들 줄이야 누가 알아? 영감, 어서 면례하실 택일이나 하시오. 이번에야 최서방의 허락을 받았소. 허락은 받았지만 한 가지가 내 소료[430]보다는 대상부동[431]한 걸이오."

(함) "불안하오, 내 일로 해서 너무 고생을 하셔서. 그런데 산주의 응낙을 받으셨다며 무엇이 소료에 틀린다 하시오?"

(강) "다른 것이 아니라 산값을 엄청나게 달라 하니, 나는 기가 막혀 선뜻 대답을 못 하고 왔습니다."

(함) "얼마나 달라길래 그리하시오?"

(강) "그 사람 말이 '그 자리가 자래로 유명하여 팔라 조르는 사람이 비일비재인데 십오만 냥까지 주마 하는 것을 팔지 아니하였거니와, 자네가 팔시할 수 없는 터에 이처럼 한즉 그 값이면 팔

겠다' 하니, 나도 아다시피 다른 사람이 주마는 값을 감하여 말할
수 없고 영감 의향을 알지 못하여 말씀을 듣자고 왔습니다."

  (함) "걱정 마시오. 내 형세가 전만은 못하지마는, 십오만 냥까
지야 주선 못 하겠소? 어서 그대로 약조를 하시고 이다음 파수[432]
에 돈을 치르게 하시오."
하고 십오만 냥 어음을 써서 주니 강씨가 받아 척 접어 염낭에 넣
고 가더니, 그 이튿날 산주의 약조서를 받아 왔더라.

  함진해가 면례 택일을 임지관더러 보아달라 하여 일변으로 구
산을 돋우며 일변으로 신산을 작광[433]하는데, 역꾼들이 별안간에
괭이, 가래를 집어 던지고 좍 돌아서서 이상하니, 야릇하니, 처음
보았느니, 알 수 없는 것이니, 뒤떠들더니 광중[434] 속에서 난데없
는 돌함 하나를 얻어 내었는데, 함진해가 정구한 처소에서 조상
식을 지내다가 그 소문을 듣고 상식상을 물릴 여부 없이 한달음
에 올라가 돌함을 구경한즉, 크기가 단천[435] 담배 설합[436]만 한데
뚜에[437]를 무쇠물로 끓여 부어 단단히 봉하였는지라. 강철 끌 몇
채를 가져오라 하여 이에[438]를 조아 내고 열어보니 홍공단 한 조각
에 금으로 글씨를 썼으되 전면에는, '옥녀탄금형 십대장상에 백
자천손지지 함씨입장'[439] 후면에는, '모년 모월 모일 옥룡자소점
(玉龍子所點)'[440]이라 하였거늘, 그날 회장[441]하러 온 사람과 구경
하러 온 사람들과 역꾼과 집안 하인 병하여 근 백 명이 한마디씩
이라도 다 떠들며 참 대지니 과연 명당이니 하는데, 함진해는 어
떻게 좋던지 돌합을 품에 품고 임지관 앞에 가서 백번 천번 절을
하며,

(함) "선생님 덕택에 과연 명혈을 얻었습니다. 선생님은 참 신안[442]이올시다. 이 비기[443] 좀 보십시오."

임지관이 비기를 받아 우두커니 보다가 픽 웃으며,

(임) "그것이 그다지 희한하시오? 나는 별로 아는 것도 없이 맹자직문[444]으로 우중[445]한 일이지만 영감 댁 복력이 거룩하여 몇백 년 전에 옥룡자가 벌써 비결까지 묻었으니 나 아니기로 댁에서 쓰지 못하실 리가 있소? 아무려나 영감 댁 복력이 대단하시오. 이왕 명혈을 쓰신 끝에 선왕장 산소를 마저 면례하시오."

(함) "그다뿐이오니까? 향일에 말씀하시던 비봉귀소형을 마저 가르쳐주시기를 바랍니다."

이와 같이 정성을 들여가며 간곡히 물어 강씨를 사이에 또 놓고 몇십만 냥을 주고 샀던지 급급히 택일을 하여 면례 한 장을 마저 한 뒤에, 임지관이 종적 노출이 되어 오래 유련하지 못하겠다 하고 굳이 말려도 듣지 아니하고 떠나가는지라. 수로금[446] 몇만 금을 경보[447]로 내어놓으니 임지관이 가장 청렴한 체하고 무수히 퇴각하다가 마지못하여 받는 모양으로 짐에 넣더니, 배행[448]하러 보내는 하인을 모두 도로 쫓고 정처와 거주를 물어도 대답이 없이 표연히 가더라.

함진해가 그 후로는 부인의 병세도 차차 낫고 귀동자를 올 아니면 내년에는 낳을 줄로 태산같이 믿고 기다리더니, 공든 탑이 무너지고 믿는 나무에 곰이 핀다[449]고, 부인의 병은 더욱 별증[450]이 생겨, 한 다리 한 팔 못 쓰는 반신불수가 되어 말하는 송장이 되었고, 그 고생을 다 하노라니 함진해는 나이 융로[451]한 터는 아니

144

나 근력 범절이 칠십 노인이나 다름없이 되었는데, 저 강도와 아귀보다 더한 요악 간휼한 금방울이 그 모양으로 속여먹고도 오히려 부족하던지 한 가지 흉계를 또 부려서 근력 없는 함진해가 수각황망⁴⁵²한 지경을 당하였더라.

하루는 어떠한 자가 불문곡직⁴⁵³하고 주인을 찾으며 들어오더니 시비를 내어놓으니, 이는 다른 사단이 아니라 그자가 고양 최씨의 도종손이라 자칭하고 산송⁴⁵⁴을 일으키려는 것이라. 최가의 위인도 똑똑하고 구변도 썩 좋아 함진해는 한 마디쯤 말을 하면 최가는 열 마디씩 쥐어박아 말을 한다.

(최) "여보, 댁에서는 세력도 좋고, 형세도 부자니까 잔핍한 사람을 업수이 여기고 남의 누대 분묘 내룡견갑(來龍肩甲)⁴⁵⁵ 좌립구견지지(坐立俱見之地)⁴⁵⁶에 호기 있게 뫼를 썼나 보오마는 그 지경을 당한 사람도 오장육부⁴⁵⁷가 다 있소."

(함) "여보, 댁이 누구시오? 나도 천금 같은 돈을 주고 산주에게 사서 썼소."

(최) "산주, 산주, 산주가 누구란 말이오?"

(함) "네, 고양 최씨의 종손 되는 옥여 최서방에게 샀소. 댁이 무슨 상관으로 이리하시오?"

(최) "우리 최가에 옥여라고는 당초에 없을 뿐 아니라, 산하에 사는 일가들은 모두 우리 집 지파⁴⁵⁸요, 수십 대 봉사⁴⁵⁹하는 종손은 나의 집인데, 십여 년 전에 호중⁴⁶⁰으로 낙향하였다가 금년에야 비로소 성묘를 온 터이오. 댁에서 사지 말고 세상없는 일을 했더라도 당장 파내고야 배기리다. 댁에서 만일에 아니 파면 내 손으

로라도 파 굴리고 말 터이니 알아 하시오."

하고 최씨 집 내력과 파계[461]를 역력히 말하며 독서슬같이 으르는 바람에 함진해가 겁이 더럭 나서, 좋은 말로 어루만지며 뒷손으로 사람을 급히 보내어 옥여를 찾으니 벌써 솔가도주[462]하여 영향[463]도 없는지라. 법은 멀고 주먹은 가깝다[464]고 정소[465]를 하든지 재판을 하기는 이다음 일이요, 당장 친산에 사굴[466]을 당할 터이니까 생각다 못하여 하릴없이 산값을 재징[467]으로 물어주더라.

상말로, 파리한 개 무엇 베니 남는 것이 아무것도 없는 일체로, 패해가는 세간을 이리 빼앗기고 저리 빼앗기고 나니 남는 것이라고는 새앙쥐 볼가심할 것도 없게 되어,[468] 그렇지 아니하게 먹고 입고 지내던 함진해가 삼순구식[469]을 못 면하고 누대 제사에 궐향[470]을 번번이 하니, 타성들이 듣고 보아도 그 집안 그 지경 된 것을 가엾으니, 그래 싸니 다만 한마디씩이라도 흉볼 겸, 걱정할 겸 하거든, 하물며 원근족 함씨의 종중[471]에서야 수십 대 종가가 결딴이 났으니 어찌 남의 일 보듯 하고 있으리오. 팔도 함씨 대종회를 열고 관자[472] 수대로 모여드는데, 이때 함일청이는 그 사촌의 집에를 일절 발을 끊어 다시 현영을 아니 하고 다만 치산[473]을 알뜰히 하여 형세도 점점 나아지고 아들 삼 형제를 열심으로 가르쳐 남부러워 아니하고 지내는 터이나, 다만 마음에 계련[474]되어 잊히지 못하는 바는 경성 큰집 일이라. 자기는 아니 갈 법해도 서울 인편 곧 있으면 종종 소식을 탐지한즉 듣는 말이 다 한심하고 기막힌 일뿐이러니, 하루는 종회하는 통문이 서울에서 내려왔는지라. 곰곰 생각한즉,

146

'아무리 사촌이라도 타인보다도 더 미워 다시 대면을 말자 작정을 하였지마는, 팔도 일가가 모두 총회를 하는데 내 도리에 아니 가볼 수 없다.'

하고 그길로 떠나, 성중을 들어서서 다방골 모퉁이를 돌아드니 해포[475] 그리던 사촌을 만날 터인즉 얼마쯤 반가운 마음이 날 터인데 반갑기는 고사하고 눈물만 절로 나니, 그 사정을 모르는 사람 보기에는 심상히 여기겠으나 이 사람의 중심에는 여러 가지 철천지한이 가득하더라.

　'저기 보이는 집이 우리 사촌의 집이 아닌가? 어쩌면 저 모양으로 동퇴서락[476]하였노? 우리 큰아버지 당년이 엊그제 같은데, 그때는 저 집이 분벽사창이 영롱하던 다동 바닥에 제일 갑제[477]러니! 집이 저 지경이 되었을 제야 그 집안 범절이야 더구나 오죽할까? 에그, 우리 조부께서 머나먼 북경을 문턱 드나들듯 하시며 알뜰살뜰 모신 세간을 그 형님이 장가 한번을 잘못 들더니 걷잡을 새 없이 저 모양으로 망하였지. 집안에 가까이 다니던 정직한 사람은 모두 거절을 하고 천하의 교악 망측한 연놈들만 집에다 붙이어 억지로 결딴이 나도록 심장을 두었으니 무슨 별수로 저 모양이 아니 될구? 안잠 하인 년이 그저 있는지, 제일 그년 보기 싫어 어찌 들어가노? 에라, 이탓저탓해 무엇 하리? 대관절 우리 형님이 글러 그렇게 되었지.'

하며 손수건을 내어 눈물 흔적을 씻고 대문을 들어서니 문 위에 엄나무 가시와 좌우 주초 앞에 황토가 여전히 있는지라. 그같이 비창하던 마음이 졸지에 변하여 눈에서 쌍심지가 올라오며 가슴에서 불덩어리가 벌꺽벌꺽 올라온다.

'이왕 결딴난 집안을 어찌할 수는 없지만 이 모양으로 흥와조
산[478]을 하는 연놈을 깡그리 대매[479]에 때려죽여 분풀이나 실컷 하
겠다. 오, 어떤 연놈이든지 걸려만 들어보아라. 내 손에 못 배기
리라.'
하며 사랑 앞에를 썩 들어서니, 대부,[480] 족장,[481] 형제, 조카, 손항[482]
되는 여러 일가 사람들이 가득 모여 앉았다가 분분히 인사를 하
는데, 정작 자기 사촌은 볼 수가 없는지라 마음에 당황하여 좌우
를 돌아보고,

"여보, 우리 형님은 어데 가셨길래 아니 계시오?"

그중 항렬 높은 자가 일청을 불러 앞에 세우고 준절히 꾸짖는다.

"네가 그 말 하기가 부끄럽지 아니하냐? 네 사촌이 아무리 지각
없이 집안을 결딴내기로 너는 그만 지각이 있는 사람이 종형제
간에 절적[483]을 하고, 조상의 제사 참사까지 몇 해를 아니 하다가,
우리가 이 모양으로 종회를 하니까 그제야 올라와서 무엇이 어찌
고 어찌해? 우리 형님이 어디로 가셨어? 주축이 일반이다. 집안
이 그 모양으로 불목하고 무슨 일이 되겠느냐?"

그 곁에 앉았던 노인 하나가 분연히 나앉으며,

"여보 형님, 그 말씀 마시오. 그 사람이 무슨 잘못한 일이 있다
고 그리하시오? 이것저것이 모두 진해의 잘못이지, 저 사람은 저
할 도리를 다했습니다."

먼저 말하던 노인이 징을 내며,

"자네는 무엇을 가지고 저 사람의 과실이 없다 하노?"

(곁에 앉았던 노인) "형님, 그렇게 말씀하시기도 용혹무괴오마는, 내 말씀을 자세 듣고 무정지책을 너무 말으시오."

하며 소년 일가 하나를 부르더니, 편지 한 뭉치를 가져다가 조좌[484] 중에 내어놓고 축조[485]하여 설명을 하는데 그 편지는 별사람의 편지가 아니라 함일청이 그 종씨의 하는 일마다 소문을 듣고 깨닫도록 인편곧 있으면 변명[486]을 하여 간곡히 한 편지라. 그 어리석고 미련한 함진해는 그럴수록 자기 사촌을 돈목[487]히 여기지 아니하고 그 편지 올 적마다 큰집이 아니되도록 훼방을 하거니 여겨 원수치부[488]를 한층 더 하던 것이라. 그 편지의 연월을 맞춰 차례차례 보아 내려가는데 자자마다 간절하고 구구마다 곡진[489]하여 목석이라도 감동할 만하니 최초에 한 편지 사연에 하였으되,

'무릇 나라의 진보가 되지 못함은 풍속이 미혹함에 생기나니, 슬프다! 우리 황인종의 지혜도 백인종만 못지아니하거늘, 어쩌다 오늘날 이같이 조잔[490] 멸망 지경에 이르렀나뇨? 반드시 연고가 있을지니다. 우리 동양으로 말하면 당우[491] 이래로 하늘을 공경하며 귀신에게 제 지냄은 불과 일시에 백성의 뜻을 단속하기 위함이러니, 오괴[492]한 선비들이 오행의 의론을 창설하여 길흉화복을 스스로 부른다 하므로, 재앙과 상서의 허탄한 말이 대치[493]하여 점점 심할수록 요악한 말을 주작[494]한지라. 일로조차 천지 귀신이 주고 빼앗으며, 죽고 사는 권리를 실상으로 조종하여 순히 하면 길하고 거스르면 흉한 줄로 미혹하여, 이에 밝음을 버리고 어두움을 구하며, 사람을 내어놓고 귀신을 위하여, 무녀와 판수가 능히 재앙을 사라지게 하고 복을 맞아 오는 줄 여겨 한 사람, 두 사람

으로부터 거세[495]가 본받아 적게 한 집만 멸망할 뿐 아니라 크게 나라까지 쇠약게 하나니, 이는 곧 억만 명 황인종의 금일 참혹한 형상을 당한 소이연이니다. 엎드려 바라건대, 형장은 무식한 자의 미혹하는 상태를 거울하사, 간악 요괴한 무리를 일절 물리치시고, 서양 사람의 실지를 밟아 일절 귀신 등의 요괴한 말을 한 비에 쓸어버려, 하늘도 가히 측량하며, 바다도 가히 건너며, 산도 가히 뚫으며, 만물도 가히 알며, 백사[496]도 가히 지을 마음을 두시면, 비단 형장의 한 댁만 부지하실 뿐 아니라 나라도 가히 강케 하며 동포도 가히 보존하리이다.'

그다음에 보낸 편지에 또 하였으되,

'슬프다, 형장이시여! 형장의 처지를 생각하시옵소서. 형장은 우리 일문 중 십여 대 종손이시니 큰집의 동량[497]이나 일반이라. 그 동량이 썩어지면 큰집이 무너짐은 면치 못할 사세라. 형장의 미혹하심은 전일에 올린 바 글에 누누이 말씀하였으니 다시 논란할 바 없거니와, 날로 들리는 소식이 더욱 놀랍고 원통하와 이같이 다시 말씀하나이다. 착한 사람을 가까이하며 악한 무리를 멀리함은 성인의 훈계요, 공을 상 주고 죄를 벌함은 가법의 정당함이거늘, 이제 형장은 이와 같이 아니하여 무육[498]하던 유모의 공을 저버려 그 착함을 모르시고, 간흉한 할미의 죄를 깨닫지 못하여 그 악함을 친신하시니 어찌 가도가 쇠색[499]함을 면하오며, 또 산지라 하는 것은 조상의 백골로 하여금 풍우에 폭로[500]치 아니하고 땅속에 깊이 편안히 계시게 함이 도리에 온당하거늘, 풍수의 무거한 말을 곧이듣고 자기의 영귀와 자손의 복록[501]을 희망하여 안장

한 백골을 파가지고 대지 명당을 찾아다니니, 대지 명당이 어데 있으며 조상의 백골이 어찌 자손의 영귀와 복록을 얻어주리오? 만일 그와 같은 이치가 있을진대 아무 데나 매장지를 한곳에 정하고 백골을 단취[502]하는 서양 사람은 모두 멸종, 빈한하겠거늘, 오늘날 그 번식, 부강함이 산지로 종사하는 우리나라에 비할 바 아님은 어찐 연고이며, 만일 지관이라 하는 자가 대지 명당을 능히 알아 남에게 가르칠 재주가 있고 보면 어찌하여 저의 할아비를 묻지 아니하고 그같이 빈곤히 지냄을 면치 못하며 타인만 가르쳐주리오? 이는 허탄한 말을 주작하여 남의 재물을 도적함이어늘, 어찌 이같이 고혹하사 산소를 차례로 면례코자 하시나니까? 종제의 위인이 불초하므로 말을 버리지 마시고 급히 깨달으사, 유모를 도로 부르시고 할미를 축출하며 지관을 거절하사 면례를 파의하압소서.'

그 끝에 열 가지 잠언(箴言)[503]을 기록하였으되,

'일. 쓸데 있는 글을 많이 읽고 무익한 일을 짓지 말으소서.

이. 사람 구원하기는 의원만 한 이 없고, 세상을 혹케 하기는 무녀 같은 것이 없나이다.

삼. 사람을 사귀매 양증[504] 있는 자를 취하고 음증[505] 있는 자를 취치 마옵소서.

사. 광명한 세계에는 다만 실상만 있고 허황한 지경은 없사외다.

오. 세계에 신선이 있으면 진시황과 한무제가 가히 죽지 아니하였으리이다.

육. 사람을 능히 섬기지 못하거든 어찌 능히 귀신을 섬기며, 산 사람도 모르며, 어찌 능히 죽은 자를 알리오? 귀신과 죽음은 성인의 말씀치 아니한 바니, 성인이 아니 하신 말을 내가 지어내면 성인을 배반함이니다.

칠. 굿하고 경 읽음을, 자기는 당연한 놀이마당으로 여겨도, 지식 있는 사람 보기에는 혼암[506] 세계로 아나이다.

구. 산을 뚫고 길 내기를 풍수에 구애가 될지면, 외국은 철도가 낙역[507]하고 광산이 허다하건만, 어찌하여 국세가 저같이 흥왕하뇨? 풍수가 어찌 동양에는 행하고 서양에는 행치 아니하오리까?

십. 사람의 품은 마음을 가히 측량키 어려워 얼굴과는 관계가 없거늘, 상을 보고 마음을 안다 하니, 진실로 술사의 사람 속이는 말이니다.'

보기를 다하매 그 많은 일가들이 칭찬하지 않는 자가 없는데, 그중에 그 편지 가져오라던 노인 함만호[508]는 진해 집 이웃에 있어 그 집의 국이 끓고 장이 끓는지 그 하는 것을 모를 것이 없이 다 아는 터인데, 진해의 하는 일이 마음에 해괴하건마는 아무리 일가 간이기로 소불간친(疏不間親)[509]으로 내외간사를 말하기 어려워서, 다만 대체로 한두 번 권고한 후 다시는 개구도 아니 하고 이따금 가서 진해의 망측한 거동만 구경하더니, 어리석은 진해는 일문 대소가들이 다 절적을 하는데, 이 노인은 가장 자기를 친절히 여겨 종종 찾아오거나 하여,

"만호 아저씨, 만호 아저씨."

하며 일청의 편지 올 적마다 펴 보이며,

"이놈이, 소위 형은 갱참[510]에 집어넣어 그른 사람으로 돌리고 저는 지식이 고명코 정대한 사람인 체하여 이따위 편지를 하느니 마느니."

하고 찢어 내버리는 것을, 함만호는 뜻이 깊은 사람이라 속마음으로,

'종형제 간에 어쩌면 이같이 청탁이 현수[511]한고? 대순(大舜)[512]과 상(象)이[513④]도 있고, 도척(盜拓)이[514]와 유하혜(柳下惠)도 있다 하지마는, 저 사람이야말로 상이와 도척이보다 못지아니하도다. 내가 저 편지를 간수하여두었다, 이다음에 일청의 발명거리를 삼으리라.'

하고 슬며시 주섬주섬 집어 모아, 이리저리 이에 맞추어, 튼튼한 종이로 배접[515]을 하여둔 것이라. 이번 종회를 발기하기도 함만호가 문장[516]을 일부러 여러 번 가보고 통문을 놓은 것인데, 그 종회 한 주지는 큰 조목 세 가지가 있으니, 제일은 진해의 양자를 일청의 아들로 정하여 누대 종통[517]을 잇고자 함이요, 제이는 진해의 그르고 일청의 바름을 종중에 공포하여 선악의 사실을 포펌[518]코자 함이요, 제삼은 형제의 불목함을 없게 하여 문내에 화기가 다시 생기게 하고자 함이라.

그날 함진해는 자기 일로 종회한다는 말을 듣고 여러 일가 보기에 얼굴이 뜨뜻하여, 내환으로 의원을 보러 간다 청탁하고 안잠할미의 집을 치우고 들어앉아 연해 소식만 탐지하더니, 처음에 자기 사촌이 들어오는 것을 보고 문장이 호령하더란 말을 듣고, 무슨 원수가 그다지 깊던지 마음에 시원 상쾌하다가, 만호가 편

지 뭉치를 내어놓고 일장 설명하더니, 만좌가 모두 칭찬하더라는 기별을 듣고서는 분함을 견디지 못하여 잔부끄럼은 간다 보아라 하고, 그길로 바로 자기 사랑으로 들어오며, 문장 이하로 여러 일가에게만 인사를 하고, 마주 나와 절하는 일청은 본 체도 아니 하며 등을 지고 돌아앉았으니, 일청이가 기가 막혀 더운 눈물이 더벅 떨어지며 아무 말 없이 섰으니, 이는 자기 종형을 오래간만에 만나 반가운 눈물도 아니요, 자기 종형의 눈에 나서 원통하여 나오는 눈물도 아니라. 옛말에 '오십에 사십구 년의 그름을 안다(五十에 知四十九年之非)' 하였거늘, 자기 종형은 오십이 다 되도록 회개를 그저 못 하였으니 집안일을 다시 바랄 여지가 없겠다 싶은 생각이 불현듯이 나서 우는 일이러라.

(문장) "여보게 진해, 내 말 듣게. 사람의 집안이 화목한 연후에 만사가 성취되는 법이어늘, 자네 연기[519]가 노성한 터에 제가(齊家)를 그같이 불목히 하고 가사가 일패도지[520]치 아니하겠나? 옛 성인의 말씀에, '독한 약이 입에 괴로우나 병에는 이하고, 충성된 말이 귀에는 거슬리나 행실에는 이하다'[521] 하셨거늘, 자네는 어찌하여 충성된 말로 간하는 것을 청종[522]치 아니할 뿐 외라, 간하는 사촌을 구수[523]같이 여기니 실로 한심한 일이로세."

(진해) "집안의 불목한 것이 저놈의 죄이지, 나는 아무 잘못한 일이 없습니다. 저놈이 내 집에 절적한 지 우금 몇 해에 우리 아버지, 할아버지 산소를 차례로 면례를 하여도 제 집에 자빠져 현영도 아니 하고, 집안에 우환이 그렇게 심하여도 어떠냐 말 한마디 물어본 적 없고, 아니꼽게 편지 자로 수죄 비스름하게 논란을

하여 보냈으니, 저 하는 대로 하면 어느 지경까지든지 분풀이를 못 할 바 아니나, 남의 청문[524]을 위하여 참고 참는 나더러 꾸지람을 하시니 너무 원통하오이다."

(문) "허허, 이 사람, 가위 고집불통일세. 저 사람이 자네를 미워서 간하는 말과 편지를 하였겠나? 아무쪼록 자네가 잡류배 꾐에 빠지지 말고 가도를 바르게 하도록 함이어늘, 자네는 그 뜻을 알지 못하고 도리어 구축하며 미워하였으니, 자네가 잘못이지 무엇인고?"

함진해가 다시 개구할 겨를이 없이, 당초에 그 삼촌 돌아가서 삼 년이 지나도록 영연일곡도 아니 한 일로부터, 일청 온 것을 부정하다고 구축하여 쫓던 일과 일청의 일반 병작[525]도 못 해먹게 전답 팔아 가던 일과, 무육한 유모를 일청이 밥 먹였다고 박대하며 요사한 무당년을 소개하여 제반악증을 다하던 노파를 신임한 일까지, 임가의 허황한 말에 속고 조상의 백골을 천동[526]한 일까지, 조목조목 수죄를 한 후, 일청의 편지를 내어놓고 구절마다 들어 타이르고, 설명을 어찌 감동할 만치 하였던지, 진해가 처음에는 일일이 자기가 잘못한 것이 없다고 반대하던 위인이라서, 고개를 푹 숙이고 아무 말 없이 듣다가 자취 없는 눈물이 옷깃을 적시며 한숨만 자주 쉬더라.

문장이 종회의 처리할 사건을 차례로 가부표를 받아 종다수취결[527]하는데,

"우리 문중 제일 소중한 바는 종통인데, 지금 진해의 연기는 오십지년이 되었으며 종부의 연기는 아직 단산지경은 아니나 그러

나 다년 중병에 반신불수가 되어 다시 생산할 여망이 없은즉, 불가불 입후[528]를 하여야 누대 향화를 그치지 아니할 터인데, 당내에 항렬 닿는 아이가 없으면 원근족을 불계하고 지취동성[529]으로 아무 일가의 자식이고 소목[530]만 맞으면 데려오겠지만, 진해의 사촌, 일청의 맏아들 종표가 비단 당내만 될 뿐 아니라 위인이 준수하니, 폐일언[531]하고 그 아이로 정하는 것이 어떠한고?"

여러 일가가 일시에 한마디 말로,

"가하오이다."

문장이 또 한 문제를 제출하되,

"지금 진해의 연기는 과히 늙지 아니하였으나, 다년포병[532]으로 가위 정신 상실자라 할 만한즉, 도저히 가사를 처리할 수 없고, 데려올 종표는 아직 미성년한 아이인즉, 불가불 뒤보아주는 사람(後見人)이 있어야, 패한 가세를 회복키는 이다음 일이어니와, 목전의 봉제사, 접빈객을 할 터인즉, 그 자격에 합당한 사람 하나를 천거하시오."

이때에 함만호가 썩 나앉으며,

"그 사람은 별로 구할 것 없이, 내 생각에는 일청이 외에는 그 소임을 맡길 사람이 다시없을 듯하오이다."

문장이 여러 사람에게 가부를 물으니 또한 일구동성(一口同聲)으로 만호의 말을 찬성하는지라, 문장이 진해를 돌아보며,

"자네는 그전 잘못한 것을 깨달아 이제는 옳게 함을 생각할 뿐더러 매사를 자네 사촌에게 위임하고 불목히 지내지 말아야 가정을 보존할 것이니 아무쪼록 종중 공의를 위반치 말기를 믿으며,

만일 일향 회개치 아니하고 악인을 가까이하여, 오늘 회의 결정한 일이 헛일이 되면, 그제는 종벌을 크게 당하리니 조심하소."

또 일청을 부르더니,

"자네의 종가 위하는 직심은 이미 듣고 보아 아는 일이어니와, 여러 해 절적한 일은 잘못함이 아니라 할 수 없으니, 자네 사촌만 야속타 말고 지금 회의 가결된 일과 같이 내일 내로 즉시 종표를 데려다 종가에 바치고, 자네도 반이하여[533] 올라와, 한집에 있어 대소사의 치산을 전담 극력하여 누대 향화를 잘 받들도록 하소."

함진해가 전일 같으면 반대를 해도 여간이 아닐 것이요, 고집을 세워도 어지간치 아니할 터이로되, 본래 천성은 과히 악한 사람이 아니요, 무식한 부인과 간특한 하속에게 미혹한 바 되어 인사정신[534]을 못 차렸더니 문중 공론을 듣고 자기 신세를 생각한즉, 지난 일은 잘했든지 못했든지 말 못 되어가는 가세에, 우환질고는 그칠 날이 없는데, 수하에 자질 간 대신 수고하여줄 사람이라고는 그림자 하나 없은즉, 양자는 불역지전[535] 하여야 할 것이요, 양자를 하자면 집안 아이 내어놓고 원촌에 가 데려올 수도 없으며, 데려온대도 내 집이 전세월 같지 않아, 한없는 구덥[536]을 치르고 배겨 있을 자식이 없을 것이니, 종중회의에 못 이기는 체하고 종표를 양자하여 제 아비 시켜 뒷배를 보아주게 하면, 줄어든 가사가 더 줄어질 여지는 없을 것이요, 제 부자가 아무 짓을 하기로 우리 내외 죽기 전 병구원과 먹도록 입도록이야 아니 하여줄 수 없으니, 핑계 김에 잘되었다 하고 외양으로 천연스럽게 대답을 한다.

(진해) "종중 처결이 그러하시니, 무엇이라도 거역할 가망이 있습니까? 오늘부터라도 가사를 다 쓸어맡기겠습니다."

(문장) "그렇지, 고마운 말일세. 『주역(周易)』[537]에 '불원복(不遠復)'이라 하였으니, 자네를 두고 한 말일세. 사람이 누가 허물이 없겠나마는, 자네같이 오래지 아니하여 회복하는 자가 어데 또 있겠나? 허허, 인제는 우리 종갓집을 위하여 하례할 만한 일일세."

하며 일청더러,

"자네 종씨 말은 저러하니 자네 말도 좀 들어보세."

(일청) "종의도 이 같으시고 종형의 뜻도 저러시니 어찌 군말씀을 하오리까마는, 저 같은 위인이 열이기로 어찌 종형 하나를 따르겠습니까? 그러나 만일 형이 시키는 말곧 있으면 정성껏 거행하겠습니다."

(문장) "자, 그러고 보면 장황히 더 의논할 것 없이 이 길로 자네가 떠나 내려가 종표를 데리고 올라오소. 아무리 급해도 그 아이 의복이라도 빨아 입혀야 할 터인즉, 자연 수일 지체는 될 것이니 오늘 내일 모레, 오늘까지 닷새 동안이면 하루 가고, 하루 오고 넉넉히 되겠네. 그날은 우리가 또 한 번 다시 모여야 하겠네."

하며 일변 일청을 재촉하여 발행케 하고, 일변 진해를 다시 당부한 후 이다음 다시 모이기로 문장 이하 각각 헤어져 가더라.

여러 함씨들이 종표의 올라올 승시[538]하여 일제히 모여 예를 행케 하고 내당에 들여보내어, 최씨 부인에게 모자지례로 뵈옵는데, 이때 최씨는 병은 아무리 깊었더라도 그 병이 부집 쥐듯 왜깍

지각 세상모르고 앓는 증세가 아니라 시난고난[539] 앓는 중, 중풍이
되어 반신불수로 똥오줌을 받아내되, 정신은 참기름 같아, 귀로
듣고 눈으로 보고 입으로 말까지는 하는 터이라, 일청이가 그 아
들을 데리고 들어오는 양을 본즉, 눈꼬리가 창알 고패 되듯[540] 하
며 앞니가 보도독 갈리건마는, 일문 대종중이 모여 하는 일이요,
또 자기가 그 처신이 되었으니 무엇이라고 말 한마디 할 수 없어,
다만 어금니 빠진 표범과 발톱 부러진 매와 같이 할퀴며 물지는
못하고 속으로만 노리며 으르렁대어, 종표가 '어머니 어머니' 하
며 앞에 와 어리대는 것을 대답 한마디 없이 거들떠도 아니 보니
속담에, '병든 나무에 좀 나기가 쉽다'고 자기의 소생도 아니요
양자로 데려온 아이를 그 모양으로 냉대하니, 의리 모르는 노파
등속이 종회 이후에는 어엿이 나덤벙이지는 못해도 여전히 최부
인에게는 왕래 통신이 은근하여, 종표의 험담을 빗발치듯 담아
부으니, 최씨는 더구나 미워하여 날로 구박이 자심하건마는 종표
는 일정한 정성을 변치 아니하고 똥오줌을 손수 받내며[541] 조금도
어려운 기색이 없어, 밤낮 옷끈을 끄르지 아니하고 단잠을 잘 줄
모르며, 진해에게 혼정신성[542]과 최씨에게 시탕[543] 범절이 목석이
라도 감동할 만하더라.

  본래 사람의 염량후박[544]은 병중에 알기 쉬운 고로, 말 한마디에
야속한 마음도 잘 나고 고마운 생각도 잘 나는 법이라. 최씨가 종
표 부자를 구수같이 미워하던 그 마음이 차차 감해지고 감사하고
기특한 생각이 차차 더해지니, 이는 자기 일신이 괴롭고 아픈 중,
맑은 정신이 들 적마다 오장에서 절로 솟아 나오는 생각이라.

"에구 다리야, 에구 팔이야, 일신을 마음대로 놀리지 못하니 똥 오줌을 마음대로 눌 수가 있나! 세상에 모를 것은 사람의 마음이 다. 내게 단것 쓴 것 다 얻어먹던 것들은 웃노라고 문병 한번 없지. 그것들은 오히려 예사지만, 안잠 할미로 말하면 제 죽기 전에는 나를 배반치 못할 터이어늘, 똥 한번 오줌 한번을 치우려면 군말이 한두 마디가 아니요, 그나마 목이 터지도록 열스무 번 불러야 겨우 눈살을 잡고 마지못하여 오니, 살지무석(殺之無惜)[545]하고 의리부동한 것도 있다. 에구구 팔다리야, 종표는 기특도 하지. 제가 내게 무슨 정이 들었다고 어린것이 더럽고 괴로운 줄도 모르고 단잠을 아니 자고 잠시를 떠나지 아니하니 그 아니 신통한가! 에그, 집안이 어쩌면 그렇게 되었던지 돈냥 될 것은 모두 전당을 잡혀먹고, 약 한 첩 지어 먹자 해도 일 푼 도리 없더니, 시사촌께서 와 계신 이후로는 그 걱정 저 걱정 도무지 모르고 지내지. 내가 내 일을 생각해도 버력을 받아 병신 되어 싸지 않은가? 남의 말만 곧이듣고 내 집안 양반을 괄시하였으니."

하루 이틀 지나갈수록 세상 짓이 다 헛일을 한 듯하고, 사랑하는 마음이 더욱 깊어가더라.

최씨 부인의 병이 감세가 있을 때가 되었던지 약을 바로 쓰고 조섭을 잘해 그렇던지, 기거동작을 도무지 못 하던 몸이 능히 일어나서 능히 앉으며 지팡이를 짚고 방문 밖에도 나서 보니, 자기 생각에도 희한하고 다행하여 이것이 다 시사촌의 구원과 종표의 정성으로 효험을 보았거니 싶어 없던 인정이 물 퍼붓듯 하는데,

(부인) "종표야, 날이 선선하다. 핫옷[546]을 갈아입어라. 내 병으

로 해서 잠도 못 자며 고생을 하더니, 네 얼굴이 처음 올 때보다 반쪽이 되었구나. 시장하겠다. 점심 먹어라. 병구완도 하려니와 성한 사람도 기운을 차려야지. 삼랑아, 이리 와서 도령님 진지 차려드려라."

(종) "저는 배고프지 아니합니다. 약 잡수신 지 한참 되어 다 내리셨겠으니 진지 끓인 것을 좀 잡수셔야지, 속이 너무 비셔서 못 쓰십니다."

(부) "너 먹는 것을 보아야 내가 먹지, 너 아니 먹으면 나도 아니 먹겠다."

하며 자애가 오장에서 우러나오니, 세상에 남의 집에 출가하여 그 집을 장도감[547] 만드는 부인이 하고많은데, 열에 아홉은 소견이 편협지 아니하면 심술이 대단하여, 한번 고집을 내어놓으면 관머리에서 은정[548] 소리가 땅땅 나기 전에는 다시 변통을 못 하건마는, 최부인은 고집을 내면 암소 곧달음[549]으로 고삐 잡아당길 새 없이, 하고 싶은 일을 실컷 하고야 말면서도 전후 사리는 멀쩡하여 잘잘못을 짐작 못 하던 터가 아니라, 한번 마음이 바로잡히기 시작하더니, 본래 무던하던 부인보다 오히려 못지아니하여 처사에 유지함이 상등 사회에 참례[550]할 만하다.

하루는 자기 남편과 시사촌과 사촌 동서와 종표까지 한자리에 모여 앉은 좌상에서 최씨 부인의 발론으로 종표를 중학교에 입학케 하여, 사오 년 만에 졸업한 후에 다시 법률 전문학교에 보내어 공부를 시키는데, 생양정부모[551]의 정성도 도저하지마는 종표의 열심이 어찌 대단하던지 시험마다 만점을 얻어 최우등으로 졸업

을 하니, 함종표의 명예가 사회상에 훤자[552]하여 만장공천으로 평
리원[553] 판사를 하였는데, 그때 마침 우리나라 정치를 쇄신하여,
음양 술객과 무복[554] 잡류배를 일병[555] 포박하여 차례로 신문하는
중에, 하루는 무녀 일 명을 잡아들여 오거늘 종표의 내심으로,

  '저 계집도 사람은 일반인데, 무슨 노릇을 못 해서 혹세무민(惑
世誣民)[556]하는 무녀 노릇을 하다가 이 지경을 당하노? 우리 집에
서도 아마 이따위 년에게 속고 패가를 했을 것이니, 아무 때든지
그년만 붙들고 보면 대매에 쳐 죽여 첫째로 우리 집 설분[557]도 하
고 둘째로 세상 사람의 후일 경계를 하리라.'
하는데 잡혀 들어오던 무녀가 신문장에를 당도하더니, 그 똘똘하
고 살기가 다락다락하던 위인이 별안간에 얼굴빛이 사상[558]이 되
어 목소리를 벌벌 떨며 자초[559] 행위를 개개승복하되,

  "의신[560]을 장하[561]에 죽이신대도 어디 가 한가[562]하오리까마는,
죽을 때 죽사와도 한마디 아뢰올 말씀이 있습니다. 의신의 무녀
노릇 하옵기는 다름이 아니라, 생애가 어려워 마지못해 하는 일
인데, 한때 얻어먹고 살라고 우중으로 말마디가 신통히 맞사와
사면서 이 소문을 듣고 부르오니, 속담에 '굿 들은 무당'이라고,
부르는 곳마다 가서 정성껏 큰굿도 하여주고, 푸념[563]도 하여준 죄
밖에 다른 죄는 없습니다."

  종표의 말소리가 본래 기걸하여 예사로 하는 말도 천장이 드르
렁드르렁 울리는 터이라, 그 무녀의 말이 막 그치자 가래침 한 번
을 칵 뱉고,

  (판사) "네 말 듣거라. 세상에 무슨 생애를 못 해먹어, 요사한

말을 주작하여 사람을 속여 전곡을 도적하고 패가망신까지 시키
노?"

(무녀) "의신이 무녀 된 이후로 남북촌에 단골 댁이 허구많으셔
도, 불행히 다동 함진해 댁에서 그 댁 운수로 패가를 하셨지, 그
외에는 한 댁도 형세가 늘면 늘었지 줄으신 댁은 없사온데, 이처
럼 분부를 하시니 하정[564]에 억울하오이다."

함판사가 함진해 댁이라는 말을 들으니,

'옳다, 이년이 우리 집 결딴내던 년이로구나. 불문곡직하고 당
장 그대로 엎어놓고 난장[565]으로 죽이고 싶지마는, 법률 배운 사람
이 미개한 시대에 행하던 남형[566]을 행할 수 없고, 중률이나 쓰자
면 그년의 전후 죄상을 명백히 공초[567]케 하여야 옳것다.'
하고 한 손 눙치며,

(판) "네 말 같으면 남북촌 여러 단골집이 모두 네 공효로 형세
를 부지한 모양 같고나. 그러면 네 단골 되기는 일반인데, 함진해
댁은 어찌하여 독이 패가를 하셨어?"

(무) "네, 아뢰기 죄만[568]하오나, 그 댁은 그러하실밖에 수가 없
으시지요. 그 댁 마님께서 귀신이라면 사족을 못 쓰시는데, 좌우
에서 거행하는 하인이라고는 깡그리 불한당 년이올시다. 의신은
구복[569]이 원수라, 그 댁 하인의 시키는 대로 할 따름이지, 한 가지
의신의 계교로 속인 일은 없습니다."

(판) "네 몸에 형벌을 아니 당하려거든, 그년들이 네게 와 시키
던 말도 낱낱이 고하려니와, 너의 간교로 그 댁 속이던 일을 내가
이미 알고 있으니 잔말 말고 고하렷다."

(무) "그 댁 하인의 다른 것들은 다만 심부름만 하였지요마는, 그 댁에서 안잠자는 노파, 그 댁 일을 무이어 자주장[570]하다시피 하는데, 하루는 의신의 집에를 와서 그 댁 아기 죽은 데 진배송을 내어달라 하며, 그 댁 세세한 일을 모두 가르쳐 의신더러 알아맞히는 모양을 하여 별비가 얼마가 나든지 반분하자 하옵기, 말씀이야 바로 하옵지, 무녀 되어서 그런 자리를 내어놓고 무엇을 먹고 사옵니까? 그러하오나 마침 의신이 신병이 있사와 부득이하여 저의 동무를 천거하였삽더니 그럴 줄이야 누가 알았습니까? 그년이 천하에 간특하고 의리부동한 년이라, 의신의 그 댁 단골까지 빼앗아 제가 차지하고 흥와조산을 못 할 게 없이 하였습니다. 당초에 그 댁 영감께서 베전 병문에서 회오리바람을 만나시는 것을 마침 지나다 제 눈으로 보고 앙큼한 마음으로 아무 때든지 그 댁 일을 한 번만 맡아보면 귀신이 집어 댄 듯이 말을 하여 깜짝 반하게 하리라 한 것은 아무도 몰랐더니, 그년이 그 방법을 행할 뿐 아니라 안잠 할미를 부동하여 세소한 일까지 미리 알고 가장 영한 체하여, 그 댁 재물을 빼앗아먹다 못하여 나중에는 임가라 하는 놈과 흉계를 내어, 그놈을 지관 행세를 시켜 비기를 써다 미리 고양 땅에 묻고, 그 영감을 감쪽같이 속여 넘겨 누만금을 도적하여 먹으면서도 의신에게는 이렇다 말 한마디 없었사오니, 하늘이 내려다보시지 의신은 그 댁 일에 일호도 죄가 없습니다."

(판) "그러면 너는 어디 살고, 그년은 어디 있으며, 명칭은 무엇이라 하고 그년의 비밀한 계교를 어찌 알았노?"

(무) "의신은 묘동 사압기로 묘동집이라고 남들이 부르옵고, 국

수당 무당은 성이 김가라고 그렇게 별호를 지었는지, 금방울이 금방울이 하고 모르는 사람이 없사오며, 그 비밀한 일은 그 댁에 가까이 다니는 하인들이 그년의 소위가 괘씸하여 의신곧 보면 이야기를 하옵기로 들었습니다."

함판사가 듣기를 다하고 사령을 명하여 금방울과 임지관을 성화같이 잡아들이라 분부하니, 묘동이 다시 고하되,

"동류의 일을 아무쪼록 덮어 가는 것이 서로 친하던 본의오나, 그년이 의신의 생애를 앗아 가지고 그 댁을 못살게 하온 일이 너무 분하고 가엾어 이 말씀이지, 그년이 바람 높은 기색을 미리 알아채옵고 동대문 안 양사골 제 아지미 집 건넛방 속에 임가와 같이 된장독에 풋고추 백히듯[571] 꼭 들이백혀 있습니다. 그년을 잡으시랴 하면 제 집에는 보내보실 것도 없이 이 길로 양사골로 사령을 보내셔야 잡으십니다. 그년의 벗바리[572]가 어찌 좋은지 사면에 버레줄[573]같이 늘어서 있어, 몇 시간만 지체가 되면 이 소문을 다 듣고 달아날 터이올시다."

판사가 사령에게 엄밀히 분부하여 양사동으로 보냈더니, 거무하에 연놈을 항쇄족쇄[574] 하여 잡아들였는데, 신문 한 번도 하기 전에 예서 제서 청촉이 빗발같이 쏟아져 들어오는지라. 판사가 한편 귀로 듣는 족족 한편 귀로 흘리며 속마음으로,

'아따, 이년의 세력이 어지간치 않다. 이왕으로 말하면, 북묘[575] 진령군[576]만은 하고, 근일로 말하면 삼청동 수련[577]이만은 착실한 걸. 네 아무리 청질을 해도 내가 이왕 법관 모양으로 협잡하는 터이 아니니, 무엇이 고기되어 법을 굽혀가며 호락호락히 청들을

내나! 이년, 정신없는 년, 내가 누구인 줄 알고 이따위 버르장이
를 하느냐? 매 한 개라도 더 맞아보아라!'
하고 서리같이 호령을 하여 족불리지[578]로 잡아들여, 형구를 갖추
어놓고 천둥같이 으르며 일장 신문을 하는데, 금방울같이 안차고
다라지고[579] 겁 없는 인물도 불이 어찌 되든지 말끝마다,

"죽을 혼이 들어서 그리했으니 상덕을 입어 살아지이다!"

소리를 연해 하여가며 전후 정절[580]을 개개승복하니, 임가 역시
발명무지[581]라, 다만 고개를 푹 숙이고 살기만 발원하더라. 판사가
일변 고양군에 발훈[582]하여 최옥여를 마저 압상[583]하여 일장 문초
한 후, 세 죄인을 모두 한기신징역[584]으로 선고하고, 자기 집에 돌
아와 생양정부모께 그 사실을 고하고서, 당장 노파와 삼랑들을
불러 세우더니,

(판사) "너희들의 죄상은 열 번 죽어도 남을 터이나 십분 용서
하는 것이니, 댁 문하에 다시 발그림자[585]도 하지 말고 이 길로 나
아가되, 다른 집에 가서라도 다시 그런 행실을 하여 내게 입렴[586]
곧 되고 보면 그때 가서는 죽어도 한가 말렷다."

이 모양으로 호령을 하여 두 년을 축출하니, 최씨 부인이 그 아
들 보기도 얼굴이 뜨뜻하여, 그 사지 어금니같이 아끼던 수하친
병[587]이 이 지경이 되어도 말 한마디 두호[588]하여주지 못하고, 오직
아들의 뜻대로만 백사, 만사를 좇는데, 벽장 다락 구석에 위해 앉
혔던 제석,[589] 삼신, 호구, 구능,[590] 말명,[591] 여귀 등 각색 명목과 터
주, 성주[592] 등물을 모두 쓸어내다 마당 가운데에 쌓아놓고, 성냥
한 가지를 드윽 그어 불을 질러 태워버리고, 다시 구기라고는 손

톱 반 머리만치도 아니 보는데, 그 뒤로는 그같이 번할[593] 날이 없
이 우환이 잦던 집안 식구가 돌림감기 한번을 아니 앓고, 아이들
이 나면 젖주럽[594]도 없이 숙성하게 잘 자라니.

추월색 秋月色

최찬식

　시름없이[1] 오던 가을비가 그치고 슬슬 부는 서풍이 쌓인 구름을 쓸어 보내더니, 오리알 빛 같은 하늘에 티끌 한 점 없어지고 교교[2] 한 추월색이 천지에 가득하니, 이때는 사람 사람마다 공기 신선 한 곳에 한번 산보할 생각이 도저히 나겠더라.

　밝고 밝은 그 달빛에 동경 상야공원[3]이 일폭 월세계(月世界)를 이루었으니, 높고 낮은 누대는 금벽이 찬란하며, 꽃 그림자 대 그 늘은 서로 얽혀 바다 같고, 풀끝에 찬 이슬은 낱낱이 반짝거려 아 름다운 야경이 그림같이 영롱한데, 쾌락하게 노래 부르고 오락가 락하는 사람들은 모두 달구경 하는 사람이더니, 밤은 어느 때나 되었는지 그 많던 사람들이 하나씩 둘씩 다 헤져 가고 적적한 공 원에 월색만 교결[4]한데, 그 월색 안고 불인지[5] 관월교 석난간에 의 지하여 오뚝 섰는 사람은 일개 청년 여학생이더라.

　그 여학생은 나이 십팔구 세쯤 된 듯하며, 신선한 조화로 머리

168

를 장식하고, 자줏빛 하카마[6]를 단정하게 입었는데, 그 온아한 태도가 어느 모로 뜯어보든지 천생 귀인의 집 규중에서 고이 기른 작은아씨더라.

그 여학생의 심중에는 무슨 생각이 그리 첩첩한지 힘없이 서서 달빛만 바라보는데, 그 달 정신을 뽑아다가 그 여학생의 자색을 자랑시키려고 한 듯이 희고 흰 얼굴에 밝고 맑은 광선이 비춰어 그 어여쁜 용모를 이루 형용해 말하기 어려우니 누구든지 한 번 보고 또 한 번 다시 보지 아니치 못하겠더라.

그 공원 속에 남아 있는 사람은 이 여학생 한 사람뿐인 듯하더니, 어떤 하이칼라[7]적 소년이 술이 반쯤 취하여 노래를 부르고 불인지 옆으로 내려오는데, 파나마모자[8]를 푹 숙여 쓰고, 금테 안경은 코허리에 걸고, 양복 앞섶 떡 갈라 붙인 속으로 축 늘어진 시곗줄은 월광에 태워 반짝반짝하며, 바른손에는 반쯤 탄 여송연을 손가락에 감아쥐고, 왼손으로 단장을 들어 향하는 길을 지점[9]하고 회똑회똑 내려오는 모양이, 애면[10] 부형의 재산도 꽤 없애보고, 남의 집 새악시도 무던히 버려주었겠더라.

그 소년이 이 모양으로 내려오다가 관월교 가에 홀로 섰는 여학생을 보더니 모자를 벗어 들고 반갑게 인사한다.

(소년) "아, 오래간만에 뵙습니다. 그사이 귀체 건강하시오니까?"

(여학생) "예, 기운 어떡시오?"

(소년) "요사이는 어찌 그리 한 번도 만나 뵐 수 없습니까?"

(여학생) "근일에 몸이 좀 불편해서 아무 데도 못 갔습니다."

추월색 169

(소년) "······아, 어쩐지 일요 강습회에도 한번 아니 오시기에 무슨 사고가 계신가 하고 매우 궁금히 여기던 차이올시다. 그래, 지금은 쾌차하시오니까?"

(여학생) "조금 낫습니다."

(소년) "나도 근일에 몸이 대단히 곤하여 오늘도 종일 누웠다가 하도 울적하기에 신선한 공기나 좀 쐬어볼까 하고 나왔더니, 비 끝에 달빛이야 참 좋습니다. 그러나 추월색은 영인초창이라더니, 그야말로 사람의 마음을 정히 상합니다그려······ 허······ 허······ 허."

(여학생) "······."

(소년) "그러나 산본 노파 언제 만나 보셨습니까?"

(여학생) "산본 노파가 누구오니까?"

(소년) "아따, 우리 주인 노파 말씀이오."

(여학생) "글쎄요, 언제 만나 보았던지요?"

여학생의 대답이 그치자, 소년이 무슨 말을 할 듯 할 듯하다가 아니 하고, 또 무슨 말을 하려고 입을 벙긋벙긋하다가 못 하더니 여학생의 얼굴을 다시 한 번 건너다보면서,

(소년) "그 노파에게 무슨 말씀 들어 계시지요?"

여학생은 그 말을 들었는지 못 들었는지 아무 말 없이 불쑥 돌아서며 이슬에 젖은 국화 가지를 잡고 맑은 향기를 두어 번 맡을 뿐인데, 구름 같은 살쩍[1]과 옥 같은 반뺨이 모두 소년의 눈동자 속으로 들어간다. 그 소년은 그렇게 하기 어려운 말을 한마디 간신히 하였건마는 여학생의 대답은 없으매 물끄러미 한참 보다가

말 한마디를 또 꺼내더라.

(소년) "그 노파에게도 응당 자세히 들어 계시겠지마는, 한번 조용히 만나면 할 말씀이 무한히 많던 차올시다."

그 소년은 여학생을 만나 인사하고 수작 붙이는 모양이 매우 숙친도 한 듯이 무슨 긴절한 의논도 있는 듯이 노파를 얹어가며 말하는데, 그 말 속에 무슨 은근한 말이 또 들었는지 여학생은 그 말대답 또 아니 하고 먼 산을 한 번 바라보더니,

"아마 야심한 듯하니 집으로 돌아가겠습니다. 용서하십시오." 하고 천천히 걸어 내려간다.

그 소년의 마음에는 어떠한 욕망이 있는지 여학생의 대답하는 양을 들어보려고 그 말끝을 꺼낸 듯한데, 여학생은 냉연히 사절하는 모양이니, 소년도 그 눈치를 알았을 듯하건마는 무슨 생각으로 내려가는 여학생을 굳이 따라가며 이 말 저 말 또다시 한다.

(소년) "괴로운 비가 개이더니 달빛이야 참 좋습니다. 공원이란 곳은 원래 풍경이 좋은 곳이지마는, 저 달빛이 몇 배나 공원의 생색을 더 냅니다그려. 인간의 이별하고 만나는 인연은 실로 부평[12] 같은 일이지마는, 지금 우리가 이렇게 좋은 때와 이렇게 좋은 곳에서 기약 없이 만나기는 참 뜻밖에 기회요그려……. 여보시오, 조금도 부끄러우실 것 없소. 서양 사람들은 신랑 신부가 직접으로 결혼한답디다. 우리도 소개니 중매니 할 것 없이 직접으로 의논함이 좋지 않겠습니까?"

(여학생) "다따가 그게 무슨 말씀이오?"

(소년) "이렇게 생시치미 뗼 것 있소? 아까도 말씀하였거니와

왜, 노파를 소개하여 의논하던 터가 아니오니까?"

(여학생) "기다랗게 말씀하실 것 없습니다. 노파든지 누구든지
나는 이왕이 결심한 바 있다고 말한 이상에 당신은 번거히 다시
말씀하실 필요가 없습니다. 다른 일로나 교제하실 것이요, 그 말
씀은 영구히 단념하시오."

그 여학생과 소년의 수작이 이왕도 많이 언론 되던 일인 듯한
데, 여학생은 이처럼 거절하니 소년이 사람스러운 터 같으면 이
렇게 거절당할 듯한 말을 당초에 내지 아니하였을 터이요, 또 거
절을 당하였으면 무안하여도 저는 저대로 가서 달리나 운동하여
볼 것이언마는, 또 무슨 생각이 그렇게 민첩하게 새로 생겼던지,
가장 정다운 체하고 여학생의 옆으로 바싹바싹 다가서더니,

(소년) "당신의 결심한 바는 내가 알려고 할 것 없거니와 저기
저것 좀 보시오. 어제같이 작작[13]하던 도화[14]가 어느 겨를에 다 날
아가고, 벌써 가을바람에 단풍이 들었소그려. 여보, 우리 인생도
저와 같이 오늘 청춘이 내일 백발을 정한 일이 아니오? 이처럼 무
정한 세월이 살같이 빠른 가운데 손같이 잠깐 다녀가는 우리는
이 한세상을 이렇게도 지내고 저렇게도 지내봅시다그려, 허……
허…… 허…… 허……."

소년이 그렇게 공경하던 예모[15]가 다 어디로 가고 말 그치자 선
웃음 치며 여학생의 옥 같은 손목을 턱 잡으니, 여학생은 기가 막
혀서,

(여학생) "이것이 무슨 무례한 짓이오! 점잖은 이가 남녀의 예
우를 생각지 아니하고 이런 야만의 행위를 누구에게 하시오?"

하고 손목을 뿌리치는데,

　(소년) "이렇게 큰 변 될 것 무엇 있소? 야만이 커진 문명국 사람은 악수례만 잘들 하데……. 이렇게 접문례[16]도 잘들 하고…… 하…… 하……."

하면서 한층 더해서 접문례를 하려고 달려드니, 여학생은 호젓한 곳에서 불의의 변괴를 당하매 분한 마음이 탱중[17]하나 소년의 패행[18]이 이 지경에 이르렀으니, 아무리 생각하여도 방비할 계책과 능력은 하나도 없고 다만 준절[19]한 말로 달랜다.

　(여학생) "여보시오, 해외에 유학도 하고 신사상도 있다는 이가 이런 금수의 행실을 행코자 하면 어찌하자는 말씀이오? 당신은 섬부[20]한 학문과 우월한 재화가 국가도 빛내고 천하도 경영하실 터이거늘, 지금 일개 여자에게 악행위를 더하고자 하심은 실로 비소망어평일[21]이로구려. 어서 빨리 돌아가 회개하시고, 다시 법률에 저촉지 않기를 부디 주의하시오."

　(소년) "법률이니 도덕이니 그까짓 말은 다 해 쓸 데 있나? 꽃 같은 남녀가 이런 좋은 곳에서 만났다가 어찌 무료히 그저 헤어져 갈 수 있나…… 하…… 하…… 하…… 하……."

　소년은 삼천 장 무명업화[22]가 남아미리가[23] 주 딘보라소 활화산 화염 치밀듯 하여, 예절이니 염치니 다 불고하고 음흉 난잡한 말을 함부로 내던지며 여학생의 가늘고 약한 허리를 덥석 안고 나무 수풀 깊고 깊은 곳, 육모정[24] 속 어두컴컴한 구석으로 들어가니, 이때 형세가 솔개가 병아리를 찬 모양이라. 여학생은 호소할 곳도 없이 기가 막히는 경우를 만나매 악이 바짝 나서 모만사[25]하고 젖 먹던 힘을 다 써서 항거하노라니, 두 몸이 한데 뒤틀어져서 이리로 몰리고 저리로 몰리며 죽을 둥 살 둥 모르고 서로 상지[26]한다. 어떤 사람이든지 제 욕망을 채우지 못하면 화증이 나는 법이라 소년은 불같은 욕심을 이기지 못하는 중, 여학생이 죽기를 한하고 방색[27]하는 양에 화증이 왈칵 나며 화증 끝에 악심이 생겨서 왼손으로는 여학생의 젖가슴을 잔뜩 움켜잡고, 오른손으로는 양복 허리에서 단도를 빼어 들더니,

(소년) "요년아, 너 요렇게 악지[28] 부리는 이유가 무엇이냐? 소위 너의 결심하였다는 것이 무슨 그리 장한 결심이냐? 너 이년, 너의 꽃다운 혼이 당장 이 칼끝에 날아갈지라도 너는 네 고집대로 부리고 장부의 가슴에 무한한 한을 맺을 터이냐?"

(여학생) "오냐, 죽고 죽고 또 죽고 만 번 죽을지라도 너같이 개같은 놈에게 실절[29]은 아니하겠다!"

그 말에 소년의 악심이 더욱 심하여 말이 막 그치자 번쩍 들었던 칼을 그대로 푹 찌르는데, 별안간 한 모퉁이에서 어떤 사람이, "이놈아, 이놈아!" 소리를 지르며 급히 쫓아오는 바람에 소년은 깜짝 놀라 여학생 찌르던 칼도 미처 뽑을 새 없이 삼십육계의 줄행랑을 하고 여학생은, "에그머니!" 한마디 소리에 기절하고 땅에 넘어지니 소슬한 한풍은 나무 사이에 움직이고 참담한 월색은 서천에 기울어졌더라.

소리 지르고 오는 사람은 중산모자 쓰고 후록고투[30] 입은 청년 신사인데, 마침 예비해두었던 것같이 달려들며 여학생의 몸에 박힌 칼을 빼어 들더니, 가만히 무슨 생각을 한참 하는 판에 행순[31]

174

하던 순사가 두어 마디 이상한 소리를 듣고 차츰차츰 오다가 이곳에 다다르매 꽃봉오리 같은 여학생은 몸에 피를 흘리고 땅에 누웠고, 그 옆에는 어떤 청년이 손에 단도를 들고 섰으니 그 청년은 갈데없는 살인범이라. 순사가 그 청년을 잡고 박승[32]을 꺼내더니 다짜고짜로 청년의 손목을 척척 얽어놓고 호각을 '호루룩 호루룩' 부니, 군도 소리가 여기서도 제격제격 하고 저기서도 제격제격 하며 경관이 네다섯 모여들어 여학생은 급히 병원으로 호송하고 그 청년은 즉시 경찰서로 압거하니, 이때 적요[33]한 빈 공원에 달 흔적만 남았더라.

그 여학생은 조선 사람이요, 이름은 이정임(李貞姬)인데, 이시종[34] ○○의 딸이라. 자식 사랑하는 마음이야 누가 없으리오마는, 이정임의 부모 이시종 내외는 늦게 정임을 낳으매 슬하 혈육이 다만 일개 여자뿐인 고로 그 애지중지함이 남에서 특별히 귀하게 여기는 터인데, 그 이시종의 옆집에 사는 김승지 ○○는 이시종의 죽마고우일 뿐 아니라 서로 지기[35] 하는 친구인데, 그 김승지도 역시 늙도록 아들이 없어 슬퍼하다가 정임이 낳던 해에 관옥[36] 같은 남자를 낳으니, 우없이 기뻐하여 이름을 영창(永昌)이라 하고, 더할 것 없이 귀하게 기르는 터이라. 이시종은 김승지를 만나면,

"자네는 저러한 아들을 두었으니 마음에 오죽 좋겠나. 나는 일개 여아나마 남달리 사랑하네."

하며 이야기하고 서로 친자식같이 귀애하니, 그 두 집 가정에서 일지라도 서로 사랑하기를 남의 자손같이 여기지 아니하더라.

그 두 아이가 두 살 되고 세 살 되어 걸음도 배우고 말도 옮기

매, 놀기도 함께 놀고 장난도 서로 하여 친형제도 같이 정다우며 쌍둥이도 같이 자라는데, 자라갈수록 더욱 심지[37]가 상합하여 글도 같이 읽고, 좋은 음식을 보아도 나눠 먹으며, 영창이가 아니 가면 정임이가 가고, 정임이가 아니 가면 영창이가 와서 잠시도 서로 떠나지 아니하여 그 정분이 점점 깊어가더라.

그 두 아이가 나[38]도 동갑이요, 얼굴도 비슷하고 정의도 한뜻 같으나, 다만 같지 아니한 것은 계집아이와 사내아이인 고로 정임의 부모는 영창이를 보면 대단히 부러워하고, 영창의 부모는 정임이를 보면 매우 탐을 내는 터인데, 정임이 일곱 살 먹던 해 정월 대보름날 저녁에 이시종이 술이 얼근히 취하여 마누라를 부르고 좋은 낯으로 들어오는지라, 부인은 마루로 마주 나가며,

(부인) "어디서 저렇게 약주가 취하셨소?"

(이시종) "오늘이 명일[39]이 아니오? 김승지하고 술을 잔뜩 먹었소. 노래[40]에 정붙일 것은 술밖에 없소그려…… 허…… 허……." 하면서 앞서거니 뒤서거니 안방으로 들어오더니,

(이) "마누라, 오늘 정임이 혼사를 확정하였소……. 저희끼리 정답게 노는 영창이하고……."

(부) "그까짓 바지 안에 똥 묻은 것들을 정혼이 다 무엇이오니까, 하…… 하……."

(이) "누가 오늘 신방을 차려주나……. 그래 두었다가 아무 때나 저희들 나 차거든 초례시키지……. 마누라는 일상 영창이 같은 아들 하나 두었으면 좋겠다고 한탄하지 아니했소? 사위는 왜 아들만 못한가요……. 이애 정임아, 오늘은 영창이가 어째 아니

왔느냐?"

하는 말끝이 떨어지기 전에 영창이가 문을 열고 들어오며,

(영창) "정임아 정임아, 우리 아버지는 부럼 많이 사 오셨단다. 부럼 깨 먹으러 우리 집으로 가자…… 어서…… 어서……."

(이) "허…… 허…… 허, 우리 사위 오시나, 어서 들어오게. 자네 집만 부럼 사 왔다던가? 우리 집에도 이렇게 많이 사 왔다네."

하고 벽장문을 열고 호두, 잣을 내어주며 귀한 마음을 이기지 못하여 농지거리*를 붙이며 이런 말 저런 말 하다가 사랑으로 나가고, 정임이와 영창이는 부럼을 까먹으며 속살거리고 이야기하는데,

(영창) "이애 정임아, 나는 너한테로 장가가고, 너는 나한테로 시집온다더라."

(정임) "장가는 무엇 하는 것이요, 시집은 무엇 하는 것이냐?"

(영) "장가는 내가 너하고 절하는 것이요, 시집은 네가 우리 집에 와서 사는 것이라더라."

(정) "이애, 누가 그러더냐?"

(영) "우리 어머니가 말씀하시는데 너의 아버지하고 우리 아버지하고 그렇게 이야기하셨다더라."

(정) "이애, 나는 너의 집에 가서 살기 싫다. 네가 우리 집으로 시집오너라."

두 아이는 밤이 깊도록 이렇게 놀다가 헤져 갔는데, 그 후부터는 정임의 집에서도 영창이를 자기 사위로 알고 영창의 집에서도 정임이를 자기 며느리로 인정하여 두 집 관계가 더욱 친밀해지고, 그 두 아이들도 혼인이 무엇인지 부부가 무엇인지 의미는 알

지 못하나 영창은 정임에게로 장가갈 줄로 생각하고, 정임은 영 창에게로 시집갈 줄 알더라.

정임과 영창이가 이처럼 정답게 지내더니, 영창이 열 살 되던 해 삼월에 김승지가 초산[42] 군수로 서임[43]되니 가족을 데리고 즉시 군아[44]에 부임할 터인데, 정임과 영창이가 서로 떠나기를 애석히 여기는 고로 이시종 집에서는 가권[45]을 솔거[46]하는 것이 불가하다 고 권고하나, 김승지는 가계가 원래 유족지 못한 터이라, 군수의 박봉을 가지고 식비와 교제비를 제하면 본가에 보낼 것이 남지 아니하겠으니 가족을 데리고 가는 것이 필요가 될 뿐 아니라, 설 령 가사는 이시종에게 전혀 부탁하여도 무방하겠지마는, 김승지 는 자기 아들 영창을 잠시라도 보지 못하면 애정을 이기지 못하 여 침식이 달지 아니한 터인 고로, 부득이하여 부인과 영창을 데 리고 초산으로 떠나가는데, 가는 노정은 인천으로 가서 기선을 타고 수로로 갈 작정으로 상오 구 시 남대문발 인천행 열차로 발 정[47]할새 정임이는 남문역에 나아가서 방금 떠나는 영창의 손을 잡고 서로 친절히 전별[48]한다.

(정) "영창아, 너하고 나하고 잠시를 떠나지 못하다가 네가 저 렇게 멀리 가면 나는 놀기는 누구하고 같이 놀고, 글은 누구하고 같이 읽으며, 너를 보고 싶은 생각을 어떻게 참는단 말이냐?"

(영) "나도 너를 두고 멀리 가기는 대단히 섭섭하다마는 우리 아버지, 어머니가 나를 보고 싶어 하실 생각을 하면 떨어져 있을 수 없구나. 오냐, 잘 있거라. 내 쉽사리 올라오마."

정임은 품에서 사진 한 장을 꺼내더니 그 뒷등에 '경성 중부 교

동 339'라고 써서 영창이를 주며,

(정) "이것 보아라. 이것은 내 사진이요, 이 뒷등에 쓴 것은 우리 집 통호수다. 만일 이 사진을 잃든지 통호수를 잊어버리거든 삼삼구만 생각하여라."

영창이는 사진을 받아 들고 그 말대답도 미처 못 해서 기적 소리가 '뿡뿡' 나며 차가 떠나고자 하니, 정임은 급히 차에 내려서 스르르 나가는 유리창을 향하여, "부디…… 잘 가거라" 하며 옷깃에 방울방울 떨어지는 눈물을 씻는데, 기관차 연통에서 검은 연기가 물큰물큰 올라가며 차는 살[49] 닫듯[50] 하여 어느 겨를에 간 곳도 없고, 다만 용산강 언덕 위에 멀리 의의[51]한 버들 빛만 머물렀더라.

정임이는 영창이를 전송하고 초창[52]한 마음을 이기지 못하여 집까지 울고 들어오니 이시종의 부인도 섭섭한 마음을 이기지 못하던 차에 자기 귀한 딸이 울고 들어오는 것을 보고 눈물을 흘리다가, 좋은 말로 영창이는 속히 다녀온다고 그 딸을 위로하고 달래었는데, 정임이는 어린아이라 어찌 부처[53] 될 사람의 인정을 알아 그러하리오마는, 같이 자라던 정리로 영창의 생각을 한시도 잊지 못하여 제 눈에 좋은 것만 보면 영창이에게 보내준다고 꼭꼭 싸두었다가 인편 있을 적마다 보내기도 하고, 영창의 편지를 어제 보았어도 오늘 또 오기를 기다리며, 꽃 피고 새 울 때와 달 밝고 눈 흴 적마다 시름없이 서천을 바라고 눈썹을 찡그리더라.

정임이가 영창이 생각하기를 이렇듯 괴롭게 그해 일 년을 십 년 같이 다 지내고, 그 이듬해 봄이 차차 되어오매 영창이 오기를 기

다리는 마음이 자연 생겨서,

　'떠날 때에 쉽사리 온다더니 일 년이 지내도록 어찌 아니 오노?'

하고 문밖에서 자취 소리만 나도 아마 영창이가 오나 보다, 아침에 까치만 짖어도 아마 영창이가 오나 보다 하여 하루도 몇 번씩 문밖을 내다보더니, 하루는 안마당에서 바삭바삭하는 소리에 창문을 열고 보니 사람은 아무도 없고 회리바람[54]이 삥삥 돌다가 그치는데 일기가 어찌 화창한지 희고 흰 면회[55] 담에 아지랑이가 아물아물하며 멀리 들리는 버들피리 소리가 사람의 회포를 은근히 돋우는지라, 어린 마음에도 별안간 울적한 생각이 나서 후정을 돌아가 거닐다가 보니 도화가 웃는 듯이 피었거늘, 가늘고 가는 손으로 한 가지를 똑 꺾어 가지고 들어오며,

　(정) "어머니 어머니, 도화가 이렇게 피었으니 작년에 영창이 떠나던 때가 벌써 되었습니다그려."

　(부인) "참 세월이 쉽기도 하다. 어제 같던 일이 벌써 돌이로구나."

　(정) "영창이는 올 때가 되었는데 왜 아니 옵니까? 요사이는 편지도 보름이 지내도록 아니 오니 웬일인지 궁금합니다."

　(부인) "아마 쉬 올 때가 되니까 편지도 아니 오나 보다."

　(정임) "아니, 그러면 올라올 때에 입고 오게 겹옷이나 보내줍시다. 아버지가 들어오시거든 소포 부칠 돈을 달래야지요."

하며 장문을 열고 새로 지어 차곡차곡 넣어두었던 명주 겹바지저고리와 분홍 삼팔[56] 두루마기를 내어 백지로 두어 번 싸고, 그 거

죽에 유지[57]로 또 한 번 싸서 노끈으로 열 십 자 우물 정 자로 이리
저리 얽을 즈음에, 이시종이 이마에 내 천 자를 쓰고 얼굴에 외[58]
꽃이 피어서 들어오더니,

　(이) "원…… 이런 변괴가 있나……. 응…… 응……."

　(부) "변괴가 무슨 변괴오니까?"

　(이) "응응……, 응응……."

　(부) "갑갑하니 어서 말씀 좀 하시오."

　(이) "초산서 민요[59]가 났대야."

　(부) "민요가 났으면 어떻게 되었단 말씀이오?"

　(이) "어떻게 되고 말고, 기가 막혀 말할 수 없어. 이 내부에 온
보고 좀 보아."

하고 평북 관찰사의 보고 베낀 초[60]를 내어 부인의 앞으로 던지는
데, 그 집은 원래 문한가[61]인 고로 그 부인의 학문도 신문 한 장은
무난히 보는 터이라. 부인이 그 보고초를 집어 들고 보니,

　(보고서) '관하 초산군에서 거 이월 이십팔일 하오 삼 시경에
난민 천여 명이 불의에 취집[62]하여 관아에 충화[63]하고 작석[64]을 난
투[65]하여 관사와 민가 수백 호가 연소하옵고, 이민[66] 간 사상 이십
여 인에 달하여 야료,[67] 난폭하므로 강계[68] 진위대[69]에서 병졸 일 소
대를 급파하여 익일 상오 십 시에 초히 진압되었사온데, 해[70] 군수
와 급기 가족은 행위 불명하옵기 방금 조사 중이오나 종내 종적
을 부지하겠사오며, 민요 주창자는 엄밀히 수색한 결과로 장두[71]
오 인을 포박하여 본부에 엄수[72]하옵고 자에[73] 보고함.'

　부인이 보고초를 보다가 깜짝 놀라며,

(부인) "이게 웬일이오! 세 식구가 다 죽었나 보구려."

하는 말에 정임이는 정신이 아득하여 얼굴빛이 하얘지며 아무 말 못 하고 그 모친을 한참 보다가, 싸던 옷보를 스르르 놓더니 눈에서 구슬 같은 눈물이 쑥쑥 쏟아지며 목을 놓고 우니 부인도 여린 마음에 정임이 우는 것을 보고 따라 우는데, 이시종은 영창이 생각도 둘째가 되고, 평생에 지기 하던 친구 김승지를 생각하고 비참한 마음을 억제치 못하여 정신없이 앉았다가, 다시 마음을 정돈하고 우는 정임이를 위로한다.

(이) "어찌 된 사기[74]를 자세히 알지도 못하고 울기는 왜들 울어? 정임아, 어서 그쳐라. 내일은 내가 초산을 내려가서 자세히 알아보겠다. 설마 죽기야 하였겠느냐. 참 이상도 하다. 김승지는 민요 만날 사람이 아닌데 그게 웬일이란 말이냐? 그러나 인자는 무적[75]이라는데, 김승지같이 어진 사람이 죽을 리는 없으리라……. 김승지가 마음은 군자요 글은 문장이로되, 일에 당하여서는 짝 없이 흐리것다……."

이런 말로 정임의 울음을 만류하고 가방과 양탄자를 내어 내일 초산 떠날 행장을 차려놓고 세 사람이 수색[76]이 만면하여 묵묵히 앉았더니, 하인이 저녁상을 들여다 놓고 부인을 대하여 위로하는 말이,

"놀라운 말씀이야 어찌 다 하오리까마는 설마 어떠하오리까? 너무 걱정 마시고 진지 어서 잡수십시오."

하고 나가는데, 정임이는 밥 먹을 생각도 아니 하고 치마끈만 비비 틀며 쪼그리고 앉았고, 이시종과 부인은 상을 다가놓고 막 두

어 슬쯤 뜨는 때에 어디서, "불이야! 불이야!" 하는 소리가 들리며 안방 서창에 연기 그림자가 뭉글뭉글 비치고, 마루 뒷문 밖에는 화광[77]이 충천하니, 밥 먹던 이시종은 수저를 손에 든 채로 급히 나가보니, 자기 집 굴뚝에서 불이 일어나서 한끝은 서로 돌아 부엌 뒤까지 돌고, 한끝은 동으로 뻗쳐 건넌방 머리까지 나갔는데, 솔솔 부는 서북풍에 비비 틀려 돌아가는 불길이 눈 깜짝할 사이에 온 집안에 핑 도니 이시종 집 사람들은 발을 동동 구르나 어찌할 수 없으며 여간 순검, 헌병깨나 와서 우뚝우뚝 섰으나 다 쓸데없고, 변변치 못하나마 소방대도 미처 오기 전에 봄볕에 바싹 마른 집이 전체가 다 타버리고, 그뿐 아니라 화불단행[78]이라고 그 옆으로 한데 붙은 김승지 집까지 일시에 소존성이 되었더라.

행장을 싸놓고 내일 아침 일찍이 초산 떠나려고 하던 이시종은 뜻밖에 낙미지액[79]을 당하여 가족이 모두 노숙하게 된 경위에 있으니 어찌 먼 길을 떠날 수 있으리오. 민망한 마음을 억지로 참고 급히 빈집을 구하여 북부 자하동 일백팔 통 십 호 삼십 구간 와가[80]를 사서 겨우 안돈[81]하고 나매 벌써 일주일이 지났으나, 초산 소식은 종시 묘묘[82]하니 자기와 김승지의 관계가 정리로 하든지 의리로 하든지 생사 간에 한번 아니 가보지 못할 터이라, 삼 주일 수유[83]를 얻어가지고 즉시 떠나 초산을 내려가 보니 읍내는 자기 집 모양으로 빈 터에 찬 재뿐이요, 촌가는 강계대 병정이 와서 폭민[84] 수색하는 통에 다 달아나고 개미 새끼 하나 볼 수 없으니 군수의 거취를 물어볼 곳도 없는지라, 그 인근 읍으로 다니며 아무리 탐지하여도 종내 김승지의 소식은 알 수 없고, 단지 들리는 말은 초산 군수가 글만 좋아하고 술만 먹는 고로 정사는 모두 간활[85] 한 아전의 소매 속에서 놀다가 마침내 민요를 만났다는 말뿐이라. 하릴없이 근 이십 일 만에 집으로 돌아오니, 그 부친이 다녀오면 영창의 소식을 알까 하고 눈이 빠지도록 기다리던 정임이는 낙심천만하여 한없이 비창히 여기는 모양은 눈으로 차마 볼 수 없더라.

이시종이 초산서 집에 돌아온 지 제삼 일 되던 날 관보에 '시종원 시종 이○○ 의원 면 본관'이라 게재되었으니, 이때는 갑오개혁[86] 정책이 실패된 이후로 점점 간영이 금달[87]에 출입하여 뜻있는 사람은 일병 배척하는 시대인 고로, 어떤 혐의자가 이시종 초산 간 사이를 엿보고 성총[88]에 모함한 바이라. 이시종은 시종 체임[89]된 후로 다시 세상에 나번득일[90] 생각이 없어 손을 사절하고 문을 닫으니 꽃다운 풀은 뜰에 가득하고, 문전에 거마가 드물어 동네 사람이라도 그 집이 누구의 집인지 알지 못할 만치 되었더라.

이시종은 이로부터 티끌 인연을 끊어버리고 꽃과 새로 벗을 삼아 만년을 한가히 보내고, 정임이는 그 부친에게 소학을 배워 공부하며 깊고 깊은 규중에서 적적히 지내는데, 영창이 생각은 때때로 암암[91]하여 영창이와 같이 가지고 놀던 유희 제구[92]만 눈에 띄어도 초창한 빛이 눈썹 사이에 가득하며, 혹 꿈에 영창이를 만나 재미있게 놀다가 섭섭히 깨어볼 때도 있을 뿐 아니라, 한 해 두 해 지나 철이 차차 나 갈수록 비감한 마음이 더욱 결연하여, 여편을 읽을 적마다 소리 없는 눈물도 많이 흘리는 터이건마는, 이시종 내외는 정임의 나이 먹는 것을 민망히 여겨 마주 앉기만

하면 항상 아름다운 새 사위 구하기를 근심하고 김승지 집 이야 기는 입 밖에 내지도 아니하더라.

임염[93]한 세월이 흐르는 듯하여 정임의 나이 어언간 십오 세가 되니, 그해 칠월 열이렛날은 이시종의 회갑이라. 그날 수연[94] 잔치 끝에 손은 다 헤어져 가고 넘어가는 해가 서산에 걸렸는데, 이시 종 내외는 저녁 하늘 저문 놀빛과 푸른 나무 늦은 매미 소리 손 마루 북창 앞에 나란히 앉아서 늙은 회포를 서로 이야기한다.

(이) "포말풍등이 감가련이라더니 사람의 일생이야 참 가련한 것이야. 어제 같던 우리 청춘이 어느 겨를에 벌써 회갑일세. 지나 간 날이 이렇듯 쉬 갔으니 죽을 날도 이렇게 쉬 오겠지. 평생에 사업 하나 못 하고 죽을 날이 가까우니 한심한 일이오그려."

(부) "그렇기에 말씀이오. 죽을 날은 가까우나 쓸 만한 자식도 하나 못 두었으니 우리는 세상에 난 본의가 없소그려. 정임이 하 나 시집가고 보면 이 만년 신세를 누구에게 의탁한단 말씀이오?"

(이) "그렇지마는 나는 양자할 마음은 조금도 없어. 얌전한 사 위나 얻어서 아들같이 데리고 있지."

(부) "그러한들 사위가 자식만 하겠습니까마는, 하기는 우리 죽 기 전에 사위나마 얻어야 하겠습니다……. 사위 고르기는 며느리 얻기보다 어렵다는데 요새 세상 청년들 눈여겨보면 그 경박한 모 양이 모두 제 집 결딴내고 나라 망할 자식들 같습디다. 사위 재목 도 조심해 구할 것이어요."

(이) "그야 무슨 다 그럴라구. 그런 집 자식이 그렇지."

이렇게 수작하는 때에 어떤 사람이 사랑 중문간에서, "정임아,

정임아" 부르며, "안손님⁹⁵ 아니 계시냐?" 하고 묻더니 큰기침 두
어 번 하고 들어오면서,

(어떤 사람) "누님, 저는 가겠습니다."

(부인) "그렇게 속히 가면 무엇 하나? 저녁이나 먹고 이야기나
하다가 달 뜨거든 천천히 가게그려. 어서 올라와……."

부인은 그 사람을 이처럼 만류하며 하인을 불러서,

"술상을 차려 오너라, 진지를 지어서 가져오너라."

하는데 그 사람은 정임이 외삼촌이라. 수연 치하하고 집으로 돌
아갈 터인데, 그 누님의 만류하는 정의를 떼치지 못하여 마루로
올라와 앉더니, 건넌방 문 앞에 섰는 정임이를 한참 보다가,

(외삼촌) "정임이는 금년으로 몰라보게 자랐습니다그려. 오래
지 아니하여 서랑⁹⁶ 보시게 되었는데요."

(이) "그까짓 년 키만 엄부렁하면⁹⁷ 무엇하나? 배운 것이 있어
야 시집을 가지."

(부) "그러지 아니하여도 우리가 지금 그 걱정일세, 혼처나 좋
은 데 한 곳 중매하게그려……."

(외삼촌) "중매 잘못하면 뺨이 세 번이라는데 잘못하다가 뺨이
나 얻어맞게요……. 하…… 하……."

(부) "생질 사위 잘못 얻는 것은 걱정 없고 뺨 맞는 것만 염려되
나? 하…… 하……."

(이) "허…… 허…… 허…… 허……."

(외삼촌) "혼처는 저기 좋은 곳 있습디다. 옥동 박과장의 셋째
아들인데, 나이는 열일곱 살이요, 공부는 재작년에 사범속소학교

에서 졸업하고 즉시 관립중학교에 입학하여 올해 삼 학년이 되었답디다. 그 아이는 저의 팔촌 처남의 아들인데 그 집 문벌도 훌륭하고 가세도 불빈[98]할 뿐 아니라 제일 낭자의 얼굴도 결곡하고[99] 재주도 초월하여 내 마음에는 매우 합당합디다마는 매부 의향에 어떠하신지요?"

이시종의 귀에 그 말이 번쩍 띄어,

"응, 그리해? 합당하면 하다마다. 자네 마음에 합당하면 내 의향에도 좋지 별수 있나? 나는 양반도 취치 않고, 부자도 취치 않고, 다만 낭자 하나만 고르네."

하면서 매우 기뻐하고, 정임이 외삼촌은 이런 이야기를 밤이 되도록 하다가 갔는데, 그 후로는 신랑의 선을 본다는 둥 사주를 받는다는 둥 하더니, 하루는 이시종이 붉은 간지[100] 내어 '팔월 십사일 전안[101] 납채[102] 동일선행'이라 써서 다홍실로 허리를 매어놓고 부인과 의논해가며 신랑의 의양단자[103]를 적는다. 정임이는 영창이 생각을 잊을 만하다가도 시집이니 장가니 혼인이니 사위니 하는 말을 들으면 새로이 생각이 문득문득 나는 터이라. 외삼촌이 혼처 의논할 때에도 영창이 생각이 뼈에 사무쳐서 건넌방으로 들어가 눈물을 몰래 씻으며 속마음으로,

'부모가 나를 이왕 영창에게 허락하셨으니, 나는 죽어 백골이 되어도 영창의 아내이라. 비록 영창이는 불행하였을지라도 나는 결코 두 사람의 처는 되지 아니할 터이요, 저 아저씨는 아무리 중매한다 하여도 입에선 바람만 들일걸.'

하는 생각이 뇌수에 맺혔으니 여자의 부끄러운 마음으로 그 부모

에게는 아무 말도 못 하고 지내던 터이더니, 택일단자 보내는 것을 보매 가슴이 선뜩하고 심기가 좋지 못하여 몸을 비비 틀며 참다가 못하여 그 모친의 귀에 대고 응석처럼 가만히 하는 말이라.

(정임) "나는 시집가기 싫어."

(부인) "이년, 계집아이년이 시집가기 싫은 것은 무엇이고, 좋은 것은 무엇이냐?"

(이시종) "그년이 무엇이래, 나중에는 별 망측한 말을 다 듣겠네."

(정) "아버지 어머니 보고 싶어 시집가기 싫어요."

(부) "아비 어미 보고 싶다고 평생 시집 아니 갈까, 이 못생긴 년아."

부인의 말은 철모르는 말로 돌리는 말이라. 정임이는 정색하고 꿇어앉으며,

(정) "그런 것이 아니올시다. 아버지께서 열녀는 불경이부[104]라는 글 가르쳐주셨지요. 나를 이왕 영창이와 결혼하시고, 지금 또 시집보낸다 하시니, 부모가 한 자식을 두 사람에게 허락하시는 법이 있습니까? 아무리 영창이 종적은 알지 못하나 다른 곳으로 시집가기는 죽어도 아니 하겠습니다."

이시종이 그 말을 듣더니 벌떡 일어서며 정임의 머리채를 휘어잡고 평생에 손찌검 한번 아니 하던 그 딸을 여기저기 함부로 쥐어박으며,

(이) "요년, 요 못된 년, 그게 무슨 방정맞은 말이냐! 요년, 헛줄기를 끊어놓을라. 네가 영창이 예단을 받았단 말이냐, 네가 영

188

창이와 초례를 지냈단 말이냐? 네가 간데없는 영창이 생각하고 시집 못 갈 의리가 무엇이란 말이냐, 아무리 어린년인들."

하며 죽일 년 잡쥐듯[105] 하니, 부인은 겁이 나서,

(부) "고만두시오. 그년이 어린 마음에 부모를 떨어지기 싫어서 철모르고 하는 말이지요. 어서 고만 참으시오."

(이) "요년이 어디 철몰라서 하는 말이오? 제 일생을 큰일 내고 부모의 가슴에 못 박을 년이지……. 우리가 저 하나를 길러서 죽기 전에 서방이나 얻어 맡겨 근심을 잊을까 하는 터에……, 요년이……."

하며 또 한참 때려주니, 부인은 놀랍고 가엾은 마음에 살이 떨리고 가슴이 저려서 달려들며 이시종의 손목을 잡고 정임이 머리를 뜯어놓아 간신히 말렸더라.

이시종은 원래 구습을 개혁할 사상이 있는 터인 고로, 설령 그 딸이 과부가 되었을지라도 개가라도 시킬 것이요, 정혼하였던 것을 거리껴서 딸의 일평생을 그릇하지 아니할 사람이라. 정임의 가슴 속에 철석같이 굳은 마음은 알지 못하고 다만 자기 속마음으로

'정임이 말도 옳지 아니한 바는 아니로되, 내 생각을 하든지 정임이 생각을 하든지 소소한 일로 전정에 대불행을 취함이 불가하다.'

생각하여, 정임이를 압제 수단으로 그런 말은 다시 못 하게 하여놓고, 그날부터 침모[106]를 부른다, 숙수[107]를 앉힌다 하여 바삐 바삐 혼례를 준비하는데, 받아놓은 날이라 눈 깜짝할 사이에 벌

써 열사흘 날 저녁이 되었으니, 그 이튿날은 백마 탄 새 신랑이 올 날이라. 정절이 옥 같은 정임의 마음이야 과연 어떠하다 하리오. 건넌방에 혼자 누웠으니, 이 생각 저 생각 별생각이 다 난다. 부모의 뜻을 순종하자 하니 인류의 죄인이 되어 지하에 가서 영창을 볼 낯이 없을 뿐 아니라 이는 부모의 뜻을 순종함이 아니요, 곧 부모를 옳지 못한 사람을 만드는 것이요, 부모의 뜻을 좇지 아니하자 하니 그 계책은 죽는 수밖에 없는데, 늙은 부모를 두고 참혹히 죽으면 그 죄는 차라리 시집가는 것이 오히려 경할지라. 아무리 생각하여도 어찌할 줄 모르다가 한 생각이 문득 나며 혼잣말로,

'시집이란 것이 다 무엇 말라죽은 것이야! 서양 사람은 색시 부인도 많다더라.'

하고 벌떡 일어서서 안방으로 들어가 보니, 그 부모는 잔치 분별하기에 종일 근로하다가 막 첫잠이 곤히 든 모양이라. 문갑 서랍에 열쇠 패를 꺼내 가지고 골방으로 들어가 금고를 열고 십 원권, 오 원권을 있는 대로 집어내어 손가방에 넣어서 들고 나오니, 시계는 아홉 점을 댕댕 치는데, 안팎으로 들락날락하며 와글와글하던 사람들은 하나도 없이 괴괴하고, 오동나무 그림자는 뜰에 가득하며 벽 틈에 여치 소리가 짤깍짤깍할 뿐이라. 다시 건넌방으로 들어가 종이를 내어 편지 써서 자리 위에 펴놓고 나와서, 그길로 대문을 나서며 한 번 돌아보니, 부모의 생각이 마음을 찌르나, 억지로 참고 두어 걸음에 한 번씩 돌아보며 효자문 네거리 와서 인력거를 불러 타고 남대문 밖을 나서니, 이때 가을 하늘에 얇은

구름은 고기비늘같이 조각조각 연하고, 그 사이로 한 바퀴 둥근 달이 밝은 광채를 잠깐 자랑하고 잠깐 숨기는데, 연약한 마음이 자연 상하여 흐르는 눈물을 씻고 또 씻는 사이에 벌써 인력거 채를 덜컥 놓는데 남대문 정거장에서 요령 소리가 덜렁덜렁 나며 붉은 모자 쓴 사람이,

"후상, 후상, 후상 오이데마셍까?"[108] 하고 외는 소리가 장마 속 논 가에 맹꽁이 끓듯 하니, 이때는 하오 십 시 십오 분 부산 급행차 떠나는 때라. 인력거에서 급히 내려 동경까지 가는 연락차표를 사 가지고 이등 열차로 오르니 호각 소리가 '호르륵' 나며 기관차에서 '파 푸 파 푸' 하고 남대문이 점점 멀어지니, 앞길에 운산[109]은 창창하고 차 뒤에 연하[110]는 막막하더라.

그 빠른 차가 밤새도록 가다가 그 이튿날 아침에 부산에 도착하니, 안방에서 대문 밖도 자세히 모르고 지내던 정임이는 처음 이렇게 멀리 온 터이라. 집에 있을 때에 동경을 가자면 남문역에서 연락차표를 사 가지고 부산 가서 연락선 타고 하관[111]까지 가고, 하관서 동경 가는 차를 다시 타고 신교[112]역에서 내린다는 말을 듣기는 들었지마는, 남문역에서 부산까지는 왔으나 연락선 정박한 부두 가는 길을 알지 못하여 정거장 머리에서 주저주저하다가,

"화륜선 타는 선창을 어디로 가오?"
하고 물으매 이 사람도 물끄러미 보고, 저 사람도 물끄러미 보니 정임이가 집 떠날 때에 머리는 전반같이[113] 땋은 채로 옷은 분홍 춘사[114] 적삼, 옥색 모시 다린 치마 입었던 채로 그대로 쑥 나온 그 모양이라. 누가 이상히 보지 아니하리오. 그 많은 내외국 사람이

모두 여겨보더니, 그중에 어떤 사람이 아래위를 한참 훑어보다가,

"여보 작은아씨, 이리 와. 내가 부두까지 가는 길을 가르쳐줄 터이니."

하고 앞서서 가는데, 말쑥이 비치는 통량[115]갓 속으로 반드르르한 상투는 외로 똑 떨어지고 후줄근한 왜사[116] 두루마기는 기름때가 조르르 흘렀더라.

정임이가 약기는 참새 굴레 쌀 만하지마는[117] 세상 구경은 처음 같은 터이라. 다른 염려 없이 그 사람을 따라 부두로 나가는데, 부두로 갈 것 같으면 사람 많이 다니는 탄탄대로로 갈 것이언마는 이 사람은 정임이를 끌고 꼬불꼬불하고 좁디좁은 골목으로 이리 뺑뺑 돌고 저리 뺑뺑 돌아가다가, 어떤 오막살이 높은 등 달린 집으로 들어가며,

(그 사람) "나는 이 집에서 볼일 좀 보고 곧 가르쳐줄 것이니 이리 잠깐 들어와."

정임이는 배 탈 시간이 늦어가는가 하고 근심될 뿐 아니라 여자의 몸이 낯선 곳에 혼자 와서 사나이 놈 따라 남의 집에 들어갈 까닭이 없는 터이라.

(정임) "길 모르는 사람을 이처럼 가르쳐주고자 하시니 대단히 고맙습니다. 나는 여기서 잠깐 기다릴 터이니 어서 볼일 보십시오."

하고 섰더니, 그 사람이 그 집으로 들어간 지 한참 만에 어떤 계집 두 년이 머리에는 왜밀 뒤범벅을 해 붙이고 중문간에서 기웃기웃 내다보며,

"아이그, 그 처녀 얌전도 하다. 아마 서울 사람이지" 하고 나오더니,

"여보, 잠깐 들어오구려. 같이 오신 손님은 지금 담배 한 대 잡숫는데요. 우리 집에는 아무도 없소. 여편네가 여편네들만 있는 집에 들어오는 것이 무슨 관계 있소? 어서 잠깐 들어왔다 가시오" 하며 한 년은 손목을 잡아당기고 한 년은 등을 미는데, 어찌할 수 없이 안마당으로 들어섰다. 길 가르쳐주마던 사람은 마루 끝에 걸터앉아 담배를 먹다가 정임이를 보더니,

(그 사람) "선창을 물으면 배 타고 어디를 가는 길이야?"

(정임) "동경까지 갑니다."

(그 사람) "집은 어디인고?"

(정임) "서울이야요."

(그 사람) "동경은 무엇 하러 가?"

(정임) "유학하러요."

(그 사람) "유학이고 무엇이고 저렇게 큰 처녀가 길도 모르고 어찌 혼자 나섰어?"

(정임) "지금같이 밝은 세상에 처녀 말고 아무라도 혼자 나온들 무슨 관계 있습니까?"

(그 사람) "이름은 무엇이고 나이는 몇 살이야?"

이렇게 자세히 묻는 바람에 정임이는 의심이 나며, 서울 뉘 집 아들도 일본으로 도망해 가다가 그 집에서 부산 경찰서로 전보하여 붙잡아 갔다더니, 아마 우리 아버지께서 전보한 까닭으로 경찰서에서 별순검을 보내 조사하나 보다 하는 생각이 나서,

(정임) "배 탈 시간이 늦어가는데 길도 아니 가르쳐주고 남의 이름과 나이는 알아 무엇 하려오?"

하고 돌아서서 나오는데 그 사람이 달려들며 잡담 제하고 끌어다가 뒷방에 넣고 방문을 밖으로 걸더라.

그 사람은 색주가[118] 서방인데, 서울 사람과 상약하고 어떤 집 계집아이를 색주가 감으로 꾀어내는 판이라. 서울 사람은 그 계집아이를 유인하여 어느 날 몇 시 차로 보낼 것이니 아무쪼록 놓치지 말고 잘 단속하라는 약조가 있는 터에, 그 계집아이는 아니 오고 애매한 정임이가 걸렸으니 아무리 소리를 지른들 무엇 하며, 야단을 친들 무슨 수가 있으리오마는, 하도 무리한 경우를 당하여 기가 막히는 중에,

'이렇게 법률을 무시하는 놈을 여러 사람에게 알리면 도리가 있으리라' 생각하고 한 번 악을 쓰고 소리를 질렀더니, 그놈이 감언이설로 달래다 못하여 회초리 찜질을 대는 판에 전신이 피뭉치가 되고 과연 견딜 수 없을 뿐 아니라, 죽고자 하여도 죽을 수도 없으니 이런 일은 평생에 듣지도 보지도 못하다가 꿈결같이 이 지경을 당하매 분한 마음이 이를 것 없으나 어찌할 수 없이 갇혀 있더니, 사흘 되던 날 밤에 문틈으로 풍뎅이 한 마리가 들어와서 쇠잔한 등불을 쳐 끄는데 갑갑하고 무서운 생각이 나서 불이나 켜놓고 밤을 새우리라 하고, 들창 문지방을 더듬더듬하며 성냥을 찾으니, 성냥은 없고 다 부러진 대까칼[119]이 틈에 끼여 있는지라, 그 칼을 집어 들고 이리 할까 저리 할까 한참 생각하다가 마침내 문창살을 오린다. 칼도 어찌 잘 들고 힘도 어찌 세던지 밤새도록

겨우 창살 한 개를 오리고 나니, 닭은 세 홰를 울고 먼촌에 개 짖는 소리가 나는데 그 창살 오려낸 틈으로 밖에 걸린 고리를 벗기고 가만히 나오니 죽었다가 살아난 듯이 상쾌한지라, 차차 큰길을 찾아가며 생각하니,

'이번에 이 고생한 것도 도시 의복을 잘못 차린 까닭이요, 또 동경을 가더라도 조선 의복 입은 사람은 하등 대우를 한다는데, 이 모양으로는 아무 데도 가지 못하겠다' 하고 어느 모퉁이에 서서 날 밝기를 기다려가지고 곧 오복점[120]을 찾아가서 일본 옷 한 벌을 사서 입고, 그 오복점 주인 여편네에게 간청하여 머리를 끌어올려 일본 쪽을 찌고, 또 그 여편네에게 선창 가는 길을 물어서 찾아가니, 이때 마침 연락선 일기환이 떠나는지라, 즉시 그 배를 타고 망망한 바다 빛이 하늘에 닿은 곳으로 가더라.

이 같은 곤란을 지내고 동경을 향하여 가는 정임이가 삼 일 만에 목적지 신교역에 내리니, 그 시가의 화려하고 번창함이 참 처음 보는 구경이나, 여관을 어디로 가는지 모르고 한참 방황하다가 덮어놓고 인력거에 올라앉으니, 별안간 말하는 벙어리, 소리 듣는 귀머거리가 되어 인력거꾼의 묻는 말을 대답하지 못하고, 다만 손을 들어 되는대로 가리키니 인력거는 가리키는 대로 가고, 정임이는 묻는 대로 가리켜서 이리저리 한없이 가다가 어느 곳에 다다르니, '상야관'이라 현판 붙인 집 앞에서 오고 가는 사람에게 광고를 돌리는데, 그 광고 한 장을 받아 보니 무슨 말인지 의미는 알 수 없으나, 단지 숙박료 일등에 얼마, 이등에 얼마라고 늘어 쓴 것을 보매 그 집이 여관인 줄 알고 인력거를 내려 들어가

니, 벌써 여종과 반또[121] 들이 나와 맞으며 들어가는 길을 인도하는지라. 인하여 그 집에 여관을 정하고 우선 여관 주인에게 일본 말을 배우니, 원래 총명이 과인하고 학문도 중학교 졸업은 되는 터이라, 일곱 달 만에 못 할 말 없이 능통할 뿐 아니요, 문법도 막힐 곳 없이 무슨 서적이든지 능히 보게 되매, 그해 봄에 '소석천 구'[122] 일본 여자대학에 입학하였는데, 그 심중에는 항상 부모의 생각, 영창이 생각, 자기 신세 생각이 한데 뒤뭉쳐서 주야로 간절한 터이라. 그러한 뇌심[123] 중에 공부도 잘되지 아니하련마는 시험 볼 적마다 그 성적이 평균점 일공공(100)에 떨어지지 아니하여 해마다 최우등으로 진급되니, 동경 여학생계에 이정임의 이름을 모를 사람이 없이 명예가 굉장하더라.

하루는 학교에서 하학하고 여관으로 돌아오니, 어떤 여학도가 무슨 청첩을 가지고 와서 아무쪼록 오시기를 바란다고 간곡히 말하고 가는데, 그 청첩은 '여학생 일요강습회 창립총회' 청첩이요, 그 취지는 여학생이 일요일마다 모여서 학문을 강습하자는 뜻이라. 정임이는 근심이 첩첩하여 만사가 무심한 터이지마는, 그 취지서를 본즉 매우 아름다운 일인 고로 그날 모인다는 곳으로 갔더니, 여학생 수십 명이 와서 개회하고 임원을 선정하는데 회장은 이정임이요, 서기는 산본영자라. 정임이는 억지로 사양치 못하고 회장석에 출석하여 문제를 내어 걸고 차례로 강연한 후에 장차 폐회할 터인데, 이때에 어떤 소년이 서기 산본영자의 소개를 얻어 회석에 들어오더니, 자기는 조선 유학생 강한영이라 하며, 강습회 조직하는 것을 무한히 칭찬하고, 이 회에 쓰는 재정은 자기가 찬성[124]적으로 어디까지든지 전담하겠노라 하고 설명하며, 우선 금화 백 원을 기부하는 서슬에 서기의 특청으로 강소년이 그 회의 재무 촉탁이 되었는데, 이때부터 강소년은 일요일마다 정임을 만나면 지극히 반가워하고 대단히 정답게 굴어서 아무쪼록 친근히 사귀려고 하며, 혹 어떤 때는 공원으로 놀러 가자기도 하고, 야시[125] 구경도 같이 가자기도 하나, 정임의 정중한 태도는 비록 여자끼리라도 특별히 친압[126]하지 아니하거늘, 하물며 남자와 한가지 구경 다닐 리가 있으리오. 그런 말 들을 적마다 정숙한 말로 대답하매 다시는 그런 말을 못 하는 터이요, 산본영자도 종종 여관으로 찾아오는데, 하루는 어떤 노파가 와서 자기는 산본 영자의 모친이라 하며 자기 딸과 친절히 지내니 감사하다고 치하하고 가더니, 그 후로는 자주자주 다니며 혹 과자도 갖다 주며, 혹 화장품도 사다 주어 없던 정분을 갑자기 사고자 하며, 가끔가다가 던지는 말로 여자의 평생 신세는 남편을 잘 만나고 못 만나기에 있다고 이야기하더라.

정임이 동경 온 지가 어언간 다섯 해가 되어 그해 하기 시험에 졸업하고, 증서 수여식 날 졸업장과 다수한 상품을 타매, 그 마당에 모인 고등 관인과 내외국 신사들의 칭송이 빗발치듯 하니 그런 영광을 비할 곳이 없을 뿐 아니요, 그 졸업장 한 장이 금 주고 바꾸지 아니할 만치 귀한 것이라 그 마음에 오죽 기쁘리오마는, 정임이는 찬양도 귀에 심상히 들리고 좋은 마음도 별로 없어 즉시 여관으로 돌아와 삼층 장자[127]를 열고 난간에 의지하여 먼 하늘에 기이한 구름 피어오르는 것을 바라보며, 내두의 거취를 어떻게 할까 생각하고 앉았는데 산본 노파가 오더니 졸업한 것을 치하한다.

(노파) "이번에 우등으로 졸업하였다니 대단히 감축한 일이오 그려. 듣기에 어찌 반가운지 내가 치하하러 왔지요."

(정임) "감축이랄 것 무엇 있습니까?"

(노파) "저렇게 연소한 터에 벌써 대학교 졸업을 하였으니 참 고마운 일이야. 내 마음에 이처럼 반가울 적에 당신이야 오죽 기쁘며, 부모가 들으시면 얼마나 좋아하시겠소."

(정임) "나는 좋을 것도 없습니다. 학교 교사 여러 분의 덕택으로 졸업은 하였으나 아무것도 아는 것은 없으니 무엇이 좋습니까?"

(노파) "그런 겸사는 다 고만두시오. 내가 모른다구요?…… 그러나 우리 딸 영자야말로 인제 겨우 고등과 이년 급이니 언제나 대학교 졸업을 할는지요? 당신을 쳐다보자면 고소대[128] 꼭대기 같지."

(정임) "별말씀을 다 하십니다. 영자의 재조로[129] 잠깐이지요. 근심하실 것 무엇 있습니까."

(노파) "당신은 얼굴도 어여쁘고 마음도 얌전하거니와 재조는 어찌 저렇게 비상하며, 학문은 어찌 저렇게 좋소? 나는 볼 적마다 부러워."

(정임) "천만의 말씀이오."

(노파) "당신은 시집을 가더라도 얼굴이 저와 같이 곱고 학문도 대학교 졸업한 신랑을 얻어야 하겠소."

(정임) "……."

(노파) "이 세상에는 저와 같은 짝이 없을걸."

(정임) "……."

(노파) "남녀 물론하고 혼인은 부모가 정하는 것이지마는, 이이십 세기 시대에야 부모가 혼인 정해주기를 기다리는 사람이 누가 있나? 혼인이란 것은 제 눈에 들고 제 마음에 맞는 사람과 할 것인걸."

(정임) "……."

(노파) "왜 아무 이야기도 아니 하고 얼굴에 근심하는 빛이 있으니 웬일이오? 내가 혼인 이야기를 하니까 아마 시집갈 일이 근심되나 보구려. 혼인은 일평생에 큰 관계가 달린 일인데, 어찌 근심이 되지 아니하리까? 그렇지마는 근심할 것 없소. 내가 좋은 혼처 천거하리다. 이 말이 실없는 말 아니오. 자세히 들어보시오. 내가 남의 중대한 일에 잘못 소개할 리도 없고, 또 서양 사람이나 아미리가 사람에게 천거하는 것이 아니라, 같은 나라 사람이자 또 자격이 당신과 똑같은 터이니, 두고두고 평생을 구한들 어찌 그런 합당한 곳을 고를 수 있으리까? 다른 사람이 아니라 일요강습회에 다니는 강한영씨 말씀이오. 당신도 많이 만나 보셨겠지마는 얼굴인들 좀 얌전하며, 재조인들 여간 좋습더니까. 그 양반이 내 집에 주인을 정하고 삼 년을 나와 같이 지내는데, 그 옥 같은 마음은 오던 날이나 오늘이나 마찬가지요, 학문으로 말하더라도 이번에 대학교 법률과 졸업을 하였으니 당신만 못하지 아니하고, 재산으로 말하더라도 조선에 몇째 아니 가는 부자랍디다. 내가

조선 사람의 부자이고 아닌 것을 어찌 알겠소마는, 이곳에 와서 돈 쓰는 것만 보면 알겠습디다. 그 양반이 돈을 써도 공익적으로나 쓰지, 외입[130] 한번 하는 것도 못 보았어요. 만일 내 말이 못 믿거든 본가로 편지라도 해서 알아보고, 망설이지 말고 혼인 정하시오. 그 집은 대구인데 이번에 나가면 서울로 이사한답디다. 암만 골라도 이러한 곳은 다시 구경도 못 할 터이니 놓쳐버리고 후회할 것 없이 두말 말고 정하시오. 당신도 그 양반을 모르는 터이아니거니와 이 늙은 사람이 설마 남 못 할 노릇 시키려고 거짓말할 리 있소? 다시 생각할 것 없이 내 말대로 하시오."

그 노파는 졸업 치하가 변하여 혼인 소개가 되더니 잔말을 기다랗게 늘어놓는데 정임이는 조금도 듣기가 귀찮은 터이라,

(정임) "그러하겠습니다. 여자가 되어 시집가는 것도 변 될 일이 아니요, 당신이 혼인 중매하시는 것도 괴이치 아니한 터이나, 그러나 나는 집 떠날 때로부터 마음에 정한 바이 있어 다시는 변통 못 할 사정이올시다. 그 사정은 말할 필요가 없거니와 만일 내가 시집을 갈 것 같으면 그런 좋은 곳을 버리고 어떤 곳을 다시 구하리까마는, 내가 시집 아니 가기로 결심한 이상에야 다시 할 말 있습니까? '혼인' 이자[131]에 대하여서는 두 말씀 마시기를 바랍니다."

이처럼 싹도 없이 끊어 말하매 노파는 다시 말 못 하고 무연히[132] 돌아갔는데, 그 후로부터 일요강습회에도 다시 가지 아니하고 있더니, 집 생각이 간절하여 집에 돌아가 늙은 부모나 봉양하고 여학교나 설립하여 청년 여자들이나 가르치며 오는 세월을 보내리

라 하고 귀국할 행장을 차리는 중인데, 하루는 궂은비가 종일 와서 심기가 대단히 울적하던 차에, 비 개고 달 돋아오는 경이 하도 좋기에 옷을 갈아입고 상야공원에 가서 달구경 하고 오다가 불인지 가를 지나며 보니, 패한[133] 연엽[134]에는 비 흔적을 머무르고, 맑고 맑은 물결에는 위에도 관월교요, 밑에도 관월교라. 그 운치를 사랑하여 돌아갈 줄을 잊어버리고 섰더니, 그 악소년을 만나 칼침을 맞고 병원으로 갔는데, 병원에서 의사가 상처를 진찰하니 창흔[135]은 후문[136]을 비키고 빗나갔고, 창구[137]는 이분[138]이며 심은 일 촌에 지나지 못하여 생명은 아무 관계 없고 놀라서 잠시 기색[139]한 모양이라. 의사는 응급 수술로 민속[140]히 치료하였으나 정임이는 그러한 광경을 생후에 처음 당하여 어찌 혹독히 놀랐던지 종시 혼도[141]하였다가 간신히 정신을 차려 눈을 떠 보니, 동편 유리창에 볕이 쩡쩡히 비치고, 자기는 높은 와상[142]에 흰 홑이불을 덮고 누웠는지라 어찌 된 곡절을 몰라 속생각으로,

'여기가 어디인가? 우리 여관에는 저렇게 볕들어본 적도 없고 이러한 와상도 없는데, 내가 뉘 집에 와서 이렇게 누웠나? 애고, 이상도 하다. 내가 아마 꿈을 이렇게 꾸나 보다' 하고 정신을 수습하는 때에, 의사가 간호부를 데리고 들어오는 뒤에 순사가 따라오는 것을 보고 그제야 전신에 소름이 쪽 끼치며, 어젯밤 공원 생각이 나는데 의사가 창구를 씻고 약을 갈아 붙이더니, 순사가 앞으로 다가서며 자세자세 묻는다.

(순사) "당신의 성명은 누구라 하오?"

(정임) "이정임이올시다."

(순) "연령은 얼마요?"

(정) "십구 세올시다."

(순) "당신의 집은 어디요?"

(정) "조선 경성 북부 자하동 일백팔 통 십 호올시다."

(순) "당신의 부친은 누구요?"

(정) "이○○올시다."

(순) "부친의 직업은 무엇이오?"

(정) "우리 부친은 관인이더니 지금은 벼슬 없고, 전직은 시종원 시종이올시다."

(순) "형제는 몇 분이오?"

(정) "이 사람 하나뿐이올시다."

(순) "당신이 무슨 일로 동경에 왔소?"

(정) "유학하기 위하여 왔습니다."

(순) "그러시오? 그러면 여관은 어디며, 어느 학교 몇 연급에 다니오?"

(정) "여관은 하곡구 거판정 십일 번지 상야관이요, 학교는 일본 여자대학에 다니더니 거¹⁴³ 칠월 십일에 졸업하였습니다."

(순) "매우 고마운 일이오마는……. 어젯밤에 행흉¹⁴⁴하던 놈은 아는 놈이오, 모르는 놈이오?"

(정) "안면은 두어 번 있었지요."

(순) "안면이 있으면 그놈의 성명을 알며, 어디서 보았소?"

(정) "성명은 강한영이요, 만나 보기는 여학생 일요강습회에서 만나 보았습니다."

(순) "성명을 들으니 그놈도 조선 사람이오그려……. 그놈의 원적지와 유숙하는 여관은 어디인지 아시오?"

(정) "본국 사람이로되 거주도 모르고, 여관도 어디인지 알 수 없으나 그 주인은 산본이랍디다."

(순) "그러면 무슨 이유로 저 일을 당하였소?"

(정) "이유는 아무 이유도 없습니다……. 여자가 되어 세상에 난 죄악이지요."

정임이는 그 말 그치며 두 눈에 눈물이 핑 도는데, 순사가 낱낱이 조사하여 수첩에 기록해 가지고 매우 가엾다고 위로하며 의사를 향하여 아무쪼록 잘 보호하고 속히 치료해주라고 부탁하고 나가더라.

정임이가 이러한 죽을 욕을 보고 병원에 누웠으매 처량하기도 이를 것이 없고 별생각이 다 나는데,

'내가 집을 버리고 멀리 떠나서 늙은 부모의 걱정을 시키니, 이런 죄악을 왜 아니 당할 리 있나. 그렇지마는 내가 부모를 저버린 것이 아니요, 중대한 의리를 지킨 일이니, 아무리 어떠한 죄를 당할지라도 조금도 신명에 부끄러울 것은 없어. 내가 어려서 부모에게 귀함 받고 영창이와 같이 자랄 때에 신세가 이 지경 될 줄 누가 알았던가? 그러나 나는 무슨 고생을 하든지 이 세상에 살아 있거니와, 백골이 어느 곳에 헤어진지 알지 못하는 영창의 외로운 혼이 불쌍치 아니한가! 내가 바삐 지하에 돌아가 영창이를 만나서 어서 이런 말을 좀 하였으면 좋겠구만, 부모 생각에 할 수 없지……, 허……. 나의 한 몸이 천지의 이기[145]를 타고 부모의 혈

육을 받아 이 세상에 한 번 나온 것이 전만고후만고[146]에 다시 얻
기 어려운 일인데, 이렇게 아까운 일생을 낙을 모르고 지내다가
죽는단 말인가. 참 팔자도 기박도 하다. 생각을 하면 간이 녹아
신문이나 보고 잊어버리겠다' 하고 간호부를 불러 신문 한 장을
가져오래서 잠심[147]하여 보는데 제삼면 잡보란[148]에,

'김영창(연 십구)이라 하는 사람이 어떤 여학생과 무슨 감정이
있던지 재작일 하오 십일 시경에 상야공원 불인지 가에서 칼로
찌르다가 하곡구 경찰서로 잡혀갔는데, 그 사람은 본디 조선 사
람으로 영국 문과대학에서 졸업한 자이라더라' 게재하였는지라.
이 잡보를 보다가 하도 이상하여 한 번 다시 보고 또 한 번 더 훑
어보아도 갈데없이 자기의 사실인데, 행패하던 놈의 성명이 다르
매 더욱 이상하여 혼잣말로,

'아이고, 이상도 하다. 이 말이 정녕 내 말인데, 그놈이 강가 아
니요, 김영창이란 말은 웬 말이며, 영국 문과대학 졸업이란 말은
웬 말인고? 아마 신문에 잘못 게재하였나 보다. 내가 영창이 생각
을 잊어버리자고 신문을 보더니……' 하고 신문을 땅에 던지다가
다시 집어 들고,

"김영창……, 김영창……, 문과대학 졸업?"
하며 무슨 생각을 새로 하는 때에 누가 어떤 엽서 한 장을 주고
나가는데 그 엽서는 재판소 호출장이라. 그 엽서를 받아두고 병
낫기를 기다리더니, 병원에 온 지 일주일이 되매 상처도 완전히
치료되고 재판소에서 부르는 일자가 되었는지라. 병원에서 퇴원
하여 여관으로 돌아가는 길에 곧 재판소로 가더라.

정임의 마음에 이렇듯이 새기고 새겨둔 영창이는 정임을 이별하고 부모를 따라 초산으로 온 후에 날이 가고 해가 갈수록 역시 정임이가 영창이 생각함이나 진배없이[149] 정임을 생각하며 가고 또 오는 날을 괴로이 지내더니, 하루는 정임에게서 편지가 와서 반갑게 떼어 본다.

　(편지) 이별할 때에 푸르던 버들이 다시 푸르르니 하늘가를 바라보매 눈이 뚫어지고자 하나 바다는 막막하고 소식은 없으니, 난간에 의지하여 공연히 창자가 끊어질 뿐이요, 해는 가까우나 초산은 멀며, 바람은 가벼우나 이 몸은 무거워서 날아다니는 술업[150]은 얻지 못하고 다만 봄꿈[151]으로 하여금 괴롭게 하니, 생각을 하면 마음이 상하고 말을 하자니 이가 시구나.

　이러한 만지장서[152]를 채 다 보지 못하고 막 시작하여 여기까지 보는데 삼문 밖에서 별안간 우지끈뚝딱하며,

　"아 우!" 하는 소리가 나더니 봉두난발[153]도 한 놈, 수건도 쓴 놈들이 혹 몽둥이도 들고, 혹 돌도 들고 우 몰려 들어오면서 우선 이방,[154] 형방,[155] 순로, 사령을 미친 개 때리듯 하며, 한 떼는 대청으로 올라와서 군수를 잡아 내리고, 한 떼는 내아[156]에 들어가서 부인을 끌어내어 한 끈에다가 비웃[157] 두름[158] 엮듯이 동여 앉히고 여러 놈이 둘러서서 한 놈은,

　"물을 끓여라!"

　한 놈은,

　"장작더미에 올려 앉혀라!"

　한 놈은,

"석유를 끼얹어라!"

한 놈은,

"구덩이를 파라!"

또 한 놈은,

"이애들, 아서라. 학정[159]은 모두 아전 놈의 짓이지 그 못생긴 원 놈이야 술이나 좋아하고 글이나 잘 짓지 무엇을 안다더냐? 그럴 것 없이 짚둥우리나 태서[160] 지경이나 넘겨라."[161]

하는데, 그중 한 놈이 쑥 나서며,

"그럴 것 없이 좋은 수 있다. 두 연놈을 큰 뒤주 속에 한데 넣어서 강물에 띄워버리자."

하더니 그 여러 놈들이,

"이애, 그 말 좋다……, 자……."

하며 뒤주를 갖다가 군수 내외를 집어넣고 자물쇠를 채우고 진상 가는 꿀 병 동이듯[162] 이리 층층 얽고 저리 층층 얽어서 여러 놈이 떠메고 압록강으로 나가는데, 정임이 편지 보던 영창이는 창졸간에 하늘이 무너지고 땅이 꺼지는 듯한 난리를 만나매 어찌할 줄 모르고 몸부림을 하며 아버지, 어머니를 부르고 울다가, 메고 나가는 뒤주를 쫓아가니 어떤 놈은 귀퉁이도 쥐어박고, 어떤 놈은 발길로 차기도 하며, 어떤 놈은,

"이애, 요놈은 작은 도적놈이다. 요런 놈 씨 받아서는 못쓰겠다. 요놈도 마저 뒤주 속에 넣어라."

하더니, 또 어떤 놈이 와서,

"아서라, 그까짓 어린 자식 놈이야 무슨 죄가 있느냐? 그렇지마

는 요놈이 이렇게 잘 입은 비단옷도 모두 초산 백성의 피 긁은 것
이니 이것이나마 입혀 보낼 것 없다."
하고 달려들며 입은 옷을 다 벗기고, 지나가는 거지 아이의 옷 해
진 틈틈이 서캐,[163] 이가 터진 방앗공이에 보리알 끼듯 한[164] 것을
바꿔 입혀서 땅에 발이 붙지 않도록 들어 내쫓는다. 그 지경 당하
는 영창의 마음에는, 자기는 죽인대도 겁날 것 없으되, 무죄한 부
모가 참혹히 죽는 것이 비할 데 없이 통애[165]한 생각에,

    '나도 압록강에나 가서 기어코 우리 부모 들어앉아 계신 뒤주
라도 붙들고 죽으리라.'
하고 굴청·언덕을 헤아리지 아니하고 엎드러지며 자빠지며 압록
강을 향하고 가는데, 읍내서 압록강이 몇 리나 되던지 밤새도록
가다가 어느 곳에 다다르니 위도 하늘 같고 아래도 하늘 같은 물
빛이 보이는데, 사면은 적적하고 넓고 넓은 만경창파[166]에 총총한
별빛만 반짝반짝하며 오열[167]한 여울 소리가 슬피 조상[168]하는 듯
할 뿐이요, 자기 부모는 어디로 떠나갔는지 알 수 없는지라, 하릴
없이 언덕 위에 서서 창자가 끊어지는 듯이 울며 몇 번이나 강물
로 떨어지려고 하다가 다시 생각하고,

    '죽더라도 떠나가는 뒤주라도 보고 죽으리라' 하여 물결을 따라
한없이 내려간다. 며칠이나 가고 어디까지나 왔던지 한 곳에 이
르러서는 발도 붓고 다리도 아플 뿐 아니라, 여러 날 굶어서 기운
이 시진[169]하여 정신 잃고 사장[170]에 넘어졌으니 그 동탕[171]한 얼굴
이야 어디 갈 것 아니지마는, 그 넘어진 모양이 하릴없는 쭉정이[172]
송장이라. 강변 까마귀는 이리로 날며 '깍깍' 저리로 날며 '깍깍'

하고, 개떼는 와서 여기도 '꿋꿋' 맡아보고 저기도 '꿋꿋' 맡아보나 이것저것 다 모르고 누웠더니, 누가 허리를 꾹꾹 찌르고 또 꾹꾹 찌르는 섬에 간신히 눈을 들어 보니 어리어리하게 보이는 중에 키는 장승같고 옷은 시커멓고 코는 주먹덩이만 하고 눈은 여산 칠십 리는 들어간 듯하여[173] 도깨비 중에도 상도깨비 같은 사람이 옆에 서서 무슨 말을 하는데, 귀도 먹먹하지마는 무슨 말인지 어훈[174]도 알 수 없고 말할 기운도 없거니와 대답할 줄도 모르고 눈이 멀거니 쳐다볼 뿐이라. 그 사람이 달려들어 일으켜 앉혀놓고 빨병[175]을 내어 물을 먹이더니, 손목을 끌고 인가를 찾아가니 그곳은 신의주 나루터이요, 그 사람은 영국 문학박사 스미트라 하는 사람인데 자선가로 영국서 유명한 사람이라. 그 사람이 동양을 유람코자 하여 일본 다녀 조선으로 와서 부산, 대구, 경성, 개성, 평양, 의주를 다 구경하고 장차 청국 북경으로 가는 길에 이곳에서 영창이 넘어진 것을 보고, 얼굴이 비범한 아이가 그 모양으로 누웠는 것을 매우 측은히 여겨, 즉시 끌고 신의주 개시장 일본 사람의 여관으로 들어가서 급히 약을 먹인다, 우유를 먹인다 하여 정신을 차린 후에 목욕을 시키고 새 옷을 사서 입히니, 그 준수한 용모가 관옥 같은 호남자이라. 곧 데리고 압록강을 건너가니 다 죽었던 영창이는 은인을 만나 목숨이 살아나매 그때는 아무 생각 없고 다만,

'아무쪼록 생명을 보존하여 기회를 얻어 원수를 갚고 우리 부모의 사속[176]을 전하리라' 하는 ,음뿐이라. 그 사람과 말이나 통할 것 같으면 사실 이야기나 자세히 하고 서울 이시종 집으로나

보내달라고 간청해볼 터이언마는 말은 서로 알아듣지 못하고, 하릴없이 그 사람 끌고 가는 대로 따라가는데, 서로 소 닭 보듯 하며 먹을 때 되면 먹고, 잘 때 되면 자고, 마차를 타고 막막한 광야로도 가고, 기차를 타고 화려 장대한 시가도 지나가고, 화륜선을 타고 망망한 바다로도 가서 어디로 가는지도 모르고 가다가, 어느 곳에서 기차를 내리매 땅에는 철로가 빈틈없이 놓이고, 하늘에는 전선이 거미줄같이 얽혔으며, 넓고 넓은 길에 마차, 자동차, 자전거는 여기서도 쓰르르 저기서도 뜰뜰하고, 십여 층 벽돌집은 좌우에 쟁영[177]하며 각색 공장의 연기 굴뚝은 밀짚 들어서듯 총총하여 그 굉장한 풍물이 영창의 눈을 놀래니 그곳은 영국 서울 런던이요, 스미트의 집이 곧 그곳이라. 스미트는 영창을 데리고 집으로 들어가서 세계에 없는 보화를 얻어 온 듯이 귀히 여기니, 그 부인도 역시 자기 자식같이 사랑하며 날마다 말 가르치기로 일삼는데, 영창의 재조에 한 번 들은 말과 한 번 본 글자를 다시 잊지 아니하고 몇 날 못 되어 가정에서 날마다 쓰는 말은 능히 옮기매 부인의 마음에 신통히 여기고 차차 지지, 산술, 이과 등의 소학교 과정을 가르치기에 재미를 붙이고, 영창이도 스미트 내외에게 친부모같이 정답게 굴며 근심 빛을 외면에 드러내지 아니하더라.

정임이는 영창이 종적을 모르고 근심이 가슴에 맺혀서 옷끈이 자연 늦어지는 터이언마는 영창이는 부모가 그 지경 된 것이 지극히 불쌍하여 백해[178]가 녹는 듯이 슬픈 마음에 정임이 생각은 도시 잊었더니, 하루는 산술을 공부하는데 삼삼을 자승(33×33)하는 문제를 놓으며,

'삼삼구…… 삼삼구……, 또 삼삼구…… 삼삼구' 하다가 문득 한 생각이 나며,

'옳지! 정임이가 남문역에서 작별할 때에 편지나 자주 하라고 부탁하며 통호수를 잊거든 삼삼구를 생각하라더라. 편지나 부쳐서 소식이나 서로 알고 있으리라.'

하고 초산서 봉변하던 말과 스미트를 따라 런던 와서 공부하고 있는 말로 즉시 편지를 써서 우편으로 보내고, 다시 생각하고 편지 또 한 장을 써서 시종원으로 부쳤더니, 사오 개월이 지난 후에 그 편지 두 장이 한꺼번에 도로 왔는데, 쪽지가 너덧 장 붙고 '영수인이 무하여 반환함'이라 썼으니 우편이 발달된 지금 같으면 성 안에 있는 이시종 집을 어떻게 못 찾아 전하리오마는, 그때는 우체 배달이 유치한 전 한국통신원 시대라, 체전부가 그 편지를 가지고 교동 사십삼 통 구 호를 찾아가매 불이 타서 빈터뿐이요, 시종원으로 찾아가매 이시종이 갈려버린 고로 전하지 못하고 도로 보낸 것이라. 편지를 두 곳으로 부치고 답장 오기를 고대하던 영창이는 어찌 된 사실을 몰라 마음에 더욱 불평히 지내는데, 차차 지각이 날수록 남의 나라의 문명 부강한 경황을 보고 내 나라의 야매, 조잔한 이유를 생각하매 다른 근심은 다 어디로 가고 다만 학업에 힘쓸 생각뿐이라. 즉시 학교에 입학하여 열심으로 공부하니 그 과공[179]이 일취월장하여 열여섯 살에 중학교 졸업하고, 열아홉 살에 문과대학 졸업하니 그 학문이 훌륭한 청년 문학가가 되었는지라, 스미트 내외도 지극히 기뻐할 뿐 아니라 영국 문부성 관리들이 극구 찬송 아니 하는 자가 없더니, 문부성 학무국장이

스미트를 방문하고 자기 딸을 영창에게 통혼하는지라. 영창이 생각에,

  '아무리 정임이와 서로 생사를 알지 못하나 내가 정임이 거취를 자세히 알기 전에는 다른 배필을 구하지 않으리라.'
하고 그제야 자기 사실과 정임의 관계를 낱낱이 스미트에게 이야기하고 학무국장의 의혼[180]을 거절하였는데, 그해 유월에 스미트가 대일본 횡빈[181] 주차[182] 영사가 되어 일본으로 나오매 영창이도 스미트를 따라 횡빈 와서 있더니, 어느 때는 동경으로 구경 갔다가 지루한 가을장마에 구경도 못 하고 적적한 여관에서 파초 잎에 떨어지는 빗소리를 들으며 소설을 저술하는데, 고국 생각이 새로 간절한 중 정임의 소식을 하루바삐 알고자 하는 회포가 마음을 흔들어서,

  '아마 정임이는 그사이 시집을 갔을걸.'
하고 생각하며 하늘가에 돌아가는 구름을 유연히 바라보더니 헤어져 가는 구름 너머로 쑥 솟아오르는 한 조각 달이 수정 같은 광휘를 두루 날리는지라. 곧 상야공원에 가서 산보하다가, 불인지 연못가에서 마침 어떤 사람이 칼로 여학생 찌르는 것을 보고 자닝한[183] 생각이 왈칵 나서 소리를 지르고 급히 쫓아가니 여학생의 목에 칼이 박혔는지라, 그 칼을 얼른 빼어 들고 생각하매,

  '그놈은 벌써 달아났으니 경찰서에 고발하기도 혐의쩍고, 그대로 가자 하니 이것이 사나이 일이 아니라.'

  사기가 대단히 망단[184]하여 어찌할 줄 모르고 한창 생각할 때에 행순하던 순사에게 잡혀가니, 신문하는 마당에 무엇이라고 발명

할 증거는 없으나 사실대로 말하니, 그 말은 아무 효력 없고 애매한 살인 미수범이 되어 즉시 재판소로 넘어가서 감옥소에 갇혀 있더라.

이때 정임이가 호출장을 가지고 재판소로 들어가니, 검사가 그날 저녁에 당하던 사실을 자세히 조사하더니 어떤 죄인을 대면시키고,

(검사) "저 사람이 공원에서 칼로 찌르던 사람 아니냐?"

하고 묻는데 정임이는 그 사람의 얼굴을 자세히 보고 병원에서 신문 보던 일을 생각하니 얼굴 전형도 흡사한 영창이 어렸을 때 모습이요 눈, 귀, 콧부리도 모두 영창이라, 은근히 반가운 마음이 염통 밑을 쑤시나, 한편으로 그 사람이 정녕 영창인지 아닌지 의심도 없지 아니할 뿐 아니라 경솔히 반색할 일도 못 되고 또 관정[185]에서 사삿말도 할 수 없는 터이라, 검사의 말 대답할 겨를도 없이 그 죄인을 물끄러미 보다가 한참 만에 대답을 한다.

(정임) "저이는 그 사람이 아니올시다. 그러나 저 사람에게 한 마디 물어볼 말씀이 있사오니 잠깐 허가하심을 바랍니다."

(검사) "무슨 말을?"

(정임) "이 사건에 대한 일은 아니오나 사사로이 물어볼 만한 일이 있습니다."

(검사) "무슨 말인지 잠깐 물어보아."

정임이는 검사의 허락을 얻어가지고 그 죄인을 대하여 조선말로 묻는다.

(정인) "당신은 어찌 된 사기로 이곳에 오셨소?"

(죄인) "다른 까닭 아니라 공원 구경 갔다가 어떤 놈이 젊은 부인을 모해[186]코자 함을 보고 마음에 대단히 송연[187]하여 급히 쫓아갔더니 그놈은 달아나고 내가 발명할 수 없이 잡혀 왔습니다. 그 부인이 아마 당신이신 게요그려. 그때는 매우 위험하더니 천만에 저만하신 것이 대단히 감축합니다."

(정임) "그러하시오니까. 나는 그때 정신 잃고 아무것도 몰랐습니다그려. 위태함을 무릅쓰고 이만 사람을 구하여주시니 대단히 고맙습니다마는, 애매히 여러 날 고생을 하여 계시니 가엾은 말씀을 어찌 다 하오리까. 그러나 존함은 누구신지요?"

(죄인) "이 사람은 김영창이올시다."

(정임) "여러 번 묻기는 너무 불안합니다마는, 내게 은인이 되시는 터에 자세히 알아야 하겠습니다. 황송한 말씀으로 춘부장은 누구시오니까?"

(죄인) "은인이라 하심은 천만에 말씀이올시다. 우리 선친은 ○○올시다."

(정임) "그러면 관직은 무슨 벼슬을 지내셨습니까?"

(죄인) "비서승[188] 지내시고 초산 군수로 돌아가셨습니다."

하면서 눈살을 찡그리는데 정임이는 그 말 들으매 다시 물을 것 없이 뇌수에 맺혀 있는 그 영창이라. 죽은 줄 알던 영창이를 뜻밖에 만나니 정신이 아득아득하며 기쁜 마음이 진하여 슬픈 생각이 생겨서 아무 말 못 하고 눈물이 비 오듯 하는데, 영창이는 감옥서에 갇혀서 발명하기를 근심하다가 여학생 대면시키는 것이 대단히 상쾌하여 이제는 발명되겠다고 생각하더니, 그 여학생은 일본

말로 검사와 수작하매 무슨 말인지 몰라 궁금하던 차에, 여학생
이 조선말로 자세히 묻는 것이 하도 이상하여 그 얼굴을 살펴보
니, 남문역에서 한 번 이별한 후로 십 년을 못 보던 정임의 용모
가 여전하나 역시 의아하여 다른 말은 할 수 없고 다만 묻는 말만
대답하더니, 마침내 낙루하는 것을 보매 의심이 더욱 나서 한번
물어본다.

　(영창) "여보시오, 자세히 물으시기는 웬일이며, 또 낙루하시기
는 어찌한 곡절이오니까?"

　(정임) "나를 생각지 못하시오? 나는 이시종의 딸 정임이오."
하며 흑흑 느끼니 철석같은 장부의 창자도 이 경우를 당하여서는
어찌할 수 없이 눈물을 보내 수건을 적시더라. 신문하던 검사는
어찌 된 까닭을 모르고 정임을 불러 묻는지라, 정임이가 영창이
와 같이 자라던 일로부터 부모가 혼인 정하던 말과, 초산 민요 후
에 서로 생사를 모르던 말과, 동경 와서 유학하는 원인과, 오늘
의외로 만난 말을 낱낱이 이야기하니 검사가 그 말을 들으매, 김
영창은 백백 애매할 뿐 아니라 그 사실이 매우 신기한지라, 검사
도 정임의 절개를 무한히 칭찬하며 한가지 내보내고, 강소년을
잡으려고 각 경찰서로 전화도 하고 조선 유학생도 일변 조사하니
각 신문에 '불행위행'[189]이라 제목 하고 정임의 사실의 수미[190]를
게재하여 극히 찬양하였으매 동경 있는 조선 유학생이 그 사실을
모를 사람이 없더라.

　정임이와 영창이가 재판소에서 나와서 같이 여관으로 돌아와
마주 앉으니 몽몽[191]한 꿈속에 보는 것도 같고, 죽어 혼백이 만난

듯도 하여 그 마음을 이루 측량할 수 없는지라, 서로 울기도 하고 웃기도 하며 그사이 풍파 겪고 고생하던 이야기를 작약[192]히 하다가, 횡빈 영국 영사관으로 내려가서 정임이는 스미트를 보고 영창이 구제함을 감사히 치하하고, 영창이는 공교히 정임이 만난 말을 하며 본국으로 나가서 혼례 지낼 이야기를 하니, 스미트도 대단히 신기히 여기고 혼례 준비금 삼천 원을 주는지라, 정임이는 곧 장문전보를 본가로 보내고 영창이와 한가지 발정하여 서울 남문 정거장을 가까이 오니, 한강은 용용[193]하고 남산은 의의하여 의구[194]한 고국산천이 환영하는 뜻을 머금었더라.

정임이 동경으로 가던 그 이튿날 아침에 이시종 집에서는 혼인잔치 차리느라고 온 집안이 물 끓듯 하며 봉채[195] 시루를 찐다, 신랑 마중을 보낸다 법석을 하는데, 신부는 방문을 척척 닫고 일고 삼장[196]하도록 일어나지 아니하매 이시종 부인이 심히 이상히 여기고,

"이애 정임아, 오늘 같은 날 무슨 잠을 이리 늦게 자느냐? 어서 일어나서 머리도 빗고 세수도 하여라. 벌써 수모[197]가 왔다."
하며 방문을 열어보니, 정임이는 간곳없고 웬 편지 한 장이 자리 위에 펴 있는데,

(편지) '불효의 딸 정임은 부모를 떠나 멀리 가는 길을 임하여 죽기를 무릅쓰고 두어 마디 황송한 말씀을 아버님, 어머님께 올리나이다.

대저 사람이 세상에 처하여 윤강[198]을 지키지 못하면 가히 사람이랄 것 없이 금수와 다르지 아니함은 정한 일이 아니오니까? 그

러하온데 부모께옵서 기왕 이 몸을 영창이에게 허혼하였사오니 비록 성례는 아니 하였을지라도 영창의 집 사람이 아니라고 할 수 없는 터이라 어찌 영창이 있고 없는 것을 헤아리오리까. 지금 사세로 말씀하오면 위에 늙은 부모가 계시고 아래에 사내 동생이 없으매 그 정형[199]이 대단히 절박하오나 그 사람을 알지 못하는 바는 아니오라. 지금 만일 부모의 두 번 명령하심을 복종하와 다른 곳으로 또 시집가오면 이는 부모로 하여금 그른 곳에 빠지게 하여 오륜의 첫째를 위반함이요, 이 몸으로써 절개를 잃어 삼강의 으뜸을 문란케 함이오니, 정임이가 비록 같지 못한 계집아이오나 어찌 조그마한 사정[200]을 의지하여 윤강을 어기고 금수에 가까운 일을 차마 행하오리까. 그러하므로 죽사와도 내일 일은 감히 이행치 못하옵고 곧 만리붕정[201]의 먼 길을 향하오니, 부모의 슬하를 떠나 걱정을 시키는 일은 실로 불효막심하오나 백번 생각하고 마지못하여 행하옵나이다. 그러하오나 멸학매식한 천질[202]로 해외에 놀아 문명 공기를 마시고 좋은 학문을 배워 돌아오면 이 어찌 영화가 되지 아니하오리까. 머지 아니하여 돌아오겠사오니 과도히 근심 마옵시기를 천만 바라오며, 급히 두어 자로 갖추지 못하오니 아버님, 어머님은 만수무강하옵소서.'

부인이 이 편지를 집어 들고 깜짝 놀라며 자세히 보지도 않고 사랑에 있는 이시종을 청하여 그 편지를 주며 덜덜 떠는 말로,

(부인) "이거 변괴요그려. 요런 방정맞은 년 보아."

(이) "왜 그리야, 이게 무엇이야……, 응?"

하고 그 편지를 받아보는데 부인의 마음에는 그 딸이 죽어서 나

간 듯이 서운 섭섭하여 비죽비죽 울며 목멘 소리로,

(부인) "고년이 평일에 동경 유학을 원하더니 아마 일본을 갔나 보오. 고년이 자식이 아니라 애물이야. 고 어린년 어디 가서 고생인들 오죽할라구. 고년이 요런 생각을 둔 줄 알았더면 아이년으로 늙어 죽더라도 고만두었지. 그러나저러나 아무 데를 가더라도 죽지나 말았으면."

하며 무당 넋두리하듯 하는데 이시종이 그 편지를 다 보더니,

(이) "여보, 요란스럽소. 떠들지나 마오."

하고 전보지를 내어 정임이 압류하여달라고 부산 경찰서로 보내는 전보를 써 가지고 전보 부칠 돈을 꺼내려고 철궤를 열어보니, 귀 떨어진 엽전 한 푼 아니 남기고 죄다 닥닥 긁어내었는지라, 하릴없어 제 은행 소절수[203]에 도장을 찍어 지갑에 넣더니,

(이) "여보 마누라, 나는 전보 부치고 바로 부산까지 다녀올 터이니 집안일은 마누라가 휘갑[204]을 잘하오."

하고 나갔는데, 부인은 정신없이 허둥지둥할 사이에 잔치 손님이 꾸역꾸역 모여들고, 마침 중매 아비 정임의 외삼촌이 오는지라, 부인이 그 동생을 붙들고 정임이 이야기를 한창 하는 판에 새 신랑이 사모관대 하고 안부[205]를 말머리에 앞세우고 우적우적 달려드니, 부인 남매는 신부가 밤사이에 도망하였다는 말을 어찌 하며, 또 갑자기 죽었다고 핑계도 할 수 없는 터이라 어찌할 줄 모르고 창황망조[206]하다가, 동[207]에 닿지도 않는 말로 신부가 지나간 밤에 급히 병이 나서 병원에 가 있다고 우선 말하니 그 눈치야 누가 모르리오. 안손, 바깥손, 내 하인, 남의 하인 할 것 없이 모두

이 구석에도 몰려서서 수군수군, 저 구석에도 몰려서서 수군수군 하는데, 신부 없는 혼인을 어찌 지낼 수 있으리오. 닭 쫓던 개는 지붕이나 쳐다보지마는 장가들러 왔던 신랑은 신부를 잃고 뒤통수치고 돌아서고, 정임의 외삼촌은 즉시 신랑의 부친 박과장을 가서 보고 정임의 써놓고 간 편지를 내보이며, 사실의 수미를 자세히 이야기하고 무수히 사과하였으나, 그 창피한 모양은 이루 말할 수 없으며, 이시종은 그길로 즉시 부산을 내려가서 연락선 타는 선창 목을 지키나, 그때 색주가 서방에게 잡혀가 갇혀 있는 정임이를 어찌 그림자나 구경할 수 있으리오. 하릴없이 그 이튿날 도로 올라오는 길에 경찰서에 가서 간권[208]히 다시 부탁하고 왔으나 정임이는 일본 옷 입고 일본 사람 틈에 끼여 갔으매 경찰서에서도 알지 못하고 놓쳐 보낸 것이더라.

이시종 내외는 생세지락[209]을 그 외딸 정임에게만 붙이고 늙어가는 터이라, 응석도 재미로 받고, 독살도 귀엽게 보며, 근심이 있다가도 정임이 얼굴만 보면 없어지고, 화증이 나다가도 정임이 말만 들으면 풀어지며, 어디를 갔다 오다가도 대문간에서 정임이부터 찾으며 들어오는 터이더니, 정임이가 흔적 없이 한번 간 후로 정임의 거동은 눈에 암암하고, 정임이 목소리는 귀에 쟁쟁하여 정임이 생각에 곤한 잠이 번쩍번쩍 깨어 미칠 것같이 지내는데, 어느 날 아침에는 하인이 어떤 편지 한 장을 가지고 들어오며,

"이 편지가 댁에 오는 편지오니까? 우체사령이 두고 갔습니다."

하는데 피봉 전면에는 '경성북부 자하동 108, 10 이시종○○ 각

하'라 쓰고, 후면에는 '동경시 하곡구 거판정 십일 번지 상야관
이정임'이라 하였는지라, 이시종이 받아 보매 눈이 번쩍 띄어,

(이) "마누라, 마누라! 정임이 편지가 왔소그려."

(부) "아에그! 고년이 어디 가서 있단 말씀이오?"

하며 반가운 마음을 이기지 못하여 비죽비죽 우는데 이시종이 그
편지를 떼어 보니,

(편지) '미거한 여식이 오괴한 마음으로 불효됨을 생각지 못하
옵고, 홀연히 한번 집 떠난 후에 성사[210]를 오래 궐하오니[211] 지극
히 황송하옵고 또한 문후[212]할 길이 없사와 민울[213]한 마음이 측량
할 길 없사오며 그사이 추풍은 불어 다하고 쌓인 눈이 심히 춥사
온데 기체후[214] 일향 만안[215]하옵시고, 어머님께옵서도 안녕하시오
니까? 복모구구[216] 불리옵지 못하오며, 여식은 그때 곧 동경으로
와서 공부하고 잘 있사오나, 아버님·어머님 뵈옵고 싶은 마음
과, 부모께옵서 이 불효의 자식을 과히 근심하실 생각에 잠이 달
지 아니하며 먹어도 맛을 알지 못하고 항상 민망히 지내옵나이
다. 그러하오나 집에 있을 때에 지어주는 옷이나 입고 다 해놓은
밥이나 먹으며 사나이가 눈에 띄면 큰 변으로 알아 대문 밖을 구
경치 못하옵다가, 이곳에 와서 처음으로 문명국의 성황[217]을 관찰
하오매 시가의 화려함은 좁은 안목에 모두 장관이옵고, 풍속의
우미[218]함은 어둔 지식에 배울 것이 많사와 날마다 풍속 시찰하기
에 착심[219]하고 있사오니, 본국 여자는 모두 집안에 칩복[220]하여 능
히 사람 된 직책을 이행치 못하고 그 영향이 국가에까지 미치게
함이 마음에 극히 한심하옵기, 속히 학교에 입학하여 신학문을

많이 공부하여가지고 귀국하와 일반 여자계를 개량코자 하옵나이다. 이 자식은 자식으로 생각지 마옵시고 너무 걱정 마시기를 천만 바라오며 내내 기운 안녕하옵시기 엎디어 비옵고 더할 말씀 없사와 이만 아뢰옵나이다!

년 월 일 여식 정임 상서'

그 편지를 내외분이 돌려가며 보다가,

(부인) "아이그 고년이야, 어린년이 동경을 어찌 갔나! 고년, 조꼬만 년이 맹랑도 하지. 영감은 그때 부산서 무엇을 보고 오셨소? 경관도 변변치 못하지……. 그러고저러고 아무 데든지 잘 가 있다는 소식을 알았으니 시원하오마는, 우리가 늙어 오늘 죽을지 내일 죽을지 모르는 처지에 그 딸자식 하나를 오래 그리고는 못 살겠소. 기다랗게 할 것 없이 영감이 가서 데리고 오시오. 시집만 보내지 아니하면 고만이지요. 제가 마다하고 아니 가는 시집을 부모인들 어찌하겠소."

(이) "그렇지마는 사기가 이렇게 된 이상에 그것을 데려오면 어떻게 한단 말이오? 점점 모양만 더 창피하니 나중에 어찌하든지 아직 저 하는 대로 내버려두고 왁자히²²¹ 소문 내지 마시오."

부인은 단지 그 딸을 간 곳도 모르고 그리던 끝에 보고 싶은 생각이 더욱 바빠서 한 말인데, 그 남편의 대답이 이렇게 나가매 조조²²²한 마음을 참고 있으나, 원래 부인의 성정이라 딸 보고 싶은 생각만 나면 그만 데려오라고 은근히 그 남편을 조르는 터이지마는 이시종은 그렇지 아니한 이유를 그 부인에게 간곡히 설명하고, 다달이 학자금 오십 원씩 보내주며, 언제든지 제 마음 내키는

대로 돌아오기만 기다리고 두 내외가 비둘기같이 의지하여 한 해
두 해 지내는데, 늙어갈수록 정임의 생각이 간절하여 몸이 좀 아
프기만 하면 마음이 더욱 처연한 터이라. 하루는 부인이 몸이 곤
하여 안석에 의지하였는데 홀연히 마음이 좋지 못하여,

'몸이 이렇게 은근히 아프니 아마 정임이를 다시 못 보고 황천
에 가려나 보다.'

하며 생각하고 누웠더니 서창으로 솔솔 불어오는 맑은 바람에 낮
잠이 혼곤히 오는데, 전에 살던 교동 집에서 옥동 박 신랑과 정임
이 혼인을 지낸다고 수선하는 중에 난데없는 영창이가 칼을 들고
별안간 달려들며 내 계집을 또 시집보내는 놈이 누구냐고 소리를
벽력같이 지르고 이시종을 칼로 찍으니 이시종이 마루에 넘어져
서 발을 버둥버둥하며,

"어…… 어!" 하는 소리에 잠을 번쩍 깨니 대문간에서 어떤 사
람이 문을 두드리며,

"전보 들여가오, 전보 들여가오."

하는 소리가 귀에 그렇게 들리는지라, 그때 하인은 다 어디로 갔
던지 부인이 급히 나가 전보를 받아 보니 정임에게서 온 전보이
라. 꿈 생각하고 정임이 전보를 받으매 가슴이 선뜩하여 급히 떼
어 보니 전보지는 대여섯 장 겹치고 전문은 모두 꾸불꾸불한 일
본 국문이라, 볼 줄은 알지 못하고 갑갑하고 궁금하여,

"이게 무슨 말인고? 이사이 꿈자리가 어지럽더니 근심스러운
일이 또 생겼나 보다. 제가 나올 때도 되었지마는 나온다는 말 같
으면 이렇게 길지 아니할 터인데, 아마 병이 들어 죽게 되었다는

말인 게지."

하며 중얼중얼하는 때에 이시종이 들어오는지라. 부인이 전보를
내놓으며 꿈 이야기를 하는데 이시종도 역시 소경단청[223]이라. 서
로 답답한 말만 하다가 일본어학 하는 사람에게 번역해다가 보니
다른 말 아니요, 상야공원에서 봉변하던 말과 의외에 영창이 만
난 말과 영창이와 방금 발정하여 어느 날 몇 시에 서울 도착한다
는 말이라. 일변 놀랍기도 하고 일변 반갑기도 하여, 이시종은 감
투를 둘러쓰고 돌아다니며 작은사랑을 수리해라, 건넌방에 도배
를 해라 분주히 날치고, 부인은 안방으로 들어갔다 마루로 나섰
다 정신없이 수선하며 내외가 밥 먹을 줄도 모르고 잠잘 줄도 모
르고 칙사나 오는 듯이 야단을 치더니, 정임이 입성한다는 날이
되매 남대문역으로 정임이 마중을 나가는데 정임이 타고 오는 기
차가 도착하니, 그때 정거장 한 모퉁이에는 서로 붙들고 눈물 흘
리는 빛이더라.

정임이는 좋은 학문도 많이 배우고 가슴에 못이 되던 영창이를
만나서 다섯 해 만에 집에 돌아와 그 부모를 뵈니 이같이 기쁜 일
은 다시 없이 여기고 왕사[224]는 다 잊어버린 터이지마는, 이시종은
좋은 마음이야 오죽할 것이나 정임이를 박과장 집으로 시집보내
려고 하던 생각을 하매 정임이 볼 낯도 없을뿐더러, 더구나 영창
이 보기가 면난[225]하여 좋은 마음은 속에 품어두고 정임이나 영창
이를 대할 적마다 부끄러운 기색이 표면에 나타내더니, 그 일은
이왕 지나간 일이라 그런 생각은 다 접어놓고, 일변 택일을 하고
일변 잔치를 차리며 일변은 친척, 고우[226]에게 청첩을 보내서 신혼

예식을 거행하는데, 예식을 습관으로 할 것 같으면 전안도 하고 초례도 하겠지마는 이시종도 신식을 좋아하거니와 신랑 신부가 모두 신 공기를 쏘인 사람이라 구습은 일변 폐지하고 신식을 모방하여 신혼식을 거행한다. 신랑은 문관 대례복에 신부는 부인 예복을 입고 청결한 예식장에 단정히 마주 선 후에 신부의 부친 이시종 매개로 악수례를 행하니, 그 많이 모인 잔치 손님들은 그런 혼인을 처음 보는 터이라, 혹 입을 막고 웃는 사람도 있고, 혹 돌아서서 흉보는 사람도 있으며, 그중에도 습관을 개혁코자 하는 사람은 무수히 찬성하는데, 한편 부인석에서 나이 한 사십 된 부인이 나서더니,

"이 사람이 아무 지식은 없사오나 오늘 혼례에 대하여 할 줄 모르는 말 서너 마디 할 터이오니 여러분은 용서하십시오" 하고 연설을 시작한다.

(연설) "대저 신혼 예식이라 하는 것은 한 남자와 한 여자가 비로소 부부가 된다고 처음으로 맹약하는 예식이 아니오니까? 그런고로 그 예식이 대단히 소중한 예식이올시다. 어째 소중하냐 하면 한번 이 예식을 지낸 후에는 백 년의 고락을 같이하며 만대의 혈속을 전할 뿐 아니요, 남편 되는 사람은 또 장가들지 못하고 더군다나 아내 되는 사람은 다른 남자를 공경하는 일이 절대적 없는 법이니, 이렇게 소중한 예식이 어디 또 있습니까? 그러하나 그 내용상으로 말하면 이같이 중대하지마는 그 표면적으로 말하면 한 형식에 지나지 못하는 일이라고 하겠습니다. 왜 그러하냐 하면, 이 예식을 지내고라도 남편이 아내를 버린다든지, 아내가 행실이

부정할 것 같으면 소위 예식이라 하는 것은 한 희롱 되고 말 것이오. 만일 예식은 아니 지내고라도 부부가 되어 혼례식 지낸 사람보다 의리를 잘 지키면 오히려 예식 지내고 시종이 여일치 못하니보다 낫지 아니하겠습니까. 그러하니 그 의리라 하는 것은 이왕 말씀한 바와 같이 남편은 또 장가들지 못하고 아내는 다른 남자를 공경치 못하는 것이올시다. 그러나 그중에 아내 되는 사람의 책임이 더욱 중하니 서양 풍속 같으면 남녀가 동등 권리를 보유하여 남편이나 아내나 일반이지마는, 원래 동양 습관에는 남편은 어떠한 외입을 하든지 유처취처[227]하여 몇 번 장가를 들든지 아무 관계 없으나 여자가 만일 한번 실절하면 세상에 다시 용납지 못할 사람이 되니, 남녀가 동등되지 못하고 남편의 자유를 묵허[228]함은 실로 불미한 풍속이지마는, 그는 여자가 권리를 스스로 잃는 것이라 말할 필요가 없거니와, 아내가 절개를 지키는 것은 원리적으로 여자의 직분이 아니오니까? 그러하지마는 음분난행[229]은 많이 여자에게서 먼저 생기는 고로 옛적 성인도 '열녀는 불경이부'라 하여 여자를 더욱 경계하셨으니, 남의 아내 된 사람의 책임이 얼마나 더 중합니까? 그러하나 그 의리와 직책을 잘 지키기 장히 어려운 고로 열녀가 나면 그 영명[230]을 천고에 칭송하는 바가 아니오니까? 그러한데 오늘 신혼식 지낸 신부 이정임이는 가히 열녀의 반열에 참례하겠다 합니다. 그 이유를 말하고자 하면, 정임이 강보에 있을 때에 그 부모가 김영창씨와 혼인을 정하여 서로 내외 될 사람으로 인정하고 같이 자라났으니, 그 관계로 말하든지 그 정리로 말하든지 그 형식에 지나가지 못하는 혼례식 아니 지냈다고 어찌 부부의 의리가 없다 하리까. 그러나 중도에 영창씨의 종적을 알지 못하니 만일 열녀가 아니면 다른 곳으로 시집갔으련마는 그 의리를 지키고 결코 김영창씨를 저버리지 아니하여 천곤백난[231]을 지내고 기어코 김영창씨를 다시 만나 오늘 예식을 거행하니 그 숙덕[232]이 가히 열녀가 되겠습니까, 못 되겠습니까? 여러분, 생각하여보시오. (내빈이 모두 박수한다) 또 신혼 예식 절차로 말씀하면 상고 시대에 나무 열매 먹고 풀로 옷 지어 입을 때에야 어찌 혼인이니 예식이니 하는 여부가 어디 있으리까. 생생지리[233]는 자연한 이치인 고로 금수와 같이 남녀가 난잡히 상교[234]하매 저간에 무한한 경쟁이 있더니, 사람의 지혜가 조금 발달되어 비로소 검은 말가죽으로 폐백하고 일부일부가 작배[235]함으로부터 차차 혼례라 하는 것이 발명되었는데, 그 예식은 고금이 다르고 나라마다 다를 뿐 아니라, 아까 말씀한 것과 같이 한 형식에 지나가지 못하는 것이올시다. 그러하니 그 형식에 지나가지 못하는 예식의 절차는 아무쪼록 간단하고 편리한 것을 취하는 것이 좋지 아니하겠습니까? 그러한데 조선 풍속에는 혼인을 지내려면 그날 신랑은 호강하지마는, 신부는 큰 고생 하는 날이올시다. 얼굴에는 회박[236]을 씌워서 연지곤지를 찍고, 눈은 왜밀로 철꺽 붙여 소경을 만들어 앉히고, 엉덩이가 저려도 종일 꼼짝 못하게 하니 혼인하는 날같이 좋은 날 그게 무슨 못 할 일이오니까? 여기 계신 여러 부인도 아마 그런 경우 한 번씩은 다 당해보셨겠습니다마는 그렇게 괴악한 습관이 어디 있습니까? 저 신부 좀 보시오. 좀 화려하며 좀 간편합니까? 이 중에 혹 '저것도 예식이라고 하나?' 하는 분도 계실 듯하지마는 그렇지 않습니다. 좋지 못한 구습을 먼저 개혁하는 사람이 없으면 어떠한 일이든지 도저히 개량하여볼 날이 없습니다. 오늘 지낸 예식이 가히 조선에 모범이 될 만하오니 여러분도 자녀 간 혼인을 지내시거든 오늘 예식을 모방하십시오. 나는 정임의 외삼촌 숙모가 되는 사람이나 조금도 사정 둔 말씀이 아니오니 여러분은 깊이 헤아리시기를 바라오며, 변변치 못한 말씀을 오래 하오면 들으시기에 너무 지리하고 괴로우실 듯하와 고만두겠습니다."

연설을 마치매 남녀 간 손님이 모두 박수갈채하고 헤어져 갔는데, 그날 밤 동방화촉[237]에 원앙금침[238]을 정답게 펴놓으니 만실춘풍[239]에 화기가 융융[240]하고 이시종은 희색이 만면하여 사랑에서 친구와 술 먹으며 그 딸의 사실 일장을 이야기하더라.

상야공원에서 정임이를 칼로 찌르던 강소년은 대구 부자의 아들인데, 열네 살에 그 부친이 죽으매 열다섯 살부터 외입에 반하여 경향으로 다니며 양첩도 장가들고 기생도 떼어 팔선녀를 꾸미서[241] 여기저기 큰 집을 다 각각 배치하고 화려한 문방구는 잡화상을 벌이며, 각종의 음악기는 연극장을 설립하여놓고, 이 집 저 집 돌아다니며 무궁한 행락을 하다가 못하여 그것도 오히려 부족히 여기고, 주사청루[242]는 거르는 날이 없으며 산사강정[243]에 아니 노는 곳이 없이 그 방탕함이 끝이 없으매, 저에 잔[244] 십여 만 원 재산이 몇 해 아니 가서 다 없어지고 종조리[245] 판에는 토지 가옥까지 몰수이 강제 집행을 당하니, 그 많던 계집들도 물 흐르고 구름 가듯 하나 둘씩 뿔뿔이 다 달아나고 제 몸 하나만 올연[246]히 남았다. 대저 음탕 무도하던 놈이 이 지경이 되면 개과천선[247]할 줄은 모르고 도적질할 생각이 생기는 것은 하등 인류의 자연한 이치라. 그 소년도 제 신세 결딴나고 제 집 망한 것은 조금도 후회 없고, 단지 흔히 쓰던 돈 못 쓰고 잘하던 외입 못 하는 것이 지극히 민망하여 곧 육촌의 전답 문권을 위조하여 만 원에 팔아가지고 또 한참 흥청거리다가, 그 일이 발각되어 육촌이 정장[248]하였으므로 관가에서 잡으려고 하매 즉시 동경으로 달아나, 산본이라 하는 노파의 집에 주인을 잡고 있는데, 아무 소관사[249] 없이 오래 두류[250]하는 것을 모두 이상히 여길 뿐 아니요, 경찰서 조사에 대답하기가 곤란하여 유학생인 체하고 어느 학교에 입학하였다. 조금만 생각이 있는 놈 같으면 별 풍상 다 겪고 내 재물 남의 재물 그만치 없앴으니 동경같이 좋은 곳에 와서 남의 경황을 구경하였으면 제 마음도 좀 회개할 듯하건마는, 개 꼬리를 땅에 삼 년 묻어두어도 황모가 되지 아니한다고, 학교에 입학은 하였으나 공부에는 정신없고 길원 같은 화류장에나 종사하며 얼굴 반반한 여학생이나 쫓아다니는 터인데, 정임이 학교에 가는 길이 강소년 학교에 오는 길이라. 정임이는 몰랐으나 강소년은 정임이를 학교에 갈 적 만나고 올 적 만나매 음흉한 욕심이 가슴에 탱중하여, 정임이 다니는 학교에까지 따라가 보기도 하고 정임이 있는 여관 앞까지 쫓아와 보기도 하였으나, 정임이가 대문 안으로 쑥 들어가기만 하면 한 겹 대문 안이 태평양을 격한 것같이 적막하고 다시 소식 없어 마음에 점점 감질만 나게 되매 항상,

'그 여학생을 어쩌면 한번 만나 볼꼬?'

생각하더니 어떻게 알아보았던지 그 여학생이 조선 사람인 줄도
알고 이름이 이정임인 줄도 알았으나, 어떻게 놀려낼 수단이 없
어 주인의 딸 산본영자를 시켜 여학생 일요강습회를 조직하고,
이정임을 유인하여 회장을 만들어놓고, 자기는 재무 촉탁이 되어
정임이와 관계나 가까이 되고 면분이나 두터워지거든 어떻게 꼬
여볼까 한 일인데, 사맥[251]은 여의[252]히 되었으나 정임의 정숙한 태
도에 압기[253]가 되어 말도 못 붙여보고 또 산본 노파를 소개하여
정당히 통혼도 하여보다가 그 역시 실패하매 이를 것 없이 분히
여기던 차에, 공교히 호젓한 불인지 가에서 만나 달빛에 비취는
자색을 다시 보매 불같은 욕심이 바짝 나서 어찌 되었든지 한번
쏘아보리라 하다가 종내 그렇게 행패하고 그길로 도망하여 조선
으로 나왔으나 죄진 일이 한두 가지 아니매 집으로는 가지 못하
고 바로 서울 와서 변성명[254]하고 돌아다니더니, 하루는 북장동 네
거리에서 동경 있을 때에 짝패가 되어 계집의 집에 같이 다니던
유학생 친구를 만나니, 그야말로 유유상종이라고 그 친구도 역시
강소년과 한 바리에 실을 사람이라. 장비[255]는 만나면 싸움이라더
니 이 두 사람이 서로 만나면 아무것도 할 일 없고, 요리가 아니
면 계집의 집으로 가는 일밖에 없는 터이라. 이때에 또 만나서,

"이애, 오래간만에 만났으니 술이나 한 잔씩 먹자."

"무슨 맛에 술만 먹는단 말이냐. 술을 먹으려거든 은군자[256] 집
으로 가자."

하며 두서너 마디 수작이 되더니 으늑하고[257] 조용한 곳으로 찾아
가노라 가는 것이 잣골 이시종 집 옆에 있는 '진주집'이라 하는

밀매음녀 집에 가서 술을 먹는데, 그 친구는 동경서 '불행위행'이란 신문 잡보도 보고 경찰서에서 유학생 조사하는 통에 강소년이 그런 짓 하고 도망한 줄 알고 조선을 나왔으나, 강소년을 만나매 남의 단처²⁵⁸를 아는 체할 필요가 없어 그 일 아는 사색도 아니 하고, 계집 데리고 술 먹으며 정답고 재미있게 밤이 깊도록 노는 터이더니, 원래 탕자 잡류의 경박한 행동은 정다운 친구 술 먹으러 가재 놓고도 수틀리면 때리고 욕하기는 항용 하는 일이라. 두 사람이 술이 잔뜩 취하여 횡설수설 주정을 하던 끝에 주인 계집 까닭으로 시비가 되어 옥신각신 다투다가, 술상도 치고 세간도 부수더니, 점점 쇠어²⁵⁹ 큰 싸움이 되며 뺨도 때리고 옷도 찢으며 일장풍파가 일어나서 내가 옳으니 네가 옳으니, 재판을 가자 호소를 가자 하며 멱살을 서로 잡고 이시종 집 대문 앞에서 싸우는 소리가,

　(친구) "이놈, 네가 명색이 무엇이냐? 네까짓 놈이 뉘 앞에서 요따위 버르장이를 하여! 네가 요놈, 동경서 여학생 이정임이를 죽이고 도망해 나온 강가 놈이지. 너 같은 놈은 내가 경무청에 고발만 하면 네 죄는 경하여야 종신 징역이다. 요놈, 죽일 놈 같으니!"

하며 닭 싸우듯 하는 소리가 벽력같이 이시종 집 사랑에까지 들리더라. 이때는 곧 정임이 신혼식 지내던 날 저녁이라. 이시종이 사랑에서 친구와 술 먹으며 정임이 이야기를 하는데, 상야공원에서 강소년이 행패하던 말을 막 하는 판에 모든 사람이 매우 통분히 여기는 때에 별안간 문밖에서 왁자하는 소리가 나는지라, 여

러 사람이 모두 귀를 기울이고 듣더니, 그 좌석에 북부 경찰서 총
순[260] 다니는 사람이 앉았다가 그 싸움 소리를 듣고 즉시 쫓아나
가 그 소년을 잡으니 갈데없는 강소년이라. 온 집안이 들썩들썩
하며,

"아이그, 고놈 용하게도 잡혔다."

"고놈 상판대기가 어떻게 생겼나 좀 구경하자."

"요놈이 살인 미수범이니까 몇 해 징역이나 될꼬?"

하며 어른 아이가 모두 재미있어하다가 그 소년은 곧 북부 경찰
서로 잡아가니 온 집안이 고요하고 종려나무 그림자 밑에 학의
잠이 깊었는데, 정임이 신방에서 낭랑옥어가 재미있게 나더라.

조선 습관으로 말하면 혼인 갓 한 신랑 신부는 서로 말도 잘 아
니 하고 마주 앉지도 못하여 가장 스스러운[261] 체하는 법이요, 더
구나 신부는 혼인한 지 삼 일만 되면 부엌에 내려가 밥이나 짓고
반찬이나 만들기를 시작하여 바깥은 구경도 못 하는 터이라 내외
가 한가지 출입하는 일이 어디 있으리오마는, 영창이 내외는 혼인
지내던 제삼 일에 만주 봉천(滿洲奉天)[262]으로 신혼여행(新婚旅行)
을 떠난다. 내외가 나란히 서서 정답게 이야기하며 정거장으로
나가는 모양이 영창이는 후록고투에 고모[263]를 쓰고, 한 손으로 정
임이 분홍 양복 땅에 끌리는 치맛자락을 치켜들었으며, 정임이는
옥색 우산을 어깨 위에 높이 들어 영창이와 반씩 얼러 받았는데,
그 요조한 태도는 가을 물결 맑은 호수에 원앙이 쌍으로 나는 것
도 같으며, 아침볕 성긴 울에 조안화가 일시에 웃는 듯도 하더라.

신혼여행은 서양 풍속에 새로 혼인한 신랑 신부가 서로 심지도

흘려보고 학식도 시험하며 처음으로 정분도 들이고자 하여 외국
이나 혹 명승지로 여행하는 것인데, 만일 서로 지기²⁶⁴가 상합지 못
하면 그길에 이혼도 하는 일이 있지마는, 영창이 내외야 무슨 심
지를 더 흘려보고 어떤 정분을 또 들이며 어찌 이혼 여부가 있으
리오마는, 유람도 할 겸 운동도 할 겸 서양 풍속을 모방하여 떠나
는 여행이라. 남대문 정거장에서 의주 북행 차 타고 가며 곳곳이
구경하는데, 개성에 내려 황량한 만월대²⁶⁵와 처창²⁶⁶한 선죽교²⁶⁷의
고려 고적을 구경하고, 평양 가서 연광정²⁶⁸에 오르니, 그 한유²⁶⁹
한 안계²⁷⁰는 대동강 비단 같은 물결에 백구는 쌍으로 날고 한가한
돛대는 멀리 돌아가는 경개가 가히 시인소객²⁷¹이 술 한잔 먹을 만
한 곳이라. 행장에 포도주를 내어 서로 권하여 전일 평양감사 시
대에 백성의 피 빨아가지고 이곳에서 기생 데리고 풍류하며 극호
강들 하던 것을 탄식하다가, 곧 부벽루,²⁷² 모란봉,²⁷³ 영명사,²⁷⁴ 기
린굴²⁷⁵ 등을 낱낱이 구경하고, 그길로 안주 백상루,²⁷⁶ 용천 청유
당 다 지나서 의주 통군정²⁷⁷에 올라 난간에 의지하여 압록강상에
풍범사도와 연운죽주를 바라보더니 영창이 얼굴에 초창한 빛을
띠고 손을 들어 사장을 가리키며,

(영창) "저곳이 내가 스미트 박사 만나던 곳이오. 저곳을 다시
보니 감구지회²⁷⁸를 이기지 못하겠소. 이 완악한 목숨은 살아 이곳
에 다시 왔으나, 우리 부모는 저 강물에 장사 지내고 다시 뵙지
못하겠으니 천추에 잊지 못할 한을 향하여 호소할 데가 없소그
려."
하고 바람을 임하여 한숨을 길게 쉬며 흐르는 눈물을 금치 못하

니, 정임이도 그 말 듣고 그 모양 보매 자연 비감한 생각이 나서 역시 눈물을 씻으며,

(정임) "그 감창한[279] 말씀이야 어찌 다 하오리까? 오늘날 부모가 살아 계시면 우리를 오죽 귀해하시겠소. 그 부모가 우리를 그렇게 귀히 길러 재미를 못 보시고 중도에 불행히 돌아가셨으니, 지하에 가서 차마 눈을 감지 못하실 터이요. 우리도 그 부모를 봉양코자 하나 어찌할 수 없으니 그야말로 자욕효이친부재[280]요그려. 그러나 과도히 슬퍼 마시고 아무쪼록 귀중한 몸을 보전하시오."

이렇게 서로 탄식도 하며 위로도 하다가, 즉시 압록강을 건너 구련성을 구경하고 계관역에 내려 멀리 계관산과 송수산을 지점하며,

(영창) "이곳은 일로 전역[281] 당시에 일본군이 대승리하던 곳이오그려. 내가 이곳을 지나가본 지 몇 해가 못 되는데 벌써 황량한 고 전장이 되었네."

(정임) "아…… 가련도 하지. 저 청산에 헤어진 용맹한 장사와 충성된 병사의 백골은 모두 도장 속 젊은 부녀의 꿈속 사람들이겠소그려."

(영창) "응, 그렇지마는 동양 행복의 기초는 이곳 승첩[282]에 완전히 굳고 저렇게 철도를 부설하며 시가를 개척하여 점점 번화지가 되어가니 이는 우리 황색 인종도 차차 진흥되는 조짐이지요."

이렇게 수작하며 가을빛을 따라 늦은 경을 사랑하며 천천히 행보하여 언덕도 넘고 다리도 건너며 단풍 가지를 꺾어 모자에 꽂

기도 하고, 잔잔한 청계수²⁸³를 움켜 손도 씻더니 어언간에 저문 해는 서산을 넘고 저녁연기²⁸⁴는 먼 수풀에 얽혔는지라,

(영창) "해가 저물었으니 고만 정거장 근처로 돌아갑시다. 오늘 밤은 이곳에서 자고 내일 일찍이 떠나가며 또 구경하지."

(정임) "내일은 어디 어디 구경할까요? 요양 백탑²⁸⁵과 화표주²⁸⁶ 는 어디쯤 있으며, 여기서 심양 봉천부는 몇 리나 남았소? 아마 봉황성은 가깝지? 그러나 계문연수가 구경할 만하다는데 그 구경 도 할 겸 이 길에 북경까지 갈까?"

하며 막 돌아서서 정거장을 향하고 오는데, 한편 산모퉁이에서 난데없는 청인 한 떼가 혹 말도 타고, 혹 노새도 타고 우 달려들 며 두말없이 영창이를 잔뜩 결박하여 나무 수풀에 제쳐 매어놓고 일변 수대²⁸⁷도 빼앗고, 시계도 떼고, 안경도 벗겨 모두 주섬주섬 하여 가지고, 정임이를 번쩍 들어 말께 치켜 앉혀놓고 꼼짝도 못 하게 층층 동여매더니 채찍을 쳐서 급히 몰아가는지라, 정임이는 여러 번 놀라본 터에 또 꿈결같이 이 변을 당하매 가슴이 덜컥 내 려앉고 간이 콩잎만 해지며 자기 잡혀가는 것은 고사하고 그 남 편이 어찌 된지 몰라 눈이 캄캄하고 정신이 아득아득하여 그 마 음을 지향할 수 없으나 그 형세가 불가항력²⁸⁸이라 속절없이 잡혀 가는데, 어디로 가는지 한없이 가다가 한 곳에 다다라 궁궐같이 큰 집 속으로 들어가더니, 정임이를 대청에 올려 앉히고 그 여러 놈이 좌우로 늘어서서 똥 본 오리처럼 무엇이라고 지껄이매 그 상좌에 기골이 장대하고 용모가 준수한 청인이 흰 수염을 쓰다듬 고 앉아서 기쁜 빛이 얼굴에 가득하여 빙글빙글 웃으며 정임을

향하고 무슨 말을 묻는 것 같으나, 정임이는 말도 알아듣지 못할 뿐더러, 그때는 놀란 마음 무서운 생각 다 없어지고 단지 악만 바짝 나는 판이라,

　(정임) "나 도무지 개 같은 오랑캐 소리 몰라."

하고 쇠 끊는 소리를 지르니, 그 청인의 옆에 앉았던 한 노인이 반가운 안색으로,

　(노인) "여보, 그대가 조선 사람이오그려. 조선말 소리를 들으니 반갑기는 하구먼……, 응…… 집이 어디인데 어찌 되어 저 지경을 당하였단 말이오?"

하는 말이 조선말을 듣고 대단히 반갑게 여기는 모양이니, 정임이도 역시 위험한 경우를 당한 중에 본국 사람을 만나니 마음에 적이 위로되어,

　(정임) "집은 서울인데 만주로 구경 왔다가 불의에 이 변을 만났습니다."

하고 대답하며 그 노인을 자세히 보니, 의복은 청인의 복색을 입었으되 그 얼굴이든지 목소리가 일호도 틀리지 않고 흡사한 자기 시아버지 김승지 같으나, 김승지는 태평양으로 떠나갔는지 인도양으로 떠나갔는지 모르는 터에 이곳에 있을 리는 만무한데, 암만 다시 보아도 정녕한 김승지요, 어려서 볼 때와 조금 다른 것은 살쩍이 허옇게 셀 뿐이라. 심히 의아한 중에 약은 생각이 나서, 내가 저 노인의 거동을 좀 보고 만일 우리 시아버지는 아닐지라도 보기에 그 노인이 아마 주인과 정다운 듯하니 이 곤란한 중에 언턱거리[289]나 좀 하여보리라 하고 혼잣말로,

(정임) "아이그, 세상에 같은 얼굴도 있지! 그 노인이 영락없이 우리 시아버님 같애."

하며 별안간 좍좍 우니, 그 노인이 정임이 우는 것을 한참 바라보고 무슨 생각을 하다가,

(노인) "여보, 그게 웬 말이오? 내가 누구와 같단 말이오? 그대는 누구의 따님이 되며, 그대의 시아버님은 누구신가요?"

(정임) "나는 이시종 ○○의 딸이요, 우리 시아버님은 김승지 ○○신데, 시아버님께서 십여 년 전에 초산 군수로 참혹히 돌아가신 후에 다시 뵙지 못하더니, 지금 노인의 용모를 뵈오니 이렇게 죽을 경우를 당한 중에도 감창한 생각이 나서 그리합니다."

그 노인이 그 말 듣더니 깜짝 놀라며,

(노인) "응, 그리야? 그러면 네가 정임이지?"

하고 묻는데 정임이가 그 말 들으니 죽은 줄 알던 시아버지를 의외에 찾았는지라. 반가운 마음에 정신이 번쩍 나서,

(정임) "이게 웬일이오니까! 신명이 도와 아버님을 뜻밖에 만나 뵈오니 이제는 죽어도 한이 없겠습니다."

하고 일어나 절하며 생각하니, 그제야 정작 설움이 나서 느껴가며 우는데 김승지는 눈물을 흘리며,

(김승지) "네가 이게 웬일이냐! 이게 웬일이냐! 네가 이곳을 오다니? 그러나 영창이 소식을 너는 알겠구나. 대관절 영창이가 초산 봉변할 때에 죽지나 아니하였더냐?"

(정임) "장황한 말씀은 미처 할 수 없삽고 영창이도 이 길에 같이 오다가 이 변을 당하여 그곳에 결박하여놓는 것을 보고 잡혀

왔는데, 그간 어찌 되었는지 궁금하기 이를 길 없습니다."

김승지가 그 말 듣더니 벌떡 일어나서 안을 향하고,

(김) "마누라, 마누라! 정임이가 왔소그려. 영창이도 같이 오다
가 중로에서 봉변을 했다는걸."

하는 말에 김승지 부인이 신을 거꾸로 끌고 허둥지둥 나오며,

(부인) "그게 웬 말이오? 그게 웬 말이오, 정임이가 오다니! 영
창이는 어떻게 되었어?"

하고 달려들어 정임이 손목을 잡고 뼈가 녹는 듯이 울며 목멘 소
리가 잘 알아들을 수도 없는 말로,

(부인) "너는 어찌 된 일로 이곳에 왔으며, 영창이는 어디쯤서
욕을 본단 말이냐?"

하고 느끼며 묻는 모양은 누가 보든지 눈물 아니 날 사람 없겠
더라.

그 상좌에 앉았던 청인은 정임이 화용월태²⁹⁰를 보고 기쁜 마음
을 이기지 못하는 모양이더니, 김승지 내외가 서로 붙들고 울매
그 거동이 보기에 이상하고 궁금하던지 김승지를 청하여 무슨 말
을 묻는데, 김승지는 그 말 대답은 아니 하고 정임이를 불러 하는
말이,

(김) "저 주공에게 인사하여라. 내가 저 주공의 구원으로 살아
나서 저간에 은혜를 많이 받은 터이다."

하며 인사를 시키는지라, 정임이는 일어나서 머리를 굽혀 인사하
고, 김승지는 그제야 말대답을 하더니 그 대답이 그치매 청인은
무릎을 치며 정임을 향하여 무슨 말을 하는데 그 통변²⁹¹은 김승지

가 한다.

(청인) "당신이 저 김공의 며느님이 되신다지요? 나는 왕자인 (王自仁)이라 하는 사람인데, 당신의 시아버님과는 형제같이 지내는 터이오. 그러나 아마 대단히 놀랐지요? 아무 염려 말고 부디 안심하시오. 잠시 놀란 것이야 어떠하리까? 오래 그리던 부모를 만나 뵈니 좀 다행한 일이 되었소?"

(정임) "각하께오서 돌아가실 부모를 구호하시와 그처럼 친절히 지내신다 하오니 각하의 은혜는 실로 백골난망[292]이오며 이 사람은 부모를 오래 그릴 뿐 아니라 부모가 각하의 덕택으로 생존해 계신 줄은 모르고 망극한 마음을 죽어 잊지 못하겠삽더니, 오늘 의외에 만나 뵈오매 이제는 아무 한이 없사오니 어찌 잠깐 놀란 것을 교계하오리까?"

정임이는 그 왕씨를 대하여 백배사례하는데 왕씨는 일변 정임이 잡아 오던 도당을 불러 그때 정형을 자세히 조사하더니 곧 영창이를 급히 데려오라 하는지라. 그때 정임이 마음에는,

'우리 내외가 두수 없이 죽은 판에 천우신조하여 부모를 만나고 화색을 모면하니 이같이 신기할 데는 없으나 영창이는 그간 오죽 애를 쓰리!' 하는 생각이 나서,

'잠시라도 마음 놓게 하리라' 하고 명함 한 장을 내어 김승지를 주며,

(정) "아버님, 영창이를 데리러 여러 사람이 몰려가면 필경 또 놀랄 듯하오니 이 명함을 보내는 것이 어떠합니까?"

김승지가 그 말 들으매 그럴듯하여 왕씨와 의논하고 곧 그 명함

을 주어 보내고, 정임이는 자기 내외의 소경사를 대강 이야기하
니, 김승지 내외는 눈물 씻기를 마지아니하고, 왕씨도 역시 무한
히 칭탄[293]하더라.

　영창이는 삽시간에 혹화[294]를 당하여 정임이를 잃고 나무에 동
여맨 채로 꼼짝 못하고 앉았으매 이 산에서는 여우도 짖고, 저 산
에서는 올빼미도 울며 번쩍번쩍하는 인광(燐光, 도깨비불)은 여
기서도 일어나고 저기서도 일어나서, 남한산성 줄불[295] 놓듯 발부
리로 식식 지나가니 평시 같으면 무서운 생각도 있으련마는 그것
저것 조금도 두렵지 않고, 단지 바작바작 타는 속이 차라리 죽느
니만 같지 못하게 그 밤을 지내더니, 하룻밤이 삼추같이[296] 지나가
고 동방에 새벽빛이 나며 먼 수풀에 새소리가 지껄이는데, 언덕
밑으로 어떤 청인 농부 한 사람이 지나가다가 그 광경을 보고 웅
얼웅얼 탄식하며 동여맨 것을 끌러주고 가는지라. 그 농부를 향하
여 무수히 사례하고 다시 앉아 생각하니, 정임이는 결코 욕보고
살지 아니할 터이요, 두말없이 죽은 사람이라. 그 연유를 관원에
게 호소하자 하니, 그 호소가 대단히 묽은 호소가 될 터이요, 그
대로 돌아가자 하니 정임이는 죽었는데 나는 살아가는 것이 사람
의 의리가 아닐 뿐 아니요, 설령 혼자 돌아간다 한들 정임이 부모
볼 낯도 없고 장래 신세도 다시 희망할 바가 없는지라 혼잣말로,

　"허……, 저간에 우리 두 사람이 그러한 천신만고를 지내고 간
신히 다시 만난 것이 모두 허사가 되었구나!"
하고 목을 매어 죽으려고 양복 질빵을 끌러 막 나뭇가지 가에 치
켜 거는 판에 별안간 어떤 청인 십여 명이 어젯밤 모양으로 또 달

려들어 죽 돌라서는지라.[297] 속마음으로,

'저놈들이 또 왔구나. 오냐, 암만 또 와도 이제는 기탄없다. 어젯밤에 재물 빼앗기고 계집까지 잃었으니, 지금에는 죽이기밖에 더 하겠느냐. 이왕 죽을 사람이 죽인대도 두려울 것은 없다마는 너의 손에 우리 내외가 죽는 것이 지극히 통한하다.'

하고 생각할 즈음에, 그중 한 사람이 고두[298] 경례하고 명함 한 장을 내어주며 금안[299] 준마[300]를 앞에 세우고 말에 오르기를 재촉하는데, 그 명함은 정임이 명함이요, 명함 뒤에 연필로 두어 자 기록한 말은,

"천만의외에 부모가 이곳에 계시니 기쁜 마음은 꿈인지 생시인지 깨닫지 못하겠사오며, 나도 역시 무사하오니 아무 염려 말고 급히 오시오."

하였는지라. 그 명함을 받아 보매 반가운 마음에 기가 막혀서,

"응…… 부모가 계셔?"

하는 소리가 하는 줄 모르게 절로 나가나 마음을 진정하여 그 사리를 다시 생각하니 한편으로 의심이 나서,

'그러할 이치가 만무한 일인데 이게 웬 말인고? 만일 이 말이 사실 같으면 희한한 별일이다.'

하고 이리저리 연구하여보니 다른 염려는 별로 없고, 그 글씨가 정임이 필적이라. 반가운 마음이 다시 나서 곧 그 말 타고 귀에 바람이 나도록 달려가더라.

김승지 내외와 정임이는 영창이를 데리러 보내고 오기를 고대하더니 문밖에서 말굽 소리가 나고 영창이가 지도자를 따라 들어

오는지라. 김승지 내외는 정신없이 내려가서 영창이 목을 안고 얼굴을 한데 대며,

"네가 영창이로구나!" 하고 대성통곡하는데, 영창이는 명함을 보고 오면서도 반신반의하다가 참 부모가 그곳에 있는지라, 평생에 철천지원이 되던 부모를 만나니 비감한 마음이 자연 나서 역시 부모를 붙들고 우니, 정임이도 따라 울어 울음 한판이 또 벌어졌더라.

이때 주인 왕씨는 즉시 크게 연회를 배설하고 김승지의 가족 일동을 위로하는데, 왕씨가 영창이 손을 잡고 술을 들어 김승지를 권하며,

(왕) "김공은 이러한 아들과 저러한 며느리를 두었으니 장래에 무궁한 청복[301]을 받으시겠소."

하는지라, 김승지는 그 말 교대에 대답하는 말이,

(김) "여년[302]이 몇 해 아니 남은 터에 복을 받으면 얼마나 받겠습니까마는, 내가 주공의 덕택으로 살아나서 천행으로 저것들을 다시 보니 그것이 신기한 일이지요. 그러나 주공께 잠깐 여쭐 말씀은 내가 주공을 모시고 있은 지 십 년에 이 은혜는 태산이 오히려 가벼우니 능히 갚을 길이 없사오며, 그간 깊이 든 정분은 차마 주공을 이별할 수 없습니다마는, 서로 죽은 줄 알던 저것들을 만나니 다시 헤어질 마음이 없을 뿐 아니라, 내가 늙어 죽을 날을 알지 못하는 터이오니 이번에 저것들과 한가지 돌아가서 몇 날이 되든지 부자가 서로 의지하고 살다가 백골을 고국 청산에 묻고자 하오니, 존의[303]에 어떠하시오니까?"

하며 눈물을 흘리매 왕씨가 그 말 듣고 한참 침음[304]하더니,

(왕) "사정이 그러하시겠소."

하고 곧 행장을 차려 김승지와 그 가족을 전송하는데 친히 십 리
장정에 나와 김승지 손을 잡고,

(왕) "김공은 다행히 자제를 만나서 오래간만에 고국을 돌아가
시니 실로 감축한 일이올시다마는, 나는 십 년 친구를 일조에 이
별하니 이같이 감창한 일은 다시 없소그려."

하며 수대를 열고 금화 일만 원을 내어주며,

(왕) "이것이 비록 약소하나 내가 정의를 표하고자 하여 드리는
것이올시다. '행자는 필유신'[305]이라니 가지고 가다가 노자나 하시
오."

(김) "공은 정의로 주신다니 나도 정의로 받아 가지고 가서 노
래에 쇠한 몸을 잘 자양[306]하겠습니다마는, 우리가 모두 늙은 터에
한번 이별하면 다시 만나기를 기약할 수 없으니 그것이 지극히
비창한 일이올시다그려."

하며 서로 붙들고 울어 차마 놓지 못하다가 김승지 가족 일동은
모두 왕씨를 향하여 백배사례하고 떠나니, 왕씨는 섭섭한 마음을
이기지 못하며 보호자를 보내 정거장까지 호송하더라.

영창이 내외는 천만의외에 그 부모를 찾으매 구경도 더 할 생각
없고, 여행도 다시 할 필요가 없어, 즉시 부모 모시고 만주 남행
차 타고 서울로 돌아오며, 차 속에서 영창이는 영창이 소경력을
이야기하고, 정임이는 정임이 지내던 일을 자세히 말하니, 김승
지는 자기 역사를 이야기한다.

(김) "내가 초산서 그 봉변을 당하고, 뒤주 속에 들어앉았으니 늙은이들이 그 지경을 당하여 무슨 정신이 있겠느냐? 그놈들이 떠메고 나가는지, 강물로 떠나가는지, 누가 건져 가는지 도무지 몰랐더니, 아마 그 뒤주가 강물로 떠내려가는데, 그때 마침 상마적[307]이 물 건너와서 노략질해 가지고 가다가 그 뒤주를 만나매 그 사람들 눈에는 무엇이든지 모두 재물로 보이는 터이라 뒤주 속에 무슨 큰 재물이나 있는 줄 알았던지 죽을힘을 써서 건져 메고 갔나 보더라. 어느 때나 되었던지 간신히 정신을 차려 보니 평생에 보지 못하던 큰 집 대청에 우리 내외가 같이 누웠고, 낯모르는 청인들이 좍 둘러섰는데 어리어리하는 생각에 '우리가 죽어서 벌써 염라부[308]에 들어왔나 보다' 하였더니, 그중 어떤 사람이 지필[309]을 가지고 와서 필담을 하자고 하니, 눈은 침침하여 잘 보이지는 아니하고 손은 떨려 글씨도 쓸 수 없으나 간신히 정신을 수습하여 통정을 하는데, 그 사람이 곧 주인 왕씨더라. 그 왕씨는 상마적 괴수인데 비록 도적질은 하나 사람인즉 글이 문장이요 뜻이 호화하여 훌륭한 풍류남자요, 또 천성이 지극히 인자한 사람이더라. 그런데 그 사람이 나를 어떻게 보았던지 그때로부터 극진히 보호하여 의복 음식과 거처 범백을 모두 자기와 호리[310]가 틀리지 아니하게 대접하며, 글도 같이 짓고, 술도 같이 먹고, 바둑도 같이 두고, 어디를 가도 같이 가니, 자연 지기가 상합하여 하루 이틀 지내는데, 너희들이 어찌 된지 몰라 애가 타서 한시를 견딜 수 없으나 통신은 자유로 못 하게 하는 고로 이시종에게 편지도 한번 못 하고 있다가 어느 때인지 기회를 얻어 우체로 편지를 한번 부쳤

더니, 다시는 소식이 없기에 너희들이 모두 죽은 줄 알고 그 후로는 주인도 놓지 않지마는, 나도 돌아갈 생각이 적어 그럭저럭 지내니 그 상하는 마음이야 어떠하겠느냐! 그러나 모진 목숨이 억지로 죽지 못하고 두 늙은이가 항상 울고 오늘날까지 부지하더니, 천만 몽상 밖에 정임이가 그곳을 왔더구나. 정임이 그곳에 온 것이 실로 다행하게 된 일이나, 정임이가 그곳에 잡혀 오단 말이 되는 말이냐!"

이렇게 이야기할 사이에 탄환같이 빠른 차가 어느 겨를에 벌써 압록강을 건너니 총울[311]한 강산이 모두 보이는 대로 새롭더라.

이시종 내외는 정임이 부부 신혼여행을 보내매 그 길이 아무 염려는 없는 길이지마는 두 사람은 천연적 풍파를 많이 만나는 사람들이라. 하도 여러 번 위험한 경우를 지내본 터인 고로 어린아이 물가에 보낸 것같이 근심하다가 회정[312]해 온다는 날이 되어 잠시가 궁금하여 평양까지 내려가서 기다리더니, 그때 정임이 내외가 화기가 만면하여 오다가 이시종 내외를 보고 차에 내려 인사하는지라. 이시종은 그 두 사람이 잘 다녀오는 것을 대단히 기뻐할 때에 옆에서 어떤 사람이 별안간 손목을 잡으며,

"허……, 자네 오래간만에 만나겠네그려."

하는데 돌아다보니 생각도 아니 하였던 김승지가 왔는지라. 마음에 깜짝 놀라서,

(이) "아! 자네, 이게 웬일인가…… 응?…… 대관절 어찌 된 일인가!"

(김) "우리가 다시 못 만날 줄 알았더니 서로 죽지 않고 오늘 만

난 것이 다행한 일이오. 이 못생긴 목숨이 살아 돌아오는 것은 이게 내 복이 아니라 우리 며느리 덕일세."

하며 반가운 이야기를 하고, 한편에는 이시종 부인과 김승지 부인이 서로 붙들고 울더니, 이시종과 김승지는 가족들 데리고 그 길로 곧 부벽루에 올라가서 그사이 지내던 역사와 서로 생각하던 정회를 말하며 술잔을 들고 토진간담[313]하는데, 이때에 아아[314]한 청산과 양양[315]한 유수가 모두 그 술잔 가운데 비춰었더라.

금수회의록

* 황성서적업조합, 1908년 2월.

1 천추(千秋) 긴 세월.

2 강해(江海) 강과 바다. 하해(河海).

3 만고(萬古) 오랜 옛적.

4 도척(盜拓) 현인 유하혜(柳下惠)의 아우로 춘추 시대의 몹시 악한 인물.

5 청천백일(靑天白日) 맑게 갠 대낮.

6 사마(駟馬) 네 필의 말이 끄는 수레.

7 국도(國都) 나라의 수도.

8 횡행(橫行) 모로 간다는 뜻으로, (강도·불량배 따위가) 사회의 안녕·질서를 어지럽히며 거리낌 없이 제멋대로 행동함.

9 안자(顏子) 안회(顏回). 기원전 514~기원전 483. 중국 춘추 시대 말기의 학자로 공자의 제자. 자는 자연(子淵). 안연(顏淵)이라고도 한다. 공자의 제자 가운데는 학자, 정치가, 웅변가로서 뛰어난 사람이 많았으나 안회는 덕의 실천에서 가장 뛰어났다. 그는 가난하고 불우한 생활에도 불구하고 오로지 연구와 수덕(修德)에만 전념하여, 공자가 가장 사랑하는 제자가 되었으며, 공자의 제자 가운데 겸허한 구도자(求道者)의 상징이 되었다. 32세에 요절하자, 공자가 "하늘이 나를 버리

시는도다"라고 탄식했다 한다.

10 누항(陋巷) 좁고 지저분하며 더러운 거리.

11 죽장망혜(竹杖芒鞋) '대지팡이와 짚신'의 뜻으로, 먼 길을 떠날 때의 아주 간편한 차림새를 이르는 말.

12 녹수(綠水) 푸른빛이 나는 깊은 물. 벽수.

13 기화요초(琪花瑤草) 옥같이 고운 꽃과 풀.

14 화육(化育) 천지자연의 이치로 만물을 낳아서 기르는 것. 또는 그렇게 하는 일.

15 패악(悖惡) 도리에 어그러지고 흉악함.

16 무도패덕(無道悖德) 도리와 의리에 어긋나서 막됨.

17 절통(切痛) 몹시 원통함.

18 각색(各色) 여러 가지. 각종(各種).

19 형형색색(形形色色) 온갖 모양과 가지가지의 색깔. 가지각색.

20 제제창창(濟濟   ) 많고 성함.

21 읍(揖) 인사 예법의 하나. 마주 잡은 두 손을 얼굴 앞으로 들어올리고 허리를 공손히 굽혔다가 폄.

22 위의(威儀) 위엄이 있는 태도나 차림새.

23 제반악증(諸般惡症) 여러 가지 악한 증세.

24 불고(不顧) 돌보지 않음.

25 골육상잔(骨肉相殘) 부자·형제·숙질 등 가까운 혈족끼리 서로 싸움. 골육상쟁.

26 덕의심(德義心) 덕의를 소중히 여기고, 그대로 행하려는 마음.

27 침노(侵擄) 손해를 끼치거나 해침.

28 상주(上奏) 임금에게 말씀을 아룀. 주상(奏上).

29 반포의 효 반포지효(反哺之孝). 까마귀 새끼가 자라서 늙은 어미에게 먹이를 물어다 주는 효성이란 뜻으로, 자식이 커서 어버이의 은혜에 보답하는 효성을 이르는 말.

30 소회(所懷) 마음에 품고 있는 생각.

31 가취(可取) 취할 만함. 또는 쓸 만함.

32 고연(固然) 본디부터 그러함.

33 백낙천(白樂天) 백거이(白居易). 중국 중당 시대(中唐時代)의 시인(772~846).

자는 낙천(樂天), 호는 향산거사(香山居士), 시호는 문(文). 허난성(河南省) 신정현(新鄭縣) 사람이다. 「신악부(新樂府)」「진중음(秦中吟)」 같은 풍유시와 「한림제고(翰林制誥)」처럼 이상에 불타 정열을 쏟은 작품을 창작했고 당 현종과 양귀비의 사랑을 노래한 장편시 「장한가(長恨歌)」에는 부인에 대한 작자의 사랑이 잘 반영되어 있다.

34 증자(曾子) 기원전 505~436년경. 중국의 철학자. 이름은 삼(參). 자는 자여(子輿). 공자의 문하생이며 『대학』의 저자로 알려져 있다. 『대학』은 『예기』의 한 부분이며 사서(四書) 가운데 하나로, 그는 여기에서 유가의 덕목인 충(忠)과 서(恕)의 중요성을 강조했다. 그는 유가에서 강조하는 '효'를 재확립하는 데 힘썼는데, "부모를 기리고, 부모를 등한시하지 않으며, 부모를 부양한다"고 하여 효를 3단계로 열거했다.

35 『본초강목(本草綱目)』 중국의 유명한 약학서. 명대(明代) 이시진(李時珍, 1518~1593)이 지었으며 모두 52권이다. 『신농본초경(神農本草經)』 등의 중국 역대 약학서에서 내용을 취하여 편집했으며, 만력(萬曆) 6년(1578)에 완성했다. 모든 약에 대해 "정명(正名)으로 강(綱)을 나타내고 석명으로 목(目)을 붙였다"고 하여 『본초강목』이라 이름 지었다.

36 자조(慈鳥) '새끼가 어미에게 먹이를 날라다 주는 인자한 새'라는 뜻으로, 까마귀를 달리 이르는 말. 자오(慈烏).

37 주색잡기(酒色雜技) 술과 여색과 노름.

38 침혹(沈惑) 무엇을 몹시 좋아하여 정신을 잃고 거기에만 빠짐.

39 출천지효성(出天之孝誠) 본래부터 타고난 효성.

40 노래자(老萊子) 중국 춘추 시대 초(楚)나라의 현인으로 중국 24효자의 하나. 난을 피해 몽산(蒙山) 남쪽에서 농사를 짓고 살았는데, 27세에 아동복을 입은 어린애 장난을 하여서 노부모를 위안하였다.

41 사기(史記) 역사적 사실을 기록한 책.

42 도탄(塗炭) '진구렁과 숯불'의 뜻으로, 백성의 생활이 몹시 쪼들려 비참하고 고통스러운 상태.

43 침륜(沈淪) 재산이나 권세 따위가 없어지고 보잘것없이 됨.

44 이 대목은 당(唐)나라 장계(張繼)의 시 「풍교야박(楓橋夜泊)」의 첫 소절에서 온 것이다. 이 시는 다음과 같다.

月落烏啼霜滿天 달 지고 까마귀 우는 서리 내리는 추운 늦가을

江楓漁火對愁眠 강교와 풍교의 어선 불빛을 보며 잠을 못 이루네.

姑蘇城外寒山寺 고소성 저 멀리 한산사의 자정 범종 소리

夜半鐘聲到客船 배에 누운 나그네 귀에 은은히 들려오네.

한산사(寒山寺)는 중국 쨩수성(江蘇省) 쑤저우(蘇州市) 교외의 펑차오(楓橋鎭)에 있는 절. 당나라 시승(詩僧)인 한산자(寒山子)가 이곳에 살았기 때문에 한산사라 불리게 되었다 전해진다.

45 대망(大　) 이무기. 전설상의 동물의 하나. 용이 되려다 못 되고 물속에 산다는 큰 구렁이.

46 왕망(王莽) 중국의 단명한 나라인 신(新)의 창시자(기원전 45~기원후 25). 시호는 가황제(假皇帝), 섭황제(攝皇帝). 중국 역사에서는 '찬탈자'로 알려져 있다.

47 개자추(介子推) 중국 춘추 시대의 은왕(隱王). 진문공(晉文公)이 망명할 때 줄곧 모셨는데, 문공이 귀국 후 봉록(封祿)을 주지 않자 현산(縣山)에 숨었다. 문공이 뉘우치고 면산을 불질러 그가 나오도록 했으나 자추는 나오지 않고 타 죽었다고 한다.

48 면상산 면산(縣山).

49 이의부(李義府) 당나라 고종(高宗)때 이부상서를 지냈던 인물로, 문장이 뛰어나고 사무에 정통하였다.

50 상림(霜林) 서리를 맞아 잎이 시든 수풀.

51 이솝 Aesop. 그리스 우화집 작가로 여겨지는 인물에게 붙은 이름. 그는 거의 전설적인 인물에 가깝다.

52 사적(事跡) 일의 실적이나 공적.

53 염병에 까마귀 소리 불길하여 귀에 아주 거슬리는 소리를 이르는 말.

54 요순(堯舜) 고대 중국의 요임금과 순임금을 아울러 이르는 말.

55 상서(祥瑞) 복되고 좋은 일이 일어날 조짐.

56 술장 술자리가 벌어진 마당.

57 호가호위(狐假虎威) 여우가 호랑이의 위엄을 빌린다는 뜻으로, 남의 권세를 빌려 허세를 부리는 것을 의미함. 이 말은『전국책(戰國策)』'초책(楚策)'에 나온다.

58 괴악(怪惡)하다 고약하다.

59 전국책(戰國策) 중국 전국 시대의 사적을 기록한 책.

60 불가(不可) 옳지 않음.

61 부동(符同) 그른 일에 어울려 한통속이 됨.

62 육혈포(六穴砲) 탄알을 재는 구멍이 여섯 개 있는 권총.

63 『산해경(山海經)』 고대 중국 및 국외의 지리를 다룬 지리서. '산해경'이란 이름은 사마천(史馬遷)의 『사기』에서 맨 처음 보인다. 『산해경』은 중국 문학사에서 중요한 위치를 차지한다. 그 이유는 첫째, 상상력이 풍부한 묘사로 후대의 중국 작가, 시인들에게 영향을 주었고, 둘째, '지이류(志異類)' 문체의 효시로 여겨지기 때문이다. 지이류의 작품들은 기이한 이야기를 위주로 하고 사람과 풍물의 묘사가 생동감 있기는 하나 결코 역사적 사실은 아니다. 이 묘사법은 중국 소설의 발전에 중요한 몫을 했다.

64 논다니 웃음과 몸을 파는 여자를 속되게 이르는 말.

65 각부아문(各部衙門) 각각의 상급 관청.

66 공청(公廳) 관청 따위를 공무를 보는 집이라는 뜻으로 이르는 말.

67 전정(前程) 장차 나아갈 길. 전도(前途). 전정(前程).

68 청루(靑樓) 창기(娼妓)나 창녀들이 있는 집.

69 정와어해(井蛙語海) 우물 안 개구리가 감히 바다에 대해 말하는 식의 어리석음.

70 할금할금 곁눈으로 살그머니 자꾸 할겨 보는 모양

71 양비대담(攘臂大談) 소매를 걷어 올리고 큰소리를 침.

72 탁지(度支) '탁지부'의 준말. 탁지부(度支部)는 조선 말기와 대한제국기에 국가 재무를 총괄한 중앙행정부서.

73 결총(結總) 조선 시대에, 토지세 징수의 기준이 된 논밭 면적의 전체 수.

74 가석(可惜) 애틋하게 아깝고 가엾음.

75 아라사(俄羅斯) '러시아'의 음역어. 아국(俄國).

76 아미리가 '아메리카America'의 음역어.

77 주재(主宰) 주재자(主宰者). 어떤 일을 중심이 되어 맡아 처리하는 사람.

78 살죽경 안경.

79 자행거(自行車) 예전에 '자전거'를 이르던 말.

80 하우씨(夏禹氏) 중국 하나라의 우임금을 이르는 말.

81 성탕(成湯) 중국 은(殷)나라의 창건자. 기원전 18세기경에 활동한 중국의 황제. 태을(太乙)이라고도 한다. 하(夏, 기원전 22~19/18세기)나라를 멸망시키고 상

(商), 즉 은(기원전 18~12세기)나라를 세웠다. 역사상 실제 인물인 탕은 신분이 높은 가문의 후예였던 것으로 보인다. 전설에 의하면 신화적 인물인 황제(皇帝)의 후예라고 한다.

82 걸(桀) 중국 하나라의 마지막 왕(제17대). 이름은 제리계(帝履癸). 은의 주왕(紂王)과 나란히 중국 상고 시대(上古時代)의 폭군으로 대표된다.

83 주(紂) 중국 은의 마지막 왕. 제신(帝辛)·제신수(帝辛受)라고도 한다. 전설에 의하면 지나친 방탕으로 나라를 잃었다고 한다.

84 왕건(王建) 태조(太祖). 고려의 제1대 왕(877~943). 뛰어난 정치력과 덕망으로 고려 왕조 창건과 후삼국 통일의 위업을 이루었다. 자는 약천(若天). 송악(松嶽, 개성) 출신이다. 아버지는 금성태수(金城太守) 융(隆)이고, 어머니는 한씨(韓氏)이다.

85 왕우(王禑) 우왕(禑王). 고려 제32대 왕(1365~1389). 공민왕의 아들로, 10세에 왕위에 올랐으나 이성계에 의하여 폐위되었다. 재위 기간은 1375~88년이다.

86 왕창(王昌) 창왕(昌王). 고려 제33대 왕(1380~1389). 우왕의 아들로, 1388년에 이성계 일파가 우왕을 내쫓은 후 왕위에 올랐으나, 다시 이성계에 의하여 강화로 쫓겨난 뒤 살해되었다. 재위 기간은 1388~89년이다.

87 사사(私私) 사인(私人).

88 붕당(朋黨) 조선 시대에 이념과 이해에 따라 이루어진 사림(士林)의 집단. 당붕.

89 청촉(請囑) 청을 넣어 위촉하는 것.

90 『논어』「위정(爲政)편」에 나오는 말. 知之爲知之, 不知爲不知, 是知也.

91 소진(蘇秦) 중국 전국 시대의 책사(策士)로 종횡가(縱橫家)의 한 사람. 자는 계자(季子). 동주(東周)의 뤄양(洛陽)에서 태어나 장의(張儀)와 함께 제(齊)의 귀곡자(鬼谷子)에게 웅변술을 배웠다. 처음에는 진(秦)의 혜왕(惠王)에게 유세(遊說)했으나 기용되지 않았다. 후에 연(燕)의 문후(文候)에게 기용되어 동방 6국을 설득하고 합종동맹(合從同盟)을 체결해 진에 대항했다. 공을 인정받아 조(趙)의 무안(武安)에 봉토를 받았으나, 곧 참소를 받아 망명했다. 제에서 암살당했다고 한다.

92 장의(張儀) 중국 전국 시대 위(魏)나라의 정치가(?~기원전 309). 귀곡선생(鬼谷先生)에게서 종횡(縱橫)의 술책을 배우고, 뒤에 진(秦)나라의 재상이 되어 연횡책을 육국에 유세하여 열국으로 하여금 진나라에 복종하도록 힘썼다.

93 구밀복검(口蜜腹劍) 입에는 꿀을 바르고 뱃속에는 칼을 품고 있다는 뜻으로, 겉으로는 절친한 척하지만 속으로는 음해할 생각을 하거나, 뒤돌아서서 상대방을

헐뜯는 것을 비유한다. 이 고사는『십팔사략(十八史略)』에 보인다.

94 청량(淸亮) (음성이나 소리가) 맑고 밝음.

95 이와 하와. 이브.

96 전답(田畓) 논밭.

97 시랑(豺狼) 승냥이와 이리. 여기서는 탐욕이 많고 무자비한 사람의 비유.

98 늑탈(勒奪) 폭력이나 위력을 써서 강제로 빼앗음. 강탈(强奪).

99 무성포(無聲砲) 소리 안 나는 총.

100 군령(軍令) 군의 명령. 군명(軍命).

101 난병(亂兵) 규율이 잡히지 아니한 군대. 난군(亂軍).

102 시비(是非) 일의 옳고 그름. 시시비비(是是非非). 잘잘못.

103 무장공자(無腸公子) 창자가 없는 게라는 뜻으로, 여기서는 줏대 없는 인간을 비유.

104 영채(映彩) 환하게 빛나는 고운 빛깔.

105 포박자(抱朴子) 갈홍(葛洪). 중국에서 가장 이름난 도교 연금술사. 유교 윤리와 도교의 비술(秘術)을 결합시키려고 애썼다. 그의 대표적 저작인『포박자(抱朴子)』는 두 부분으로 나뉜다. 그 첫 부분인 내편(內篇) 20장에는 그의 연금술에 대한 견해가 적혀 있다. 여기에서 금단(金丹)이라는 연금약액(鍊金藥液)을 만드는 법, 방중술, 특이한 식이요법, 호흡과 명상법을 소개하고 있으며 심지어 물 위를 걷는 법과 죽은 사람을 살리는 법까지도 다루고 있다. 둘째 부분인 외편(外篇) 50장에서는 올바른 인간관계를 위한 윤리적 원칙의 중요성을 강조하고 당대 도교의 개인주의자들에게 퍼져 있던 쾌락주의를 격렬히 비판함으로써 유학도다운 면모를 보여주었다.

106 능라주의(綾羅紬衣) 무늬가 있는 비단과 명주옷.

107 만판 마음껏 흡족하고 충분하게. 마냥.

108 경륜(經綸) 어떤 포부를 가지고 일을 조직하고 계획하는 것.

109 자긍(自矜) 자기 스스로 자랑스러워함.

110 게도 제 구멍이 아니면 들어가지 아니한다 남의 영역을 함부로 침입하지 않는다는 말.

111 여염(閭閻) 백성의 살림집이 많이 모여 있는 곳. 여항(閭巷).

112 미구(未久) 앞으로 오래지 않음.

113 영영지극(營營之極) 세력이나 이익을 추구하기 위하여 악착같이 여기저기 왕래하는 모양.

114 수용산출(水湧山出) 물이 용솟음치고 산이 우뚝 솟는다는 뜻으로, 시나 글을 지을 때 풍부한 생각이 샘솟듯 떠오르는 상태.

115 『시전(詩傳)』 『시경(詩經)』의 주해서.

116 영영(營營)하다 가만히 있지 못하고 이리저리 쏘다니는 모양이 매우 번잡스럽다.

117 횃대 간짓대를 잘라 두 끝에 끈을 매어 벽 같은 데 달아매어 옷을 걸게 한 막대.

118 조고(趙高) 중국의 환관. 통일 제국 진(秦, 기원전 221~206)의 제1대 황제인 시황제(始皇帝)가 죽고 난 후 정권을 장악하려는 음모를 꾸몄다. 그 결과 진이 몰락하게 되었다. 시황제를 모시는 환관 책임자였던 그는 황제와 외부 세계 사이의 모든 연락을 맡고 있었으므로, 기원전 209년 여행 도중에 일어난 시황제의 죽음을 별 어려움 없이 감출 수 있었다.

119 조조(曹操) 중국 한대(漢代) 말기의 유명한 장군. 그는 한대 말기에 조정에서 상당한 권력을 가지고 있던 환관의 양자였다. 한말에 나라를 위협한 황건(黃巾)의 난을 진압하면서 장군으로서 고위직에 올랐다. 한은 황건의 난으로 인해 세력이 크게 약화되었고, 그 뒤를 이은 대혼란 속에서 중국은 군벌들이 통치하는 3국으로 분열되었다. 그는 한의 황제가 있던 수도 뤄양을 중심으로 하여, 전략적으로 중요한 북방 지역을 점령하고 점차 제국의 대권을 장악하게 되었다. 조조의 지략과 한때 백만 명이 넘었다는 그의 대군은 중국 역사에서 오랫동안 악명이 높았다. 유교적인 소양을 갖춘 중국의 역사가들이 기술한 역사서와 대중에게 인기 있는 전설 속에서 그는 빈틈없고 대담하며 무도한 악당의 대표적 인물로 묘사되었다. 그에 대한 이러한 묘사는 14세기의 위대한 역사소설 『삼국지연의(三國志演義)』에서 윤곽이 잡혔고, 그 이후로 그는 중국의 민간 전설에서 가장 유명한 인물 가운데 하나가 되었다.

120 효박(淆薄) (인정·물정 등이) 쌀쌀하고 각박함.

121 빈천지교(貧賤之交) 가난하고 미천할 때 사귄 사이. 또는 그러한 벗.

122 조강지처(糟糠之妻) '지게미와 쌀겨로 끼니를 이을 때의 아내'라는 뜻으로, 몹시 가난하고 천할 때 고생을 함께 겪어온 아내.

123 유지지사(有志之士) 어떤 일에 뜻이 있거나 관심이 있는 선비.

124 공담(公談) 여러 사람 앞에서 명백하게 공개하여 말함.

125 간물(奸物) 간사한 사람. 간물(姦物). 간인.

126 무소부지(無所不至) 이르지 않는 데가 없다.

127 먹 '똥'을 달리 이르는 말.

128 가정맹어호(苛政猛於虎) 가혹한 정치는 호랑이보다 더 무섭다. 『예기(禮記)』 단궁편(檀弓篇)에 실린 고사에서 유래한 말.

129 종용(從容) '조용'의 원말.

130 별호(別號) 별명(別名).

131 산군(山君) 호랑이.

132 양자(楊子) 양주(楊朱)의 존칭. 중국 전국 시대 초기의 도가 철학자. 양자거(楊子居), 양생(楊生)이라고도 한다. 위(魏)나라 사람으로 중국 역사에서 철저한 개인주의자이며 쾌락주의자라는 비난을 받았다.

133 사전(赦典) 국가에 경사가 있을 때 죄인을 용서하여주는 특전.

134 용사(用事) 권세를 부림.

135 진회왕(秦檜王) 중국 남송 주화파(主和派) 우두머리였던 재상.

136 초회왕(楚懷王) 초나라의 왕. 제(齊)나라와 동맹하여 강국인 진(秦)나라에 대항해야 한다고 주장한 굴원의 충고를 받아들이지 않아 결국 진나라의 포로가 되어 살해당했다.

137 굴평(屈平) 중국 전국 시대의 정치가 · 시인(기원전 343~289). 이름은 평(平). 자는 원(原). 독창적이고 개성적인 그의 시들은 초기 중국 시단에 많은 영향을 주었다.

138 오대주(五大洲) 지구 상의 다섯 대륙. 곧, 아시아 주, 유럽 주, 아프리카 주, 오세아니아 주, 아메리카 주.

139 양호유환(養虎遺患) 호랑이 새끼를 기르면 후환이 된다는 뜻으로, 은혜를 베풀어준 자에게 도리어 화를 당하는 것을 말함.

140 인생칠십고래희(人生七十古來稀) 사람이 칠십 세까지 살기는 예로부터 매우 드물다. 두보(杜甫)의 「곡강시(曲江詩)」에 나오는 구절이다.

141 지공무사(至公無私) 지극히 공평하고 사사로움이 없음.

142 쌍거쌍래(雙去雙來) 쌍쌍이 오간다는 뜻으로, 부부간의 금실이 좋음을 이르는 말.

143 애연(哀然) 슬픔이나 서글픔을 자아내는 상태에 있음.

144 절당(切當) 사리에 꼭 들어맞음.

145 박정(薄情) 인정이 박함.

146 가탁(假託) 거짓 핑계를 댐.

147 해갈(解渴) 목마름을 해소하는 것.

148 윤기(倫紀) 윤리와 기강(紀綱).

149 거년(去年) 지난해.

150 창황(蒼黃) 어떻게 할 겨를도 없이 다급함.

151 비루(鄙陋) (행동이나 성질이) 너절하고 더러움.

152 화기(和氣) 온화한 기색. 또는 화목한 분위기.

153 상부(喪夫) 남편의 죽음을 당함.

154 진(盡)하다 다 되다.

155 흉괴(凶怪) 흉악(凶惡).

156 현하지변(懸河之辯) 현하웅변(懸河雄辯). 흐르는 물과 같이 거침없이 잘하는 말.

자유종

* 광학서포, 1910년 7월.

1 숙부인(淑夫人) 조선 시대 때 정3품 당상관(堂上官) 아내의 봉작(封爵).

2 만좌(滿座) 여러 사람들이 모여 앉음.

3 인족(人族) 민족(民族).

4 체격(體格) 여기서는 형식이란 뜻.

5 모꼬지 놀이, 잔치 등의 일로 여러 사람이 모이는 일.

6 언필칭(言必稱) 말을 할 때마다 반드시.

7 상전벽해(桑田碧海) 뽕나무밭이 변하여 푸른 바다가 된다는 뜻으로 세상일의 변천이 심함의 비유.

8 고대광실(高臺廣室) 굉장히 크고 좋은 집.

9 금의옥식(錦衣玉食) 비단옷과 흰 쌀밥. 호화롭고 사치스런 옷과 음식.

10 승평무사(昇平無事) 나라가 태평하고 아무 탈 없이 편안함.

11 유의유식(遊衣遊食) 아무 하는 일 없이 놀고 입고 먹음.

12 수참(羞慙) 매우 부끄러움.

13 요마( ) 작음. 또는 변변하지 못함.

14 졸연(卒然)하다 갑작스럽다.

15 『예기(禮記)』 중국 유가 오경(五經) 중의 하나. 원문은 공자가 편찬했다고 전해진다. 『예기』는 곡례(曲禮) · 단궁(檀弓) · 왕제(王制) · 월령(月令) · 예운(禮運) · 학기(學記) · 악기(樂記) · 대학(大學) · 중용(中庸) 등을 담고 있으며 그 속에 드러나는 도덕적인 면을 매우 중요하게 보고 있다. 1190년 성리학파의 주희(朱熹)는 『예기』 중의 대학, 중용 2편을 각각 별개의 책으로 편찬하고 유교 경전인 『논어』 『맹자』와 더불어 사서(四書)에 포함시켰다.

16 층암절벽(層巖絶壁) 몹시 험한 바위가 겹겹으로 쌓인 낭떠러지.

17 사마자장(司馬子長) 사마천(司馬遷). 사마천은 중국의 천문관, 역관(曆官)이며 최초의 위대한 역사가로서 『사기(史記)』를 저술했다.

18 진소위(眞所謂) 그야말로, 참말로.

19 안석(案席) 앉을 때 몸을 기대는 방석. 안식(案息).

20 퇴침(退枕) 서랍이 있는 목침.

21 현철(賢哲) 어질고 사리에 밝음.

22 행검(行檢) 품행이 방정(方正)함.

23 자심(滋甚) 점점 더 심함.

24 생지(生知) 삼지(三知)의 하나. 나면서부터 도(道)를 앎. 생이지지(生而知之).

25 맹모의 삼천하시던 교육 '맹모삼천지교(孟母三遷之敎)'를 풀어 쓴 말. 맹자가 어렸을 때 묘지 가까이 살았더니 장사 지내는 흉내를 내기에, 맹자 어머니가 집을 시장 근처로 옮겼더니 이번에는 물건 파는 흉내를 내므로, 다시 글방이 있는 곳으로 옮겨 공부를 시켰다는 것으로, 맹자의 어머니가 아들을 가르치기 위하여 세 번이나 이사를 하였음을 이르는 말. 맹모삼천, 삼천지교.

26 구변(口辯) 말을 잘하는 재주나 솜씨. 언변(言辯).

27 군제(軍制) 군을 건설 · 유지 · 관리 · 운용하는 데에 필요한 모든 제도.

28 통투(通透) 사리를 꿰뚫어 보듯이 환히 앎.

29 공부자(孔夫子) 공자의 높임말.

30 생이지지(生而知之) 배우지 않아도 스스로 깨달아 앎.

31 법국(法國) 프랑스.

32 심산궁곡(深山窮谷) 깊은 산속의 험한 골짜기.

33 득승(得勝) 경쟁이나 싸움에서 승리를 거둠.

34 일용범절(日用凡節) 날마다 하는 모든 질서나 절차.

35 암매(暗昧) 못나고 어리석어 생각이 어두움.

36 제웅 짚으로 만든 사람의 형상. 그 안에 푼돈도 넣어 음력 정월 14일 저녁, 그해의 액막이로 길가에 버림. 초우인(草偶人).

37 『소학(小學)』 8세 전후의 어린아이들이 배우던 수신서(修身書). 중국 송나라의 주희(朱熹)가 엮은 것이라고 씌어 있으나, 사실은 그의 제자 유자징(劉子澄)이 주희의 지시에 따라 여러 경전에서 동몽(童蒙)들을 교화(敎化)할 수 있는 일상 생활의 자잘한 범절과 수양을 위한 격언과 충신·효자의 사적 등을 모아 편찬한 것이다. 이 책은 유교의 효(孝)와 경(敬)을 중심으로 이상적인 인간상과 아울러 수기(修己)·치인(治人)의 군자(君子)를 기르기 위한 계몽(啓蒙) 교훈을 주요 내용으로 하고 있다. 한국에서는 조선 초기부터 중요하게 다루어져 사학(四學)·향교·서원·서당 등 모든 유학 교육 기관에서 필수 과목으로 다루어졌으며, 사대부의 제자들은 8세가 되면 유학의 초보로 배워 조선 시대의 충효 사상을 중심으로 한 유교적 윤리관을 보급하는 데 큰 기여를 했다.

38 자고송(自故松) 저절로 말라 죽은 소나무.

39 적악(積惡) 남에게 못된 짓을 많이 함.

40 사지오관(四肢五官) 두 팔과 두 다리의 사지와 눈, 귀, 코, 혀, 피부의 다섯 가지 감각 기관을 아울러 이르는 말.

41 『사략(史略)』 중국의 18사를 초학자용으로 편찬한 책.

42 『통감(通鑑)』 중국의 편년체 사서.

43 『좌전(左傳)』 중국의 역사서 『춘추(春秋)』에 대한 고대의 해석서. 이 책은 현재 남아 있는 중국 문학 최초의 담화체 작품이다. 『좌전』은 『춘추』에 대한 상세한 해석서이며, 『춘추』에 기록된 사건들에 대해 상세한 산문체 설명과 풍부한 배경 자료를 제공하고 있다. 또한 이 책은 춘추 시대 전 시기에 일어난 주요 정치적·사회적·군사적 사건들에 관해 포괄적으로 설명한 책으로써 담화체 서술 방식으로 후세에 큰 영향을 끼쳐 중국 문학사상 독보적인 지위를 차지하고 있다.

44 『강목(綱目)』 중국 송대(宋代)의 사서(史書)로서 『자치통감강목(資治通鑑綱目)』 또는 『통감강목』이라고도 한다. 사마광(司馬光)의 『자치통감』을 토대로 그 이전의 기사(記事)를 보충해서, 중요한 사항을 강(綱)으로 삼고 부수적인 세부 항목을 목(目)으로 삼아 만든 편년사(編年史)이다. 남송 시대 주희(朱熹)의 저서라고 전해지지만, 그는 대체적인 범례를 밝혔을 뿐이고 문인(門人) 조사연(趙師淵) 등이 유언을 받들어 59권으로 지었다고 한다. 이 책은 유교 도덕의 표준을 실증하는 주자학파의 기본적인 교과서로서, 중국은 물론 동아시아의 유교 문화권에 널리 읽혔다.

45 일조(一朝) 하루 아침이라는 뜻으로, 갑작스럽도록 짧은 사이를 이르는 말.

46 굼기 '구멍'의 옛말.

47 범백(凡百) 갖가지의 모든 것.

48 지나(支那) '중국(中國)'을 달리 이르는 말.

49 이태백(李太白) 이백(李白). 중국 당대(唐代)의 시인. 자는 태백(太白). 청련거사(青蓮居士)라고도 한다. 두보(杜甫)와 함께 중국 최고의 고전시인으로 꼽힌다.

50 한퇴지(韓退之) 한유(韓愈). 중국 산문의 대가이며 탁월한 시인. 자(字)는 퇴지(退之). 한문공(韓文公)이라고도 한다. 중국과 일본에 광범위한 영향을 미친 후대 성리학(性理學)의 원조이다.

51 실재(實才) 글재주가 있는 사람.

52 거벽(巨擘) 어떤 전문적인 분야에서 남달리 뛰어난 사람.

53 광수의(廣袖衣) 직령, 도포, 단령 등 양반들이 입던 폭이 넓은 소매가 달린 옷.

54 도통(道統) 도학(道學)을 전하는 계통.

55 부자(夫子) 스승. 남의 존경을 받을 만한 사람을 일컫는 말.

56 고담준론(高談峻論) 스스로 잘난 체하고 과장하여 떠벌리는 말.

57 연골(軟骨) 어린 나이를 이르는 말.

58 난적(亂賊) 세상을 어지럽히는 무리나 도둑.

59 공적(公敵) 국가나 사회, 공중의 적.

60 의취(意趣) 뜻이나 마음이 쏠림. 의지와 취향. 지취.

61 지지(地誌) 어떤 지역의 자연·사회·문화 등의 지리적 현상을 분류·연구·기록한 것.

62 제갈량(諸葛亮) 중국 촉한(蜀漢)의 정치가. 자는 공명(孔明). 초인적인 능력을 가진 인물로 자주 묘사되는 제갈량은 중국의 많은 연극과 소설에서 즐겨 다루어진 인물이다.

63 비사맥(比斯麥) 비스마르크(Otto von Bismarck). 프로이센의 정치가, 독일 제국의 건설자, 초대 총리.

64 수모(水母) 해파리.

65 치국평천하(治國平天下) 나라를 잘 다스리고 온 세상을 평안하게 함.

66 수신제가(修身齊家) 몸과 마음을 닦아 수양하고 집안을 다스림.

67 적공(積功) 공을 쌓음. 많은 힘을 들여 애를 씀.

68 반절(反切) 훈민정음을 달리 이르는 말. 훈민정음이 초성, 중성, 종성을 합하여 한 글자를 이룬다는 사실에서 유래한다.

69 줏듣다 '주워듣다'의 준말.

70 장진지망(長進之望) 장래에 크게 진출할 희망.

71 발명(發明) 죄나 잘못이 없음을 변명하여 밝힘.

72 휘문의숙(徽文義塾) 1906년 민영휘가 서울에 설립한 사립 중등학교. 지금의 휘문 중·고등학교의 전신(前身)이다.

73 면례(緬禮) 무덤을 옮기어 장사를 다시 지냄.

74 최판관(崔判官) 불교에서 죽은 사람의 생전의 선악을 판단한다고 이르는 저승의 벼슬아치.

75 판책(版冊) 판으로 박아 낸 책.

76 등출(謄出)하다 원본에서 옮겨 베끼다.

77 세책(貰冊) 대본(貸本).

78 오거서(五車書) 다섯 수레에 실을 만한 많은 책.

79 세세성문(細細成文) 꼼꼼히 글을 만듦.

80 백해무리(百害無利) 해로운 것은 많고 득 되는 것은 없음.

81 제자백가(諸子百家) 춘추 전국 시대의 여러 학파. 공자(孔子), 관자(管子), 노자(老子), 맹자(孟子), 장자(莊子), 묵자(墨子), 열자(列子), 한비자(韓非子), 윤문자(尹文子), 손자(孫子), 오자(吳子), 귀곡자(鬼谷子) 등의 유가(儒家), 도가(道家), 묵가(墨家), 법가(法家), 명가(名家), 병가(兵家), 종횡가(縱橫家), 음양가(陰陽家) 등을 통틀어 이른다. 여기서는 제자백가가 지은 '제자백가서'의 뜻으로 쓰였다.

82 시역(始役) 공사나 역사(役事)를 시작함.

83 배산임류(背山臨流) 산을 등지고 물에 면한 길지(吉地).

84 입주(立柱) 기둥을 세움.

85 상량문(上樑文) 집을 지을 때 기둥에 보를 얹고 그 위에 마룻대를 올리는 일을 축복하는 글.

86 정당(正堂) 여러 건물 중에서 주가 되는 집채.

87 정쇄(精灑) 매우 맑고 깨끗함.

88 부벽주련(付壁柱聯) 기둥이나 벽에 장식이나 그림이나 글씨를 써넣어 걸치는 물건.

89 질자배기 둥글넓적하고 아가리가 짝 벌어진 질그릇.

90 서실(失) 물건을 흐지부지 잃어버림.

91 한데 사방, 상하를 덮거나 가리지 아니한 곳. 집채의 바깥.

92 닦달 물건을 손질하고 매만짐.

93 유루(遺漏) 빠지거나 새어버림.

94 패독산(敗毒散) 감기와 몸살을 푸는 약.

95 방문(方文) '약방문'의 준말.

96 발산(發散) 땀을 내서 병의 원인이 된 것을 몸 밖으로 빠져나가게 하는 치료법.

97 삼해주(三亥酒) 정월에 담그는 술의 한 가지.

98 빙거(憑據) 어떤 사실을 증명할 만한 근거. 또는 그런 근거를 대다.

99 탄하다 남의 말을 탓하여 나무라다.

100 문부(文部) 지금의 교육부.

101 투전(鬪) 두꺼운 종이로 손가락 너비만 하고 다섯 치쯤 되게 만들어, 그림으로 끗수를 나타낸 노름 제구의 하나. 또는 그것으로 하는 노름.

102 용혹무괴(容或無怪) 혹시 그러할지라도 괴이할 것 없음.

103 의귀(依歸) 귀의(歸依).

104 태서(泰西) 서양.

105 유리(有理) 이치에 맞는 점이 있음.

106 군부(軍部) 지금의 국방부.

107 공부(工部) 한말 토목 · 건축 등의 국가사업을 관장하던 관청. 공무아문.

108 회회교(回回敎) 이슬람교.

109 희랍교(希臘敎) 그리스 정교회.

110 장창(長槍) 긴 자루에 날을 붙여 군사들이 무기로 쓰던 칼.

111 일용상행(日用常行) 날마다 하는 일상적인 행동.

112 향념(向念) 마음을 기울임.

113 대성전(大成殿) 문묘(文廟) 안에 공자의 위패(位牌)를 모신 전각(殿閣).

114 재임(齋任) 거재 유생(居齋儒生)의 임원.

115 소민(小民) 상사람. 조선 중엽 이후 평민을 일컫는 말.

116 추렴(出斂) 모임이나 놀이 또는 잔치 따위의 비용으로 여럿이 각각 얼마씩의 돈을 내어 거둠.

117 쌍상투 옛날 관례 때에 머리를 갈라 두 개로 틀어 올린 상투.

118 죽영(竹纓) 가는 대로 꿰어 만든 갓끈.

119 괴탄(怪歎) 괴상하게 여기고 개탄함.

120 제주(祭酒) 성균관의 종3품 벼슬.

121 찬선(贊善) 세자(世子) 시강원(侍講院)의 정3품 벼슬.

122 초선(抄選) 위정 대신과 이조(吏曹) 당상이 모여 특별히 어떤 벼슬에 맞는 사람을 뽑는 일.

123 도태 도도한 태도.

124 야매(野昧) 촌스럽고 어리석음.

125 척양(斥洋) 서양을 배척함.

126 요명(要名) 명예를 구함.

127 대욕소관(大慾所關) 큰 욕망에 관계되는 바.

128 정자산(鄭子産) 정나라의 대부 공손교(公孫喬).

129 독선기신(獨善其身) 자기 한 몸의 처신만을 온전하게 함.

130 자질(子姪) 자여질(子與姪). 아들과 조카를 통틀어 이르는 말.

131 문인(門人) 문하에서 배우는 제자.

132 어거(馭車) 거느리어 바른길로 나가게 함.

133 흠선(欽羨) 우러러 부러워함.

134 신칙(申飭) 단단히 타일러 경계하다.

135 시골고라리 어리석고 고집 센 시골 사람을 놀림조로 이르는 말. 고라리.

136 휘자(諱字) 돌아간 높은 어른의 이름자.

137 통문(通文) 여러 사람의 이름을 적어 차례로 돌려 보는 통지문.

138 고직(庫直) 고지기. 관아의 창고를 보살피고 지키던 사람.

139 봉향(奉香) 헌관이 분향할 때 오른편 옆에서 집사관이 향합과 향로를 받들던 일.

140 대축(大祝) 종묘나 문묘 제향에서 축문을 읽는 사람. 또는 그 벼슬.

141 명륜당(明倫堂) 성균관에 있으며 유학을 가르치던 곳.

142 교궁(校宮) 각 마을에 있는 문묘. 재궁, 향교.

143 설시(設施) (도구, 기계, 장치 따위를) 베풀어 설비하다.

144 향족(鄕族) 좌수, 별감 등 향청의 직원이 될 자격이 있는 집안.

145 일명(逸名) 서얼.

146 색장(色掌) 성균관, 향교, 사학(四學) 등에 기거하는 유생의 한 임원.

147 선현(先賢) 옛날의 어질고 사리에 밝은 사람. 선철(先哲).

148 봉안(奉安) 신주(神主)나 화상(畫像)을 받들어 모심.

149 경앙(敬仰) 존경하여 우러러봄.

150 태묘(太廟) 종묘.

151 존봉(尊奉) 높이어 받듦.

152 성경현전(聖經賢傳) 성인이 지은 경과 현인이 지은 전.

153 성묘(聖廟) 공자를 모신 사당. 문묘(文廟).

154 무애(無) 막히거나 거치는 것이 없음.

155 참사(參祀) 제사에 참여함.

156 불심상원(不甚相遠) 그다지 틀리지 않음.

157 찬성장(贊成長) 후원회장.

158 격란사돈 글래드스턴(William Ewart Gladstone, 1809~1898). 영국의 정치가. 1868년 이후로 네 차례에 걸쳐 영국 총리를 지냈다. 재직 중 아일랜드 자치법 통과에 노력하고 제1차 선거법 개정에 공헌한 자유주의자.

159 일후(日後) 뒷날.

160 한만(閑漫) 아주 한가하고 느긋함.

161 사환(仕宦) 벼슬살이를 함.

162 서립(徐立) 서서히 세우다.

163 양계초(梁啓超) 량치차오. 중국 청나라 말에서 중화민국 초의 학자 · 정치가(1873~1929). 량치차오는 중국이 일본에게 치욕적인 패배(1894~95)를 당한 뒤, 백일 혁명(百日革命)을 추진했다. 그러나 개혁운동이 실패로 끝나자 일본으로 도피했으며, 망명 중에 그는 언론 활동을 통해 봉건적인 인습을 타파하고 입헌군주제를 세우자는 신민설(新民說)을 주장해 중국의 젊은이들에게 큰 영향을 주었다. 1912년 중화민국이 수립된 후, 중국으로 돌아와 진보당(進步黨)을 세웠다. 그는 국민당과 그 지도자 쑨원(孫文)에 반대하고, 공화국의 대총통 위안스카이(袁世凱)를 지지했다. 그러나 위안스카이가 공화국을 전복하고 스스로 황

제라 칭하자, 그를 토벌하는 군대를 조직하여 위안스카이를 몰아내는 데 앞장 섰다. 저서로는『선진정치사상사(先秦政治思想史)』(1930),『청대(淸代) 학술개 론』(1959) 등이 있다.

164 일향(一向) 한결같이.

165 요요(了了)하다 똑똑하고 약다.

166 왕인(王仁) 4세기 후반 무렵 왜국(倭國)에 건너가서 활동한 백제의 학자. 왕인 의 활동 연대는 대략 근초고왕대(346~375)에서 아신왕대(392~405) 사이로 보는 것이 일반적이다. 왕인은『논어』와『천자문』을 가지고 왜국으로 건너가 우치노와의 스승이 되었고, 경서에 통달하여 왜왕의 요청에 따라 그 신하들에 게 경(經)과 사(史)를 가르쳤다. 그의 후손들은 일본의 가와치(河內) 지방에 살면서 문서 기록을 맡은 사가가 되었다고 한다. 전라남도 영암군에는 왕인과 관련된 것으로 알려진 유적이 있으나 분명하지 않고, 일본 히라카타(枚方)에 는 그의 무덤으로 전하는 장소가 있다.

167 가속(家屬) 식솔. '아내'의 낮춤말.

168 산림(山林) 학식과 도덕이 높으나 벼슬을 하지 않고 숨어 지내는 선비를 이르 는 말.

169 뜬쇠 무른 쇠.

170 태육(胎育) 태교(胎敎).

171 당삭(當朔) 아이 낳을 달을 당함. 당월. 임월.

172 범연(泛然) 차근차근한 맛이 없이 데면데면함.

173 일동일정(一動一靜) 하나하나의 동정. 또는 모든 동작. 일정일동.

174 상두꾼 상여꾼.

175 저자 시장(市場).

176 학궁(學宮) 성균관(成均館)의 별칭.

177 아성(亞聖) 유학에서 공자 다음가는 성인(聖人)이라고 하여 '맹자'를 이르는 말.

178 은휘(隱諱) 꺼리어 숨기고 피함.

179 친교(親敎) 부모의 교훈.

180 구양수(歐陽脩) 1007~1072. 중국 북송(北宋) 때의 시인·사학자·정치가. 자 는 영숙(永叔), 호는 취옹(醉翁), 시호는 문충(文忠). 송대 문학에 '고문(古文)' 을 다시 도입했고 유교 원리를 통해 정계(政界)를 개혁하고자 노력했다.

181 퇴계(退溪) 이황(李滉, 1501~1570). 조선 중기의 문신 · 성리학자. 이동설(理動說) · 이기호발설(理氣互發說) 등 주리론적 사상을 형성하여 주자 성리학을 심화 · 발전시켰으며 조선 후기 영남학파의 이론적 토대를 마련했다. 본관은 진보(眞寶). 자는 경호(景浩), 호는 퇴계(退溪) · 퇴도(退陶) · 도수(陶搜).

182 순순(諄諄)하다 타이르는 태도가 다정하고 친절하다.

183 공효(功效) 공을 들인 보람이나 효과.

184 대경소괴(大驚小怪) 크게 놀라서 좀 이상하게 여김.

185 강남해(康南海) 캉유웨이(康有爲, 1858~1927). 중국의 학자. 1898년의 개혁운동 지도자이다. 근대 중국의 사상적 발전에서 중요한 역할을 했다. 청조 말기와 중화민국 초기에 중국의 도덕적 타락과 무분별한 서구화를 막아낼 정신적 지주로서 유교를 널리 전파하고자 했다.

186 중언부언(重言復言) 이미 한 말을 자꾸 되풀이함.

187 소이연(所以然) 그러하게 된 까닭.

188 사파달 스파르타Sparta. 그리스 펠로폰네소스 반도 남동부 라코니아 지방에 있던 고대 도시국가이며 오늘날에는 에브로타스 강 오른쪽 연안에 있는 라코니아 주의 주도.

189 노구(老嫗) 할멈.

190 정처(正妻) 본처(本妻).

191 여룡여호(如龍如虎) 용과 같고 호랑이와 같음.

192 두목지(杜牧之) 두목(杜牧, 803~852). 중국 당대(唐代)의 시인. 자는 목지(牧之). 828년 진사(進士)에 급제했다. 후에 황저우(黃州) · 츠저우(池州) · 무저우(睦州) · 후저우(湖州) 등에서 자사(刺史)를 지냈고 중서사인(中書舍人)이 되었다. 시(詩)에서 이상은(李商隱)과 나란히 이름을 날려 '소이두'(小李杜: 작은 李白 · 杜甫)라고 불렸다. 고시(古詩)는 두보 · 한유(韓愈)의 영향을 받아 사회 · 정치에 관한 내용이 많다.

193 솔양(率養) 양자로 데려옴.

194 총중(叢中) 떼를 지은 뭇사람 가운데.

195 이성호(李星湖) 이익(李瀷, 1681~1763). 조선 후기의 실학자. 유형원(柳馨遠)의 학문을 계승하여 조선 후기의 실학을 대성했다. 독창성이 풍부했고, 항상 세무실용(世務實用)의 학(學)에 주력했으며, 시폐(時弊)를 개혁하기 위하여 사색과 연구를 거듭했다. 그의 개혁 방안들은 획기적인 변혁을 도모하기보다는

점진적인 개혁을 추구한 것으로 현실에서 실제로 시행될 수 있는 것을 마련하기에 힘을 기울였다. 그의 실학사상은 정약용(丁若鏞)을 비롯한 후대 실학자들의 사상 형성에 커다란 영향을 끼쳤다. 본관은 여주(驪州). 자는 자신(自新), 호는 성호(星湖).

196 적서등분(嫡庶等分) 적자와 서자의 등급을 구분하는 것.

197 서북(西北) 황해도, 평안도, 함경도 지방. 과거 이 지역 출신자에 대한 차별이 존재했다.

198 조은당(趙隱堂) 은은당(隱隱堂) 조린(趙遴, 1601~1687). 벼슬은 장악원(掌樂院) 첨정(僉正)에 이르렀으나, 주로 은거하며 학문에 잠심함.

199 경대(敬待) 공경하여 접대함.

200 후박(厚薄) 후하게 구는 일과 박하게 구는 일.

201 만반진수(萬般珍羞) 상 위에 푸짐하게 차린 맛있는 음식.

202 유세차 효자모 효손모는 감소고우 현비 현조비 모봉 모씨(維歲次 孝子 某 孝孫 某 敢昭告于 顯 懸祖 某封某氏) 아들과 손자가 돌아가신 어머니와 할머니에게 바치는 축문.

203 유조(有助) 도움이 있음.

204 상한(常漢) 상놈.

205 천향(賤鄕) 풍속이 비루한 시골.

206 진개(眞開) 참말로.

207 심의(深衣) 높은 선비들이 입던 웃옷. 흰 베로 두루마기 모양으로 만들며, 소매를 넓게 하고 검은 비단으로 가를 둘렀음.

208 기호(畿湖) 경기도, 황해도 남부와 충청남도 북부 지역.

209 패호(牌號) 남들이 패 채워서 별명을 부름.

210 학구방(學究房) 서당.

211 계통문(契通文) 계약서와 통지문.

212 취대하기(取貸下記) 돈을 꾸고 꾸어주는 것을 적은 장부.

213 시부표책(詩賦表策) 시와 부와 표와 책.

214 전등신화(剪燈新話) 중국 명대(明代) 구우(瞿佑)가 지은 문어체(文語體) 단편소설집. 전4권. 각권 5편에 부록 1편이 포함되어 있다. 洪武 11(1378년) 무렵에 완성되었다. 고금(古今)의 괴담기문(怪談奇聞)을 엮어 만든 이 책은 당대(唐

代) 전기(傳奇)의 계통을 이은 몽환적인 아름다움을 지닌 이야기가 많으며, 문체도 화려하다. 이 책은 명말의 통속소설집 『삼언이박(三言二拍)』과 명대의 회곡에 소재를 제공했으며, 청초(淸初)의 『요재지이(聊齋志異)』에도 영향을 주었다. 『전등신화』는 우리나라에도 영향을 주었는데, 한국 최초의 한문소설인 김시습(金時習)의 『금오신화(金鰲新話)』는 이 소설을 본떠 쓴 것이다.

215 송귀봉(宋龜峰) 송익필(宋翼弼, 1534~1599). 조선 전기의 학자. 본관은 여산(礪山). 자는 운장(雲長), 호는 귀봉(龜峯). 문학적으로는 시·문에 다 능해 시는 성당시(盛唐詩)를 바탕으로 청절(淸絶)했으며, 문은 고문(古文)을 주장하여 논리가 정연한 실용적인 문체를 사용했다. 「제율곡문(祭栗谷文)」은 조선 시대 23대 문장의 하나로 평가받을 정도이며, 「은아전(銀娥傳)」은 당대로서는 보기 드문 전기체(傳記體)의 글이다. 문집 『구봉집』이 있다.

216 서고청(徐孤靑) 서기(徐起, 1523~1591). 조선 중기의 학자. 본관은 이천(利川). 자는 대가(待可), 호는 고청초로(孤靑樵老)·구당(龜堂)·이와(頤窩). 종의 신분을 타고났으나 어려서부터 재주가 뛰어나 7세에 한시를 지었다고 한다. 서경덕(徐敬德)·이중호(李仲虎)·이지함(李之菡)에게 배우고 당대의 명사들과 사귀었다. 어떤 어려움이 있어도 도학에 힘쓸 것을 굳게 결심하고 향리에 돌아왔다가 지리산 홍운동(紅雲洞)에 들어가 제자들을 가르쳤으며, 먹을 것이 없어서 돌배를 삶아 배고픔을 달래면서도 걱정하지 않았다고 한다. 뒤에는 계룡산의 고청봉(孤靑峰) 밑에 살면서 그 봉우리 이름을 호로 삼고 후학 양성에 힘썼다. 충청남도 공주의 충현서원(忠賢書院)의 별사(別祠)에 배향되었다.

217 정금남(鄭錦南) 금남군(錦南君) 정충신(鄭忠信, 1576~1636). 조선 중기의 무신. 북방 여진족에 대해 항상 경계하고 방비할 것을 주장했으며, 지략과 덕을 갖춘 명장으로 명성이 높았다. 본관은 광주(光州). 자는 가행(可行), 호는 만운(晚雲). 그에 얽힌 많은 설화가 전하는데, 무등산이 갈라지며 청룡과 백호가 뛰어나와 안겼다는 태몽, 이항복과의 인연, 임진왜란 때의 활약과 여진족을 다루는 영웅담 등이 한문 야담집에 전한다. 광주광역시 경렬사(景烈祠)에 제향되었다. 시호는 충무(忠武).

218 외읍(外邑) 외딴 시골.

219 존숭(尊崇)하다 존경하고 숭배하다.

220 벽파(劈破) 쪼개서 깨뜨림.

221 목불식정(目不識丁) 낫 놓고 기역 자도 모름.

222 준준무식(蠢蠢無識) 굼뜨고 어리석어 아무것도 알지 못함.

223 질욕(叱辱) 꾸짖어 욕함.

224 수번(首番) 상두꾼의 우두머리.

225 초라니 나자의 하나. 기괴한 계집 형상의 탈을 쓰고 붉은 저고리에 푸른 치마를 입음.

226 학부인(學部印) 교육부 직인.

227 내부인(內部印) 내무부 직인.

228 삼한갑족(三韓甲族) 대대로 문벌이 높은 집안.

229 융희(隆熙) 조선의 마지막 임금인 순종 때의 연호(1907~10).

230 제일상원(第一上元) 정월 대보름.

231 골몰무가(汨沒無暇) 한 가지 일에 몰두하여 틈이 조금도 없음.

232 십승지지(十勝之地) 풍수지리에서 말하는, 피란하기 좋다는 열 군데의 지방.

233 한림(翰林) 조선 시대 때 예문관의 검열의 별칭.

234 직각(直閣) 조선 시대 때 규장각의 벼슬.

235 발음(發蔭) 조상의 덕으로 후손의 운수를 알림.

236 전곡(錢穀) 돈과 곡식.

237 국참정(國參政) 구한국 때 의정부의 벼슬. 내부대신을 겸임함.

238 풍후(豊厚) 얼굴이 살쪄서 덕성스러움.

239 가부취결(可否取決) 회의에서 회칙에 따라 의안의 가부를 결정함.

240 비창(悲愴)하다 마음이 아프고 슬프다.

241 전수가결(全數可決) 회의에 모인 모든 사람이 찬성하여 결정함.

242 수종(水腫)다리 병으로 퉁퉁 부은 다리.

243 내종병(內腫病) 내장에 종기가 나는 병.

244 정충증(症) 공연히 가슴이 울렁거리며 불안한 증세.

245 화제(和劑) 약을 짓기 위해 약재 이름과 분량을 적은 종이. 약방문.

246 성경(誠敬) 정성을 다하여 공경함. 또는 정성과 공경을 아울러 이르는 말.

247 위군(爲君) 임금을 섬김.

248 법제(法製) 약재를 약방문대로 가공함.

249 무시복(無時服) 때를 정하지 않고 수시로 복약함.

250 대기(大忌) 크게 금하다.

251 태타(怠惰) 게으름.

252 청상(淸爽) 맑고 상쾌함.

253 환골탈태(換骨奪胎) 사람이 보다 나은 방향으로 변하여 전혀 딴사람처럼 됨.

254 촉비(觸鼻) 냄새가 코를 찌름.

255 기진(氣盡) 기운이 다함.

256 옥골선풍(玉骨仙風) 살빛이 깨끗하고 고결하여 신선 같은 풍채.

257 복발(腹發) 근심, 설움, 병 등이 다시 일어남.

258 선퇴(蟬退) 매미가 탈바꿈할 때 벗은 허물. 성질이 차서 두드러기, 경풍(驚風) 따위에 쓴다. 선세(蟬蛻)·조갑(蜩甲).

259 간기증(癎氣症) 지랄병.

260 사퇴(蛇退) 뱀의 허물. 어린이의 경풍(驚風)과 여러 가지 외과(外科) 질환 치료에 쓴다. 사탈피.

261 인후증(咽喉症) 구강(口腔)의 맨 안쪽으로, 식도(食道)와 기도(氣道)로 통하는 곳에 생긴 병.

262 육기(六氣) 사람 몸에 흐르는 여섯 가지 기운. 호(好), 악(惡), 희(喜), 노(怒), 애(愛), 낙(樂)을 이른다.

263 와사(瓦斯) 가스의 한자명.

264 경편(輕便) 가볍고 간단하여 사용하기에 편리함.

265 낙역부절(絡繹不絶) 왕래가 그침이 없음.

266 돌올(突兀) 높이 우뚝 솟음.

267 서윤(庶尹) 조선 시대 때 한성부와 평양부에 두었던 종4품 벼슬.

268 방매(放賣) 물건을 내놓아 팖.

269 감중련(을) 하다 감괘의 가운데 획이 이어져 틈이 막혔다는 뜻으로, 입을 다물고 말을 하지 않음을 이르는 말. '감중련(坎中連)'은 팔괘(八卦)의 하나인 감괘(坎卦)의 상형.

270 석장(錫杖) 중이 짚는 지팡이.

271 황공복지(惶恐伏地) 지존한 존재의 은덕이나 위엄 등이 분에 넘쳐 땅에 엎드림.

272 내두(來頭) 지금으로부터 닥치는 앞. 전두(前頭).

273 발원(發願) 무엇을 바라고 원하는 생각을 냄. 소원을 빎. 기원(祈願).

274 앙화(殃禍) 죄의 앙갚음으로 받는 재앙(災殃).

275 소소(昭昭)하다 사리가 뚜렷이 드러나서 밝다.

276 음사(淫祠) 내력이 바르지 아니한 귀신을 모셔놓은 집채.

277 몽사(夢事) 꿈에 나타난 일.

구마검

* 대한서림, 1908년.

1 구마검(驅魔劒) 마귀를 쫓는 칼.

2 대안동(大安洞) 지금의 안국동.

3 베전 육의전(六矣廛)의 하나. 조선 시대에 서울에서 베를 팔던 시전(市廛). 포전 (布廛).

4 병문(屛門) 골목 어귀의 길가.

5 조석(朝夕) 아침과 저녁. 조만(朝晚).

6 검불 마른풀이나 가랑잎, 지푸라기 따위의 총칭.

7 생량(生凉) 가을이 되어 서늘한 기운이 생기는 것.

8 북새 북풍.

9 도래멍석 새끼 날을 짚으로 싸서 둥글게 엮은 큰 자리.

10 귀영자(鉤纓子) 벼슬아치의 갓에 갓끈을 다는 데 쓰는 S자 모양의 고리.

11 저모립(豬毛笠) 당상관이 썼던 돼지털로 싸개를 한 갓.

12 정월 대보름날 귀머리장군 연 떠나가듯 멀리 가서 떨어지는 모양을 이르는 말. '귀 머리장군'은 윗머리 양쪽 귀퉁이에 검은 부등변 삼각형이 그려진 연(鳶).

13 마장 십 리나 오 리가 못 되는 거리를 이르는 말. 3마장은 3리.

14 탕건(宕巾) 말총으로 앞은 낮고 뒤는 높아 턱이 지게 만들어, 예전에 벼슬아치가 갓 아래, 망건 위에 쓰던 관(冠).

15 저사 수건(紵紗手巾) 중국 비단으로 만든 수건.

16 얼풋 얼른.

17 행랑 장행랑(長行廊). 조선 시대 종로 큰 거리 양쪽에 지어놓은 전방.

18 중부(中部) 조선 시대에는 도성을 다섯 구역으로 나누었는데 그중 하나.

19 다방골 현재 광교 근처의 다동.

20 남산골〔南村〕 조선 시대에, 서울 안의 남쪽에 있는 동네들을 이르던 말. 세력 잃은 양반이 많이 살았음.

21 딸깍샌님 '딸깍발이'의 방언. 신이 없어 맑은 날에도 나막신을 신는다는 뜻으로, 가난한 선비를 이르는 말.

22 고루거각(高樓巨閣) 높고 큰 다락집.

23 분벽사창(粉壁紗窓) '하얗게 꾸민 벽과 깁으로 바른 창'이라는 뜻으로, 여자가 거처하는 아름답게 꾸민 방.

24 토호(土豪) 지방에서 양반을 떠세할 만큼 세력과 재산이 있는 사람.

25 기구(器具) 예법에 필요한 것이 골고루 갖추어져 있는 형세.

26 삼취(三娶) 세번째 장가들어 맞은 아내. 삼실(三室).

27 죽젓갱이질 죽을 쑬 때 죽젓광이로 죽을 젓는 일. 남이 하는 일을 휘저어 훼방 놓는 일.

28 기이다 남의 눈을 피하다.

29 해토(解土)머리 봄이 되어 얼었던 땅이 녹아서 풀리기 시작할 때.

30 노돌 지금의 노량진.

31 칙사(勅使) 칙명을 전달하는 사신.

32 무꾸리 무당 · 점쟁이 등에게 길흉을 점치는 짓.

33 노구메 산천의 신령에게 제사하기 위하여 노구솥에 지은 메밥.

34 안잠 여자가 남의 집에서 잠을 자며 일을 도와주고 사는 것.

35 삼신(三神) 아이의 점지 · 출산 · 육아를 맡아보는 신. 삼신할머니.

36 걸음발타다 아이가 처음부터 걸음을 익히기 시작하다.

37 여귀 돌림병에 죽은 사람의 귀신이나 제사를 받지 못하는 귀신.

38 다갱이 머리의 속어.

39 행담(行擔) 길 가는 데 가지고 다니는 작은 상자. 흔히 싸리나 버들 따위를 결어 만듦.

40 고리짝 고리나 대오리로 엮어 옷을 넣도록 만든 상자. 고리.

41 방축(防築) '방죽'의 원말. 주로 농사짓는 데 물을 이용하기 위해 논밭 근처에 물이 고여 있도록 둑으로 둘러막은 곳. 저수지보다 크기가 작음.

42 줄남생이 물가에 죽 늘어앉은 남생이.

43 두억시니 모질고 악한 귀신의 하나. 야차(夜叉).

44 고삐가 길면 디딘다 꼬리가 길면 밟힌다.

45 선부형(先父兄) 돌아가신 아버지와 형.

46 판수 점치는 일을 직업으로 삼는 소경.

47 폭백(暴白) 억울하고 분한 사정을 털어놓고 말하는 것.

48 찰떡근원(根源) 아주 화합하여 떨어질 줄 모르는 내외간의 애정을 비유적으로 이르는 말.

49 『옥추경(玉樞經)』 도교(道敎) 계통의 경전. 현존하는 가장 오래된 경전은 영조 9년(1733) 영변 묘향산 보현사(普賢寺)에서 개간한 조선각본인데, 첫머리에는 44 신상(神像)의 그림이 있고, 이어 해경백진인(海瓊白眞人)의 주(註), 조천사장진군(祖天師張眞君)의 의(義), 오뢰사자장천군(五雷使者張天君)의 석(釋), 순양부우천군(純陽孚佑天君)의 찬(讚)의 순으로 되어 있으며, 끝에는 각종 부적이 있다. 『옥추경』은 조선 시대 전체에 걸쳐 가장 많이 읽히는 치병(治病) 경전으로 병굿이나 신굿과 같은 큰굿에서 독송되었다.

50 두멍 물을 길어 붓고 쓰는 큰 가마나 큰 독.

51 송산(松山) 「대동여지도」에는 지명이 세 군데 보이는데(양주, 고양, 영종), 여기에서는 양주 송산이다.

52 산역(山役) 시체를 묻거나 이장(移葬)하는 역사(役事).

53 움도 싹도 없다 사람이나 물건이 감쪽같이 없어져 그 간 곳을 아주 모르겠다는 말.

54 돌팔이장님 떠돌아다니며 점을 쳐주면서 사는 장님.

55 범접(犯接) (어떤 대상에) 가까이 다가가 함부로 건드리거나 감히 접하는 것.

56 복차다리 큰길을 가로지른 개천에 놓은 다리.

57 현연(顯然)하다 나타나는 정도가 뚜렷하다.

58 엄전하다 하는 짓이나 모양이 점잖다.

59 가장(假裝) 임시로 꾸며서.

60 구기(拘忌) 꺼리는 것. 금기(禁忌).

61 바리 마소에 잔뜩 실은 짐을 세는 단위.

62 고시레 고수레. 야외에서 음식을 먹거나 무당이 굿을 할 때, 귀신에게 먼저 바친다는 뜻으로 음식을 조금 떼어 허공에 던지며 하는 소리. 또는 그렇게 하는 짓.

63 토왕(土旺) 토기(土氣)가 왕성하다는 절기.

64 터주 집터를 지키는 지신. 여기에는 터주에게 바치는 곡식을 담은 항아리를 가리킴.

65 대소가(大小家) 큰마누라의 집과 작은마누라의 집. 또는 큰마누라와 작은마누라.

66 종신지질(終身之疾) 평생 고칠 수 없는 병.

67 역질(疫疾) '천연두'를 한방에서 이르는 말. 두역.

68 우두(牛痘) 천연두를 예방하기 위하여 소에서 뽑은 면역 물질.

69 그대 그런.

70 호구별성(戶口別星) 집집마다 찾아다니며 천연두를 앓게 한다는 여자 귀신. 역신(疫神).

71 전좌(殿座) 임금이 옥좌(玉座)에 나와 앉는 것. 또는 그 자리.

72 한골 나가다 썩 좋은 지체로 드러나다.

73 마부(馬夫) 역신을 전송하는 의식의 등장인물. 배송(拜送)을 낼 때에 역신이 탄 것으로 간주되는 싸리말을 모는 사람이다.

74 삼현육각(三絃六角) 거문고, 가야금, 당비파, 북, 장구, 해금, 피리, 태평소 한 쌍.

75 배송(拜送) 천연두를 앓은 뒤 13일 만에 두신(痘神)을 전송하는 일.

76 쩍지다 상대하기가 만만치 않거나 힘겹다.

77 부집 부지깽이.

78 주부(主簿) 조선 시대의 관직. 각 아문의 문서와 부적(符籍)을 주관하는 임무를 담당했다. 돈녕부·봉상시·군자감·사역원·훈련원 등 동반·서반의 30여 관아에 설치되었던 종6품직이다.

79 별제(別提) 조선 시대 정6품·종6품직 관원.『경국대전』에 의하면 호조·형조·교서관(校書館)·예빈시(禮賓寺)·전설사(典設司)·전함사(典艦司)·전연사(典涓司)·수성금화사(修城禁火司)·소격서(昭格署)·빙고(氷庫)·사포서(司圃署)·장원서(掌苑署)·사축서(司畜署)·도화서(圖畵署)에 각 2명, 상의원(尙衣院)·군기시(軍器寺)·내수사(內需司)에 각 1명, 조지서(造紙署)·활인서(活人署)에 각 4명, 와서(瓦署)에 3명, 귀후서(歸厚署)에 6명이 있었다. 녹봉을 받지 못하는 무록관(無祿官)이었으나 동반의 실직(實職)으로 360일을 근무하면 다른 관직으로 옮겨 갈 수 있는 자격을 얻었다. 종6품 아문에서는 각 관사의 장(長)이 되었다.

80 자두지족(自頭至足) 머리부터 발까지.

81 발반(發斑) 천연두·홍역 등을 앓을 때, 피부에 발긋발긋한 부스럼이 내돋는 일.

82 먹장 갈아 끼얹은 듯하다 (비유적으로) 빛이 매우 시커멓고 짙다.

83 흑함(黑陷) 마마가 곪을 때 출혈이 되어 빛깔이 검어지는 증세.

84 비상 국으로 안다 한사코 기피함을 비유적으로 이르는 말. '비상(砒霜)'은 비석(砒石)에 열을 주어 승화시켜서 얻은 결정체. 독성이 강함.

85 지노귀새남 죽은 사람의 넋이 극락으로 가도록 하는 굿.

86 진배송 토속 신앙에서, 천연두로 아이가 죽은 경우 그다음 아이에게는 천연두가 옮지 아니하도록 하기 위하여 벌이는 푸닥거리.

87 대묘골 지금의 종묘 근처.

88 다락다락 얼굴에 어떠한 특성이 드러나 있거나 맺혀 있는 모양.

89 자리걷이 관(棺)이 나가기 전에 행하는 의식의 하나. 관 위에 명정과 죽은 사람이 입던 옷 한 벌을 올려놓고 만신이 의식을 행한다.

90 상전의 빨래에 종의 발뒤축이 희다 상전의 빨래를 해주면 제 발뒤축이 깨끗하게 된다는 뜻으로, 하기 싫어 마지못해 하는 남의 일이라도 해주고 나면 얼마간의 이득은 있음을 비유적으로 이르는 말.

91 전천(錢千) 천(千)으로 헤아릴 만한 적지 않은 돈.

92 북 드나들듯 매우 자주 드나드는 모양을 비유적으로 이르는 말. '북'은 베틀에 딸린 부속품의 하나. 날실의 틈으로 왔다 갔다 하며 씨실을 풀어줌. 방추(紡錘).

93 국수당 국사당(國師堂). 조선 시대 태조가 한양에 도읍을 정하고 한양의 수호신사(守護神祠)로 북악신사(北岳神祠)와 함께 남산 꼭대기에 두었던 목멱신사(木覓神祠)의 사당.

94 별순검(別巡檢) 구한말 때 제복을 안 입고 비밀 정탐에 종사하던 순경.

95 변 암호.

96 언구럭 사특하고 교묘한 말로 남을 농락하는 태도.

97 투미하다 어리석고 둔하다.

98 시우쇠 무쇠를 불려서 만든 쇠붙이의 하나. 숙철(熟鐵). 유철(柔鐵). 정철(正鐵).

99 남북촌 서울의 양반 거주 지역.

100 피득 황제 표트르 1세(Pyotr Alekseyevich). 러시아 역사상 가장 뛰어난 통치자이자 개혁가(1672~1725). 서유럽화에 주력하는 한편, 동쪽으로 발트 해와 카스피 해 연안까지 영토를 확장함.

101 첫대 첫째로. 또는 무엇보다 먼저.

102 참척(慘慽) 자손이 부모나 조부모보다 앞서 죽음.

103 호구(戶口) 호구별성(戶口別星).

104 서어(齟齬/　) 익숙하지 아니하여 서름서름함.

105 소진장의(蘇秦張儀) 소진(蘇秦)과 장의(張儀)가 중국 전국 시대의 변설가인 데서, 구변이 좋은 사람을 이르는 말.

106 편성(偏性) 원만하지 못하고 한쪽으로 치우친 성질.

107 오려 올벼. 철 이르게 익는 벼.

108 공수 무당이 원한을 품고 죽은 사람의 넋을 풀 때, 죽은 사람의 뜻이라고 하여 전하는 말.

109 수죄(數罪) 범죄 행위를 들추어 열거하는 것.

110 계주(季主) 무당이 단골집의 안주인을 이르는 말.

111 별성행차(別星行次) 임금의 명령을 받들고 남의 나라로 가는 사신의 행차.

112 수살(水殺) 시골 동네 어귀에 서 있는 돌이나 나무. 동네를 지키는 신성한 것으로 믿어 전염병이 돌 때는 새끼줄을 쳐서 모시고, 개인이 병이 났을 때는 환자의 옷을 걸어놓기도 한다.

113 주왕 조왕(竈王). 부엌의 길흉화복을 맡아보는 신.

114 상문(喪門) 몹시 흉한 방위(方位).

115 악살 박살.

116 사(赦)하다 사면(赦免)하다.

117 연화대(蓮花臺) 극락세계에 있다는 대(臺).

118 세청(細聽) 주로 서울·경기 지방 정통 음악의 여창(女唱)에 쓰는 창법의 하나. 비단실을 뽑아내는 듯한 가느다란 목소리를 이른다.

119 미나리 메나리. 경상도, 전라도, 충청도 지방에 전해오는 농부가의 하나. 노랫말은 지방마다 조금씩 다르나 슬프고 처량한 음조를 띤다.

120 노랑목 높이 떠는 소리.

121 반닫이 앞의 위쪽 절반이 문짝으로 되어 아래로 젖혀 여닫게 된, 궤 모양의 가구.

122 은반상(銀飯床) 은으로 만든 반상.

123 안팎 집안 살림과 바깥 살림을 아울러 이르는 말.

124 나무 공이 등 맞춘 것 같다 나무로 만든 공이의 등을 맞춘 것처럼 서로 잘 맞지 아니하고 대립되는 경우를 비유적으로 이르는 말.

125 드난 임시로 남의 집 행랑에 붙어 지내며 그 집의 부엌일을 도와주는 고용살이.

126 쓴 오이(도라지) 보듯 얼른 보아 쓸데없어 보이는 것이라도 가만히 살펴보면 무언가 취할 점이 있음을 비유적으로 이르는 말. 또는 모든 일의 좋고 나쁨은 그 일을 하는 사람의 주관에 달려 있음을 비유적으로 이르는 말.

127 속종 마음속에 품은 의견.

128 유명(幽明) 저승과 이승.

129 구천(九泉) 땅속 깊은 밑바닥이란 뜻으로, 죽은 뒤에 넋이 돌아가는 곳을 이르는 말.

130 소거백마(素車白馬) 흰 포장을 두른 수레와 흰말. 적에게 항복할 때 또는 장례할 때 씀.

131 뒷방마누라 첩에게 권리를 빼앗기고 뒷방으로 쫓겨나 지내는 본처.

132 병창(竝唱) 가야금·거문고 등의 악기를 타면서 자신이 거기에 맞추어 노래를 부르는 것. 또는 그 노래.

133 전전걸식(轉轉乞食) 정한 곳이 없이 이리저리로 돌아다니며 구걸함.

134 사시(巳時) 열두 시의 여섯째 시. 오전 아홉 시부터 열한 시까지의 사이.

135 푸돌다 '풀돌다'의 방언. 어떤 둘레를 돌던 방향과 반대로 빙빙 돌다.

136 여합부절(如合符節) 부절을 맞춘 듯 사물이 꼭 들어맞음.

137 강열(强熱) 괜히 몹시 오르는 열.

138 오도(吾道) 유자들이 유교의 도를 일컫는 말.

139 강작(强作) 억지로 꾸미어 만드는 것.

140 어서 어디에서.

141 이천(伊川) 강원도 이천군에 있는 면. 벼를 비롯하여 보리·콩·조·목화·대마 따위가 경작된다.

142 자채벼 상품 쌀로 유명한 올벼의 일종.

143 작전(作錢) 물건을 팔아서 돈을 마련하는 것.

144 별비(別備) 굿할 때 목돈 외에 무당에게 행하(行下)로 따로 주는 돈.

145 의복차(衣服次) 옷 해 입으라고 주는 돈.

146 판셈 빚진 사람이 빚 준 사람들 앞에 자기의 재산 전부를 내놓고 자기들끼리

나누어 셈하도록 하는 일.

147 싸리말 싸리로 결어 만든 말. 마마의 역신을 쫓을 때 씀.

148 오쟁이 곡물을 갈무리하거나 물건을 담아두기 위해 짚으로 엮어 만든 물건. '섬'과 비슷하나 크기가 작음.

149 수팔련(水波蓮) 잔치 때 장식으로 쓰이는, 종이로 만든 연꽃.

150 치행(治行) 길 떠날 행장을 차리는 것.

151 대은전쾌 은돈 꿰미.

152 워낭 마소의 턱 밑에 늘어뜨린 쇠고리. 또는 귀에서 턱 밑으로 늘여 단 방울.

153 세백목필(細白木疋) 올이 가는 무명 필.

154 마혁(馬革) 말안장 양쪽에 꾸밈새로 늘어뜨리는 고삐.

155 마량(馬糧) 말먹이.

156 대갈 말굽에 편자를 신기는 데 박는 징.

157 요기차(療飢次) 요기하라고 하인에게 주는 돈.

158 신발차 심부름하는 값으로 주는 돈. 신발값.

159 개문(開門) 문을 엶.

160 주초(柱礎) 기둥 밑에 괴는 돌 따위의 물건.

161 삼태 '삼태기'의 방언.

162 설주 문설주.

163 불원(不遠) 멀지 않음.

164 초사(初仕) 처음으로 벼슬길에 오르는 것. 초입사(初入仕).

165 당내(堂內) 팔촌 이내의 일가.

166 진위(振威) 오산 아래 송탄 위에 있는 지명.

167 추포 거친 배.

168 중단(中單) 남자의 상복 속에 입는, 소매가 넓은 두루마기.

169 방립(方笠) 예전에, 상제가 밖에 나갈 때에 쓰던, 가는 대오리로 만든 삿갓 모양의 큰 갓.

170 아낙 부녀자가 거처하는 곳을 점잖게 이르는 말. 내간(內間). 내정(內庭).

171 예기(銳氣) 날카로운 기세.

172 깃옷 졸곡(卒哭) 때까지 상제가 입는 생무명 옷. 깃옷.

173 수숙(嫂叔) 형제의 아내와 남편의 형제.

174 자별(自別) 친분이 남보다 특별함.

175 상청(喪廳) '궤연(几筵)'을 속되게 이르는 말. 죽은 사람의 영궤(靈几)와 그에 딸린 모든 것을 차려놓은 곳.

176 분호(分戶) 분가(分家).

177 백씨(伯氏) 남의 맏형을 높여 일컫는 말.

178 함일덕 함진해의 본명.

179 수토불복(水土不服) 풍토나 물이 몸에 맞지 않아 위장이 나빠짐.

180 장근(將近) (사물의 수효나 시간을 나타내는 말 따위와 함께 쓰여) '거의'의 뜻을 나타내는 말.

181 고기(顧忌) 뒷일을 염려하고 꺼리는 것.

182 범백처사(凡百處事) 여러 가지 일을 처리함.

183 전인(專人) 어떤 일을 위하여 특별히 사람을 보내다. 전족(專足). 전팽(專伻).

184 초종장례(初終葬禮) 초상이 난 때로부터 졸곡(卒哭)까지를 이르는 말.

185 졸곡(卒哭) 사람이 죽은 지 석 달 안의, 첫 정일(丁日)이나 해일(亥日)을 택하여 지내는 제사. 삼우제(三虞祭)를 지낸 뒤에 지냄.

186 현영(現影) 형체를 드러내는 것. 또는 그 형체.

187 성복(成服) 초상이 났을 때 처음으로 상복을 입는 일.

188 불목(不睦) 사이가 서로 좋지 않음.

189 비소(誹笑) 비웃음.

190 종씨(從氏) 남에게 대하여 자기의 '사촌 형'을 높여서 일컫는 말.

191 식지(食紙) 밥상과 음식을 덮는 데 쓰는 기름 먹인 종이.

192 생면부지(生面不知) 서로 만나 본 일이 없어 도무지 알지 못함. 또는 그러한 사람.

193 셋줄 세도 있는 사람들의 힘에 기댈 수 있는 연줄. 뒷줄.

194 홀뿌리다 업신여기어 함부로 뿌리치다.

195 지원절통(至冤切痛) 뼈에 사무치도록 지극히 원통함.

196 포달 (주로, 여자가) 샘이 나거나 심술이 나서 악을 쓰거나 마구 대들면서 야단스럽게 구는 것.

197 적벽대전(赤壁大戰) 중국 삼국 시대인 208년에 손권·유비의 소수 연합군이 조조(曹操)의 대군을 적벽에서 크게 무찌른 싸움. 이로 인하여 손권은 강남의 대부분을, 유비는 파촉(巴蜀) 지방을 얻어 중국 천하를 삼분하였다.

198 만불근리(萬不近理) 이치와는 전연 비슷하지 않음.

199 영연일곡(靈筵一哭) 상청에서 한 번 곡함.

200 분정지두(憤精之頭) 분한 마음이 왈칵 일어난 바람.

201 누대봉사(累代奉祀) 여러 대의 조상의 제사를 받드는 일.

202 독살(毒煞) 독한 마음을 품은, 모질고 사나운 기운.

203 재하자(在下者)는 유구무언(有口無言) 아랫사람은 웃어른에 대하여 할 말도 제대로 못 하고 지냄을 이르는 말.

204 써렛발 써레몽둥이에 박은 끝이 뾰족한 나무.

205 이매(移買) 가진 땅을 팔아서 다른 땅을 사다.

206 신골 망태 쏟아놓은 것 같다 발의 크기에 따라 여러 층의 신골을 담아둔 망태를 쏟아놓은 것 같다는 뜻으로, 작은 것부터 큰 것에 이르기까지의 여러 개가 차례로 늘어져 있는 모양을 비유적으로 이르는 말. '신골'은 신 만드는 데 쓰는 골.

207 기직 왕골껍질이나 부들 잎으로 짚을 싸서 엮은 돗자리.

208 닢 납작한 물건을 세는 단위. 흔히 돈이나 가마니, 멍석 따위를 셀 때 쓴다.

209 시량(柴糧) 땔나무와 먹을 양식.

210 보복지리(報復之理) 서로 대갚음하는 자연의 이치.

211 무정지책(無情之責) 까닭 없는 책망.

212 끈 떨어진 뒤웅이 모양 의지할 데가 없어져 외롭고 불안하게 된 처지를 비유적으로 이르는 말. '뒤웅이'는 박을 쪼개지 않고 꼭지 근처에 구멍만 뚫어 속을 파낸 바가지.

213 행랑(行廊)뒷골 예전에, 서울의 종로를 중심으로 양쪽에 벌여 있던 가게 뒤쪽의 좁은 골목.

214 쇠옹두리 우리듯 두고두고 마냥 우려먹는 모양을 비유적으로 이르는 말. '쇠옹두리'는 소의 옹두리 뼈.

215 연환계(連環計) 중국 삼국 시대에 주유(周瑜)가 조조의 군사를 불로 공격할 때 방통(龐統)을 보내어 조조로 하여금 군함을 쇠고리로 연결시키게 한 고사에서 유래한 것으로, 적진에 간첩을 보내어 계교를 꾸미게 하고, 그사이에 자기는

승리를 얻는 계교를 이르는 말.

216 누거만(累巨萬) '여러 거만'이라는 뜻으로, 매우 많음을 나타내는 말.

217 일호차착(一毫差錯) 극히 작은 어긋남.

218 칭탁(稱託) (어떤 것을) 핑계로 댐.

219 능라금수(綾羅錦繡) 명주실로 짠 피륙.

220 지차(之次) 다음이나 버금.

221 행하(行下) 경사(慶事) 따위가 있을 때 주인이 자기 하인에게 내리는 돈이나 물건.

222 말 많은 집은 장맛도 쓰다 집안에 잔말이 많으면 살림이 잘 안된다는 말.

223 우환질고(憂患疾苦) 근심과 걱정과 질병과 고생.

224 성주받이 집을 새로 짓거나 이사를 한 뒤에 성주를 받아들인다고 하는 무당의 의식. 성줏굿.

225 낙안(樂安) 지금의 전남 벌교 근처.

226 호의호식(好衣好食) '좋은 옷과 좋은 음식'이라는 뜻으로, 잘 입고 잘 먹음.

227 이인(異人) 재주가 신통하고 비범한 사람.

228 산리(山理) 묏자리의 내룡(來龍), 방향·위치에 따라 재앙과 복이 달라진다는 이치.

229 고혹(蠱惑)하다 (남의 마음을) 신비스러운 아름다움 등으로 호려 자제심을 잃게 하다.

230 지관(地官) 풍수지리설에 따라 집터나 묏자리 따위를 가려잡는 사람. 지사(地師). 풍수.

231 마름쇠 도둑이나 적을 막기 위하여 땅에 흩어두었던 쇠못. 끝에 날카로운 가지가 너댓 개 달려 있어 밟으면 발바닥에 상처를 줌. 능철(菱鐵). 여철(藜鐵).

232 유유상종(類類相從) 같은 무리끼리 서로 내왕하며 사귐.

233 정의(情誼) 서로 사귀어 친해진 정.

234 행장(行裝) 여행할 때에 쓰이는 모든 기구. 행구(行具). 행리(行李).

235 화패(禍敗) 재화(災禍)와 실패.

236 구산(求山) 묏자리를 구하는 것.

237 금정(金井) 무덤을 팔 때, 구덩이의 길이와 너비를 정하는 데 쓰는 나무틀.

238 명풍(名風) 묏자리 · 집터 등을 잘 가리기로 이름이 난 사람. 명사(名師).

239 옥관자(玉貫子) 옥으로 만든 관자. 종1품 이상의 벼슬아치는 조각을 하지 않았고, 당상 정3품 이상의 관원만 조각을 하였음.

240 제왈 제랍시고 장담으로.

241 산화(山禍) 묏자리가 좋지 못하여 받는다는 재앙. 산해(山害).

242 선대감(先大監) 돌아가신 대감.

243 도선(道詵) 신라 말의 승려이며 풍수지리설의 대가(827~898). 속성은 김씨(金氏). 태종 무열왕의 서손(庶孫)이라는 설이 있으나 확실하지는 않다. 그에 대한 자료는 고려 태조(太祖)의 『훈요십조(訓要十條)』와 의종 4년(1150) 최유청(崔惟淸)이 편한 『백계산옥룡사증시선각국사비명병서(白鷄山玉龍寺贈諡先覺國師碑銘竝序)』 등 10여 편이 있는데, 최유청의 자료인 비석은 남아 있지 않고 그 내용만이 『동문선(東文選)』에 수록되어 전해오고 있다.

244 무학(無學) 고려 말 조선 초의 승려(1327~1405). 속성은 박씨(朴氏). 당호는 계월헌(溪月軒). 경상도 삼기현(三岐縣) 출신이다. 아버지는 증(贈) 숭정대부 문하시랑(崇政大夫門下侍郎) 인일(仁一)이며, 어머니는 고성 채씨(固城蔡氏)이다. 그의 집안은 증조부 이래 재야에서 불교와 선도(仙道) 및 도참(圖讖)을 연구했다. 어려서는 유교 관계 서적을 공부했으며 시와 글에 뛰어났다. 충혜왕 5년(1344)에 조계산 송광사(松廣寺)의 소지(小止)에게 출가했으며, 소지의 소개로 용문산 혜명국사(慧明國師)와 법장국사(法藏國師)를 찾아가 부도암(浮屠庵)에 머무르며 선정(禪定)을 닦았다.

245 그루박다 물건을 들어 바닥에 거꾸로 탁 놓다.

246 무악재 서울특별시 서대문구 현저동과 홍제동 사이에 있는 고개. 조선 태조 3년(1394)에 태조가 도읍터를 물색하기 위하여 몸소 무학대사를 데리고 와서 조사하였다 하여 '무학재'라고도 한다. 예로부터 한양으로 들어오는 교통의 요충지였다.

247 겨드락 '겨드랑'의 방언.

248 친신(親信)하다 가까이 여겨 신용하다.

249 새문 지금의 서대문.

250 경기감영(京畿監營) 경기감사가 직무를 보던 관아.

251 전수(全數) 이 모두 다.

252 오포(午砲) '오정포(午正砲)'의 준말. 정오를 알리는 대포.

253 한식경(食頃) 일식경(一食頃). 한 차례의 음식을 먹을 만한 시간.

254 거듭떠보다 '거들떠보다'의 잘못.

255 문안 서울의 사대문 안.

256 제갈량(諸葛亮) 중국 촉한(蜀漢)의 정치가. 자는 공명(孔明). 초인적인 능력을 가진 인물로 자주 묘사되는 제갈량은 중국의 많은 연극과 소설에서 즐겨 다루어진 인물이다. 전해오는 말에 의하면 당시 세력이 미약했던 유비(劉備)가 제갈량의 지혜가 뛰어나다는 소문을 듣고 그가 은거하고 있던 초막으로 세 번씩이나 찾아가 자신을 도와달라고 청탁했다고 하는데, 이것을 삼고초려(三顧草廬)라고 한다. 그는 유비가 대규모 군대를 조직하고 촉한을 창건하는 데 크게 이바지했다. 유비는 그를 매우 신임하여 임종시 자기 아들에게 그의 충고에 꼭 따를 것을 당부했다. 뿐만 아니라 유비는 자기의 아들이 무능할 경우 제갈량이 직접 제위에 오르게 하도록 유언했다. 기계 제작과 수리에 능했던 제갈량은 한꺼번에 여러 대의 화살이 발사되는 활을 발명했고 일련의 전술법인 팔진법(八陣法)을 완성했다고 한다. 14세기에 나온 장회(章回) 역사소설인 『삼국지연의(三國志演義)』에서 그는 주요 등장인물 중의 한 사람이다. 그는 이 소설에서 바람을 마음대로 일으키며 예언 능력을 지닌 인물로 그려져 있다. 1724년 유교의 성인으로 추존되었다.

257 옹축(祝) 크게 축원함.

258 등대(等待) 미리 준비하고 기다림. 대령(待令). 등후(等候).

259 질고(疾故) 병에 걸리는 일.

260 유공불급(猶恐不及) 오히려 미치지 못할까 두려워함.

261 관왕묘(關王廟) 중국 촉한(蜀漢)의 장수 관우(關羽)의 영을 모신 사당. 관제묘. 무묘(武廟).

262 상약(相約) 서로 약속하는 것. 또는 그 약속.

263 조민(躁悶) 초조하여 가슴이 답답하다.

264 소경사(所經事) 겪어온 일.

265 예단(禮單) 예물을 적은 단자(單子).

266 폐백(幣帛) 예를 갖추어서 보내거나 가지고 가는 예물.

267 미거(未擧)하다 철이 나지 않아 사리에 어둡다.

268 헐수할수없다 어떻게 해볼 도리가 없다.

269 하불실(何不失) 아무리 적어도.

270 개동군령(開東軍令) 이른 새벽에 내리는 군사 행동 명령이란 뜻으로, 새벽 일찍부터 일을 시작함을 비유적으로 이르는 말.

271 창의문(彰義門) 조선 시대 사소문 중의 하나. 북문 또는 자하문이라고도 한다. 서울특별시 종로구 세검정 근처에 있다.

272 들메 신이 벗어지지 않도록 끈으로 발에 동여매는 일.

273 조지서(造紙署) 조선 시대 궁중과 중앙 정부 기관에서 사용하는 종이와 중국에 공물로 보내는 종이 등을 생산하던 관설 제지소.

274 북한 북한산(北漢山).

275 내환(內患) 아내의 병..

276 산곡(山谷) 산골짜기.

277 여북 주로 의문문에 쓰여, '얼마나' '오죽' '작히나'의 뜻으로 이르는 말.

278 신지(信地) 목적지.

279 소경력(所經歷) 겪어 지내온 일.

280 튀기다 도둑이나 짐승 따위를 건드려서 갑자기 튀어 달아나게 하다.

281 단상투 갓 쓰지 않은 맨 상투.

282 동저고리 '동옷'을 속되게 이르는 말. 남자가 입는 저고리. 동의(胴衣). 유의(襦衣).

283 관망(冠網) 갓과 망건.

284 몰수(沒數) 이 있는 수효대로 모두 다.

285 실신(失信)하다 신용을 잃다.

286 횡래지액(橫來之厄) '횡액(橫厄)'의 본말. 뜻밖에 당하게 되는 재액.

287 산화소치(山禍所致) 묏자리가 좋지 못한 탓으로 자손이 받는 재앙으로 생긴 일.

288 세검정(洗劍亭) 서울특별시 종로구 신영동(新營洞)에 있는 정자. 서울특별시 기념물 제4호. T자형 3칸, 팔작지붕 건물이다. 기록에 의하면 세검정은 영조 23년(1747)에 건립되었다고 하며, 원래의 정자는 1941년에 소실되고 현재의 건물은 1977년에 복원된 것이다. 명칭의 유래에 관해서는 여러 가지 설이 있으나, 인조반정(仁祖反正) 때 이귀(李貴)·김유(金瑬) 등이 이곳에 모여 광해군의 폐위를 모의하고, 거사 후 이곳의 맑은 물로 칼을 씻었다는 고사에서 유래했다는 설이 유력하다.

289 행행히 성이 발끈 나서 자리를 박차고 떠나는 모양.

290 세보교(賁步轎) 셋돈을 내고 빌려서 타는 가마의 하나. 정자 지붕 모양으로 가

운데를 솟게 하고 사면을 장막으로 둘러침.

291 등(이) 달다 마음대로 되지 아니하여 몹시 안타까워하다.

292 실기(失機) 기회를 놓치는 것.

293 불안(不安) 마음에 미안함.

294 주용(酒用) 술값.

295 사주인(私主人) 벼슬아치가 객지에서 묵는 사삿집.

296 신산(新山) 새로 쓴 산소(山所).

297 구산(舊山) 조상의 무덤이 있는 곳. 선산(先山).

298 선장(先丈) '선고장(先考丈)'의 준말. 남의 돌아가신 아버지를 높여 이르는 말.

299 친산(親山) 부모의 산소.

300 장독교(帳獨轎) 가마의 한 가지. 앞에 들창문처럼 생긴 문이 있고, 양옆에 창이 있으며, 뚜껑은 지붕처럼 둥긋하게 되고, 네 귀가 추녀처럼 생겼음.

301 교군(轎軍) '교군꾼'의 준말. 가마를 메는 사람. 가마꾼. 교부(轎夫). 교자꾼. 교정(轎丁).

302 두 패 지르다 예전에, 급한 일이 있을 때 가마꾼을 두 배로 늘려 번갈아 메면서 급히 달려가던 일.

303 동소문(東小門) 혜화문(惠化門)의 속칭.

304 천하대지(天下大地) 천하의 좋은 묏자리.

305 만당자손(滿堂子孫) 자손이 집에 가득함.

306 불일내(不日內) 며칠 안. 불일간.

307 염낭 두루주머니. 아가리에 잔주름을 잡고 끈 두 개를 좌우로 꿰어서 여닫게 된 작은 주머니. 끈을 훑치면 거의 둥근 모양이 됨.

308 주룡(主龍) 풍수지리에서, 주산(主山)의 줄기를 이르는 말.

309 분상(墳上) 무덤의 봉긋한 부분.

310 태조봉(太祖峯) 주봉 위의 주봉.

311 손세(孫世) 자손의 늘어가는 정도.

312 독양(獨陽) 음의 기운은 없고 양의 기운만 있음.

313 행룡(行龍) 높고 낮게 멀리 뻗친 산맥.

314 안산(案山) 풍수지리에서, 집터나 묏자리의 맞은편에 있는 산.

315 식루사(拭淚砂) 눈물을 씻는 형국의 사(혈[穴] 주위의 형세).

316 빈빈(頻頻)히 몹시 자주.

317 과협(過峽) 울멍줄멍 내려오던 산줄기가 주산을 만들어 다시 일어나려 할 때에 안장처럼 잘록하게 된 부분.

318 과두수(裹頭水) 염할 때 시체의 머리를 싸는 베 형국의 시내.

319 변상(變喪) 자손이 부모나 조부모보다도 먼저 죽는 일.

320 답지(遝至) 한군데로 몰려들거나 몰려옴. 지답(至遝).

321 선왕장(先王丈) 돌아가신 남의 할아버지의 존칭.

322 합폄(合) 합장.

323 역수(逆水) 고기가 용이 되기 위해 상류의 급류를 이루는 곳으로 오르는 것.

324 순수도국(順水都局) 지류의 방향이 원 줄기와 동일한 곳.

325 과당(過當) 정도가 지나침.

326 주엽산 광릉의 주산.

327 공읍사(拱揖砂) 두 손을 마주 모아 잡고 인사하는 형국의 사.

328 용진호퇴(龍進虎退) 풍수지리에서, 묏자리나 집터의 왼쪽 지형[龍]이 앞으로 나와 있고, 오른쪽 지형[虎]이 뒤로 물러나 있음을 이르는 말.

329 제일절 주산에서 청룡으로 흘러들어가는 첫마디.

330 저함(低陷) 밑이 가라앉아 낮고 우묵함.

331 절대(絶代) 대가 끊어짐.

332 대원(代遠)하다 세대의 수가 멀다.

333 극공극경(恭 敬) 지극히 공손하게 받들어 모심.

334 도국(都局) 음양가(陰陽家)가 쓰는 말로서, 산으로 둘러싸여 있는 땅의 형국.

335 장산(壯山) 웅장하고 큰 산.

336 내맥(來脈) 명당에 이르기 전 흘러내린 산맥.

337 뇌두(磊頭) 주산.

338 본신(本身) 본디의 신체나 모습. 또는 자기 자신의 몸.

339 족(足) 산자락.

340 지룡(地龍) '지렁이'를 약재로 이르는 말. 해열·상한(傷寒)·살충 등에 쓰임.

341 속안(俗眼) 어떤 사물에 대한 일반 사람들의 안목.

342 국내(局內) 묘지(墓地)의 지역 안.

343 투장(偸葬) 암장.

344 대혈(大穴) 혈 중의 혈. 혈은 용맥의 정기가 모인 자리.

345 유주산(有主山) 주인이 있는 산.

346 여겨보면 매부의 밥그릇이 높다 처가에서 사위는 대접을 잘 받으므로 오라비 되는 이가 늘 이것을 샘하고 부러워한다는 말.

347 별로 따로 별나게.

348 탈태(奪胎) '환골탈태'의 준말. 용모가 환하게 아름답다.

349 십삼도(十三道) 조선 고종 33년(1896)에 지방 제도의 개정에 따라 구획된 전국 13개의 도. 곧, 전라남도 · 전라북도 · 충청남도 · 충청북도 · 경상남도 · 경상북도 · 경기도 · 황해도 · 강원도 · 평안남도 · 평안북도 · 함경남도 · 함경북도.

350 모다깃매 뭇사람이 한꺼번에 마구 때리는 매.

351 포장(褒) 칭찬하여 장려(奬勵)하는 것. 포양(褒揚).

352 당대발복(當代發福) 부모를 명당에 장사 지낸 덕으로 당대에 부귀를 누리게 됨.

353 형국(形局) 관상, 풍수지리 등에서, 얼굴이나 집터, 묏자리 등의 겉모양 및 부분의 생김새. 체국(體局).

354 옥녀탄금형(玉女彈琴形) 옥녀가 거문고를 타는 형세. '옥녀'는 마음과 몸이 깨끗한 여자를 옥에 비유하여 이르는 말.

355 당국 봉분이 있는 평평한 부위. 당판.

356 금장격(錦帳格) 비단 휘장의 모양새.

357 자좌오향(子坐午向) 풍수지리에서, 묏자리나 집터 따위가 자방(子方)을 등지고 오방(午方)을 향한 방위.

358 신득진파(申得辰破) 명당에서 보아 물이 시작되는 방향을 득, 물이 나가는 방향을 파라고 이르니, 이는 신방(申方)에서 물이 들어와 진방(辰方)으로 물이 빠진다는 뜻.

359 신자진삼합격(申子辰三合格) 신방, 자방, 진방 셋이 격이 맞음.

360 횡접와(橫接窩)체 접시 모양으로 깊지 않으면서 오목하게 들어간 혈.

361 포전(圃田) 채소밭.

362 연장접옥(連墻接屋) 집이 이웃하여 닿음.

363 자작일촌(自作一村) 한집안끼리 한마을을 이룸.

284

364 불초초(不草草) 사람 됨됨이가 관대하지 않음.

365 홀만(忽漫) 만홀(漫忽). 한만하고 소홀함.

366 간구(艱苟) 가난하고 구차함.

367 비봉귀소형(飛鳳歸巢形) 봉황(鳳凰)이 날아 둥지로 돌아가는 형국.

368 외장(外庄) 멀리 떨어져 있는 자기 소유의 전장(田庄).

369 공석(空石) 벼를 담지 않은 빈 섬.

370 부정모혈(父精母血) 아버지의 정수(精髓)와 어머니의 피란 뜻으로, 자식은 부모의 뼈와 피를 물려받음을 이르는 말.

371 선영(先塋) 선산(先山).

372 토피(土皮) 나무나 풀로 덮인 땅의 거죽.

373 풋나무 갈잎나무, 새나무, 풋장 따위의 나무를 통틀어 이르는 말.

374 두수 이렇게도 하고 저렇게도 할 수 있는 두 가지 방도. 또는 달리 주선하거나 변통할 여지.

375 고자등걸 줄기를 잘라낸 나무의 썩은 밑동.

376 생애(生涯) 생계(生計).

377 숙친(熟親) 오래 사귀어 정분이 아주 가까움.

378 요지(瑤池) 선녀가 산다는 중국 곤륜산의 연못.

379 설면하다 친하지 않다.

380 어한(禦寒) 추위에 언 몸을 녹이는 것.

381 상회례(相會禮) 서로 처음으로 만날 때에 하는 인사.

382 선혜청(宣惠廳) 조선 후기 대동미(大同米), 대동포(大同布), 대동전(大同錢)의 수납을 위하여 설치한 관청.

383 보병것 보병목(步兵木)으로 지은 옷.

384 거무하(居無何)에 있은 지 얼마 안 되어.

385 사인교(四人轎) 앞뒤에 각각 두 사람씩 모두 네 사람이 메는 가마.

386 석새베 '석새삼베'의 준말. 240올의 날실로 짠 삼베. 삼승포(三升布).

387 순뜯이 담배 순을 따서 말린 담배.

388 서초(西草) 평안도에서 나는 질 좋은 담배.

389 도저(到底)하다 학식이나 생각, 기술 따위가 아주 깊다.

390 수문수답(隨問隨答) 묻는 대로 거침없이 대답함.

391 사태(沙汰) 높은 언덕이나 산비탈 또는 쌓인 눈 따위가 무너져 내려앉는 일.

392 애총 아총(兒塚). 어린아이의 무덤.

393 축일(逐日) 하루도 거르지 않고 매일.

394 정밤중 '한밤중'의 잘못.

395 향곡(鄕曲) 시골의 구석.

396 금옥탕창(金玉宕氅) 금관자, 옥관자, 탕건, 창의라는 뜻으로, 높은 벼슬이나 귀
　　인의 복식을 이르는 말.

397 석고대죄(席藁待罪) 거적을 깔고 엎드려 처벌을 기다림.

398 병풍상성(病風喪性) 병으로 본성(本性)을 잃어버림.

399 장풍향양(藏風向陽) 바람을 갈무리하고 햇빛을 마주 받다.

400 답산(踏山) 묏자리를 잡으려고 산을 돌아보는 것.

401 동산소(同山所) 두 집안에서 무덤을 한 땅에 같이 씀.

402 울짱 말뚝 따위를 죽 잇따라 박아 만든 울타리.

403 화색(禍色) 재앙이 일어나는 기색.

404 동나뭇단 단으로 묶어 땔나무로 파는 잎나무.

405 성군작당(成群作黨) 여러 사람이 모여 떼를 지음.

406 잔약(孱弱) 가냘프고 약함.

407 오강(五江) 예전에, 서울 근처의 나루가 있는 한강(漢江)·용산(龍山)·마포(麻
　　浦)·현호(玄湖)·서강(西江)의 다섯 군데의 강가 마을. 곧 강대를 이르던 말.

408 사령(使令) 조선 시대에 관아에서 심부름 등 천한 일을 맡던 사람.

409 주사야탁(晝思夜度) 밤낮으로 생각함.

410 의표(儀表) 몸을 가지는 태도.

411 친(親)좁다 지내는 사이가 매우 친숙하고 가깝다.

412 권도(權道) 목적 달성을 위하여 때에 따라 임기응변으로 일을 처리하는 방도.

413 기위(旣爲) 이미.

414 다과(多寡) 수효의 많고 적은 것. 다소(多少).

415 교계(較計) 서로 견주어 살피는 것.

416 공근(恭謹) 공손하고 삼가는 태도가 있음.

417 관곡(款曲) 매우 정답고 친절함.

418 모계(謀計) 계교를 꾸미는 것. 또는 그 계교.

419 진평(陳平) 한고조의 모사.

420 사색(辭色) 말과 얼굴빛. 사기(辭氣).

421 복력(福力) 복을 누리는 힘.

422 봉행(奉行) 웃어른이 시키는 대로 받들어 행하는 것.

423 면분(面分) 얼굴이나 알 정도의 사귐.

424 성불성(成不成) 일의 되고 안 되는 것. 성부(成否).

425 개구(開口) 입을 열어 말하는 것.

426 파의(罷議) 의논을 그만두는 것.

427 불고염치(不顧廉恥) 염치를 돌아보지 않음.

428 삶은 호박[무]에 이(도) 안 들 소리 삶아놓아서 물렁물렁한 호박[무]에 이빨이 안 들어갈 리가 없다는 뜻으로, 전혀 사리에 맞지 않는 말을 함을 비유적으로 이르는 말.

429 덕색(德色) 남에게 은혜를 베푼 것을 자랑하는 말이나 태도.

430 소료(所料) 생각하여 헤아린 바.

431 대상부동(大相不同) 크게 다름.

432 파수(派收) 닷새마다 매매한 물건 값을 치르는 일.

433 작광(作壙) 땅을 파내어 무덤을 만듦.

434 광중(壙中) 주로 시체를 묻는 구덩이 속. 광내(壙內). 지실(地室). 지중.

435 단천(端川) 함경남도의 지명.

436 설합(舌盒) '서랍'의 원말.

437 뚜에 뚜껑.

438 이에 이에짬. 두 물건을 맞붙여 이은 짬.

439 옥녀탄금형(玉女彈琴形) 십대장상(十代將相)에 백자천손지지(百子千孫之地) 함씨입장(咸氏入葬) 십대에 걸쳐 장수와 재상이 나고 자손이 번창하는 옥녀탄금형 명당에 함씨가 장사를 지냄.

440 옥룡자소점(玉龍子所點) 옥룡자[道詵]의 점지한 바.

441 회장(會葬) 장례 지내는 데 참여함.

442 신안(神眼) 풍수지리설이나 관상술 등에 아주 통달한 눈.

443 비기(記) 길흉화복을 예언하여 적은 기록.

444 맹자직문(盲者直門) 소경이 문을 찾아간다는 뜻으로, 어리석은 사람이 어쩌다 이치에 맞는 일을 한다는 뜻.

445 우중(偶中) 우연히 맞음.

446 수로금(酬勞金) 수고나 공로에 대하여 보수하는 돈.

447 경보(輕寶) 가볍고 값 많이 나가는 재물.

448 배행(陪行) 윗사람을 모시고 따라감.

449 믿는 나무에 곰이 핀다 잘되리라고 믿고 있던 일에 생각지 못한 변화가 생김을 비유적으로 이르는 말.

450 별증(別症) 어떤 병에 딸려 일어나는 딴 증세.

451 융로(隆老) 칠팔십 세 이상 되는 노인이 됨.

452 수각황망(手脚慌忙) 급작스러운 일에 당황해서 어찌할 바를 모름.

453 불문곡직(不問曲直) 옳고 그른 것을 묻지도 않고 함부로 마구함.

454 산송(山訟) 묘지에 관한 송사(訟事).

455 내룡견갑(來龍肩甲) 내룡의 어깨뼈에 해당하는 자리.

456 좌립구견지지(坐立俱見之地) 앉으나 서나 다 보이는 땅.

457 오장육부(五臟六腑) '오장과 육부'를 분노 따위의 심리 상태가 일어나는 몸 안의 곳으로서 이르는 말.

458 지파(支派) 종파(宗派)에서 갈라져 나간 파. 세파(世派).

459 봉사(奉祀) 조상의 제사를 받들어 모심. 봉제사. 주사(主祀).

460 호중(湖中) 충청남도.

461 파계(派系) 같은 갈래에서 갈라져 나온 계통.

462 솔가도주(率家逃走) 온 집안 식구를 데리고 도망감.

463 영향(影響) 그림자와 소리.

464 법은 멀고 주먹은 가깝다 사리를 따져가며 법식대로 해결하는 것보다 완력이 먼저 힘을 쓴다는 말.

465 정소(呈訴) 소장(訴狀)을 관청에 바치는 것. 정장(呈狀).

466 사굴(私掘) (남의 무덤을) 사사로이 파내는 것.

467 재징(再徵) 두 번째 물리어 받음.

468 새앙쥐 볼가심할 것도 없게 되다 조그마한 생쥐가 입가심할 정도의 것도 없다는 뜻으로, 먹을 것이라고는 아무것도 없고 몹시 가난하게 됨을 비유적으로 이르는 말.

469 삼순구식(三旬九食) 서른 날에 아홉 끼니밖에 못 먹는다는 뜻으로, 끼니를 잇기 어려울 만큼 몹시 가난한 상태.

470 궐향(闕享) 제사를 거르는 것. 궐사(闕祀).

471 종중(宗中) 한 겨레붙이의 문중(門中).

472 관자(冠者) 관례를 행한 사람.

473 치산(治産) 집안 살림살이를 잘 다스리는 것.

474 계련(係戀) 사랑에 끌려 잊지 못함.

475 해포 1년이 넘는 동안.

476 동퇴서락(東頹西落) 허술한 집이 이리저리 쏠림.

477 갑제(甲第) 크고 넓게 아주 잘 지은 집.

478 흥와조산(興訛造訕) 있는 말 없는 말 지어내어 마구 남을 비방함.

479 대매 단 한 번 때리는 매.

480 대부(大父) 할아버지와 항렬이 같은 유복지친(有服之親) 외의 남자 친척.

481 족장(族丈) 유복친(有服親) 이외의 위 항렬이 되는 같은 성의 어른.

482 손항(孫行) 손자뻘 되는 항렬.

483 절적(絶迹) 발걸음을 끊고 왕래하지 않는 것. 절족(絶足).

484 조좌(稠座) 여러 사람이 빽빽하게 모인 자리.

485 축조(逐條) 해석·검토 등에서 하나하나씩 순서대로 좇아가는 것.

486 변명(辨明) 사리를 분별하여 밝히는 것. 변백(辨白).

487 돈목(敦睦) 정이 두텁고 화목함.

488 원수치부(怨讐置簿) 원수진 것을 오래 기억하여둠.

489 곡진(曲盡) 정성을 다함.

490 조잔(凋殘) 말라서 쇠약하여 시듦.

491 당우(唐虞) 중국의 도당씨(陶唐氏)와 유우씨(有虞氏), 곧 요순(堯舜) 시대를 일컬음.

492 오괴(迂怪) 물정에 어둡고 괴벽함.

493 대치(大熾) 기세가 아주 성함.

494 주작(做作) 없는 사실을 꾸며 만듦.

495 거세(擧世) 온 세상. 또는 세상 사람 전체.

496 백사(百事) 여러 가지 일. 만사(萬事).

497 동량(棟梁) 기둥과 들보.

498 무육(撫育) 어루만지듯이 잘 돌보아 기름. 무양(撫養).

499 쇠색(衰塞) 약해지고 막힘.

500 폭로(暴露) (물건이) 비나 바람에 노출되어 바래는 것.

501 복록(福祿) 복과 녹.

502 단취(團聚) 집안 식구나 친한 사람들끼리 화목하게 한데 모임.

503 잠언(箴言) 가르쳐서 훈계가 되는 말.

504 양증(陽症) 활발하고 명랑한 성질.

505 음증(陰症) 음울한 성격.

506 혼암(昏闇) 어리석어서 사리에 어두움.

507 낙역(絡繹) 왕래가 끊임이 없음.

508 만호(萬戶) 고려와 조선 시대의 무관직.

509 소불간친(疏不間親) 친분이 먼 사람이 친분이 가까운 사람들을 이간하지 못함.

510 갱참(坑塹) 깊고 길게 파놓은 구덩이.

511 현수(懸殊) 판이하게 다름.

512 대순(大舜) 중국 신화에 나오는 전설상의 성왕.

513 상(象) 순임금의 이복동생으로 그 아비와 짜고 순을 죽이려고 한 패악한 인물.

514 도척(盜拓) 현인 유하혜(柳下惠)의 아우로 춘추 시대의 몹시 악한 인물.

515 배접(褙接) 종이·헝겊 따위를 겹쳐 붙이는 일.

516 문장(門長) 한 문중(門中)에서 항렬과 나이가 제일 위인 사람.

517 종통(宗統) 종가(宗家) 맏아들의 혈통.

518 포폄(褒貶) 옳고 그름이나 착하고 악함을 판단하여 결정하는 것.

519 연기(年紀) '나이'를 달리 이르는 말.

520 일패도지(一敗塗地) 한번 패해 넘어지면 간과 뇌가 땅에 뒹군다는 뜻으로, 여지 없이 패하여 다시 일어날 수 없게 됨.

521 독한 약이 입에 ~ 행실에는 이하다 양약고구(良藥苦口) 충언역이(忠言逆耳). '양 약고구'는 『공자가어』의 「육본편(六本篇)」과 『설원(說苑)』의 「정간편(正諫篇)」 에 나오는 말이고, '충언역이'는 『사기』의 「회남왕전(淮南王傳)」에 나오는 말 이다.

522 청종(聽從) 이르는 대로 잘 좇는 것.

523 구수(仇讐) 원수.

524 청문(聽聞) 널리 퍼져 있는 소문.

525 병작(竝作) 지주가 소작인에게 소작료를 수확량의 절반으로 매기는 일. 반타작.

526 천동(遷動) 움직여 자리를 옮김. 천사(遷徙).

527 종다수취결(從多數取決) 여러 사람의 의견 가운데서 많은 사람이 지지하는 의 견을 따라 결정함. 종다수결.

528 입후(入後) 양자(養子)를 들이는 것.

529 지취동성(只取同姓) 단지 동성에서 취함.

530 소목(昭穆) 종묘나 사당에 신주를 모시는 차례. 왼쪽을 소(昭), 오른쪽을 목 (穆)이라 하여 1세를 가운데, 2, 4, 6세를 소에, 3, 5, 7세를 목에 모심.

531 폐일언(蔽一言) 이러니저러니 더 말하지 않음. 일언이폐지.

532 다년포병(多年抱病) 여러 해 몸에 병을 늘 지니는 것.

533 반이(搬移)하다 짐을 날라 이사하다. 또는 운반하여 옮기다.

534 인사정신(人事精神) (주로 '없다' '모르다' 따위 부정을 뜻하는 낱말과 함께 쓰 여) 신상에 벌어지는 일을 살피거나 예절을 차릴 수 있는 제정신.

535 불역지전(不易之典) 하지 않을 수 없는 일.

536 구덥 구차한 생활이나 처지.

537 『주역(周易)』 중국의 유교 경전. 『역경(易經)』이라고도 한다. '경(經)' '전(傳)' 의 두 부분을 포함하며 대략 2만 4천 자이다. 주(周)의 문왕이 지었다고 전해 진다. 괘(卦)·효(爻)의 두 가지 부호를 중첩하여 이루어진 64괘·384효, 괘사 (卦辭), 효사(爻辭)로 구성되어 있는데, 괘상(卦象)에 따라 길흉화복을 점쳤다. 주나라 사람이 간단하게 8괘로 점을 치는 책이었으므로 『주역』이라고 했다.

538 승시(乘時) 때를 탐.

539 시난고난 병이 심하지는 않으면서 오래 앓는 모양.

540 눈꼬리가 창알 고패 되듯 마음이나 심정 따위가 격하여 세차게 굽이치는 모양을 비유적으로 이르는 말. '창알'은 사람이나 동물의 창자를 낮잡아 이르는 말. '고패'는 물건을 줄에 매어 당길 때, 그 줄에 걸쳐서 힘의 방향을 바꾸고 힘의 크기를 줄이는 용도로 이용하는, 나무나 쇠로 만든 바퀴 모양의 도구.

541 받내다 몸을 움직이지 못하는 사람의 대소변 따위를 받아 처리하다.

542 혼정신성(昏定晨省) 아침저녁으로 부모의 안부를 물어 살핌.

543 시탕(侍湯) 부모의 병에 약시중을 드는 일.

544 염량후박(炎凉厚薄) 세력 있을 때는 아첨하고 권력 없어지면 푸대접함.

545 살지무석(殺之無惜) 죽여도 애석하지 않다.

546 핫옷 솜을 둔 옷.

547 장도감(張都監) 큰 말썽이나 풍파를 이르는 말. 옛날 중국의 장도감 집이 큰 풍파를 만난 고사에서 유래함.

548 은정(隱釘) 양끝 못. 양끝이 뾰족한 못. 나무의 양면을 박음.

549 암소 곧달음 변통성이 없고 고집만 피우는 태도를 이르는 말.

550 참례(參禮) 예식, 제사, 전쟁 따위에 참여함.

551 생양정부모(生養定父母) 낳아준 부모와 양자로 맺어진 부모.

552 훤자(喧藉) 여러 사람의 입으로 퍼져서 왁자하게 됨. 훤전(喧傳).

553 평리원(平理院) 1899년에 설치된 우리나라 최초의 실질적인 상급 법원. 우리나라에서 근대적인 사법 제도는 1895년 3월 25일 재판소구성법이 공포되어 근대적인 재판소 제도가 설치되면서부터 존재했다. 이때 지방 재판소, 개항장 재판소, 순회 재판소, 고등 재판소, 특별 법원의 5종의 재판소가 명문상으로 설치되었고, 1899년 5월 30일 재판소구성법의 개정에 따라 평리원으로 개칭되었다.

554 무복(巫卜) 무당과 점쟁이.

555 일병(一竝) 일체.

556 혹세무민(惑世誣民) 세상을 어지럽히고 사람들의 판단을 흐리게 하여 속임.

557 설분(雪憤) 분풀이.

558 사상(死相) 죽은 사람의 얼굴.

559 자초(自初) 어떠한 사실이 비롯된 처음.

560 의신(矣身) (이두) 저.

561 장하(杖下) 장형(杖刑)을 받는 그 자리.

562 한(恨)가 원통한 일에 대하여 하소연이나 항거를 함.

563 푸념 굿을 할 때에 무당이 귀신의 뜻을 받아 정성 들이는 사람을 꾸짖는 것.

564 하정(下情) 자기의 심정의 겸칭. 하회(下懷).

565 난장(亂杖) 조선 시대의 고문(拷問)의 하나. 신체의 부위를 가리지 않고 마구 치는 매.

566 남형(濫刑) 함부로 형벌을 가하는 것. 또는 그런 형벌.

567 공초(供招) 죄인이 범죄 사실을 진술하는 일. 공사(供辭).

568 죄만(罪萬) 죄송하기 이를 데 없음.

569 구복(口腹) (음식을 먹는) 입과 배.

570 자주장(自主張) 자기의 주장대로 함.

571 된장(독)에 풋고추 박히듯 어떤 한 곳에 가 꼭 틀어박혀 자리를 떠나지 않고 있음을 이르는 말.

572 벗바리 뒷배를 보아주는 사람.

573 버레줄 '벌이줄'의 잘못. 물건을 버티어서 이리저리 얽어매는 줄.

574 항쇄족쇄(項鎖足鎖) 죄인의 목에 씌우던 칼과 그 발에 채우던 차꼬를 아울러 이르는 말.

575 북묘 서울 동소문 안에 있던 관왕묘(關王廟).

576 진령군(眞靈君) 명성왕후가 세워준 북묘에 거주하며 왕후의 총애를 빌려 권세를 휘두른 요무(妖巫). 1895년 왕후 시해 후 몰락함.

577 수련(壽蓮) 명성왕후의 혼이 내렸다고 자칭하여 고종의 총애를 받은 요무.

578 족불리지(足不履地) 발이 땅에 닿지 않을 정도로 급히 달림.

579 안차고 다라지다 겁이 없이 깜찍하고 당돌하다.

580 정절(情節) 사정이 가엾은 정황.

581 발명무지(發明無地) 변명할 길이 없어 몸 둘 곳이 없음.

582 발훈(發訓) 훈령을 내림.

583 압상(押上) 잡아 올림.

584 한기신징역(漢己身懲役) 종신형.

585 발그림자 찾아가거나 찾아오는 일을 비유적으로 이르는 말.

586 입렴(入廉) 염탐에 걸려듦.

587 수하친병(手下親兵) 자기의 수족처럼 쓰는 사람.

588 두호(斗護) (남을) 두둔하여 감쌈.

589 제석(帝釋) 불법(佛法)을 지키는 신 제석천으로, 무당이 신봉하는 신의 하나.

590 구눙 무당이 위하는 군신(軍神).

591 말명 김유신의 어머니 만명(萬明)의 신격화로, 무당이 위하는 신의 하나.

592 성주 가정에서 모시는 신의 하나. 집의 건물을 수호하며, 가신(家神) 가운데 맨 윗자리를 차지한다.

593 번하다 걱정거리가 어지간히 뜨음하다.

594 젖주럽 젖이 모자라 아이가 잘 자라지 못하는 상태.

추월색

* 회동서관, 1912년 3월.

1 시름없다 아무 생각이 없다.

2 교교(皎皎) (달이) 매우 맑고 밝음.

3 상야공원(上野公園) 일본 도쿄에 있는 우에노(上野) 공원. 일본 공원 제1호로 제정 되었고, 1천 그루가 넘는 벚꽃으로 인해 3월 하순부터 4월 중순까지는 벚꽃을 즐기기 위한 인파들로 넘쳐나기도 한다.

4 교결(皎潔) (달이) 밝고 맑음.

5 불인지(不忍池) 우에노 공원 안에 있는 연못.

6 하카마(はかま, 袴) 폭이 넓고 세로로 길게 쪼개진 치마로, 길이는 복사뼈까지 내려오고 색깔은 흰색이나 하늘색 또는 자주색이다.

7 하이칼라high collar 예전에, 서양식 유행을 따르던 멋쟁이를 이르던 말.

8 파나마모자(panama帽子) 파나마 풀의 잎을 잘게 쪼개어서 만든 여름 모자.

9 지점(指點) 가리켜 보임.

10 애먼 일의 결과가 다른 데로 돌아가 억울하게 느껴지는.

11 살쩍 관자놀이와 귀 사이에 난 털. 귀밑털.

12 부평(浮萍) 개구리밥.

13 작작(灼灼) 꽃이 핀 모양이 화려하고 찬란함.

14 도화(桃花) 복숭아꽃.

15 예모(禮貌) 예절에 맞는 모양.

16 접문례(接吻禮) 입맞춤.

17 탱중(瞠中) 화나 욕심 따위가 가슴속에 가득 찬 상태에 있음.

18 패행(悖行) 도리에서 벗어난 행동.

19 준절(峻切) 매우 위엄이 있고 정중함.

20 섬부(贍富) 가멸고 풍부함.

21 비소망어평일(非所望於平日) 평소에 바라던 바가 아님.

22 무명업화(無名業火) 깨우치지 못한 데서 오는 나쁜 마음이나 불같이 성내는 마음.

23 아미리가 '아메리카(America)'의 음역어.

24 육모정 여섯 모가 나게 지은 정자. 육각정(六角亭).

25 모만사(冒萬死) 만 번 죽기를 무릅쓴다는 뜻으로, 온갖 어려움을 무릅씀.

26 상지(相持) 양보하지 않고 서로 자기 의견을 고집함.

27 방색(防塞) 무엇을 하지 못하게 막음.

28 악지 잘 안될 일을 무리하게 해내려는 고집. 억지.

29 실절(失節) 절개를 굽히는 것. 실신(失身). 실정(失貞).

30 후록고투 프록코트frock coat. 18~19세기에 서양에서 남자들이 입던, 무릎까지 내려오는 정장용 코트.

31 행순(行巡) 살피며 돌아다님.

32 박승(縛繩) 포승(捕繩). 죄인을 잡아 묶는 끈.

33 적요(寂寥) 고요하고 쓸쓸함.

34 시종(侍從) 조선 말기 궁내부의 시종원(侍從院)의 주임관 벼슬. 임금 옆에서 임금의 옷과 임금이 쓰는 물건을 나누어 맡았음.

35 지기(知己) '지기지우(知己之友)'의 준말. 자기의 속마음과 가치를 잘 알아주는 참다운 친구로 지냄.

36 관옥(冠玉) 남자의 아름다운 얼굴을 비유한 말.

37 심지(心志) 마음에 품은 의지.

38 나 '나이'의 준말.

39 명일(名日) 명절(名節).

40 노래(老來) ‘늘그막’을 점잖게 이르는 말. 만래(晚來).

41 농(弄)지거리 점잖지 않게 함부로 하는 농담(弄談).

42 초산(楚山) 자강도 서부 압록강 연안에 있는 군.

43 서임(敍任) 벼슬자리를 내리는 것. 서위(敍位).

44 군아(郡衙) 고을의 사무를 맡아보는 관청.

45 가권(家眷) 호주나 세대주에게 딸린 식구. 가솔(家率).

46 솔거(率去) (여러 사람을) 거느리고 가는 것.

47 발정(發程) 길을 떠남. 출발.

48 전별(餞別) 잔치를 베풀어 작별함.

49 살 ‘화살’의 준말.

50 닫다 빨리 움직여 이동하다.

51 의의(依依) 싱싱하게 푸름.

52 초창(愴) 근심스럽고 슬픔.

53 부처(夫妻) 부부(夫婦).

54 회리바람 ‘회오리바람’의 준말.

55 면회(面灰) 담이나 벽의 겉면에 회를 바르는 것.

56 삼팔(三八) 삼팔주(三八紬). 중국에서 생산되는 올이 고운 명주.

57 유지(紙) 주름살이 잘게 잡힌 종이.

58 외 ‘오이’의 준말.

59 민요(民擾) 민란(民亂).

60 초(抄) 초본(抄本). 원본에서 필요한 부분을 뽑아서 베긴 문서.

61 문한가(文翰家) 대대로 문필가가 난 집안.

62 취집(驟集) 급작스럽게 모여듦.

63 충화(衝火) 일부러 불을 놓음.

64 작석(作石) 곡식을 한 섬씩 만드는 것.

65 난투(亂投) 어지러이 던짐.

66 이민(吏民) 지방 아전과 백성.

67 야료(惹鬧) 까닭 없이 트집을 잡고 함부로 떠들어댐.

68 강계(江界) 현재 자강도의 중북부에 있는 시.

69 진위대(鎭衛隊) 대한제국 때에, 지방의 각 진(鎭)에 둔 군대. 고종 32년(1895)에
지방대를 고친 것으로, 융희 원년(1907) 군대 해산 때 폐하였다.

70 해(該) '바로 그' '해당하는 그'의 뜻을 나타내는 말.

71 장두(狀頭) 여러 사람이 서명한 소장(訴狀)의 첫머리에 이름을 적는 사람.

72 엄수(嚴囚) 엄중하게 가둠.

73 자(玆)에 이에.

74 사기(事機) 일이 되어가는 가장 중요한 고비.

75 인자무적(仁者無敵) 어진 사람은 모든 사람이 사랑하므로 세상에 적이 없음.

76 수색(愁色) 근심스러운 기색.

77 화광(火光) 불빛.

78 화불단행(禍不單行) 재앙은 번번이 겹쳐 옴.

79 낙미지액(落眉之厄) 눈썹에 떨어진 액이라는 뜻으로, 갑자기 들이닥친 재앙.

80 와가(瓦家) 기와집.

81 안돈(安頓) 사물을 잘 정돈함.

82 묘묘(杳杳) 멀어서 아득함.

83 수유(受由) 말미를 받는 것. 또는 그 말미.

84 폭민(暴民) 폭동을 일으킨 민중.

85 간활(奸猾) 간사하고 교활함.

86 갑오개혁(甲午改革) 1894년 7월부터 1896년 2월까지 개화파 내각에 의해 추진된
근대적 제도 개혁. 갑오경장(甲午更張)이라고도 한다. 1894년 갑오농민전쟁이
일어나자 민씨 정권은 청국에 파병을 요청하였다. 청국이 이를 수락하고 군대
를 파견하자 일본도 1884년의 톈진(天津) 조약을 빌미로 군대를 출동시켰다.
청·일 양군이 주둔한 가운데 양국 간에 전쟁 기운이 높아지자 조선 정부는 다
시 양국 군의 철수를 요청하였다. 이미 조선에서 정치적 지배력을 구축하고 있
던 청국은 이를 받아들였으나, 일본은 이를 거부하고 침략의 명분으로서 조선
에 내정 개혁을 요구하였다. 민씨 정권이 이를 내정 간섭이라 하여 거절하자 일
본군은 7월 23일 궁중에 난입하여 무력으로 민씨 정권을 타도하고 흥선대원군
을 다시 영입하는 한편, 김홍집(金弘集) 등 개화파 인사들로 신내각을 구성하게

하였다. 이어 7월 27일에는 내정 개혁 추진 기구로 군국기무처가 설치되었다. 여기에는 회의 총재(會議總裁) 김홍집을 비롯한 박정양(朴定陽), 김윤식(金允植), 유길준(兪吉濬) 등 주로 개화파 인사들로 구성된 17명의 의원이 참여하여 개혁 사업을 총괄 지휘하였다.

87 금달(禁) 궐내에서 임금이 평소에 거처하는 궁전의 앞문.

88 성총(聖寵) 임금의 은총.

89 체임(遞任) 벼슬을 갈아내는 것. 체직(遞職).

90 나번득이다 젠체하고 함부로 덤비다.

91 암암(暗暗) 기억에 남는 것이 눈앞에 아른거림.

92 제구(諸具) 여러 가지의 도구.

93 임염(荏苒) 차츰차츰 세월이 지나거나 일이 진행됨.

94 수연(壽宴) 장수를 축하하는 잔치. 보통 '환갑잔치'를 말함.

95 안손님 여자 손님을 이르는 말.

96 서랑(壻郎) 남의 사위의 높임말.

97 엄부렁하다 '엄범부렁하다'의 준말. 실속 없이 겉만 크다.

98 불빈(不貧) 가난하지 않음.

99 결곡하다 얼굴 생김새나 마음씨가 깨끗하고 여무져서 빈틈이 없다.

100 간지(簡紙) 두껍고 품질이 좋은, 장지(壯紙)로 만든 편지지.

101 전안(奠雁) 전통 혼례식에서, 신랑이 신부 집에 기러기를 가지고 가서 상 위에 놓고 절하는 예. 흔히 산 기러기 대신 목기러기를 씀.

102 납채(納采) 전통 혼례에서, 신랑 측 혼주가 서식에 따라 정식으로 신부 집에 청혼 편지를 내는 일.

103 의양단자(衣樣單子) 신랑이나 신부의 옷 치수를 적은 단자.

104 열녀불경이부(烈女不更二夫) 열녀는 두 지아비를 섬기지 않는다.

105 잡쥐다 잡아 쥐다.

106 침모(針母) 남의 집 바느질을 하여주고 품삯을 받는 여자.

107 숙수(熟手) 잔치 때 음식을 만드는 사람. 또는 그 일을 업으로 삼는 사람. 조리사.

108 후상, 후상, 후상 오이데마셍까?(フサン, フサン, フサンおいでませんか) 부산(釜山), 부산, 부산 안 오시렵니까?

109 운산(雲山) 구름이 끼어 있는 먼 산.

110 연하(煙霞) 안개와 노을. 고요한 산수(山水)의 경치.

111 하관(下關) 시모노세키.

112 신교(新橋) 신바시.

113 전반같다 머리를 땋아 늘인 여자의 머리채가 숱이 많고 치렁치렁함을 비유적으로 이르는 말. '전반'은 종이를 도련할 때에 쓰는 얇고 좁은 긴 나뭇조각.

114 춘사(春紗) 명주실로 짠 비단의 하나. 여름 옷감으로 쓴다.

115 통량(統) 경상남도 통영(統營)에서 만든 갓의 양태.

116 왜사(倭紗) 발이 잘고 고운 사의 하나.

117 참새 굴레 쌀 만하다 지나치게 약삭빠르고 꾀가 많음을 비유적으로 이르는 말.

118 색주가(色酒家) 술과 색을 겸하여 파는 술집. 또는 그러한 계집. 색줏집.

119 대까칼 '대칼'의 잘못.

120 오복점(吳服店) 직물류를 파는 점포.

121 반또(ばんとう, 番頭) 점원, 지배인.

122 소석천구(小石川區) 도쿄의 행정 구역. 고이시카와.

123 뇌심(惱心) 마음속으로 괴로워함. 또는 그런 마음.

124 찬성(贊成) 어떤 일을 도와서 이루어지도록 함.

125 야시(夜市) 야시장. 밤에 벌이는 시장.

126 친압(親狎) 버릇없이 너무 지나치게 친함.

127 장자(障子) '장지(障-)'의 원말. 방과 방 사이 또는 방과 마루 사이에 칸을 막아 끼우는 문. 미닫이와 비슷하나 운두가 높고 문지방이 낮다.

128 고소대(高所臺) 높은 곳에 높이 쌓아 사방을 볼 수 있게 만든 곳.

129 재조(才操) '재주'의 원말.

130 외입(外入) 오입(誤入). 제 아내 아닌 딴 여자와 성 관계를 가지는 것. 외도(外道).

131 이자(二字) 두 글자.

132 무연(憮然)하다 실의나 뜻밖의 일 때문에 허탈하거나 멍해 있다.

133 패(敗)하다 몸이나 얼굴이 야위고 안되게 되다.

134 연엽(蓮葉) 연잎.

135 창흔(瘡痕) 부스럼이 났던 자국이나, 칼에 다친 흉터.

136 후문(喉門) '목구멍'을 전문적으로 이르는 말.

137 창구(創口) 칼날 따위에 다쳐서 생긴 상처.

138 이분(釐分) 분(分)의 10분의 1. 극히 적음을 비유적으로 이르는 말.

139 기색(氣塞) 과격한 정신 작용으로 호흡이 잠시 멎는 병. 중기(中氣).

140 민속(敏速) (행동이나 일의 처리 등이) 날쌔고 빠름.

141 혼도(昏倒) 정신이 어지러워 넘어짐.

142 와상(臥牀) 침상(寢牀).

143 거(去) 지난.

144 행흉(行凶) 사람을 죽이는 흉악한 짓을 함.

145 이기(理氣) 성리학에서 말하는, 우주의 본체인 이(理)와 그 현상인 기(氣). 곧, 태극과 음양.

146 전만고후만고(前萬古後萬古) 오랜 세월.

147 잠심(潛心) (어떤 일에) 마음을 두어 깊이 생각함.

148 잡보란(雜報欄) 잡다한 사건에 관한 보도를 하는 부분.

149 진배없다 그만 못할 것이 없다.

150 술업(術業) 음양·복서(卜筮) 따위의 술법에 종사하는 업.

151 봄꿈 달콤하고 행복한 것을 그려보는 꿈. 또는 한때의 덧없는 일이나 헛된 공상을 비유적으로 이르는 말.

152 만지장서(滿紙長書) 사연을 많이 담은 긴 편지.

153 봉두난발(蓬頭亂髮) 쑥대강이같이 마구 흐트러진 머리털. 봉발(蓬髮).

154 이방(吏房) 조선 시대에 인사(人事)·비서(書) 등의 사무를 맡아보던 구실아치.

155 형방(刑房) 조선 시대에 형전(刑典)에 관한 사무를 맡아보던 구실아치.

156 내아(內衙) 지방 관아의 안채. 내동헌.

157 비웃 '청어'를 식료품으로 이르는 말.

158 두름 물고기나 나물을 짚 따위로 길게 엮은 것.

159 학정(虐政) 포학한 정치. 가정(苛政).

160 짚둥우리를 태우다 학정을 한 고을 수령을 짚둥우리에 태워 지경 밖으로 쫓아내다. '짚둥우리'는 탐학한 고을 수령을 지경 밖으로 몰아낼 때 타고 가던 둥우리.

161 지경(을) 넘기다 책임을 지지 않으려고 사고가 날 만한 것을 다른 지역으로 옮

겨 가도록 하다. '지경(地境)'은 나라나 지역 따위의 구간을 가르는 경계.

162 진상 가는 꿀 병 동이듯 무엇을 소중하게 동여매는 경우를 비유적으로 이르는 말. '진상(進上)'은 지방의 토산물을 임금이나 고관에게 바치는 것.

163 서캐 이의 알.

164 터진 방앗공이에 보리알 끼듯 하였다 버리자니 아깝고 파내자니 품이 들어 할 수 없이 내버려둘 수밖에 없음을 비유적으로 이르는 말. 또는 성가신 어떤 방해물이 끼어든 경우를 비유적으로 이르는 말. 여기서는 후자의 뜻.

165 통애(痛哀) 몹시 슬퍼함.

166 만경창파(萬頃蒼波) 끝없이 너른 바다.

167 오열(嗚咽) 흐느끼거나 목메어 욺.

168 조상(弔喪) 남의 상사(喪事)에 대하여 조의(弔意)를 표함.

169 시진(盡) 기운이 빠져 없어짐.

170 사장(沙場) 강가나 바닷가에 모래가 밀려와 넓고 평평하게 쌓인 곳. 모래사장.

171 동탕(童蕩) 얼굴이 토실토실하고 잘생김.

172 쭉정이 껍질만 있고 알맹이가 들지 않은 곡식, 과실 등의 열매. 쓸모없게 되어 사람 구실을 제대로 하지 못하는 사람을 비유적으로 이르는 말.

173 여산 칠십 리나 들어갔다 눈이 움푹 들어간 사람을 놀림조로 이르는 말. '여산(廬山)'은 중국 장시 성(江西省) 북부, 포양 호(鄱陽湖) 북서쪽 기슭에 있는 산. 경치가 아름답고 불교에 관한 고적(古蹟)이 많다.

174 어훈(語訓) 말하는 투나 태도.

175 빨병 먹는 물을 넣어 가지고 다니는 병같이 생긴 그릇. 수통(水筒).

176 사속(嗣續) 대(代)를 잇는 것. 또는 대를 이을 아들.

177 쟁영(嶸) 높고 가파름.

178 백해(百骸) 온몸을 이루고 있는 모든 뼈.

179 과공(課工) 날마다 정하여놓고 규칙적으로 하는 공부.

180 의혼(議婚) 혼사를 의논함.

181 횡빈(橫濱) 요코하마. 일본 가나가와 현(神奈川縣)의 현청 소재지이며 항구 도시.

182 주차(駐箚) 외교 사절로서 외국에 머물러 있음. 주찰(駐札).

183 자닝하다 애처롭고 불쌍하여 차마 보기 어렵다.

184 망단(望斷) 이러지도 못하고 저러지도 못하여 처지가 딱함.

185 관정(官廷) 관가(官家).

186 모해(謀害) (남을) 모략을 써서 해롭게 함.

187 송연(竦然) 두려워서 몸을 웅송그림.

188 비서승(秘書丞) 고려 시대 경적(經籍)과 축문(祝文)에 관한 일을 맡아보던 비서성(秘書省)에 속한 종5품의 관직.

189 불행위행(不幸爲幸) 불행이 오히려 행으로 바뀜.

190 수미(首尾) 처음과 끝. 두미(頭尾).

191 몽몽(   ) (비 · 안개 · 연기 따위가) 눈앞을 흐릴 만큼 자욱함.

192 작약(雀躍) 몹시 기뻐서 뛰며 좋아함.

193 용용(溶溶) 큰 강물이 흐르는 모양이 순함.

194 의구(依舊) 옛날과 같아 변함이 없음.

195 봉채(封采) '봉치'의 원말. '봉치'는 혼인 전에 신랑 집에서 신부 집으로 채단(采緞)과 예장(禮狀)을 보내는 일. 또는 그 채단과 예장.

196 일고삼장(日高三丈) 해가 세 길이나 떠올랐다는 뜻으로, 날이 밝아 해가 벌써 높이 뜸을 이르는 말.

197 수모(手母) 전통 혼례 때, 신부의 단장 및 그 밖의 일을 곁에서 거들어주는 여자.

198 윤강(倫綱) 삼강오륜(三綱五倫). 유교 도덕의 기본이 되는 세 가지 강령과 사람이 항상 행해야 할 다섯 가지 실천 덕목. 삼강은 군위신강(君爲臣綱) · 부위자강(父爲子綱) · 부위부강(夫爲婦綱)을 말하는데, 각각 임금과 신하, 어버이와 자식, 남편과 아내 사이에 마땅히 지켜야 할 도리를 강조했다. 오륜은 동중서가 인(仁) · 의(義) · 예(禮) · 지(智)의 네 가지 덕에 신(信)의 덕목을 추가하여 이를 오행에 짝 맞추어 정리한 것이다. 오륜을 또한 오상(五常)이라고 했다. 오륜은 부자유친(父子有親) · 군신유의(君臣有義) · 부부유별(夫婦有別) · 장유유서(長幼有序) · 붕우유신(朋友有信)을 말하는데 삼강과 더불어 기본적인 실천 윤리로 강조되었다.

199 정형(情形) 정황(情況).

200 사정(私情) 개인의 사사로운 정.

201 만리붕정(萬里鵬程) 앞으로 가야 할 머나먼 길.

202 천질(賤質) 자기의 품성이나 자질을 낮추어 이르는 말. 천품(賤品).

203 소절수(小切手) 은행에 당좌 예금을 가진 사람이 소지인에게 일정한 금액을 줄 것을 은행 따위에 위탁하는 유가 증권. '수표'로 순화.

204 휘갑 너더분한 일을 잘 마무름.

205 안부(雁夫) 기럭아비. 전안(奠雁)할 때 기러기를 들고 신랑 앞에 서서 가는 사람.

206 창황망조(蒼黃罔措) 너무 급하여 어찌할 바를 모름.

207 동 사물과 사물을 잇는 마디. 또는 사물의 조리(條理).

208 간권(懇勸) 간절히 권함.

209 생세지락(生世之樂) 세상에 태어나서 살아가는 재미.

210 성사(省事) 혼정신성(昏定晨省). 밤에는 부모의 잠자리를 보아드리고 이른 아침에는 부모의 밤새 안부를 묻는다는 뜻으로, 부모를 잘 섬기고 효성을 다함을 이르는 말.

211 궐(闕)하다 해야 할 일을 빠뜨리거나 모임에 빠지다.

212 문후(問候) 윗사람의 안부를 물음. 문안(問安).

213 민울(悶鬱) 민망스러운 걱정으로 가슴이 답답함. 민답(悶沓).

214 기체후(氣體候) 웃어른에게 올리는 편지에서 문안 때, 그를 높여 그의 정신과 건강 상태를 이르는 말.

215 만안(萬安) (웃어른의 신상이) 아주 평안함. 만강(萬康).

216 복모구구(伏慕區區) (웃어른을) 공손히 사모하는 것이 변변하지 못함.

217 성황(盛況) 성대한 상황.

218 우미(優美) 우아하고 아름다움.

219 착심(着心) (어떠한 일에) 마음을 붙임. 착의(着意).

220 칩복(蟄伏) 자기 처소에 들어박혀 몸을 숨김.

221 왁자하다 정신이 어지러울 만큼 떠들썩하다.

222 조조(躁躁) 몹시 조급함.

223 소경단청(丹靑) 맹인이 절이나 궁의 건물, 또는 누각 등의 벽·기둥·천장 같은 데에 여러 가지 빛깔로 그림과 무늬를 아름답고 장엄하게 그리는 것. 보아도 이해하지 못할 것을 보는 경우를 비유적으로 이르는 말.

224 왕사(往事) 지나간 일.

225 면난(面) 남을 대할 때에 부끄러워 얼굴이 붉어짐.

226 고우(故友) 사귄 지 오래된 벗. 고인. 구우(舊友).

227 유처취처(有妻娶妻) 아내가 있는 사람이 또 아내를 얻음.

228 묵허(黙許) 모르는 체 내버려둠으로써 슬며시 허락함.

229 음분난행(淫奔亂行) 난잡하고 음탕한 행위를 하는 것. 또는 그 행동.

230 영명(榮名) 영예(榮譽).

231 천곤백난(千困百難) 천 가지의 괴로움과 백 가지의 어려움이라는 뜻으로, 온갖
고난을 이르는 말.

232 숙덕(淑德) 정숙하고 단아(端雅)한 여자의 미덕.

233 생생지리(生生之理) 모든 생물이 생기고 펴지는 자연의 이치.

234 상교(相交) 서로 어울려 사귐.

235 작배(作配) 남녀가 서로 짝을 지음. 또는 배필을 정함.

236 회(灰)박 석회를 되거나 담는 데 쓰는 뒷박.

237 동방화촉(洞房華燭) 동방에 비치는 환한 촛불이라는 뜻으로, 혼례를 치르고 나
서 첫날밤에 신랑이 신부 방에서 자는 의식을 이르는 말. 동방(洞房).

238 원앙금침(鴛鴦衾枕) 원앙을 수놓은 이불과 베개.

239 만실춘풍(滿室春風) 방 안에 가득한 봄바람.

240 융융(融融) 화평한 기운이 있음.

241 팔선녀를 꾸미다 고전소설 『구운몽』에 나오는 팔선녀처럼 꾸민다는 뜻으로, 옷
차림이 우습거나 요란함을 이르는 말.

242 주사청루(酒肆靑樓) 술집 · 기생집의 통칭.

243 산사강정(山寺江亭) 산속에 절과 강가에 있는 정자.

244 잔(殘) 나머지.

245 종조리(終條理) 끄트머리의 자질구레한 조리.

246 올연(兀然) 홀로 우뚝한 모양.

247 개과천선(改過遷善) 지난날의 허물을 고치고 착하게 됨.

248 정장(呈狀) 소장(訴狀)을 관청에 바치는 것. 정소(呈訴).

249 소관사(所關事) 관계하는 일. 또는 관계되는 일.

250 두류(逗留) 객지에 머물러 있음.

251 사맥(事脈) 일의 내력과 갈피.

252 여의(如意) 일이 마음먹은 대로 됨.

253 압기(壓氣) 기세에 눌리는 것.

254 변성명(變姓名) 성과 이름을 달리 고침.

255 장비(張飛) 중국 삼국 시대 촉한(蜀漢)의 무장(武將). 자는 익덕(益德). 후한(後漢) 말엽에 유비(劉備)를 좇아 군사를 일으켰다. 조조(曹操)가 형주(荊州)를 차지하고, 유비가 장판(長坂)에서 패했을 때, 그가 기병을 이끌고 저항하자 조조의 군사들이 감히 접근하지 못했다고 한다. 나중에 유비를 따라 익주(益州)를 차지하고, 거기장군(車騎將軍)이 되었다. 당시 관우(關羽)와 더불어 '만인적' (萬人敵)으로 불렸다. 221년(章武 1)에 유비를 좇아 오(吳)나라를 공격하려 했는데, 출발할 즈음 부하 장수의 칼에 찔려 살해되었다.

256 은군자(隱君子) 은근짜. 몰래 몸을 파는 여자를 속되게 이르는 말.

257 으늑하다 조용하고 깊숙하다.

258 단처(短處) 부족하고 모자란 점. 단점.

259 쇠다 한도를 지나쳐 점점 더 심해지다.

260 총순(總巡) 조선 후기에, 경무청에 속한 판임관. 고종 32년(1895)에 두었는데, 경무관 다음 서열로서 30명 이하의 정원을 두었다.

261 스스럽다 수줍고 부끄러운 데가 있다.

262 봉천(奉天) 지금의 선양(瀋陽). 중국 둥베이(東北: 만주) 지구에서 가장 큰 도시이며, 중국 전체에서도 가장 큰 공업 중심지 가운데 하나이다.

263 고모(高帽) 예전에, 귀족들이 예복 차림을 할 때 쓰던 높은 모자.

264 지기(志氣) 어떤 일을 이루려는 의지와 기개. 기지(氣志). 지개(志槪).

265 만월대(滿月臺) 개성시 송악산 기슭에 있는 고려의 궁궐터. 태조 2년(919) 태조가 송악산 남록(南麓)에 도읍을 정하고 궁궐을 창건한 이후 공민왕 10년 (1361) 홍건적의 침입으로 소실될 때까지 고려 왕의 주된 거처였다.

266 처창(悽愴) (마음이) 몹시 구슬픔.

267 선죽교(善竹橋) 고려 시대의 돌다리. 옛 이름은 선지교(善地橋)이다. 개성시 선죽동 자남산 동쪽 기슭의 작은 개울에 있으며, 919년 고려 태조가 송도의 시가지를 정비할 때 하천 정비의 일환으로 축조한 것이다.

268 연광정(練光亭) 관서팔경(關西八景) 중의 하나. 대동강변에 자리한 연광정은 중국의 사신이 지날 때 술잔치를 벌였던 곳으로 유명하며, 조선 선조 때 강화 담판과 기생 계월향이 일본의 부장을 끌어안고 낙하한 유서 깊은 곳이기도 하다.

269 한유(閑裕) 한가하고 여유가 있음.

270 안계(眼界) 눈으로 바라볼 수 있는 범위.

271 시인소객(詩人騷客) 시인과 문사(文士).

272 부벽루(浮碧樓) 평양시 중구역 금수산 동쪽 청류벽(淸流壁)에 있는 누각. 원래 이름은 영명루(永明樓)이며, 392년에 세운 영명사의 부속 건물이었다. 12세기 초 예종이 이곳에서 잔치를 연 다음 이안(李顔)에게 명하여 이름을 다시 짓도록 했는데, 그는 거울같이 맑고 푸른 물이 감돌아 흐르는 청류벽 위에 둥실 떠 있는 듯한 누정이라는 뜻에서 부벽루라고 했다고 한다.

273 모란봉(牡丹峰) 평양시 모란봉 구역의 대동강 기슭에 있는 산. 높이 95미터. 원래는 비단실로 수놓은 듯 경치가 매우 뛰어나 금수산이라 불렸으나 산의 생김새가 마치 모란꽃 같다 하여 모란봉이라 부르게 되었다.

274 영명사(永明寺) 평양시 금수산(錦繡山)에 있는 절. 청일전쟁 때 거의 모든 절이 소실된 것을 일제 강점기에 재건했다. 절의 규모는 크지 않으나 1920년 평양시와 평안남도에 있는 말사를 관장하는 31본산 중의 하나가 되었다.

275 기린굴 『세종실록』 지리지에는 평양 대동강 가의 조천석(朝天石)에 있는 말 발자국이 바로 동명왕이 타던 말의 발자국이라는 전설이 실려 있다. 동명왕이 아침마다 하늘에서 내려와 구제궁의 기린굴을 통해 이 바위를 밟고 하늘로 돌아갔기에 여기에 그 발자국이 남게 되었다는 것이다.

276 백상루 관서팔경 중의 하나. 백상루는 진주 촉석루와 더불어 대표적인 누각 건물로 평안남도 안주읍 북쪽 언덕 위에 있다.

277 통군정 관서팔경 중의 하나로 평안북도 의주 삼각산 기슭에 있으며, 통곡정이라고도 한다.

278 감구지회(感舊之懷) 어떤 사물을 대할 때 그와 관계된 옛날 일을 떠올리면서 가지게 되는 생각이나 느낌.

279 감창(感愴)하다 어떠한 느낌이 가슴에 사무쳐 슬프다.

280 자욕효이친부재(子欲孝而親不在) 자식은 효도를 하고자 하나 어버이가 살아 계시지 않다는 뜻.

281 전역(戰役) 전쟁(戰爭).

282 승첩(勝捷) 승전(勝戰).

283 청계수(淸溪水) 맑고 깨끗한 시냇물.

284 저녁연기(煙氣) 저녁밥을 지을 때 굴뚝에서 피어오르는 연기.

285 백탑(白塔) 표면에 흰색 칠을 한 중국의 불탑. 또는 중국 요나라와 금나라의 전탑(塼塔)을 이르는 말.

286 화표주(華表柱) 무덤 앞의 양쪽에 세우는 한 쌍의 돌기둥. 돌 받침 위에 여덟모 진 기둥을 세우고 맨 꼭대기에 둥근 대가리를 얹는다.

287 수대(手) 손에 들고 다니는 주머니.

288 불가항력(不可抗力) 사람의 힘으로는 저항할 수 없는 힘.

289 언턱거리 남에게 무턱대고 억지로 떼를 쓸 만한 근거나 핑계.

290 화용월태(花容月態) 아름다운 여인의 얼굴과 맵시를 일컫는 말.

291 통변(通辯) 통역(通譯).

292 백골난망(白骨難忘) 백골이 된 후에도 잊을 수 없다는 뜻으로, 큰 은혜나 덕을 입었을 때 감사의 뜻으로 하는 말.

293 칭탄(稱歎) 칭찬하고 감탄함.

294 혹화(酷禍) 몹시 심한 재화(災禍).

295 줄불 불놀이할 때 쓰는 놀이 기구의 하나. 참숯 가루 따위를 섞어 종이로 싸서 줄에다 죽 달아놓고 한 군데에 불을 대면 옆으로 차차 번져 불이 일어나게 된다.

296 삼추 같다 기다리는 시간이 매우 지루하고 길다. '삼추(三秋)'는 세 해의 가을 이라는 뜻으로, 3년의 세월을 이르는 말.

297 돌라서다 여럿이 동글게 늘어서다.

298 고두(叩頭) 경의를 나타내려고 머리를 조아리는 것. 고수(叩首).

299 금안(金鞍) 금으로 꾸민 안장.

300 준마(駿馬) 썩 잘 달리는 말. 비마(飛馬). 상마(上馬). 준족(駿足). 철제(鐵蹄).

301 청복(淸福) 좋은 복.

302 여년(餘年) 늙은이의 죽을 때까지의 나머지 세월. 여령(餘齡).

303 존의(尊意) 남의 의견을 높여 이르는 말. 존견(尊見).

304 침음(沈吟) 속으로 깊이 생각함.

305 행자필유신(行者必有) 떠나는 사람에게는 필히 돈이나 물건을 주어야 함을 이르는 말.

306 자양(滋養) 몸에 영양이 되게 함.

307 상마적(上馬賊) 청나라 말부터 만주 지방에서 말을 타고 떼를 지어 다니던 도적.

308 염라부(閻羅府) 지옥의 주신(主神)인 염라대왕이 지배하는 유명계(幽冥界).

309 지필(紙筆) 종이와 붓.

310 호리(豪釐) 자나 저울눈의 호(豪)와 리(釐). 매우 적은 분량을 비유적으로 이르는 말.

311 총울(蔥鬱) 나무들이 배게 들어서서 우거짐.

312 회정(回程) 돌아오는 길에 오름.

313 토진간담(吐盡肝膽) 간과 쓸개를 다 토한다는 뜻으로, 실정(實情)을 숨김없이 다 털어놓고 말함을 이르는 말.

314 아아(峨峨) 산이나 큰 바위 따위가 험하게 우뚝 솟아 있음.

315 양양(洋洋) 바다가 한없이 넓음.

개화·계몽 시대 신소설의 서사적 성격

권영민

개화·계몽 시대 신소설은 국문 글쓰기에 의해 대중적으로 확대된 대표적인 서사 양식이다. 신소설의 이념적 지향은 일본 식민주의 담론의 지배 구조를 크게 벗어나지 못하고 있지만, 그 서사적 속성에 대해서는 여러 가지 각도에서 논의할 수 있다. 대부분의 문학사 연구자들은 고전소설의 설화성이나 비현실성이 극복되는 과정을 신소설의 특징으로 내세운다. 신소설에 등장하기 시작한 새로운 제도, 새로운 이념, 새로운 사물들을 신소설의 새로움을 밝히는 중요한 근거로 제시한 경우가 많다. 실제로 신소설은 국문 글쓰기를 통해 일상생활 속에서 살아 있는 언어를 그대로 묘사하고 있다. 신소설처럼 일상의 공간에서 이루어지는 모든 언술을 풍부하게 담론화하고 있는 문학 양식은 그 이전에는 존재한 적이 없다. 이 같은 일상의 구현은 바로 신소설이 서사 양식으로서 추구하고 있는 새로운 가치라고 할 수 있다. 신소설이 말 그

대로 '새로운 소설'을 의미한다면, 그 새로움의 정체를 여기서 찾아볼 수 있는 것이다.

신소설의 등장은 고전소설의 세계에서 볼 수 있는 신화적 상상력과 그 서사의 설화성이 소멸되는 것과 때를 같이한다. 신소설에서는 신성의 세계가 소멸하고 환상이 제거된다. 서사의 주인공은 인간의 세계에서 다시는 천상의 세계로 돌아가지 못한다. 서사의 전체적인 구조에서 결말이라는 것이 언제나 시원(始原)으로 귀착된 고전소설의 회귀적인 패턴이 깨어지게 된 것이다. 고전소설에서는 서사의 주인공에게 선험적인 생의 좌표가 상정되어 있었지만, 신소설의 서사의 주인공은 자신이 스스로 자기 삶의 좌표를 만들어야 한다. 그러므로 신소설의 이야기를 보면, 주인공이 신의 품으로 돌아가지 못한 채, 자신을 둘러싸고 있는 세계와 거리를 두고, 대상으로서의 세계를 인식하고 자신의 삶을 꾸려나가는 것이다. 이때 주인공은 자신을 둘러싸고 있는 모든 대상들에 대해 일정한 거리를 둠으로써, 드디어 신화적 금기로부터 벗어나고 탈마법의 세계를 지향한다.

신소설의 이야기는 경험적인 일상의 현실 공간 위에서 펼쳐진다. 신소설의 주인공은 용궁의 잔치에도 갈 수 없고, 옥황상제나 염라대왕도 만나지 못한다. 오직 일상의 현실에 묻혀서 평범하고도 하찮은 일들을 반복하며 살아가야 한다. 이처럼 신소설의 주인공이 일상적인 개인에 불과하다는 것은 신소설이 개인적인 운명의 양상을 추구하는 서사임을 말해준다. 신소설의 등장인물은 일상의 세계 속에서 자신의 운명을 스스로 살아야 한다. 이들의 운명은 신에 의해서 계시되는 것이 아니라 자신들의 삶의 방식에 의해서 결정된다. 신소설에 이르러서야 운명이라는 것이 비로소 인간의 몫이 된다.

신소설의 이야기에서 주목되는 것은 일상적 시간의 재구성이다. 신소설은 신화적 구조의 영원성의 시간을 벗어나면서 경험적인 일상의 시간과 만난다. 일반적으로 서사 양식에서 서사 구조를 지탱하게 하는 가장 중요한 요소는 시간이다. 시간에 대한 인식이 없이는 서사는 성립되지 못한다. 시간이란 거꾸로 돌이킬 수 없는 변화를 수반하며, 서사에서 인물 또는 행위자의 존재와 그 행위의 진행을 구체화한다.

신소설이 일상적 개인의 발견이라는 새로운 서사 양식의 주제를 놓고 일상적 언어에 기반을 둔 국문 글쓰기를 표현 구조로 일반화했다는 것은 주목할 만한 사실이다. 그러나 신소설이 그려내고 있는 개인이 합리적인 주체로서의 개별적 존재가 되고 서구적인 의미의 근대적 주체로서의 개인을 만족시킬 수 있는 개념이 되기 위해서는 그 존재 기반이 되는 사회가 근대라는 가치 개념으로 함께 조건 지워져야 한다. 이러한 개인의 존재를 우리는 1920년대 염상섭의 소설에서 비로소 만날 수 있다. 이때에야 신소설에서 유학의 길에 오른 인물들은 자신들에게 개화의 길을 열어준 매개항으로서의 일본, 새로운 문명개화의 세계로 동경해 마지않은 일본이 무서운 지배자로 변해버린 식민지 조선으로 돌아온다. 문명개화의 국가 대신에 제국주의 식민지 착취 구조 속에서 힘겹게 식민지 백성으로 살아야 하는 그야말로 운명의 개인이 된 채로 말이다.

1. 이해조와 신소설의 대중적 확대

이해조의 신소설 창작은 그가 기자로 활동한 제국신문을 통해 본격화되고 있다. 이해조는 1907년 제국신문에「고목화(枯木花)」와「빈상설(鬢上雪)」을 연재한 후, 1909년 제국신문이 폐간될 때까지「원앙도(鴛鴦圖)」(1908),「구마검(驅魔劍)」(1908),「홍도화(紅桃花)」(1908),「만월대(滿月臺)」(1908),「쌍옥적(雙玉笛)」(1909),「목단병(牧丹屛)」(1909) 등을 잇달아 발표하면서 신소설 작가로서의 지위를 확고히 다졌고, 일제 침략 이후에도「화(花)의 혈(血)」(1911),「소양정(昭陽亭)」(1911),「탄금대(彈琴臺)」(1912),「춘외춘(春外春)」(1912),「구의산(九疑山)」(1912) 등의 작품을 통해 신소설의 대중적인 기반을 확대하는 데 기여하였다. 이 같은 신소설들은 당시의 사회적 현실을 작품 세계 속에 절실한 삶의 문제로 부각하지 못한 점이 지적되고 있지만, 과도기적인 시대적 상황을 특이한 갈등의 양상으로 포착해낸 소설적 형상화 방법이 특기할 만하다. 그가 신소설의 대중적 기반을 확립하는 데 크게 공헌하였다는 평가를 받는 것은 이 때문이다. 그의 작품은 이 밖에도「자유종(自由鐘)」(1908)과 같은 정론적인 성격의 풍자 양식도 있고, 판소리「춘향가」「심청가」「흥부가」 등을「옥중화(獄中花)」(1912),「강상련(江上蓮)」(1912),「연(燕)의 각

(脚)」(1913)으로 개작한 것도 있으며, 「화성돈전(華盛頓傳)」
(1908)과 같은 전기를 번역 소개한 것도 있다.

「자유종」은 토론의 방법을 서사 담론의 기술 방식으로 활용하
고 있는 풍자 양식이다. 이 작품에서는 생일잔치에 초대를 받아
모여든 여러 부인들이 밤늦도록 차례로 여성들의 권익과 교육,
국가의 자주독립과 사회 개혁 등 당면 문제에 대하여 방대한 내
용의 지식들을 동원하여 설명하고 토론한다. 이들은 자신들의 지
적인 태도를 최대한 강조하고, 그들이 각자 내세운 주장에 의해
각자의 경륜이 드러난다. 그러므로 이 작품은 서사적 요건으로서
의 행위의 개념을 결여하고 있다. 등장인물이 제한된 공간 안에
서 각기 제시된 주제에 따라 자신의 견해를 개진하고 토론을 벌
이는 장면이 전체 내용을 차지하고 있으며, 바로 이 같은 대화의
장면화 과정에서 최소한의 서사적인 요건을 유지하고 있다. 그런
데 이 같은 장면화 과정 자체는 개화 · 계몽 시대의 여성의 활동
이나 사회적 역할을 생각할 경우 그대로 하나의 훌륭한 풍자가
된다. 왜냐하면 이 작품에서 여성들이 나누고 있는 대화의 내용
들은 결코 일반적으로 용인되고 있는 '여성적인 것'의 범주에 드
는 것이 아니다. 대개가 '남성적인 것'으로 인식하고 있는 정치적
담론을 대상으로 하고 있기 때문이다.

이 작품에서 가장 두드러지게 드러나고 있는 토론의 주제는 여
성과 신교육으로 집약된다고 할 수 있다. 이것은 개화 조선의 사
회적 변화에 적응하기 시작한 여성들의 입장을 보여주는 작품이
라는 점에서 그 사회사적인 의미가 주목되기도 한다. 새로운 교

육의 중요성을 역설하기 위해, 국가 발전을 위한 근대적 학문의
필요성을 강조하고, 신학문 교육의 실천 과제로서 국어 국문의
확대, 여성 교육의 실시, 교육 제도의 개선, 자녀 교육의 방법 등
을 논하고 있으며, 교육 기회의 균등화를 위해 봉건적인 사회 제
도인 서얼 문제와 반상 제도의 해체를 주장하고 있다. 이 같은 토
론의 과정에서 토론의 주제 자체가 상당 부분 실천의 구체성을
획득하면서 더욱 확고하게 제시되고 있는 점이 다른 풍자 양식의
경우와 구별되는 특징이다. 예컨대 새로운 교육을 확대 실시하기
위해 반상의 차별과 지역의 차별을 없애고 모든 청년들에게 교육
의 기회를 부여해야 한다고 주장한다든지, 여성 교육을 위해 잡
지와 교과서를 만들어 천만 여성에게 돌려야 한다고 주장하고 있
다. 지식의 확대를 위해 한문을 폐지하고 국문을 정비하여 널리
교육해야 한다는 것도 모두 실천적 구체성을 지닌 주장이다.

  이 작품의 결말은 등장인물들이 모두 자신들의 꿈을 실제의 꿈
이야기를 통해 진술하는 장면으로 이루어지고 있다. 그들은 대한
제국의 자주독립과 문명개화와 안녕 평화를 꿈꾸었다고 말한다.
이것은 앞서 토론한 주제들이 갖는 실천적 구체성과는 상당한 거
리가 있는 그야말로 꿈이다. 그러나 이들 여성들이 가지는 이 꿈
은 일체의 정치적 담론의 장에서 소외되어 있던 여성들의 입장에
서 본다면 아주 소중한 의미를 지닌다. 여성들이 자신의 목소리
로 여성의 교육을 이야기하고 국가의 자주독립을 꿈꾼다는 것이
가능해졌다는 사실만으로도 「자유종」이 지니는 풍자로서의 담론
의 정치성을 중시해야 한다. 실제로 「자유종」에서 제시되고 있는

여성과 교육의 문제는 그것이 지니는 실천적 구체성으로 인하여 기존의 어떤 개화·계몽 담론보다 정치성을 강하게 드러내며, 보다 진보적인 입장을 보여준다고 하겠다. 특히 이 작품에서 장면화의 방법을 통해 제시되고 있는 토론의 과정은 개화·계몽 시대 서사 양식으로서의 풍자의 기술 방법과 그 담론의 구조화 방법을 구체적으로 보여준다고 할 것이다.

이해조의 신소설 가운데 주류를 이루고 있는 것은 대중적인 흥미를 위주로 하여 구성한 이른바 가정소설의 부류에 속하는 작품들이다. 「빈상설」을 비롯하여 「구의산」 「춘외춘」 등이 이에 속한다. 「빈상설」은 개화의 물결에 밀려 몰락해가는 북촌 대갓집의 이야기를 근간으로 한다. 사건의 핵심은 처첩 간의 갈등이지만, 선/악과 신/구의 갈등을 이야기의 흐름 속에 첨예하게 형상화하고 있다. 이야기의 구조는 정숙한 본부인과 무능한 남편, 그리고 간악한 첩의 관계를 그려낸 전형적인 처첩 갈등의 삼각 구도이다. 남편의 총애와 재물을 탐하는 첩실의 음모와 권모술수가 이야기 자체를 역동적으로 진행시키고 있다. 주인공 이씨 부인과 남편 서정길, 그리고 첩 평양집이 중심인물이라면, 그 주변의 사람들과 하인들이 선인과 악인으로 나뉘어 서로 다툰다. 「구의산」에서는 후취로 들어온 계모가 전실 소생의 아들을 구박하고 끝내는 결혼하는 그 아들을 살해하려는 음모까지 벌이게 된다. 혼인날 계모는 신부 집으로 하인을 몰래 보내어 신랑이 된 의붓아들의 목을 잘라 오게 한다. 혼례를 치른 이튿날 신방에서 머리 없는 신랑의 시체가 발견되자 억울한 누명을 뒤집어쓴 신부가 남장을 하고 엿탐을 하여 사실을 밝힌다. 결국 후실의 악덕과 부정은 징벌을 받는다. 그런데 이 소설은 흉행의 하수인으로 알았던 하인이 다른 남자의 시체를 대신 신방에 넣고, 주인대 아들을 업고 달아나 일본 규슈까지 가서 15년 동안이나 보호하면서 그로 하여금 대학 공부까지 하게 하는 등 충직한 의인이었음이 밝혀짐으로써 완전히 반전된다. 「춘외춘」에서는 전실 소생의 딸을 학대하는 계모가 등장한다. 여학교에 다니는 딸이 중병을 얻자 이 기회에 그녀를 제거하기 위해 엉뚱한 계교를 써서 색주가로 넘길 음모를 꾸민다. 그녀는 온갖 역경을 겪고 나서 일본인 교사의 도움으로 일본으로 건너가 위기를 벗어나고 새로운 삶을 맞는다.

이해조의 작가의식이 사회적 계몽성과 정론성을 어느 정도 드러내고 있는 작품으로는 이미 앞 장에서 다룬 「자유종」이 있다. 그리고 「구마검」과 「홍도화」와 같은 작품에서 미신 타파라든지 과부 개가(改嫁) 문제와 같은 구시대적 인습에 대한 비판이 이루어지고 있으며, 「화의 혈」에서는 부패 관료를 공격하고 「모란병」에서는 인신매매의 악습을 고발하기도 한다. 「구마검」은 한국 사회에 미만해 있던 미신에 대한 비판을 직접적으로 그려내고 있다. 그러나 이러한 주제의식에도 불구하고 이를 소설적으로 형상화하는 과정 자체는 구성의 우연성을 완전히 벗어나지 못하고 있다. 무당의 미혹에 빠져든 인물들의 파멸의 과정을 보여주는 이 작품에서 작중인물들은 낡은 사고의 인물과 합리성에 근거한 새로운 인물로 나뉘기도 하고 이는 다시 윤리적인 선/악의 대립 구도로 배치되기도 한다. 물론 재물을 탐하여 사람들을 현혹하는 무당과 그 무리들의 응징이 근대적인 재판 형식으로 이루어지는 대목도 눈여겨볼 만하다. 이 작품은 당대의 풍속에 대한 세세한 재현을 바탕으로 긴박감과 흥미를 살려내고 있는데, 미신 타파라는 주제의식이 단순한 풍속 개량의 차원을 넘어서서 낡은 사회 구조와 인습에 대한 비판까지 확대된다.

「홍도화」는 과부의 개가를 주창하면서도 고부 갈등이라는 낡은 모티프를 활용한다. 부모의 강권으로 십삼 세의 어린 나이에 어리고 약질인 신랑에게 시집을 가게 된 여주인공은 신랑이 얼마 안 있어 죽고 난 뒤 눈물과 한숨으로 나날을 보낸다. 그러다가 우연히 신문에서 개가를 제창한 논설을 읽고 감명을 받고, 친가로 돌아오게 되어 청년과 재혼을 한다. 새로 맞은 남편은 여주인공이 여학교를 다닐 때 그 역시 학생으로 길에서 자주 만났고 말은 안 했지만 은근히 관심이 있었던 사람이다. 그는 초혼이면서 과부를 아내로 맞아들일 정도로 개명한 사람이라 단란한 가정을 이룬다. 그러나 그 모친이 몽매하여 미신에 빠져 있는바, 이를 반대하는 새 며느리는 갈등을 일으키다가 다시 시집에서 내쫓긴다. 여주인공은 친정에 돌아와 암담한 생활을 하다가 외숙의 도움으로 절망에서 헤어나 헤어진 남편을 다시 만나고 행복한 가정을 이룬다. 이 작품에서 고부 갈등은 단순한 가정 내의 문제가 아니라 신/구의 가치관의 대립으로 나타난다.

「화의 혈」은 고전소설 『춘향전』을 패러디하여 당대의 현실 상황과 결합해놓고 있으며, 복수담을 덧붙여 흥미를 높이고 있다. 전라남도 장성을 배경으로 하고 있는 이 소설은 최호방이 나이 사십에 퇴기 춘홍을 작첩하여 선초, 모란 두 딸을 두게 되는 것으로 시작된다. 선초는 기안에 들었는데 재색이 뛰어나 그 이름이 널리 퍼진다. 이때 이시찰이 남행을 하면서 자기 지위를 악용하여 부정 축재를 일삼고 악행을 다 하다가 장성읍에 이른다. 그는 선초의 미모를 탐하여 먼저 그녀의 부친인 최호방을 누명을 씌워 잡아 가둔다. 그리고 선초를 불러들여 그녀에게서 몸을 허락하겠다는 언질을 받고서야 최호방을 풀어준다. 그러나 정작 선초는 이시찰에게 일시적 농락 끝에 배신당하자 비관한 나머지 자결해 버리고, 시찰은 공금을 횡령한 죄로 체포된다. 선초의 아우 모란이 언니의 원수를 갚으려고 다시 기생이 되어 서울로 올라와 기회를 엿보다가 감옥에서 풀려난 이시찰을 만나게 된다. 모란은 그의 정체를 폭로하고 권도에 다시 접근하려는 이시찰의 의기를 여지없이 꺾어버리고 만다.

「모란병」은 구한말 정부 제도가 개혁되자 직책을 잃고 영락한 현고직(玄庫直)이 속임수에 걸려 외딸을 기생으로 팔아넘기게 되는 것에서 이야기가 시작된다. 제 몸이 기녀로 팔린 것을 알게 된 여주인공은 자살을 기도하나 뜻을 이루지 못하고 다시 색주가로 넘겨진다. 소설의 후반부는 이 여주인공이 나락의 길에서 벗어나는 과정으로 이어진다. 여주인공은 은인의 도움으로 학업의 길을 걷게 되고 결혼하여 미국 유학까지 하는 것으로 그려진다. 색주가 기생으로의 신분적 전락과 거기서부터 다시 미국 유학에 오르는 신여성으로의 변화 과정은 모두가 우연과 기복의 연속으로 이어진다. 그러나 주인공 자신의 곧은 심성으로 인하여 결국은 행복한 결말에 이른다.

이 같은 여러 작품에서 볼 수 있는 것처럼 이해조가 자주 활용하고 있는 소설적 모티프는 첩실 또는 계모의 악덕과 음모에 의한 가정의 파탄이다. 첩실이 본처를 음해하고 계모가 본처 소생의 자녀를 학대하여 가정의 불행을 초래한다는 것은 낡은 소재이지만, 이 낡은 소재를 바탕으로 이해조는 새로운 흥미를 창조한다. 그것은 악덕과 음모가 얼마나 악랄한가를 과장적으로 묘사하는 데에서부터 시작하여 그 이야기의 흐름에 의외의 반전을 준비하는 구성 방식에서 비롯된다. 이해조의 소설에서는 개화·계몽시대의 시대적 상황과 결합되는 일본 유학이니 신교육이니 동학운동이니 사회 계몽과 같은 것이 모두 일종의 주변적인 소설적장치로 활용되고 있을 뿐이다. 그러므로 이인직이 「혈의 누」와 같은 신소설에서 전면에 내세운 정치의식을 이해조의 작품에서는만나기 어렵다.

물론 이해조의 소설은 사회적 풍속과 세태의 변화에 민감하게반응하고 있다. 미신에 유혹되어 패가망신하는 이야기를 그린다거나 과부의 개가 문제에 대해 누구보다 진보적인 견해를 보여주기도 한다. 그리고 인신매매의 반인륜적 행위에 대한 가차 없는비판도 없는 것이 아니다. 이해조의 소설이 보여주는 인심과 세태에 대한 관심은 대개가 선/악의 윤리적 가치를 과장적으로 강조한다는 점에서 소설적 구성 방식 자체가 멜로드라마적인 요소를 지닌다. 그의 소설에서 가장 두드러진 특징은 성격과 행위의극단성이다. 이 행위의 극단적인 배치는 주로 원한과 복수로 이

어지는 것이기 때문에 흥미의 요소이면서 동시에 독자들의 심정적인 호응을 유도하기도 한다. 그러므로 이야기의 내용에서 선에 대한 악의 음해가 극악스럽게 전개된다 하더라도 선에 대한 최후의 보상이 강조된다. 이러한 이야기의 구성에 개인의 성격의 내면이라든지 인간관계의 사회적인 양상이라든지 하는 문제가 개입될 여지는 별로 없다.

이해조의 신소설 속에 등장하는 인물들의 삶의 과정은 대체로 낡은 관습에 의존하여 이루어지고 있다. 어떤 이야기에서 주인공이 일본이나 미국으로 건너가 새로운 학문을 배운다고 하더라도 그 신학문이라는 것의 실체도 없고, 그 구체적인 실천 과정도 나타나지 않는다. 다만 일종의 수사적 장치처럼 유학이라는 것을 행위의 구조 속에 끼워 넣고 있다. 여기서 주인공의 삶에 나타나는 낡은 관습이라는 것은 주인공이 개별적인 주체로서 행동하기보다는 지나치게 수동적으로 그려지고 있음을 말하는 것이다. 물론 등장인물들은 숙명적인 삶을 살아가면서도 심성에 자리하고 있는 인간적인 순수와 자기희생의 자세를 끝까지 지킨다. 바로 이 점이 대중적인 정서에 호소하는 윤리적 가치로 부각되고 있을 뿐이다.

2. 최찬식과 신소설의 통속화 과정

최찬식은 일제 식민지 시대에 접어든 1910년대에 신소설을 발표하기 시작하여 「추월색(秋月色)」(1912), 「해안(海岸)」(1914), 「금강문(金剛門)」(1914), 「안(雁)의 성(聲)」(1914), 「도화원(桃花園)」(1916), 「능라도(綾羅島)」(1918) 등을 발표한 바 있다. 이해 조의 신소설이 통속적인 가정소설로 대중적인 기반을 확대하는 동안 최찬식도 청춘 남녀의 애정 갈등과 그와 관련되는 사회 윤리 문제를 다루면서 독자 대중의 흥미와 관심을 이끌게 된다. 그의 소설에 나타나는 신교육에 대한 관심이나 새로운 결혼관 등은 표면적으로는 전통적 윤리에 눌려 있던 인간의 개성을 옹호하는 근대 지향성을 나타내는 것처럼 보이기도 한다. 그러나 식민지 시대의 억압적인 통치 질서에 안주하면서 개인의 안위와 행복만을 추구하는 폐쇄적 욕망 구조를 드러내는 것을 부인하기 어렵다.

신소설 「추월색」은 최찬식의 대표작으로서 신소설 가운데 가장 널리 애독된 작품의 하나이다. 조선은 물론 일본·중국·영국 등의 광범위한 지역을 무대로 하여, 정치적으로 혼란했던 과도기적 시대 상황을 배경으로 청춘 남녀의 기구한 애정 갈등과 이합의 과정을 그려낸다. 소설의 이야기는 여주인공 조선인 동경 여자 유학생이 우에노 공원에서 그녀를 짝사랑하던 남학생의 구애를 거절하다가 칼을 맞고 쓰러지는 극적인 장면에서 시작된다. 이 여자 유학생은 이시종의 외딸 정임이며, 김승지의 외아들 영창과 어릴 때부터 부모에 의해 정혼한 사이이다. 그런데 평안도 초산 군수로 부임한 김승지가 뜻밖에 민란을 겪으면서 그 일가가 모두 행방불명이 되자, 정임의 부모는 다른 혼처를 정해 정임을 결혼시키려 한다. 정임은 집을 도망쳐 나와 고생 끝에 일본으로 건너가 음악을 전공하여 우수한 성적으로 졸업하게 된다. 평소 정임을 짝사랑해오던 강한영은 우에노 공원에서 정임에게 접근하여 애원도 하고 협박도 했으나 정임이 끝내 듣지 않자 정임을 칼로 찌르고 도주한다. 그런데 칼을 맞고 쓰러진 정임을 부축한 남자가 엉뚱하게 범인으로 지목되어 체포된다. 그는 공교롭게도 영국에서 공부하고 일본에 온 영창이다. 모든 사실이 밝혀지자 영창은 곧 무죄로 석방되고 두 사람은 극적으로 재회하여 마침내 신식 결혼식을 올리고 만주로 신혼여행을 떠난다. 두 사람은 신혼여행 중 마적단에 체포되는 수난을 겪는데, 도리어 거기서 영창의 부모를 만나 함께 귀국한다. 이 작품은 혼사 장애의 모티프를 확대 변형한 것으로서 여주인공이 온갖 장애를 극복하고 부모가 어릴 때 맺어준 남주인공과 결혼하게 된다는 낡은 이야기의 패턴을 따른다. 그러나 그 장애의 극복 과정이 여러 가지 사건과 우여곡절로 채워져 흥미를 더한다. 어린 시절에 부모가 일방적으로 정해준 결혼 상대자에게 자기 운명을 건 여주인공의 태도는 오히려 구시대적인 윤리의식을 대변하며 자기 운명에 안주하는 태도를 보여준다는 점에서 작가의식의 한계를 시사한다.

「안의 성」도 청춘 남녀의 애정 갈등을 주축으로 한다. 여주인공 박정애는 부모를 잃고 오빠인 박춘식과 함께 가난 속에서도 서로 의지하며 살아간다. 생선 장사를 하는 오빠 덕택에 정애는 여학교를 다니게 된다. 정애는 법학교에 다니는 김상현과 서로 사귄다. 상현은 판서 집 가문의 자제이다. 상현의 모친은 이웃에 사는 정봉자를 며느리로 삼으려 하지만, 상현은 결국 정애와 결혼하게 된다. 봉자는 질투를 느낀 나머지 상현의 누이동생과 짜고 정애에게 정부가 있는 듯이 중상모략하여, 마침내 정애를 시집에서 쫓겨나게 한다. 상현은 실의에 빠져 구라파로 여행을 떠나고, 춘식은 누이동생의 행방을 찾아 헤맨다. 이야기는 귀국한 상현이 정애를 만나 재결합하고, 봉자도 잘못을 뉘우치고 새사람이 된다는 것으로 끝난다.

최찬식의 소설에서 서사 구조의 핵심에 해당하는 남녀 이합의 과정은 행복―고난―행복의 패턴으로 유형화되어 나타난다. 이 과정에서 신교육이 강조되고 주체의식이 내세워지기도 한다. 그러나 이 같은 근대적인 진보적 의식이 삶의 현실에 밀착되어 실천적으로 구현되고 있는 것은 아니다. 그러므로 장식적인 요소로 내세워진 신교육이니 외국 유학이니 하는 것은 신기성 이외에 달리 어떤 역할을 하기 어렵다. 오히려 흥미의 초점은 우연과 우연으로 이어지면서 위기를 모면하는 주인공의 행로와 이를 따르며 방해하는 악덕의 소행이 서로 부딪는 장면들에 있다. 최찬식의 신소설이 그 양식 자체의 문학적 타락 과정의 막바지에 들어서 있는 것처럼 보이는 것은 사건의 우여곡절을 강조하고 지나치게 우연성에 의존하는 소설 구성법만을 따르고 있기 때문이다. 게다가 개인의 삶의 기반이 되어야 할 사회에 대한 어떤 비전도 제시하지 못하고 오직 개인적 욕망의 구현에만 집착하는 작가의식에도 문제가 있다고 할 것이다.

이해조와 최찬식의 뒤를 이어 등장한 김교제, 이상협, 조중환 등은 주로 일본 총독부 기관지였던 매일신보를 중심으로 신소설을 발표하고 있다. 이들은 대체로 남녀의 이합 과정을 그려내거나 가정 내의 처첩 갈등 또는 고부 갈등과 같은 전통적인 소재들을 흥미 본위로 구성하는 이른바 가정소설적 성격에 관심을 기울인다. 그리고 그 문제의식을 사회적으로 확대하지 못한 채 가정이라는 테두리에 안주하여 가족 구성원들 사이의 갈등을 과장해 묘사하는 데 치중하고 있다. 특히 일본의 대중적인 통속소설이었던 이른바 신파소설을 마구잡이로 받아들여 번안이라는 이름으로 대중적 취향에 맞춰 바꾸어놓은 것도 지적해야 할 점이다.

이처럼 1910년대의 신소설은 가족 윤리의 붕괴, 물질적 욕망의 확대 등과 같이 식민지 상황에서 새로이 이루어진 가치관의 혼란을 부분적으로 반영한다. 이것은 전통적으로 한국인들이 추구하고자 한 가치의 삶이 개인적 욕망에 의해 서서히 붕괴되고 있음을 말해주는 증거이기도 하다. 이 같은 변화 가운데에서 신소설은 개화·계몽 시대에 자주 등장한 신/구의 갈등이라든지, 주체/타자의 구획이라든지 하는 담론 구조를 모두 장식적인 것으로 전락시키고 선/악의 대립과 같은 심정주의적인 윤리의식에 집착하게 된다. 일본 식민지 시대에 들어서면서부터 신소설이 다루고 있는 신교육이라든지 문명개화라는 문제가 얼마나 피상적인지는 소설 속에 자주 등장하는 주인공의 해외 유학 모티프가 서사 구조 내에서 그 개연성을 잃어버린 장식적인 수사에 그치는 것을 보아서도 충분히 알아차릴 수 있는 일이다.

3. 안국선과 계몽적 비판의식

안국선은 1895년 관비 유학생으로 도일하여 동경전문학교에서 정치학을 수학한 바 있고, 귀국 후 독립협회에 가담하여 애국계몽운동을 펼치다가 정치적인 사건에 얽혀 체포되어 참형 선고를 받고 유배된 적도 있다. 그는 1907년경부터 활발한 문필 활동을 펼치면서 『외교통의』『정치원론』『연설법방』 등의 저서를 발간하였으며, 정치적 성격이 강한 「금수회의록(禽獸會議錄)」이라는 우화를 발표한다. 1915년에 발표한 소설집 『공진회(共進會)』에는 3편의 단편소설이 수록되어 있다.

「금수회의록」은 꿈이라는 장치를 활용하여 우화적인 공간을 설정하고, 이 공간에 동물들을 주인공으로 등장시킴으로써 우화로서의 성격을 더욱 분명하게 드러낸다. 그리고 연설을 통한 현실 비판이라는 풍자적 요소도 함께 담고 있다. 이 작품이 설정하는 꿈이라는 가상의 공간은 이미 고전소설의 세계에서도 흔하게 보인 서사적인 고안이다. 이 같은 형식의 작품들은 현실의 문제를 꿈이라는 가상의 공간에 가탁하여 담론화한다는 점에서 우화로서의 성격을 유지하는 것이다. 물론 「금수회의록」은 꿈이라는 우화적인 장치 이외에도 인간의 행태를 동물의 경우에 가탁한다는 우화의 본질적인 속성을 지닌다. 그러므로 이 작품을 신소설이라는 범주에 넣어 논의하거나 소설이라는 양식으로 지칭하는 것은 잘못이다.

「금수회의록」은 연설이라는 새로운 담론의 형식을 서사의 방법으로 채용하고 있다. 연설은 개화·계몽 시대에 민중의 정치의식의 성장과 함께 새로이 등장한 일종의 새로운 사회적 제도이다. 독립협회나 만민공동회와 같은 사회단체의 계몽적인 정치 활동은 모두 연설이라는 새로운 제도를 통해 이루어진 것들이다. 연설은 개인적인 정치적 경륜을 논리적으로 공개적으로 피력하는 새로운 담론의 방법이다. 이 새로운 담론의 방법은 담론화 과정 자체가 합리성과 규범성을 바탕으로 하며 쟁론적인 성격도 강하게 드러낸다. 그러므로 연설을 통해 쟁점이 제기되고 어떤 결론에 도달하는 과정 자체가 중요하다. 「금수회의록」은 흔히 볼 수 있는 우화라는 서사 양식에 연설이라는 새로운 담론의 방법을 채용함으로써 계몽적 담론으로서의 정치성을 더욱 분명하게 드러낸다. 물론 계몽적인 정치 활동으로서의 연설 장면은 신소설의 경우에도 자주 등장하며, 이광수의 『무정』에서도 여러 장면을 찾아볼 수 있다. 그리고 그 내용도 신교육의 확대, 사회 제도의 개선, 자주독립 등과 같이 비슷한 것들이다. 그러므로 이 같은 방법은 「금수회의록」의 경우도 마찬가지이지만, 개화·계몽 시대의 계몽적인 정치 활동으로서의 연설이라는 새로운 담론의 형식을 서사 양식에서 패러디한 것으로 볼 수 있다. 여기서 한 가지 덧붙인다면, 「금수회의록」은 1908년 2월 간행된 직후 재판을 발행할 정도로 대중적인 관심을 끌었지만, 1909년 5월에 발매 반포가 금지되었고, 이미 발행된 책도 압수 처분을 받았다. 이것은 일제에 의해 정치적 계몽 활동이 금지되고 출판물에 대한 검열이 제도화된 것과 때를 같이한다.

「금수회의록」의 전체 내용은 '나'라는 일인칭 관찰자(인간)가 꿈속에서 인류를 논박하는 동물들의 연설회장에 들어가 보고 들은 내용을 기록한 것으로 되어 있다. 동물들이 연단에 나서서 행한 인간에 대한 비판과 공격은 모두 전형적인 연설의 절차를 거쳐서 이루어지는데, 까마귀·여우·개구리·벌·게·파리·호랑이·원앙새가 각각 반포지효(反哺之孝)·호가호위(狐假虎威)·정와어해(井蛙語海)·구밀복검(口蜜腹劍)·무장공자(無腸公子)·영영지극(營營之極)·가정맹어호(苛政猛於虎)·쌍거쌍래(雙去雙來)라는 주제의 연설을 통하여 인간을 공박하고 있다. 모든 연설은 각각의 동물들이 지니고 있는 습성을 통해 추상적인 내용을 직접적이고도 구체적으로 전달할 수 있도록 되어 있기 때문에, 작품 전체의 풍자적인 의식이 잘 드러난다.

「금수회의록」이 보여주는 사회 비판 의식은 주로 기독교적인 인간관과 세계관에 바탕을 두고 있지만, 어떤 면에서는 전통적인 윤리관과도 상통한다. 안국선은 봉건적인 조선 사회가 붕괴되기 시작하면서 인간의 윤리 도덕마저 무너져버린 것을 개탄한 나머지 기독교적 인간관에 바탕을 두고 현실을 비판하고 있지만, 그 내용의 대부분은 전통적인 도덕관과 윤리의식의 회복을 강조한 것들이다. 부모에 대한 효도(반포지효), 지조와 절개(무장공자), 형제 동포 간의 우애(영영지극), 부부 화목(쌍거쌍래) 등은 모두 혁신적인 이념이라기보다는 과거에서부터 존속되어온 전통적인 가치관이다. 안국선은 인간 생활의 도표로서 유용한 이러한 가치관을 다시 복구해야 한다고 주장한 것이다.

4. 신소설의 성과와 한계

개화 · 계몽 시대의 신소설은 국문체를 서사적 문체로 정착시킨 대표적인 문학 양식이다. 신소설은 국문체를 통해 일상적인 언어에서 가능한 모든 언술들을 특징적인 담론의 형태로 구현함으로써 내적인 대화적 공간을 확대하고 있다. 이 같은 표현 구조를 통해 신소설은 언문일치의 이상에 접근한 산문 문체의 근대성을 상당 부분 실현하고 있는 것이다.

신소설에서 주목되는 문체론적 징표는 '-더라'체의 종결형과 함께 '-ㄴ다'체가 새롭게 등장한다는 점이다. 이 새로운 문장의 유형은 특정 장면의 객관적인 제시에 주로 동원되며, 인물의 행동이나 배경의 변화가 주는 직접적인 인상을 묘사하는 데 쓰이고 있다. 다음의 예를 보자.

치악산으로 병풍삼고 사는 사름들은 그 산밋헤 논을 푸을고 밧이러셔 오곡 심어 호구흐고 그 산의 솔을 버여다가 집을 짓고 그 산에 고비 고사리를 캐여다가 반찬흐고 그산에셔 흘너 느려가는 물을 먹고 스는 터이라 젹 못버슨 우즁츙흔 산일쩌라도 사름의 싱명이 그 산에 만히 달녓는더 그 산밋헤 졔일 크고 이름는 동닉는 단구역말이라.

치악산 놉흔 곳에서 션을흔 가을 바람이 이러느더니 그 바람이
슬슬 도라서 기 짓고 다듬이 방망이 소린나는 단구역말로 드러간다.
달 밝고 이슬 차고 볏쟝이 우는 청냥흔 밤이라 소소한 바람이 홍
참의 집안 뒤겻 오동나무 가지를 흔드럿는더 오동입에서 두셰 방
울 찬 이슬이 쑥쑥 써러지며 오동 아리 단쟝 우에서 기와 흔 쟝이
쳘석 써러진다. (이인직, 「치악산」, 1~2쪽)

앞의 예문에서 볼 수 있듯이 '-ㄴ다' 체의 현재법 종결형 문장은
대상에 대한 직접적인 묘사를 위해 쓰이고 있으며, 서사 공간 안
에서 화자와 서술 대상 사이의 일정한 거리를 유지할 수 있게 한
다. 이 서술적 거리로 인하여 묘사의 객관성이 보장되고 객관적
인 실재성의 구현이 가능해진다. 이러한 특징은 개화·계몽 시대
의 신소설이 고전소설에서와 같은 설화성의 담론 구조를 벗어나
고 있음을 말해주는 것이다. '-ㄴ다' 체 종결형 어미는 서사적인
공간을 감당하기 어려운 현재형이라는 시제의 불안정을 드러내지
만, 이광수와 김동인을 거치면서 '-았(었)다'라는 서사적 과거 시
제의 종결법으로 고정되고 있다.
　신소설을 비롯한 개화·계몽 시대의 서사 양식은 인물의 대화
가 모두 직접 화법으로 처리되어 있다. 고전소설에서는 지문과
대사의 구분이 없이 모든 대사가 지문에 섞여 간접적으로 제시되
기 때문에, 등장인물의 대화가 화자의 어조에 묻혀버리고 만다.
그러므로 인물의 대화를 통해 성격을 형상화한다는 것이 거의 불
가능하다. 그러나 신소설은 대사를 지문과 구분함으로써, 화자의

어조와는 달리 등장인물의 개성적인 목소리를 그대로 살려내고 있다.

 부인이 이 편지를 집어들고   놀나며 자셔히 보지도 안코 사랑에 잇는 리시죵을 쳥ㅎ야 그 편지를 쥬며 덜덜 쩌는 말로
 (부인) 이거 변괴요구려 요런 방졍마진 년 보아
 (리) 왜 그리야 이게 무엇이야 [……] 응
ㅎ고 그 편지를 밧아보는딕 부인의 마음에는 그 쓸이 죽어서 나간 듯시 셔운셥셥ㅎ야 비죽비죽 울며 목멘 소리로
 (부인) 고년이 평일에 동경 유학을 원ㅎ더니 아마 일본을 갓는 보 고년이 자식이 아니라 익물이야 고 어린 년 어딕가셔 고셩인들 오작 홀느구 고년이 요런 싱각을 둔 줄 알앗더면 아희년으로 늙어 죽더린도 고만 두엇지 그러느 져러느 아모데를 가더린도 죽지느 말랏스면 (최찬식, 「추월색」, 71~72쪽)

 앞의 예문에서 소설 속에 등장하는 부부의 대화를 보면, 각각의 처지와 성격이 어느 정도 짐작된다. 대화의 직접적인 묘사는 곧 일상의 언어가 서사 양식에 그대로 구현된다는 것을 의미하는데, 이 경우에는 대화의 주체가 분명하게 표시되기 때문에 서술자의 간섭이 완전 차단된다. 등장인물이 하는 말이 그대로 구현된다는 점에서 신소설의 대화는 경험적인 시간과 서사 내적인 시간을 자연스럽게 일치시킨 부분이다. 신소설의 대화에서 일상의 경험적 시간과 서사 내적인 시간이 그대로 일치하고 있음을 보게 된다는

것은 신소설의 서사 담론이 실재성의 구현에 그만큼 진전되어 있음을 말해주는 것이다.

신소설은 일상적인 개인의 발견이라는 서사적 주제를 새롭게 제기하지만, 신소설의 이야기 속에서 사회적 존재로서의 개인의 의미가 제대로 구현된 경우는 찾아보기 어렵다. 개화 조선의 현실은 개인의 삶과 그 존재 의미가 사회적인 요건에 의해 규정되고, 그 사회적인 요건들이 다시 개인의 삶에 의해 새롭게 규정되는 사회는 아니다. 그러므로 신소설의 인물들은 기껏 가족 또는 가정이라는 사회적 제도의 울타리에 머물러 있다. 신소설의 가장 흔한 소재는 이 가정이라는 제도가 파괴되는 과정에서 드러나는 개인의 문제들이다. 조선 사회에서 가장 완고하게 가정을 지켜준 도덕적 관념들이 무너지기 시작하면서 가족 구성원으로서 개인의 위치는 불안정한 상태에 빠지게 된다. 신소설에서 개인의 운명은 이 불안정한 위치에서 새롭게 규정된다. 신소설의 작가들은 인물의 운명을 이념적인 속성에 의해 규정해놓기도 하고, 개인의 욕망에 의해 규정하기도 한다.

신소설은 이해조 이후 재미를 추구하는 독자들의 욕구대로 개인적인 취향물로서 통속적인 이야기책으로 변모되고 있다. 신소설 작가들이 보여준 대중적인 흥미성에 대한 집착은 신소설의 사회 계몽적 기능을 약화시킨 대신, 그 방향을 개인적인 취향 문제로 전환해놓았다고 할 수 있다. 작가가 현실에 대한 인식을 바탕으로 독자를 이끌어가는 입장을 버리고 그들의 취미 기준에 맞는 작품을 쓰고자 노력했다는 것은 신소설의 통속화 과정을 말해주는 근거가 된다. 결국 신소설은 식민지 시대에 접어든 후에 문명 개화에 대한 공허한 전망마저 상실하고 있다. 신소설의 작가들은 개인의 삶의 근거인 가족의 붕괴와 그 황폐화 현상을 흥미 본위로 그려내는 데 주력하게 되었으며, 바로 이러한 소재주의적인 관심과 통속성 때문에 신소설은 그 소설사적인 의미를 더 지속할 수 없게 된 것이다.

안국선(安國善)

1878년(1세) 12월 5일(음) 경기도 양지군 봉촌(현 안성군 고산면 봉산
리)에서 몰락한 양반 집안의 후예인 안직수(安稷壽)의 장남으
로 출생. 초명은 주선(周善). 20대 중반까지 명선(明善)이란
이름을, 그 뒤로는 국선이란 이름을 사용함. 호는 천강(天江),
필명은 농구자(弄球子).

1895년(18세) 군부대신이었던 재종 백부 안경수의 도움으로 관비 유
학생으로 선발되어 일본의 경응의숙 보통과에 입학. 1896년
경응의숙 보통과 졸업. 와세다 대학의 전신인 동경전문학교
방어정치과(邦語政治科)에 입학.

1899년(21세) 동경전문학교를 졸업한 뒤 귀국. 안경수, 역모 사건으
로 일본에 망명. 안국선 또한 박영효와 관련된 역모 사건으로

경무청에 체포. 1904년 만 4년간 미결수로 구금당한 후 열린 재판에서 백 대의 태형에 종신 유형을 언도받음. 미결수로 있는 동안 기독교를 신봉하게 됨.

1906년(29세) 유배에서 풀림. 부인 이씨와 결혼. 돈명의숙 교사로 재직.

1907년(30세) 제실재산정리국(帝室財産整理局)의 사무관으로 임명됨. 광신상업학교 교사, 대동상회의 회계로 활동. 국채보상기성회 발기인으로 참여. 『외교통의』(보성관), 『비율빈전사』(보성관), 『정치원론』『연설법방』 간행. 국민 계몽을 위한 외국 학문을 소개할 목적으로 보성관에 번역원으로 참여. '박영효 귀국환영회' '법학협회,' 재일 유학생 단체인 '대한학회'에 발기인으로 참여.

1908년(31세) 탁지부 서기관으로 이재국 감독과장에 임명됨. 주로 한성은행과 한성공동창고주식회사의 업무 감독을 담당함. 대한중앙학회 평의원, 기호흥학회의 '월보' 저술원, 소년동지회의 실업부장 등으로 활동. 『금수회의록』(황성서적업조합) 발간, 석 달 만에 재판을 찍을 정도로 상당한 호응을 받음. 연설에 재능이 있어 여러 차례 연설 활동을 했는데 내용은 주로 '사회 개량'의 문제에 집중됨. 황성기독교청년회에 깊이 관여함. 1909년 이재국 국고과장으로 전임, 합방 시까지 재직. 재정 전문가로 인정받음. 『상업경영법』 발간.

1910년(33세) 황성기독교청년회에 적극 참여. 조선총독부 군수로 청도에 부임. 일제에 협력함.

1913년(36세) 청도 군수에서 해임. 상경 후 칩거(경성부 간동 122번지).

1915년(38세) 재건된 법학학회 회원으로 참여. 단편집 『공진회』 발간.

개간, 금광, 미두, 주식 등 투기 사업에 손을 댔다가 실패한 후

귀향, 낙백한 세월을 보냄.

1926년(49세) 7월 8일 서울에서 세상을 떠나다.

이해조(李海朝)

1869년(1세) 경기도 포천군에서 부친 이철용(李哲鎔, 1845~1919)과

모친 청풍 김씨의 장남으로 태어난 후 향리에서 한학을 수학

한다.

1906년(38세) 부친이 사재를 들여 포천에 화야의숙을 건립하자 교육

운동에 참여하기도 하였으며, 이해 『소년한반도』에 백화체 한

문소설 「잠상태」를 연재한다.

1907년(39세) 구한말 대중지를 표방한 제국신문에 입사하고, 애국계

몽 단체 '대한협회'에 입회하여 교육부 사무장, 평의원을 역임

하면서 사회운동에 참여한다. 이때부터 제국신문에 신소설

「고목화」「빈상설」 등을 계속 연재하였으며, 1908년 『고목화』

(박문서관), 『빈상설』(광학서포), 『홍도화』(상, 유일서관), 『구

마검』(대한서림) 등을 단행본으로 발간한다. 『화성돈전』(회동

서관), 『철세계』(회동서관) 등을 번역 출간한다. 1909년에는

「원앙도」(중앙서림), 「현미경」(대한민보) 등을 발표한다.

1910년(42세) 일제 총독부 기관지 매일신보에 입사하여 지속적으로 신소설을 연재하였으며, 『자유종』(광학서포)의 발간 이후 1912년까지 「화세계」「월하가인」「화의 혈」「구의산」「소양정」「춘외춘」「옥중화」「탄금대」「강상련」「연의 각」「소학령」「봉선화」「비파성」 등을 잇달아 매일신보에 연재한다.

1913년(45세) 매일신보 퇴사 후 사회 활동에서 은퇴하다.

1927년(59세) 포천 향리에서 세상을 떠나다.

최찬식(崔瓚植)

1881년(1세) 음력 8월 16일 경기도 광주에서 출생하다. 유년 시절 광주 사숙(私塾)에서 한학(漢學)을 수학하고, 부친 최영년(崔永年)이 설립한 시흥학교에서 신학문을 공부하였으며, 후에 서울로 올라와 한성중학교를 졸업한다.

1910년(30세) 일제 강점기에 들어서면서 잡지 『신문계』 『반도시론』의 기자로 활약하면서 「종소리」라는 단편과 「부랑자 경고가」라는 장시를 썼고, 수필과 논설을 발표한다.

1912년(32세) 신소설 창작에 전념하여 대표작 「추월색(秋月色)」(1912)을 발표한 후 뒤이어 「해안(海岸)」(1914), 「금강문(金剛門)」(1914), 「안(雁)의 성(聲)」(1914), 「도화원(桃花園)」(1916), 「삼강문(三綱門)」(1918), 「능라도(綾羅島)」(1918) 등을 발표한다.

1924년(44세) 3·1운동 이후의 새로운 문화적 풍토와는 상관없이 신소
　　　　설 「춘몽(春夢)」(1924) 등을 발표한 바 있으며, 이후 창작 활
　　　　동을 중단한다.

1951년(71세) 말년에 최익현(崔益鉉)의 실기(實記)를 집필 중, 6·25
　　　　를 만나 고초를 겪다가 1월 10일 사망한다.

▌참고 문헌

권영민 외, 『개화기 문학의 재인식』, 지학사, 1987.

권영민, 『서사 양식과 담론의 근대성』, 서울대학교 출판부, 1999.

──────, 『한국현대문학사 1』, 민음사, 2002.

김열규 편, 『신문학과 시대의식』, 새문사, 1981.

김영민, 『한국근대소설사』, 솔, 1997.

김윤식 · 정호웅, 『한국소설사』, 예하, 1993.

김재용 외, 『한국근대민족문학사』, 한길사, 1993.

성현자, 『신소설에 미친 만청소설의 영향』, 정음사, 1985.

송민호, 『한국 개화기소설의 사적 연구』, 일지사, 1975.

안자산 지음, 최원식 옮김, 『조선문학사』, 을유문화사, 1984.

양문규, 『한국근대소설사연구』, 국학자료원, 1994.

엽건곤, 『양계초와 구한말 문학』, 법전출판사, 1980.

윤명구, 『개화기소설의 이해』, 인하대학교 출판부, 2000.

338

이용남, 『이해조와 그의 작품 세계』, 동성사, 1986.

이용남 외, 『한국개화기소설연구』, 태학사, 2000.

이재선, 『한국개화기소설연구』, 일조각, 1972.

임형택 · 최원식 편, 『전환기의 동아시아 문학』, 창작과비평사, 1985.

───, 『한국근대문학사론』, 한길사, 1982.

田尻浩辛, 『이인직연구』, 새미, 2006.

전광용, 『신소설연구』, 새문사, 1987.

조동일, 『신소설의 문학사적 성격』, 서울대학교 출판부, 1973.

───, 『한국문학통사 4』, 지식산업사, 1986.

최원식, 『민족문학의 논리』, 창작과비평사, 1982.

───, 『한국근대소설사론』, 창작과비평사, 1986.

최종순, 『이인직소설연구』, 국학자료원, 2005.

한기형, 『한국근대소설사의 시각』, 소명출판, 1999.

한국문학전집을 펴내며

　오늘의 한국 문학은 다양한 경험과 자산에서 비롯된 것이지만, 그중에서도 우리 앞선 세대의 문학 작품에서 가장 큰 유산을 물려받고 있다. 그럼에도 우리는 가끔 우리의 문학 유산을 잊거나 도외시한다. 마치 그것 없이는 살아갈 수 없는 소중한 물을 쉽게 잊고 사는 것처럼 그동안 우리는 우리가 이루어놓은 자산들을 너무 쉽게 잊어버리고 있었는지도 모르겠다. 인기 있는 외국 작품들이 거의 동시에 번역 출판되고, 새로운 기획과 번역으로 전 세계의 문학 작품들이 짜임새 있게 출판되고 있는 요즈음, 정작 한국 문학 작품들을 체계적으로 정리하지 못하고 있었다는 점을 최근에 우리는 깊이 반성하게 되었다. 그리고 이러한 때늦은 반성을 곧바로 '한국문학전집'을 기획하는 힘으로 전환하였다.

　오늘의 시점에서 '한국문학전집'을 기획한다는 것은, 우선 그동안 양적으로나 질적으로 괄목할 만한 수준에 이른 한국 문학 연구 수준을 반영하는 새로운 시각이 전제되어야 할 것이다. 그리고 '우리 것을 지키자'는 순진한 의도에서가 아니라, 한국 문학이 바로 세계 문학이 되는 질적 확장을 위해, 세계 문학 속에서의 한국 문학의 정체성을 찾는 일을 간과해서는 안 될 것이다.

이번 기획에서 우리가 가장 크게 신경 썼던 점은 크게 두 가지이다. 하나는, 그동안 거의 관습적으로 굳어져왔던 작품에 대한 천편일률적인 평가를 피하고 그동안의 평가에 대한 비판적 평가와 더불어 새로운 평가로 인한 숨은 작품의 발굴이었다. 그리하여 한국 문학사를 시기별로 구분하여 축적된 연구 성과들 위에서 나름대로 중요한 작품들을 선별하는 목록 작업에 가장 큰 공을 들였다. 나머지 하나는, 그동안 여러 상이한 판본의 난립으로 인해 원전 텍스트가 침해되고 있는 심각한 상황을 고려하여 각각의 작가에게 가장 뛰어난 연구자들을 초빙하여 혼신을 다해 원전 텍스트를 확정하였다는 점이다.

장구한 우리 문학사의 주옥같은 작품들을 한자리에 모아, 세대를 넘고 시대를 넘어 그 이름과 위상에 값할 수 있는 대표적인 한국문학전집을 내놓는다. 이번에 출간되는 한국문학전집은 변화된 상황과 가치를 반영하는 내실 있고 권위를 갖춘 내용으로 꾸며질 것이며, 우리 문학의 정본 전집으로서 자리매김해 한국 문학의 전통을 계승하고 발전시키는 데 기여하고자 한다. 이 기획이 한국 문학의 자산들을 온전하게 되살려, 끊임없이 현재성을 가지는 살아 있는 작품들로, 항상 독자들의 옆에 있게 되기를 기대한다.

㈜문학과지성사

01 감자 김동인 단편선

최시한(숙명여대) 책임 편집

수록 작품 약한 자의 슬픔 / 배따라기 / 태형 / 눈을 겨우 뜰 때 / 감자 / 광염 소나타 / 배회 / 발가락이 닮았다 / 붉은 산 / 광화사 / 김연실전 / 곰네

극단적인 상황과 비극적 운명에 빠진 인물 군상들을 냉정하게 서술해낸 한국 근대 단편 문학의 선구자 김동인의 대표 단편 12편 수록. 인간과 환경에 대한 근대적 인식을 빼어난 문체와 서술로 형상화한 김동인의 주옥같은 작품들을 만날 수 있다.

02 탈출기 최서해 단편선

곽근(동국대) 책임 편집

수록 작품 고국 / 탈출기 / 박돌의 죽음 / 기아와 살육 / 큰물 진 뒤 / 백금 / 해돋이 / 그믐밤 / 전아사 / 홍염 / 갈등 / 먼동이 틀 때 / 무명초

식민 치하 빈궁 문학을 대표하는 최서해의 단편 13편 수록. 식민 치하의 참담한 사회적 현실을 사실적으로 전해주는 작품들. 우리 민족의 궁핍한 현실에 맞선 인물들의 저항 정신과 민족 감정의 감동과 울림을 전한다.

03 삼대 염상섭 장편소설

정호웅(홍익대) 책임 편집

우리 소설 가운데 서울말을 가장 풍부하게 살려 쓴 작품이자, 복합성·중층성의 세계를 구축하여 한국 근대 장편소설의 대표작으로 꼽히는 염상섭의 『삼대』. 1930년대 서울의 중산층 가족사를 통해 들여다본 우리 근대의 자화상이다.

04 레디메이드 인생 채만식 단편선

한형구(서울시립대) 책임 편집

수록 작품 논 이야기 / 레디메이드 인생 / 미스터 방 / 민족의 죄인 / 치숙 / 낙조 / 쑥국새 / 당랑의 전설

역설과 반어의 작가 채만식의 대표 단편 8편 수록. 1920~30년대의 자본주의적 현실 원리와 민중의 삶을 풍자적으로 포착하는 데 탁월했던 채만식. 사실주의와 풍자의 절묘한 조합으로 완성한 단편 문학의 묘미를 즐길 수 있다.

05 비 오는 길 최명익 단편선

신형기(연세대) 책임 편집

수록 작품 폐어인 / 비 오는 길 / 무성격자 / 역설 / 봄과 신작로 / 심문 / 장삼이사 / 맥령

시대를 앞섰던 모더니스트 최명익의 대표 단편 8편 수록. 병과 죽음으로 고통받는 인물 군상들을 통해 자신이 예감한 황폐한 현대의 징후를 소설화한 작가 최명익. 너무나 현대적이어서, 당시에는 제대로 평가받을 수 없었던 탁월한 단편소설들을 만난다.

06 사하촌 김정한 단편선

강진호(성신여대) 책임 편집

수록 작품 그물 / 사하촌 / 항진기 / 추산당과 곁사람들 / 모래톱 이야기 / 제3병동 / 수라도 / 인간단지 / 위치 / 오끼나와에서 온 편지 / 슬픈 해후

리얼리즘 문학과 민족 문학을 대표하는 김정한의 대표 단편 11편 수록. 민중들의 삶을 통해 누구보다 먼저 '근대화의 문제'를 문학적으로 제기하고 예리하게 포착한 작가 김정한의 진면목을 본다.

07 무녀도 김동리 단편선

이동하(서울시립대) 책임 편집

수록 작품 화랑의 후예 / 산화 / 바위 / 무녀도 / 황토기 / 찔레꽃 / 동구 앞길 / 혼구 / 혈거부족 / 달 / 역마 / 광풍 속에서

한국적이고 토착적인 전통 세계의 소설화에 앞장선 김동리의 초기 대표작 12편 수록. 민중의 삶 속에 뿌리 내린 토착적 전통의 세계를 정확한 묘사와 풍부한 서정으로 형상화했던 김동리 문학 세계를 엿본다.

08 독 짓는 늙은이 황순원 단편선

박혜경(인하대) 책임 편집

수록 작품 소나기 / 별 / 겨울 개나리 / 산골 아이 / 목넘이마을의 개 / 황소들 / 집 / 사마귀 / 소리 / 닭제 / 학 / 필묵장수 / 뿌리 / 내 고향 사람들 / 원색오뚝이 / 곡예사 / 독 짓는 늙은이 / 황노인 / 늪 / 허수아비

한국 산문 문체의 모범으로 평가되는 황순원의 대표 단편 20편 수록. 엄격한 지적 절제와 미학적 균형으로 함축적인 소설 미학을 완성시킨 작가 황순원. 극적인 사건 전개 대신 정적이고 서정적인 울림의 미학으로 깊은 감동을 전한다.

09 만세전 염상섭 중편선

김경수(서강대) 책임 편집

수록 작품 만세전 / 해바라기 / 미해결 / 두 출발

한국 근대 소설의 기념비적 작품인 「만세전」, 조선 최초의 여류화가인 나혜석의 삶을 소설화한 「해바라기」, 그리고 식민지 조선의 현실을 담아내고 나름의 저항의식을 형상화하기 위한 소설적 수련의 과정을 단적으로 보여주는 「미해결」과 「두 출발」 수록. 장편소설의 작가로만 알려진 염상섭의 독특한 소설 미학의 세계를 감상한다.

10 천변풍경 박태원 장편소설

장수익(한남대) 책임 편집

모더니스트 박태원이 펼쳐 보이는 1930년대 서울의 파노라마식 풍경화. 근대 자본주의 사회의 이데올로기와 일상성에 대한 비판에 몰두하던 박태원 초기 작품의 모더니즘 경향과 리얼리즘 미학의 경계를 넘나드는 역작. 식민지라는 파행적 상황에서 기형적으로 실현되던 근대화의 양상을 기층 민중의 생활에 초점을 맞춰 본격화한 작품이다.

11 태평천하 채만식 장편소설

이주형(경북대) 책임 편집

부정적인 상황들이 난무하는 시대 현실을 독자적인 문학적 기법과 비판의식으로 그려냄으로써 '문학적 미'를 추구했던 채만식의 대표작. 판소리 사설의 반어, 자기 폭로, 비유, 과장, 희화화 등의 표현법에 사투리까지 섞은 요설로, 창을 듣는 듯한 느낌과 재미를 선사하는 작품. 세태풍자소설의 장을 열었던 채만식이 쓴 가족사소설의 전형에 해당한다.

12 비 오는 날 손창섭 단편선

조현일(홍익대) 책임 편집

수록 작품 공휴일 / 사연기 / 비 오는 날 / 생활적 / 혈서 / 피해자 / 미해결의 장 / 인간동물원초 / 유실몽 / 설중행 / 광야 / 희생 / 잉여인간 / 신의 희작

가장 문제적인 전후 소설가 손창섭의 대표 단편 14작품 수록. 병적이고 불구적인 인간 군상들을 통해 전후 사회 현실에서의 '절망'의 표현에 주력했던 손창섭. 전쟁 그리고 전쟁 이후의 비일상적 사태를 가장 근원적인 차원에서 표현한 빼어난 작품들을 선별했다.

13 등신불 김동리 단편선

이동하(서울시립대) 책임 편집

수록 작품 인간동의 / 홍남철수 / 밀다원시대 / 용 / 목공 요셉 / 등신불 / 송추에서 / 까치 소리 / 저승새

「무녀도」의 작가 김동리가 1950년대 이후에 내놓은 단편 9편 수록. 전기 작품에 이어서 탁월한 문체의 매력, 빈틈없는 구성의 묘미, 인상적인 인물상의 창조, 인간에 대한 깊이 있는 통찰이라는 김동리 단편의 미학을 다시 한 번 경험할 수 있는 기회이다.

14 동백꽃 김유정 단편선

유인순(강원대) 책임 편집

수록 작품 심청 / 산골 나그네 / 총각과 맹꽁이 / 소낙비 / 솔 / 만무방 / 노다지 / 금 / 금 따는 콩밭 / 떡 / 산골 / 봄·봄 / 안해 / 봄과 따라지 / 따라지 / 가을 / 두꺼비 / 동백꽃 / 야앵 / 옥토끼 / 정조 / 땡별 / 형

고단한 삶을 살아가는 순박한 촌부에서 사기꾼에 이르기까지 다양한 삶의 모습을 문학 속에 그대로 재현한 김유정의 주옥같은 단편 23편 수록. 인물의 토속성과 해학성, 생생한 삶의 언어와 우리 소리, 그 속에 충만한 생명감을 불어넣은 김유정 문학의 정수를 맛본다.

15 소설가 구보씨의 일일 박태원 단편선

천정환(성균관대) 책임 편집

수록 작품 수염 / 낙조 / 소설가 구보씨의 일일 / 애욕 / 길은 어둡고 / 거리 / 방란장 주인 / 비량 / 진통 / 성탄제 / 골목 안 / 음우 / 재운

한국 소설사상 가장 두드러진 모더니즘 작품으로 인정받는 「소설가 구보씨의 일일」을 비롯한 박태원의 대표 단편 13편 수록. 한글로 씌어진 가장 파격적이고 실험적인 작품으로 주목 받은 박태원. 서울 주변부 중산층의 삶이라는 자기만의 튼실한 현실 공간을 구축하여 새로운 소설 기법과 예술가소설로서의 보편성을 획득한 작품들이다.

16 날개 이상 단편선

김주현(경북대) 책임 편집

수록 작품 12월 12일 / 지도의 암실 / 지팡이 역사 / 황소와 도깨비 / 공포의 기록 / 지주회시 / 동해 / 날개 / 봉별기 / 실화 / 종생기

근대와 맞닥뜨린 당대 식민지 조선의 기념비요 자화상 역할을 하는 이상의 대표 단편 11편 수록. '천재'와 '광인'이라는 꼬리표와 함께 전위적이고 해체적인 글쓰기로 한국의 모더니즘 문학사를 개척한 작가 이상. 자유연상, 내적 독백 등의 실험적 구성과 문제로 식민지 근대와 그것에 촉발된 당대인의 내면을 예리하게 포착해낸 이상의 문제작들을 한데 모았다.

17 흙 이광수 장편소설

이경훈(연세대) 책임 편집

한국 최초의 근대 장편소설 『무정』을 발표하면서 한국 소설 문학의 역사를 새롭게 쓴 이광수. 『흙』은 이광수의 계몽 사상이 가장 짙게 깔린 작품으로 심훈의 『상록수』와 함께 한국 농촌계몽소설의 전위에 속한다. 한국 근대 문학사상 가장 많이 연구되고 있는 작가의 대표작답게 『흙』은 민족주의, 계몽주의, 농민문학, 친일문학, 등장인물론, 작가론, 문학사 등의 학문적·비평적 논의의 중심에 있는 작품이다.

18 상록수 심훈 장편소설

박헌호(성균관대) 책임 편집

이광수의 장편 『흙』과 더불어 한국 농촌계몽소설의 쌍벽을 이루는 『상록수』. 심훈의 문명(文名)을 크게 떨치게 한 대표작이다. 1930년대 당시 지식인의 관념적 농촌 운동과 일제의 경제 침탈사를 고발·비판함으로써, 문학이 취할 수 있는 현실 정세에 대한 직접적인 대응 그리고 극복의 상상력이란 두 가지 요소를 나름의 한계 속에서 실천해냈고, 대중적으로도 큰 호응을 불러일으킨 작품이다.

19 무정 이광수 장편소설

김철(연세대) 책임 편집

20세기 이래 한국인이 가장 많이 읽고 가장 자주 출간돼온 작품, 그리고 근현대 문학 가운데 가장 많이 연구의 대상이 된 작가 이광수의 대표작 『무정』. 쓰어진 지 한 세기가 가까워오도록 여전히 읽히고 있고 또 학문적 논쟁의 중심에 서 있는 『무정』을 책임 편집자의 교정을 충실하게 반영한 최고의 선본(善本)으로 만난다.

20 고향 이기영 장편소설

이상경(KAIST) 책임 편집

'프로문학의 정점'이자 우리 근대 문학사의 리얼리즘의 확립을 결정적으로 보여주는 이기영의 『고향』. 이기영은 1920년대 중반 원터라는 충청도의 한 농촌 마을을 배경으로 봉건 사회의 잔재를 지닌 채 식민지 자본주의화가 진행되어가는 우리 근대 초기를 뛰어난 관찰로 묘파한다. 일제 식민 치하 근대화에 대한 문학적·비판적 성찰과 지식인의 고뇌를 반영한 수작이다.

21 까마귀 이태준 단편선

김윤식(명지대) 책임 편집

수록 작품 불우 선생/달밤/까마귀/장마/복덕방/패강랭/농군/밤길/토끼 이야기/해방 전후

'한국 근대소설의 완성자' '단편문학'의 명수. 이태준은 우리 근대 문학의 전개 과정에서 결코 간과할 수 없는 역할을 담당했던 작가 가운데 한 사람이다. 문학의 자율성과 예술성을 상실하지 않으면서도 현실 문제에 각별한 관심을 보여주었던 그의 단편은 한국소설사에서 1930년대를 대표하는 것으로 인정받고 있다.

22 두 파산 염상섭 단편선

김경수(서강대) 책임 편집

수록 작품 표본실의 청개구리/암야/제야/E선생/윤전기/숙박기/해방의 아들/양과자갑/두 파산/절곡/얼룩진 시대 풍경

한국 근대사를 증언하고 있는 횡보 염상섭의 단편소설 11편 수록. 지식인 망국민으로서의 허무적인 자기 진단, 구체적인 사회 인식, 해방 후와 전후 시기에 대한 사실적 증언과 문제 제기를 포함한 대표작들을 통해 횡보의 단편 미학을 감상한다.

23 카인의 후예 황순원 소설선

김종회(경희대) 책임 편집

수록 작품 카인의 후예/너와 나만의 시간/나무들 비탈에 서다

인간의 정신적 순수성과 고귀한 존엄성을 문학의 제일 원칙으로 삼았던 작가 황순원. 그의 대표작 가운데 독자들의 가장 많은 사랑을 받은 장편소설들을 모았다. 한국전쟁을 온몸으로 체득하면서 특유의 절제되고 간결한 문장으로 예술적 서사성을 완성한 황순원은 단편에서와 마찬가지로 변함없는 감동의 세계를 열어놓는다.

24 소년의 비애 이광수 단편선

김영민(연세대) 책임 편집

수록 작품 무정/소년의 비애/어린 벗에게/방황/가실/거룩한 죽음/무명/꿈

한국 근대소설사와 이광수 개인의 문학 세계에서 중요한 의미를 갖는 단편 8편 수록. 이광수가 우리말로 쓴 최초의 창작 단편「무정」, 당시 사회의 인습과 제도를 비판한「소년의 비애」, 우리나라 최초의 서간체 소설인「어린 벗에게」, 지식인의 내면적 갈등과 자아 탐구의 과정을 담은「방황」, 춘원의 옥중 체험을 바탕으로 씌어진「무명」등 한국 근대문학의 장르와 소재, 주제 탐구 면에서 꼼꼼히 고찰해야 할 작품들이다.

25 불꽃 선우휘 단편선

이익성(충북대) 책임 편집

수록 작품 테러리스트/불꽃/거울/오리와 계급장/단독강화/깃발 없는 기수/망향

8·15 해방과 분단, 6·25전쟁으로 이어지는 한국 근현대사의 열병을 깊이 있게 고찰한 선우휘의 대표작 7편 수록. 평판작「불꽃」과「깃발 없는 기수」를 비롯해 한국 근현대사의 역동성과 이를 바라보는 냉철한 작가의식이 빚어낸 수작들을 한데 모았다.

26 맥 김남천 단편선

채호석(한국외대) 책임 편집

수록 작품 공장 신문 / 공우회 / 남편 그의 동지 / 물 / 남매 / 소년행 / 처를 때리고 / 무자리 / 녹성당 / 길 위에서 / 경영 / 맥 / 등불 / 꿀

카프와 명맥을 같이하며 창작과 비평에서 두드러진 족적을 남긴 작가 김남천. 1930년 대 초, 예술운동의 볼세비키화론 주장과 궤를 같이하는 「공장 신문」 「공우회」, 카프 해산 직후 그의 고발문학론을 담은 「처를 때리고」 「소년행」 「남매」, 전향문학의 백미로 꼽히는 「경영」 「맥」 등 그의 치열했던 문학 세계의 변화를 일별할 수 있는 대표작 14편 수록.

27 인간 문제 강경애 장편소설

최원식(인하대) 책임 편집

한국 근대 여성문학의 제일선에 위치하는 강경애의 대표작. 일제 치하의 1930년대 조선, 자본가와 농민·노동자의 대립 구조 속에서 농민과 도시노동자가 현실의 문제를 해결하고자 하는 주체로 성장하는 과정과 그들의 조직적 투쟁을 현실성 있게 그려 낸 작품. 이기영의 『고향』과 더불어 우리 근대 소설사에서 리얼리즘 소설의 수작으로 꼽힌다.

28 민촌 이기영 단편선

조남현(서울대) 책임 편집

수록 작품 농부 정도룡 / 민촌 / 아사 / 호외 / 해후 / 종이 뜨는 사람들 / 부역 / 김군과 나와 그의 아내 / 변절자의 아내 / 서화 / 맥추 / 수석 / 봉황산

카프와 프로문학의 대표 작가 이기영. 그가 발표한 수십 편의 단편소설들 가운데 사회사나 사상운동사로서의 자료적 가치가 높으면서 또 소설 양식으로서의 구조미를 제대로 보여주는 14편을 선별했다.

29 혈의 누 이인직 소설선

권영민(서울대) 책임 편집

수록 작품 혈의 누 / 귀의 성 / 은세계

급진적이고 충동적인 한국 근대의 풍경 속에 신소설이라는 새로운 서사 양식을 창조해낸 이인직. 책임 편집자의 꼼꼼한 텍스트 확정과 자세한 비평적 해설을 통해, 신소설의 서사 구조와 그 담론적 특성을 밝히고 당시 개화·계몽 시대를 대표하는 서사 양식에 내재화된 일본적 식민주의 담론을 꼬집는다.

30 추월색 이해조 안국선 최찬식 소설선

권영민(서울대) 책임 편집

수록 작품 금수회의록 / 자유종 / 구마검 / 추월색

개화·계몽시대의 대표적인 신소설 작가 3인의 대표작. 여성과 신교육으로 집약되는 토론의 모습을 서사 방식으로 활용한 「자유종」, 구시대적 인습을 신랄하게 비판한 「구마검」, 가장 대중적인 신소설 가운데 하나로 꼽히는 「추월색」, 그리고 '꿈'이라는 우화적 공간을 설정하여 현실 비판의 풍자적 색채가 강한 「금수회의록」까지 당대의 사회적 풍속과 세태의 변화를 민감하게 반영한 작품들을 수록했다.

31 젊은 느티나무 강신재 소설선

김미현(이화여대) 책임 편집

수록 작품 안개 / 해방촌 가는 길 / 절벽 / 젊은 느티나무 / 양관 / 황량한 날의 동화 / 파도 / 이브 변신 / 강물이 있는 풍경 / 점액질

1950, 60년대를 대표하는 여성 작가 강신재의 중단편 10편을 엄선했다. 특유의 서정적인 문체와 관조적 시선, 지적인 분석력으로 '비누 냄새' 나는 풋풋한 사랑 이야기에서 끈끈한 '점액질'의 어두운 욕망에 이르기까지, 운명의 폭력성과 존재론적 한계를 줄기차게 탐문한 강신재 소설의 여정을 한눈에 볼 수 있는 기회다.

32 오발탄 이범선 단편선

김외곤(서원대) 책임 편집

수록 작품 일요일 / 학마을 사람들 / 사망 보류 / 몸 전체로 / 갈매기 / 오발탄 / 자살당한 개 / 살모사 / 천당 간 사나이 / 청대문집 개 / 표구된 휴지 / 고장난 문 / 두메의 어벙이 / 미친 녀석

손창섭·장용학 등과 함께 대표적인 전후 작가로 꼽히는 이범선의 대표작 14편 수록. 한국 현대사의 비극에 대한 묘사를 바탕으로 하면서도 잃어버린 고향, 동양적 이상향에 대한 동경을 담았던 초기작들과 전후의 물질적 궁핍상을 전통적 사실주의에 기초해 그리면서 현실 비판적 성격을 강하게 드러낸 문제작들을 고루 수록했다.

33 메밀꽃 필 무렵 이효석 단편선

서준섭(강원대) 책임 편집

수록 작품 도시와 유령 / 깨뜨려지는 홍등 / 마작철학 / 프레류드 / 돈 / 계절 / 산 / 들 / 석류 / 메밀꽃 필 무렵 / 삽화 / 개살구 / 장미 병들다 / 공상구락부 / 해바라기 / 여수 / 하얼빈산협 / 풀잎 / 낙엽을 태우면서

근대 작가의 문화적 정체성이 끊임없이 흔들렸던 식민지 시대, 경성제대 출신의 지식인 작가로서 그 문화적 혼란기를 소설 언어를 통해 구성하고 지속적으로 모색했던 이효석의 대표작 20편 수록.

34 운수 좋은 날 현진건 중단편선

김동식(인하대) 책임 편집

수록 작품 희생화 / 빈처 / 술 권하는 사회 / 유린 / 피아노 / 할머니의 죽음 / 우편국에서 / 까막잡기 / 그리운 흘긴 눈 / 운수 좋은 날 / 불 / B사감과 러브 레터 / 사립정신병원장 / 고향 / 동정 / 정조와 약가 / 신문지와 철창 / 서투른 도적 / 연애의 청산 / 타락자

한국 근대 단편소설의 형식적 미학을 구축하고 근대적 사실주의 문학의 머릿돌을 놓은 작가 현진건의 대표작 21편 수록. 서구 중심의 근대성과 조선 사회의 식민성 사이에서 방황하는 지식인의 내면 풍경뿐만 아니라, 식민지 조선의 일상을 예리하게 관찰함으로써 '조선의 얼굴'을 담아낸 작가 현진건의 면모를 두루 살폈다.

35 사랑 이광수 장편소설

한승옥(숭실대) 책임 편집

춘원의 첫 전작 장편소설. 신문 연재물의 제약에서 벗어나 좀더 자유롭고 솔직한 그의 인생관이 담겨 있다. 이른바 그의 어떤 장편소설보다도 나아간 자유 연애, 사랑에 관한 작가의 생각을 엿볼 수 있는 작품. 작가의 나이 지천명에 이르러 불교와 『주역』 등 동양고전에 심취하여 우주의 철리와 종교적 깨달음에 가닿은 시점에서 집필된, 춘원의 모든 것.

36 화수분 전영택 중단편선

김만수(인하대) 책임 편집

수록 작품 천치? 천재?/운명/생명의 봄/독약을 마시는 여인/화수분/후회/여자도 사람인가/하늘을 바라보는 여인/소/김탄실과 그 아들/금붕어/차돌멩이/크리스마스 전야의 풍경/말 없는 사람

1920년대 초반 자연주의, 사실주의적 색채가 강한 작품 세계로 주목받았던 작가 전영택의 대표작선. 이들 작품에서 작가는, 일제 초기의 만세운동, 일제 강점기하의 극심한 궁핍, 해방 직후의 사회적 혼돈, 산업화 초창기의 사회적 퇴폐상에 대한 자신의 경험을 소박한 형식 속에 담고 있다.

37 유예 오상원 중단편선

한수영(동아대) 책임 편집

수록 작품 황선지대/유예/균열/죽어살이/모반/부동기/보수/현실/훈장/실기

한국 전후 세대 문학의 대표 작가 오상원의 주요작 10편을 묶었다. '실존'과 '행동'에 초점을 맞춘 그의 작품은, 한결같이 극한 상황에 처한 인간 존재의 의미를 묻는 데 천착하면서 효과적인 주제 전달을 위해 낯설고 다양한 소설적 실험을 보여준다.

38 제1과 제1장 이무영 단편선

전영태(중앙대) 책임 편집

수록 작품 제1과 제1장/흙의 노예/문 서방/농부전 초/청개구리/모우지도/유모/용자소전/이단자/B녀의 소묘/O형의 인간/들메/며느리

한국 농민문학의 선구자로 평가받는 이무영의 주요 단편 13편 수록. 이들 작품에서 작가는, 농민을 계몽의 대상이 아닌, 흙을 일구는 그들의 삶을 통해서 진실한 깨달음을 얻는 자족적 대상으로 바라본다. 이무영의 농민소설은 인간을 향한 긍정적 시선과 삶의 부조리한 면을 파헤치는 지식인의 냉엄한 비판 의식이 공존하고 있다.

39 꺼삐딴 리 전광용 단편선

김종욱(세종대) 책임 편집

수록 작품 흑산도/진개권/지층/해도초/GMC/사수/크라운장/충매화/초혼곡/면허장/꺼삐딴 리/곽 서방/남궁 박사/죽음의 자세/세끼미

1950년대 전후 사회와 60년대의 척박한 삶의 리얼리티를 '구도의 치밀성'과 '묘사의 정확성'을 통해 형상화한 작가 전광용의 대표 단편 15편 모음집. 휴머니즘적 주제 의식, 전통적인 서사 형식, 객관적이고 냉철한 묘사 태도, 짧고 건조한 문체 등으로 집약되는 전광용의 작품 세계를 한눈에 살필 수 있는 계기.

40 과도기 한설야 단편선

서경석(한양대) 책임 편집

수록 작품 동경/그릇된 동경/합숙소의 밤/과도기/씨름/사방공사/교차선/추수 후/태양/임금/딸/철로 교차점/부역/산촌/이녕/모자/철로

식민지 시대 신경향파·카프 계열 작가로서 사회주의 리얼리즘 문학을 추구한 작가 한설야의 문학적 특징을 잘 드러내는 단편 17편을 수록했다. 시대적 대세에 편승하며 작품의 경향을 바꾸었던 다른 카프 작가들과는 달리 한설야는, 주체적인 노동자로서의 삶을 택한 「과도기」의 '창선'이 그러하듯, 이 주제를 자신의 평생 과제로 삼아 창작에 몰두했다.

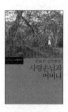

41 사랑손님과 어머니 주요섭 중단편선

장영우(동국대) 책임 편집

수록 작품 추운 밤 / 인력거꾼 / 살인 / 첫사랑 값 / 개밥 / 사랑손님과 어머니 / 아네모네의 마담 / 북소리 두둥둥 / 봉천역 식당 / 낙랑고분의 비밀

주요섭이 남녀 간의 애정 문제를 주로 다룬 통속 작가로 인식되어온 것은 교정되어야 마땅하다. 그는 빈민 계층의 고단하고 무망(無望)한 삶을 사실적으로 재현하는 데 탁월한 기량을 보였으며, 날카로운 현실인식과 객관적 묘사의 한 전범을 보여주었고 환상성을 수용함으로써 보다 탄력적인 소설미학을 실험하기도 하였다.

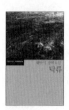

42 탁류 채만식 장편소설

우찬제(서강대) 책임 편집

채만식은 시대의 어둠을 문학의 빛으로 밝히며 일제 강점기와 해방기의 우리 소설사를 빛낸 작가다. 그는 작품활동 전반에 걸쳐 열정적인 창작열과 리얼리즘 정신으로 당대의 현실상을 매우 예리하게 형상화했다. 특히 『탁류』는 여주인공 초봉의 기구한 운명의 족적을 금강 물이 점점 탁해지는 현상에 비유하면서 타락한 당대의 세계상을 여실하게 드러내주고 있다.

43 벙어리 삼룡이 나도향 중단편선

우찬제(서강대) 책임 편집

수록 작품 젊은이의 시절 / 별을 안거든 우지나 말걸 / 옛날 꿈은 창백하더이다 / 여이발사 / 행랑 자식 / 벙어리 삼룡이 / 물레방아 / 꿈 / 뽕 / 지형근 / 청춘

위험한 시대에 매우 불안하게 살았던 작가. 그러나 나도향은 불안에 강박되기보다 불안한 자유의 상태를 즐기는 방식으로 소설을 택한 작가였다. 낭만적 환멸의 풍경이나 낭만적 동경의 형식 등은 불안에 대한 나도향 식 문학적 향유의 풍경으로 다가온다.

44 잔등 허준 중단편선

권성우(숙명여대) 책임 편집

수록 작품 탁류 / 습작실에서 / 잔등 / 속습작실에서 / 평대저울

한국 근대소설사에서 허준만큼 진보적 지식인의 진지한 자기 성찰을 깊이 형상화한 작가는 없었다. 혁명의 필연성을 기꺼이 인정하면서도 혁명과 해방으로 인해 궁지와 비참에 몰린 사람들에 대해 깊은 연민과 따뜻한 공감의 눈길을 던진 그의 대표작 다섯 편을 한데 모았다.

45 한국 현대희곡선

유치진 함세덕 오영진 차범석 이근삼 최인훈 이현화 이강백 이윤택 오태석

이상우(고려대) 책임 편집

수록 작품 토막 / 산허구리 / 살아 있는 이중생 각하 / 국물 있사옵니다 / 옛날 옛적에 훠어이 훠이 / 카덴자 / 봄날 / 오구─ 죽음의 형식 / 심청이는 왜 두 번 인당수에 몸을 던졌는가

한국 현대희곡 100년사를 대표하는 작품 열 편. 1930년대부터 1990년대까지 각 시기의 시대정신과 연극 경향을 대표할 만한 희곡들을 골고루 선별하였고, 사실주의 희곡과 비사실주의희곡의 균형을 맞추어 안배하였다.

계속 출간됩니다.